O Par Perfeito

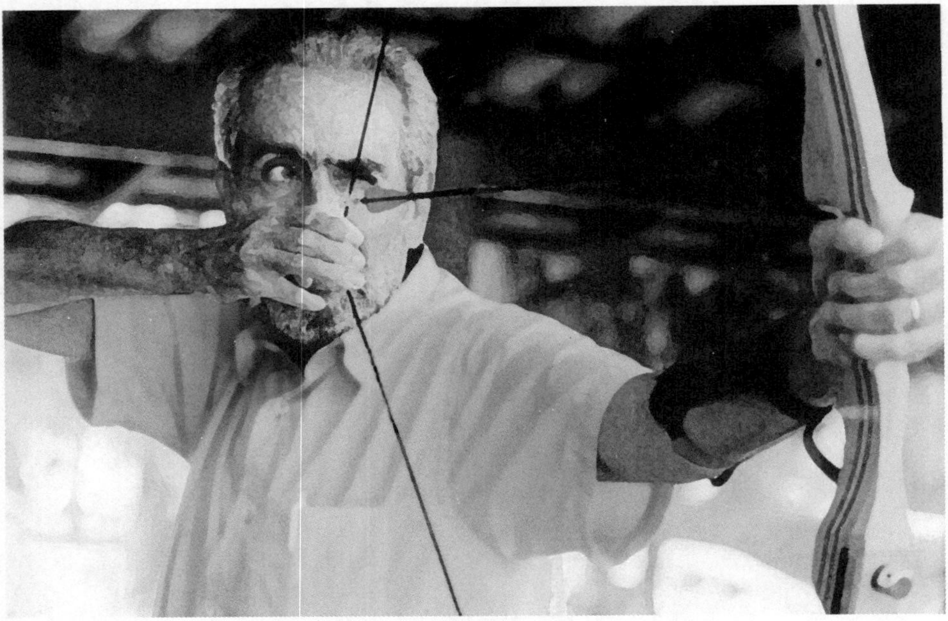

O Arqueiro

Geraldo Jordão Pereira (1938-2008) começou sua carreira aos 17 anos, quando foi trabalhar com seu pai, o célebre editor José Olympio, publicando obras marcantes como *O menino do dedo verde*, de Maurice Druon, e *Minha vida*, de Charles Chaplin.

Em 1976, fundou a Editora Salamandra com o propósito de formar uma nova geração de leitores e acabou criando um dos catálogos infantis mais premiados do Brasil. Em 1992, fugindo de sua linha editorial, lançou *Muitas vidas, muitos mestres*, de Brian Weiss, livro que deu origem à Editora Sextante.

Fã de histórias de suspense, Geraldo descobriu *O Código Da Vinci* antes mesmo de ele ser lançado nos Estados Unidos. A aposta em ficção, que não era o foco da Sextante, foi certeira: o título se transformou em um dos maiores fenômenos editoriais de todos os tempos.

Mas não foi só aos livros que se dedicou. Com seu desejo de ajudar o próximo, Geraldo desenvolveu diversos projetos sociais que se tornaram sua grande paixão.

Com a missão de publicar histórias empolgantes, tornar os livros cada vez mais acessíveis e despertar o amor pela leitura, a Editora Arqueiro é uma homenagem a esta figura extraordinária, capaz de enxergar mais além, mirar nas coisas verdadeiramente importantes e não perder o idealismo e a esperança diante dos desafios e contratempos da vida.

NORA ROBERTS

A Pousada ~ 3

O PAR PERFEITO

ARQUEIRO

Título original: *The Perfect Hope*

tradução: Janaína Senna

preparo de originais: Renata Dib

revisão: André Marinho e Hermínia Totti

diagramação: Abreu's System

capa: Raul Fernandes

imagem de capa: Ildico Neer/ Trevillion Images

impressão e acabamento: Cromosete Gráfica e Editora Ltda.

CIP-BRASIL. CATALOGAÇÃO NA PUBLICAÇÃO
SINDICATO NACIONAL DOS EDITORES DE LIVROS, RJ

R549p Roberts, Nora
O par perfeito/ Nora Roberts; tradução de Janaína Senna. São Paulo: Arqueiro, 2016.
320 p.; 16 x 23 cm. (A pousada; 3)

Tradução de: The perfect hope
Sequência de: O eterno namorado
ISBN 978-85-8041-525-4

1. Ficção americana. I. Senna, Janaína. II. Título. III. Série.

16-36565 CDD: 813
CDU: 821.111(73)-3

Todos os direitos reservados, no Brasil, por
Editora Arqueiro Ltda.
Rua Funchal, 538 – conjuntos 52 e 54 – Vila Olímpia
04551-060 – São Paulo – SP
Tel.: (11) 3868-4492 – Fax: (11) 3862-5818
E-mail: atendimento@editoraarqueiro.com.br
www.editoraarqueiro.com.br

Para Suzanne,

a gerente perfeita.

Melhorar é mudar.
Ser perfeito é mudar muitas vezes.

– Winston Churchill

N
L
O
S
OLD NATIONAL PIKE
Barbearia
do Pete
ALLEY 5
Livraria Virando
a Página
NORTH MAIN STREET
Prefeitura de
Boonsboro
Lojinha da Pousada
Pousada
Boonsboro
SAINT PAUL STREET
Salão de Beleza
da Sherry
PARK LANE
Agência dos
Correios
POTOMAC STREET
SOUTH MAIN STREET
Pizzaria Vesta
REEDERS ALLEY
Cidade de Boonsboro

capítulo um

Após alguns rangidos e gemidos, o velho prédio se aquietou. Sob o céu estrelado, as paredes de pedra reluziam, destacando-se na praça de Boonsboro como vinham fazendo havia mais de dois séculos. Até os cruzamentos estavam calmos, formando feixes de luz e sombra. Ao longo da avenida principal, todas as janelas e vitrines pareciam dormir, satisfeitas por poderem descansar sob o ar perfumado daquela noite de verão.

Devia fazer o mesmo, pensou Hope. Ficar quieta, se espreguiçar e dormir.

Seria o mais sensato a fazer, e ela se considerava uma mulher sensata. Mas o longo dia a deixara inquieta, e sabia que Carolee chegaria bem cedo no dia seguinte, animada para dar início aos preparativos do café da manhã.

A gerente podia dormir até mais tarde.

De qualquer forma, passava pouco da meia-noite. Quando morava e trabalhava em Georgetown, era raro conseguir ir para a cama tão cedo. Claro que, na época, era gerente do Wickham, e se não estivesse resolvendo algum problema ou atendendo ao pedido de um hóspede, estaria curtindo a vida noturna.

Boonsboro, fincada no sopé das montanhas Blue Ridge, no estado americano de Maryland, podia ter uma história rica e ilustre. Também possuía seus encantos, como a pousada revitalizada que Hope agora gerenciava. Mas não era uma cidade famosa por sua vida noturna...

Isso mudaria em breve, no entanto, depois que sua amiga Avery inaugurasse o novo bar e restaurante. Seria divertido ver como a empreendedora Avery MacTavish iria tocar o novo negócio bem ao lado da pousada e em frente à sua própria pizzaria do outro lado da praça.

Até o final do verão, Avery estaria se virando para administrar dois restaurantes, pensou Hope.

E as pessoas ainda achavam que Hope é que era brilhante.

Deu uma olhada na cozinha: limpa, brilhante, quente e acolhedora. Já havia cortado as frutas, verificado os mantimentos e reabastecido a geladeira. No dia seguinte estaria tudo pronto para Carolee preparar o café da manhã dos hóspedes, que, a essa hora, estavam trancados nos quartos.

Tinha dado conta de toda a papelada, verificado se as portas estavam trancadas e feito a ronda habitual para ver se havia algo fora do lugar. Suas tarefas tinham sido cumpridas, pensou a gerente, mas, mesmo assim, não estava pronta para voltar ao seu apartamento no terceiro andar.

Em vez disso, resolveu servir-se de uma boa taça de vinho e circulou pelo saguão uma última vez, apagando as luzes do candelabro que pendia sobre a mesa central com um vistoso arranjo de flores de verão.

Passou pelo arco, verificou de novo a porta da frente e foi em direção à escada, os dedos roçando no corrimão de ferro.

Já havia conferido a biblioteca, mas resolveu checá-la outra vez. Nunca era demais, pensou. Algum hóspede podia ter ido ali para tomar uma dose de uísque ou pegar um livro qualquer. Mas o aposento estava silencioso como o restante do prédio.

Olhou para trás. Havia hóspedes naquele andar. O Sr. e a Sra. Vargas, Donna e Max, casados havia 27 anos. A diária na suíte Nick & Nora fora um presente de aniversário para Donna, dado pela filha do casal. Um gesto lindo, não é?

Os hóspedes que estavam na Westley & Buttercup, no andar de cima, haviam escolhido a pousada para passar a noite de núpcias. Hope gostava da ideia de que os recém-casados, April e Troy, guardariam lembranças agradáveis e duradouras daquele lugar.

Ela checou se a porta da varanda do segundo andar estava trancada e, então, em um ímpeto, resolveu abri-la e sair para o ar fresco da noite.

Com a taça de vinho nas mãos, atravessou o amplo deque de madeira até chegar ao parapeito. Do outro lado da praça, o apartamento acima da Pizzaria Vesta estava vazio e às escuras agora que Avery fora morar com Owen Montgomery. Precisava admitir, pelo menos para si mesma, que sentia falta de olhar para aquele lugar sabendo que a amiga ficava logo ali, do outro lado da avenida principal.

Mas Avery estava onde deveria estar, concluiu Hope. Com Owen, seu primeiro namorado, que acabou sendo também o último.

Uma linda história...

Hope ajudaria a organizar o casamento, que ocorreria em maio e seria realizado no pátio, assim como o de Clare, na primavera anterior.

Pensando nisso, Hope olhou na direção da livraria. A Virando a Página fora um risco para uma jovem viúva com dois filhos e mais um a caminho. Mas dera tudo certo. Clare tinha o dom de fazer as coisas darem certo. Agora ela era Clare Montgomery, esposa de Beckett. E, quando o inverno chegasse, a família ganharia um novo membro.

Era estranho pensar que as duas amigas moravam em Boonsboro havia tanto tempo e ela só tinha se mudado havia um ano. Na verdade, ainda nem completara um ano. Era novata no lugar.

Agora, das três, Hope era a única que ainda estava ali, bem no centro da cidade.

Que bobagem sentir falta delas, já que encontrava as duas quase todos os dias. Mas, numa noite insone como aquela, até que seria bom se as duas ainda estivessem por perto.

Tanta coisa tinha mudado para todas elas no ano anterior...

Naquela época, Hope estava satisfeita em Georgetown, com sua casa, seu emprego, sua rotina. E com Jonathan, aquele traidor filho da mãe.

Tinha alguns planos. Nada precipitado, mas eram planos sólidos. O Wickham era a sua casa. Ela conhecia o ritmo, os tons e as necessidades do hotel. Prestara um grande trabalho aos Wickhams e ao filho, Jonathan, um belo de um traidor!

Hope planejava se casar com ele. Não, não estavam oficialmente noivos; não tinha havido nenhuma promessa concreta, mas os dois chegaram a falar sobre casamento e um futuro juntos.

Hope não era boba.

E, durante todo o tempo em que estiveram juntos – ou pelo menos nos últimos meses –, Jonathan estava saindo com outra pessoa. Alguém com o mesmo status que ele, pensou, ainda com certa amargura. Não alguém que trabalharia dez ou doze horas por dia para administrar o hotel da família, mas que se hospedaria em uma das suítes mais refinadas.

Não, Hope não era boba, mas tinha confiado em excesso e sentira humilhada e chocada quando Jonathan confessara que ia anunciar o noivado com outra pessoa no dia seguinte.

Humilhada e chocada, pensou outra vez; ainda mais porque, na hora em que ele falou isso, os dois estavam nus na cama dela.

Jonathan também ficara chocado quando Hope o expulsou de casa. Ele não tinha entendido por que as coisas entre os dois deveriam mudar.

Foi um momento que resultou em muitas transformações.

Agora Hope era a gerente da pousada BoonsBoro e morava numa cidadezinha na parte oeste de Maryland, um lugar bem diferente das metrópoles com luzes ofuscantes.

Não passava o tempo livre planejando jantares elegantes nem entrando e saindo de butiques em busca dos sapatos perfeitos para combinar com o vestido perfeito que usaria no próximo evento.

Sentia falta disso tudo? Das idas às butiques, do seu lugar favorito para almoçar, dos agradáveis pés-direitos altos e do pequeno pátio cercado de flores da antiga casa? Ou da pressão e da empolgação de preparar o hotel para a chegada de autoridades, celebridades ou grandes executivos do mundo dos negócios?

Às vezes, sim, admitia. Mas não tanto quanto pensava nem com tanta frequência quanto esperava.

Um ano antes, Hope vivia satisfeita com a própria vida, encarava novos desafios no emprego e se sentia em casa no Wickham. Porém, nos últimos meses, percebera que, em Boonsboro, não se sentia apenas satisfeita, mas feliz. A pousada não era só uma casa, mas um *lar*.

Tudo isso graças às amigas, aos irmãos Montgomerys e à mãe deles. Justine Montgomery a contratara na hora. Na época, Hope não conhecia Justine o bastante para ficar surpresa com sua escolha tão rápida. Mas Hope conhecia muito bem a si mesma e continuava espantada com a agilidade e a impulsividade com que aceitara o emprego.

Não lamentava o impulso, a decisão, a mudança.

Recomeçar tudo não estava nos seus planos, mas ela era boa em adaptá-los às circunstâncias. Graças aos Montgomerys, a adorável – e trabalhosa – pousada restaurada agora era seu lar e sua carreira.

Caminhou pela varanda verificando as jardineiras suspensas e ajeitando minuciosamente a posição de uma cadeira.

– Adoro cada centímetro quadrado deste lugar – murmurou.

Uma das portas da suíte Elizabeth & Darcy se abriu. O cheiro de madressilva se espalhou pelo ar.

Havia mais alguém acordado, pensou Hope. Aliás, não sabia se fantasmas dormiam. Duvidava de que o espírito que Beckett batizara de Elizabeth – em função da suíte preferida de Lizzy – responderia se Hope lhe fizesse essa pergunta. Até agora ela não tinha se dignado a falar com a nova vizinha.

Ao pensar nisso, Hope sorriu e tomou mais um gole do vinho.

– Que noite agradável. Estava aqui pensando em como a minha vida está diferente e em como fico feliz com isso – disse em tom amigável.

Afinal, segundo as pesquisas que ela e Owen andavam fazendo sobre a hóspede permanente da pousada, Lizzy – ou Eliza Ford, como se chamava quando era viva – era uma das suas antecessoras.

Para Hope, parentes deviam ser tranquilos e amistosos.

– Temos recém-casados na W&B. Os dois parecem muito felizes, de um jeito novo e diferente. O casal da N&N está aqui para comemorar os 58 anos da esposa. Esses não têm a tal da novidade, mas parecem felizes, de um jeito legal e descontraído. Gosto da ideia de proporcionar um lugar especial para eles se hospedarem, uma experiência única. É nisso que sou boa.

O silêncio reinava, mas Hope podia *sentir* a presença de alguém. Um clima de companheirismo, percebeu. Um companheirismo estranho. Apenas duas mulheres acordadas até tarde, observando a noite de verão.

– Carolee vai chegar cedo amanhã. Ela ficará encarregada de preparar o café, e eu terei a manhã de folga. Por isso – acrescentou, erguendo a taça –, estou acompanhada de um vinho, uma introspecção e algumas lamentações que agora me fazem perceber que não tenho nada a lamentar.

Com um sorriso, tomou mais um gole.

– Então... uma boa taça de vinho. Agora que já fiz tudo isso, é melhor eu ir dormir.

Apesar de sua resolução, Hope continuou ali por mais um tempo, naquela noite tranquila de verão, envolvida pelo cheiro de madressilva.

Quando desceu pela manhã, Hope sentiu o cheiro de café fresco, bacon grelhado e, se o seu nariz não estava enganado, panquecas de maçã com canela. Ouviu uma conversa animada que vinha da sala de jantar. Eram Donna e Max falando sobre dar um passeio pela cidade antes de voltarem para casa.

Ela foi até o saguão e deu a volta para ver se Carolee precisava de ajuda na cozinha. A irmã de Justine tinha cortado o cabelo curtinho para o verão, com uma franja que lhe caía sobre os animados olhos castanho-claros. Eles estavam radiantes apesar do dedo em riste com que recebeu Hope.

– O que está fazendo por aqui, mocinha?

– Já são quase dez horas.

– E a sua manhã de folga?

– Até agora, aproveitei para dormir até as oito, fazer ioga e ficar de bobeira – respondeu Hope, servindo-se de uma xícara de café, que começou a tomar de olhos fechados. – A primeira do dia. Por que ela é sempre a melhor de todas?

– Boa pergunta. Ainda estou tentando substituir o café pelo chá. Darla está com uma mania de coisas saudáveis e vem fazendo de tudo para me converter – explicou Carolee, referindo-se à filha com um misto de afeto e irritação. – Adoro o nosso chá Titânia & Oberon. Mas... não é café.

– Nada se compara ao café.

– Exatamente. Darla está muito ansiosa para a inauguração da academia. Ela disse que se eu não me inscrever para as aulas de ioga, vai fazer a matrícula por mim e me arrastar até lá.

– Você vai adorar fazer ioga – observou Hope, sorrindo ao ver a expressão de dúvida e aflição no rosto de Carolee. – De verdade.

– Hum – resmungou ela, pegando o pano de prato e voltando a enxugar a bancada de granito. – Os Vargas adoraram o quarto e, como sempre, o banheiro recebeu vários elogios. Não há nem sinal dos recém-casados.

– Eu ficaria decepcionada com eles se houvesse – replicou Hope, passando a mão pelo cabelo escuro e brilhoso.

Ao contrário de Carolee, Hope estava tentando deixá-lo crescer, abandonando o corte repicado que vinha usando havia cerca de dois anos. As pontas agora batiam na altura do queixo, um comprimento intermediário que a aborrecia.

– Vou ver se Donna e Max querem mais alguma coisa.

– Pode deixar que eu vou – disse Hope. – Quero dar bom-dia aos dois. E, aproveitando o resto da minha manhã de folga, acho que vou dar uma passadinha na Virando a Página e dar um oi para Clare.

– Eu a vi ontem à noite, no clube do livro. Está a coisa mais fofa com aquela barriga de grávida. Ah, tem bastante massa aqui para o caso de os recém-casados também quererem panquecas.

– Pode deixar que eu aviso.

Foi até a sala de jantar e conversou um pouco com os hóspedes, aproveitando para verificar discretamente se ainda havia bastante café, frutas e suco.

Após se certificar de que o casal estava feliz, Hope voltou lá para cima a fim de pegar a bolsa e deu de cara com os recém-casados, que vinham entrando pela varanda dos fundos.

– Bom dia!

– Ah, bom dia! – exclamou April, com o brilho de uma manhã de lua de mel bem aproveitada. – O quarto é lindíssimo. Adorei tudo ali dentro. Eu me senti uma princesa.

– Seu desejo é uma ordem, alteza – brincou Hope, fazendo o casal rir.

– É genial ver que os quartos foram nomeados e decorados em função de casais de romances.

– Casais com finais felizes – acrescentou Troy, que recebeu em troca um sorriso sonhador da esposa.

– Assim como nós. Queremos lhe agradecer por ter feito a nossa noite de núpcias ser tão especial. Era tudo que eu queria. Simplesmente perfeito.

– Esse é o nosso trabalho – falou Hope.

– Mas... estávamos pensando numa coisa. Sabemos que devemos deixar o quarto daqui a pouco...

– Se quiserem fazer isso depois, podemos dar um jeito... – começou Hope.

– Bom, na verdade...

– Estávamos querendo saber se podemos ficar mais uma noite – completou Troy, passando o braço pelos ombros de April e puxando-a para mais perto de si. – Adoramos a pousada. Íamos seguir viagem para a Virgínia, parando para dormir em algum lugar, mas... Gostamos muito daqui. Podemos ficar em qualquer quarto que esteja disponível, se é que algum deles está.

– Será um prazer, e o quarto de vocês está disponível para esta noite.

– É mesmo? – indagou April, saltitando. – Ah, isso é maravilhoso. Obrigada!

– Como disse, é um prazer. Fico feliz em saber que estão gostando de ficar hospedados aqui.

Hóspedes felizes, gerentes felizes, pensou Hope, subindo às pressas para pegar a bolsa. Desceu tão depressa quanto subiu, entrou no escritório para fazer a alteração na reserva e, deixando para trás os cheiros e as vozes, atravessou a recepção para sair pelos fundos.

Passando ao lado do prédio, deu uma olhada na Vesta, do outro lado da rua. Conhecia os horários de Avery e de Clare quase tão bem quanto os seus. Avery devia estar se preparando para abrir o restaurante, e Clare já devia ter voltado da consulta com o médico.

A ultrassonografia. Com sorte, poderiam saber a essa altura se Clare estava esperando a menina que tanto desejava.

Enquanto aguardava para atravessar no sinal da esquina, olhou para a avenida principal. Hope avistou Ryder Montgomery parado diante do prédio que a empreiteira da família estava reformando. Já devia estar quase pronto, pensou, e logo a cidade voltaria a ter uma confeitaria.

Vestia um jeans rasgado no joelho esquerdo e todo respingado de tinta, gesso ou sabe-se lá que tipo de coisa utilizada num canteiro de obras. Seu cinto de ferramentas estava bem baixo, como a cartucheira de um daqueles xerifes de antigamente, pelo menos foi essa a imagem que veio à cabeça de Hope. Por baixo do boné de beisebol, saíam uns cachos de cabelo preto. Os óculos escuros escondiam aqueles olhos que, como ela bem sabia, eram verdes com uns traços dourados.

Ryder conversava com dois operários, apontando algo, rodando o dedo, balançando a cabeça, sempre daquele jeito habitual, com o peso do corpo mais apoiado numa perna do que na outra.

Como a fachada do prédio ainda estava emassada, Hope deduziu que eles deviam estar discutindo de que cor iriam pintá-la.

Um dos operários deu uma risada, fazendo Ryder abrir um sorriso rápido e encolher os ombros.

Assim como a pose anterior, esse gesto de Ryder também era habitual, pensou ela.

Os irmãos Montgomerys eram atraentes, mas, na sua opinião, Clare e Avery haviam ficado com a melhor parte da safra. Achava Ryder um pouco mal-humorado e antissocial.

E sexy, admitia. De um jeito primitivo, rude.

Nem de longe fazia seu tipo.

Quando começou a atravessar, ouviu um assobio longo e estridente. Sabendo que era uma brincadeira, virou o rosto na direção da confeitaria, abriu um sorriso discreto e acenou para Jake, um dos pintores. Ele e o colega ao seu lado acenaram de volta.

Mas Ryder Montgomery, não, é claro, pensou ela. Ficou simplesmente encarando-a, com o polegar enfiado no bolso. Um antissocial, Hope voltou a pensar. Não podia nem levantar o braço para lhe dar um tchau?

Encarou o leve frio na barriga como uma reação natural de uma mulher saudável a um olhar demorado e discreto de um homem sexy apesar de mal-humorado.

Ainda mais no caso de uma mulher que não tinha qualquer contato mais sério com um homem havia, céus, um ano! Pouco mais de um ano. Mas quem estava contando?

Hope era a única culpada, a escolha fora dela... Então, por que pensar nisso?

Chegou ao outro lado da avenida principal e virou-se na direção da livraria. Na mesma hora, Clare apareceu na linda varanda coberta da loja.

Hope acenou para a amiga, que ficou parada ali por um instante, com uma das mãos apoiada na barriga sob o vestido leve de verão. O cabelo dourado e comprido de Clare estava preso num rabo de cavalo e ela usava óculos escuros de aro azul para amenizar a claridade do sol forte da estação.

– Só vim ver como você está – gritou Hope.

– Estava prestes a mandar uma mensagem para você – disse Clare, erguendo o celular.

Voltou a guardar o aparelho no bolso e deixou a mão ali dentro enquanto descia os degraus que levavam à calçada.

– E aí? – indagou Hope, observando o rosto da amiga. – Está tudo bem?

– Sim. Chegamos há alguns minutos. Becket – prosseguiu, olhando para trás – foi dar a volta para estacionar nos fundos da confeitaria. Ele trouxe as ferramentas.

– Sei – retrucou Hope, e, com uma pontinha de preocupação, pôs uma das mãos no braço de Clare. – Você fez a ultrassonografia, não fez?

– Fiz.

– E?

– Ahn... Vamos até a Vesta. Aí eu conto para você e para Avery ao mesmo tempo. Beckett vai ligar para a mãe e contar para os irmãos. Tenho que ligar para os meus pais.

– Está tudo bem com o bebê?

– Com certeza – respondeu Clare, e, dando uns tapinhas na bolsa, acrescentou: – Tenho algumas fotos.

– Quero ver!

– Vou passar dias exibindo elas. Ou semanas. São impressionantes!

Avery apareceu na porta do restaurante usando um avental sobre uma calça capri e uma camiseta. Deu uns pulinhos com as sandálias Crocs roxas. O sol que batia em seu cabelo de rainha guerreira da Escócia fazia as pontas curtas reluzirem.

– Vai ser tudo rosa?

– Vai abrir o restaurante sozinha hoje? – perguntou Clare.

– Sim. Fran só deve voltar daqui a uns vinte dias. Você está bem? Está tudo bem?

– Tudo absoluta, perfeita e maravilhosamente bem. Mas queria me sentar um pouco.

Com as amigas se entreolhando às suas costas, Clare entrou na Vesta e foi direto para o balcão, onde se deixou cair num banquinho e deu um suspiro.

– É a primeira vez que fico grávida com três meninos de férias durante todo o verão. Não é nada fácil...

– Você está um pouco pálida – observou Avery.

– Só estou cansada.

– Quer uma bebida gelada?

– É o que eu mais quero agora.

Avery foi até a geladeira e, enquanto isso, Hope se sentou e fitou Clare, estreitando os olhos.

– Você está nos enrolando. Se não tem nada de errado...

– Não tem, não. E talvez eu esteja mesmo enrolando um pouquinho. Afinal, é uma revelação e tanto... – retrucou ela, rindo e pegando o refrigerante gelado que Avery havia lhe trazido. – Então, aqui estou eu, junto com as minhas melhores amigas, no lindo restaurante de Avery que já está cheirando a molho de pizza.

– Algo normal numa pizzaria – replicou a outra, dando uma garrafa de água para Hope. Depois, Avery cruzou os braços e ficou observando o rosto de Clare. – É uma menina. Sapatilhas de balé e faixas para o cabelo.

– Pelo visto – disse Clare, balançando a cabeça –, a minha especialidade são os meninos. É melhor substituir por luvas de beisebol e bonecos de super-heróis.

– Um menino? – perguntou Hope, debruçando-se no balcão e esbarrando na mão de Avery. – Ficou decepcionada?

– Nem um pouco – respondeu Clare, abrindo a bolsa. – Querem ver o ultrassom?

– Está brincando?! – exclamou Avery. Ela tentou pegar o exame, mas Clare puxou o envelope. – Ele é parecido com você? Com Beck? Com um peixe? Sem querer ofender, mas sempre acho que recém-nascidos parecem peixes...

– Qual deles?

– Como assim?

– São dois.

– Dois?! – indagou Hope, quase engasgando com a água. – Gêmeos? Vocês vão ter gêmeos?

– Dois? – repetiu Avery. – Vocês vão ter dois peixes?

– Dois meninos. Olhem só como são lindos!

Clare tirou as imagens do envelope e, então, começou a chorar.

– São lágrimas de alegria – conseguiu balbuciar. – São hormônios, mas hormônios bons. Ah, meu Deus! Vejam os meus bebês!

– São lindos! – exclamou Avery.

– Nem dá para ver – rebateu Clare, enxugando as lágrimas e sorrindo para Avery.

– Eu sei, mas eles são lindos. Gêmeos. No total serão cinco. Fez as contas, não fez? Vocês terão cinco meninos.

– Claro que fizemos, mas a ficha ainda não caiu. Não contávamos com... Nunca imaginamos... Bom, talvez eu tenha imaginado, sim. Minha barriga está maior do que em todas as outras vezes. Mas, quando o médico nos disse... Beckett ficou branco.

Clare começou a rir, embora algumas lágrimas ainda escorressem pelo seu rosto.

– Branco feito um papel. Achei que ele fosse desmaiar. Depois, só nos olhamos. E começamos a rir. Rimos como loucos. Acho que ficamos meio histéricos. Cinco. Ah, meu Deus do céu! *Cinco* meninos.

– Vocês vão se sair muito bem. Todos vocês – assegurou Hope.

– Vamos, sim. Tenho certeza. Estou tão surpresa, tão feliz, tão atordoada. Nem sei como Beckett conseguiu dirigir na volta. Não sei se voltamos de

Hagerstown ou da Califórnia. Acho que eu estava meio que em estado de choque. Gêmeos!

Clare pousou as mãos na barriga e então prosseguiu:

– Sabem aqueles momentos na vida quando a gente pensa: é agora? Nunca me senti tão feliz ou tão empolgada. Nunca vou *sentir* mais do que estou sentindo agora. Neste instante. Para mim, este é um deles.

Hope a abraçou e Avery abraçou as duas.

– Estou tão feliz por você! – murmurou Hope. – Feliz, surpresa e empolgada, assim como você.

– Os meninos vão ficar animadíssimos – falou Avery, se afastando. – Não vão?

– Claro! E, já que Liam fez questão de dizer que, se eu tivesse uma menina, ele não ia se dignar a brincar com ela, acho que vai ficar muito feliz com a notícia.

– E quando deve ser o parto? – indagou Hope. – Terá que ser antecipado?

– Um pouco. Disseram 21 de novembro. Logo, serão bebês do feriado de Ação de Graças e não do Natal ou do ano-novo.

– Uns comilões – comentou Avery, fazendo Clare rir mais uma vez.

– Você precisa nos deixar ajudar a arrumar o quarto deles – sugeriu Hope. Planejar estava em seu sangue.

– Estou contando com isso. Não tenho absolutamente nada. Dei todas as coisas de bebê depois que Murphy nasceu. Nunca imaginei que fosse me apaixonar de novo, me casar outra vez ou ter mais filhos.

– Podemos fazer um chá de bebê com o tema "Diversão em dobro" – decidiu Hope. – Ou sobre coisas que venham aos pares, em conjuntos de dois. Algo do gênero. Vou pensar no assunto. Marcamos para começo de outubro, só por segurança.

– Chá de bebê – repetiu Clare e suspirou. – Está ficando cada vez mais real. Tenho que ligar para os meus pais e contar para as meninas – acrescentou, referindo-se à equipe da livraria. Levantou-se com certa dificuldade. – Bebês de novembro – disse outra vez. – Vou ter que perder os quilos extras até maio, na época do casamento.

– Ah, é mesmo! Vou me casar! – exclamou Avery, erguendo a mão para admirar o diamante que tinha vindo substituir o anel de máquina de chicletes que Owen pusera no seu dedo. Duas vezes.

– Vai se casar *e* abrir um segundo restaurante, além de ajudar a organizar um chá de bebê e redecorar aquela suíte de solteiro para transformá-la numa suíte de casal – observou Hope, cutucando o braço da amiga. – Temos muito trabalho pela frente.

– Acho que dá para arranjar um tempinho amanhã.

– Ótimo – disse Hope e, por um instante, repassou a lista que tinha na cabeça, redistribuiu tarefas e avaliou o tempo disponível. – À uma hora. Posso dar um jeito. Está bom para você? – perguntou, dirigindo-se a Clare. – Podemos marcar um almoço e planejar alguma coisa até a hora em que começa o check-in.

– Amanhã, à uma hora – replicou Clare, dando umas batidinhas na barriga. – Estaremos lá.

– Eu também – prometeu Avery. – Se me atrasar um pouco, vamos ter que almoçar rápido. Mas eu vou aparecer.

Hope saiu com Clare e lhe deu mais um abraço antes de se separarem. Ficou imaginando a amiga dando a boa notícia aos pais. Também imaginou Avery mandando uma mensagem para Owen. E Beckett dando umas escapadas durante o dia para ver como Clare estava ou simplesmente arranjando uns minutinhos para ficar com ela.

Por um instante, desejou ter alguém para quem ligar, mandar uma mensagem ou arranjar um tempinho para encontrar. Alguém com quem pudesse compartilhar aquela notícia tão especial...

Mas voltou para a pousada e subiu pela escada externa. Dirigiu-se ao terceiro andar prestando atenção aos ruídos ao redor enquanto caminhava até seu apartamento.

É, pensou, dava para ouvir a voz de Carolee e perceber a empolgação que havia nela. Sem dúvida Justine Montgomery já tinha ligado para a irmã e lhe contado sobre os gêmeos.

Fechou a porta do apartamento. Passaria algumas horas naquela tranquilidade, pesquisando sobre o jovem fantasma que vivia ali dentro e o homem chamado Billy, por quem ela esperava.

capítulo dois

A MÃE DE RYDER ESTAVA prestes a enlouquecê-lo. Se aparecesse com mais um projeto antes de ele terminar os cinco ou seis que ainda tinha pela frente, ia pegar o cachorro e se mudar para Barbados.

Podia construir uma linda casinha na praia. Quem sabe com uma grande área externa envidraçada. Sabia que era habilidoso.

Ryder parou a caminhonete no estacionamento dos fundos da pousada, o projeto principal – já concluído, graças a Deus, mas nunca efetivamente pronto, pois sempre surgia alguma outra coisa para fazer. O estacionamento era dividido entre a pousada e o que viria a ser, segundo Justine Montgomery – que vivia tendo ideias mirabolantes –, uma incrível e bem equipada academia de ginástica.

Hoje em dia, o prédio não passava de um caixote em péssimo estado de conservação e pintado de um verde horroroso. E essa era apenas a parte externa. Por dentro, havia um verdadeiro labirinto de cômodos, um porão inundado, escadas que pareciam saídas de filmes de terror e tetos quase desabando. Sem contar com o estado deplorável da fiação e dos encanamentos, coisas em que nem queria pensar até terem botado tudo abaixo.

Parte dele queria voltar uma noite qualquer, sorrateiramente, usando um gigantesco trator, e dar cabo do prédio inteiro. Mas, no fundo, precisava admitir que adorava desafios.

E aquele ali sem dúvida era um deles.

Mesmo assim, já que o tão confiável Owen havia lhe mandado uma mensagem dizendo que a licença para a demolição estava prestes a sair, podiam começar a derrubar algumas coisas.

Ryder ficou sentado ali por um instante com Diaraque, seu dócil vira-lata, ouvindo Lady Gaga em toda a sua glória. Ela era uma mulher estranha, pensou, mas sua voz era incrível.

Juntos, ele e Diaraque observaram o caixote verde. Ryder gostava de demolições. Derrubar paredes era sempre uma atividade prazerosa. E a reforma para transformar aquele horror num lugar decente seria bem interessante.

Uma academia. Não entendia essa gente que corria numa máquina sem sair do lugar. Por que não suar fazendo algo construtivo? Ginástica. Tudo bem, ele podia imaginar um lugar com sacos de pancadas, um ringue e alguns pesos consideráveis. Bem diferente dessas academias da moda, com ioga e pilates...

Mas havia as mulheres vestindo aquelas roupas coladas no corpo. Isso! Uma coisa boa como uma demolição. Quem não gostaria de algo assim?

De qualquer forma, não adiantava nada ficar pensando no assunto, decidiu. Já estava tudo resolvido.

Saiu da caminhonete, e Diaraque pulou ao seu lado todo confiante.

Ryder não conseguia entender a razão para estar de mau humor. A reforma da confeitaria já estava na fase de acabamentos e pintura. O MacT's, de Avery, também se encontrava bastante adiantado, e ele mal podia esperar para se sentar num banquinho do novo bar e tomar uma cerveja.

Tinha uma reforma de cozinha contratada, e Owen estava negociando algumas obras para outro cliente. Muito trabalho era bem melhor do que trabalho nenhum. Podia construir uma casa de praia em Barbados quando ficasse mais velho.

Mesmo assim, se sentia irritado e chateado, e não conseguia descobrir por quê. Até olhar para a pousada.

Hope Beaumont. Claro. Ela devia ter alguma coisa a ver com a sua irritação.

Era indiscutível que Hope fazia um bom trabalho. O fato de ser obsessivamente organizada e louca por detalhes também não o aborrecia. Afinal, ele passou a vida inteira convivendo e trabalhando com alguém muito parecido, seu irmão Owen.

Mas algo em Hope tinha mexido com ele, e o incomodava de vez em quando, desde que os dois haviam se beijado na noite do réveillon.

Foi um mero acidente, pensou. Um impulso. Um impulso acidental. Não tinha a mínima intenção de fazer isso outra vez.

Mas preferia que Hope fosse uma mulher gorducha, de meia-idade, que já tivesse netos e gostasse de fazer tricô.

– Um dia ela pode vir a ser assim – resmungou, dirigindo-se a Diaraque, que abanava o rabo, obediente.

Encolhendo os ombros, atravessou o pátio e abriu a porta do futuro Bar e Restaurante MacT's para os operários que já estavam ali.

Gostava daquele espaço, ainda mais agora que haviam refeito a ligação entre os dois prédios, abrindo a parede que os separava e criando um amplo arco para que gerentes e garçons pudessem circular de um lado para outro.

Avery sabia o que queria e como fazer as coisas funcionarem, logo, Ryder tinha certeza de que o MacT's ia ser um bom lugar para comer, tomar uns drinques e conhecer gente nova, se essa fosse a sua praia. Um bom restaurante de gente grande, como ela o chamava, em comparação ao estilo despojado e familiar da Vesta.

Ryder tinha o maior carinho pela Vesta e mais ainda pela Pizza do Guerreiro. Porém, como Avery vinha fazendo com que experimentassem as novas receitas havia meses, supunha que poderia engolir uma ou duas refeições no MacT's.

Passou pelo vão e ficou observando o espaço do pub. Ainda havia muita coisa a ser feita, pensou, mas podia imaginá-lo todo pronto, com o bar muito comprido que ele e os irmãos estavam construindo. Madeira escura, cores fortes, alguns tijolos nas paredes. E cerveja à vontade.

É, não seria de todo ruim passar um tempo ali e tomar uma cerveja com a satisfação de admirar um trabalho bem-feito.

Quando ficasse pronto.

Ouviu vozes e voltou para o outro lado.

Depois que os operários já haviam começado a trabalhar, ele foi até a confeitaria para ver como estavam as coisas. Se pudesse escolher, colocaria o cinto de ferramentas e botaria a mão na massa.

Mas tinha uma reunião marcada no novo canteiro de obras e já estava ficando tarde.

Quando voltava para os fundos, viu as caminhonetes dos irmãos no estacionamento. Deduziu que Owen trazia café e rosquinhas, além da licença para a demolição. Ele era alguém com quem se podia contar tanto no dia a dia quanto numa catástrofe nuclear.

Pensou em Beckett, casado com Clare, da noite para o dia pai de três filhos e, agora, futuro pai de gêmeos.

Céus! Gêmeos...

Mas talvez a empolgação pela chegada dos gêmeos evitasse que a sua mãe começasse a pensar em um novo projeto.

Provavelmente não.

Passou pelas portas abertas que davam para a rua St. Paul e sentiu o cheiro do café.

É, Owen era alguém com quem se podia contar.

Pegou o único copo de isopor que restava e que exibia um "R" escrito com caneta de ponta grossa pelo irmão obsessivo. Tomou alguns goles antes mesmo de abrir a tampa da caixa com as rosquinhas.

Seu cachorro logo começou a limpar o chão com o rabo.

Ouviu a voz dos irmãos em algum lugar naquele chiqueiro, mas continuou tomando o café e, após jogar um bom pedaço de rosquinha com geleia para Diaraque, foi até onde estavam as plantas, abertas em cima do compensado apoiado em cavaletes.

Claro que já as vira antes; mas, mesmo assim, ficou impressionado. A ideia de Beckett dava à sua mãe tudo que ela queria e mais. É, pensou Ryder, melhor do que pôr tudo isso abaixo com um trator. Melhor derrubar o que tivesse que ser derrubado e construir o que pudesse ser construído.

A seu ver, o local não se parecia com o tipo de academia que ele poderia frequentar: nada de sacos de pancadas ou vestiários cheirando a suor. Mas era muito bonito.

E tinha muito trabalho, coisas complicadas o bastante para ele xingar Beckett por semanas, meses... Talvez até anos.

Mesmo assim...

Erguer o telhado para torná-lo inclinado era algo simples e esteticamente agradável. Tirar a cobertura plana do lado do estacionamento e transformar o local num deque também era uma ideia inteligente. Vidro o bastante para se ter muita luz entrando pelas novas janelas e portas. E o lugar precisava muito delas, embora isso significasse ter que quebrar paredes de concreto.

Uns vestiários incríveis com sauna seca e a vapor. Sua mentalidade mais simples tinha dificuldade em aceitar isso, mas não podia deixar de admitir que adorava uma boa sauna a vapor bem demorada...

Comeu a rosquinha, jogando alguns pedaços para Diaraque, que continuava abanando o rabo, enquanto Ryder analisava o térreo, o segundo andar e a parte mecânica.

Belo trabalho, pensou. Beckett tinha talento e visão, apesar de boa parte das ideias dele terminarem dando muita dor de cabeça em termos de trabalho prático.

Estava acabando o café quando os irmãos entraram vindo do labirinto que era aquele prédio.

– A licença para a demolição.

– Beleza – disse Owen. – E bom dia para você também.

Os óculos escuros pendiam da gola de uma impecável camiseta branca e, já que Beckett pretendia incluí-lo no trabalho de demolição, aquela brancura toda não ia durar muito.

– Passou esse jeans, maninho?

– Não – respondeu Owen. Depois que seus olhos azuis examinaram as rosquinhas, escolheu uma delas e a partiu ao meio. – A calça só está limpa. Tenho umas reuniões mais tarde.

– Sei. E aí, paizão?

Beckett sorriu, passando os dedos pelo cabelo castanho-escuro.

– Os meninos querem que os gêmeos se chamem Logan e Luke.

– Wolverine e Skywalker – observou Ryder, achando graça. – Uma fusão de *X-Men* com *Star Wars*. É uma escolha interessante.

– Eu gosto. No começo Clare riu, mas depois a ideia acabou pegando. São nomes bonitos.

– Pelo menos, serviram perfeitamente para Wolverine e Skywalker.

– Acho que vamos aceitar a ideia deles, o que é bem legal. Meus ouvidos estão zumbindo, sabem como é? Como acontece depois de uma explosão.

– É só mais um além do que vocês já estavam esperando – observou Owen. – É só planejar e organizar.

– Falou aquele que tem muita experiência com bebês – disse Ryder, com uma risadinha.

– É só questão de planejar e organizar – repetiu Owen. – E, por falar nisso, vamos conferir os projetos e os cronogramas – acrescentou, pegando o celular preso ao cinto.

Ryder resolveu comer mais uma rosquinha e deixar que o açúcar e a gordura o confortassem para a enxurrada de detalhes. Inspeções, licenças, encomenda e entrega de material, esboços, projetos finais, trabalho na serraria, trabalho no canteiro de obras.

Também se lembrava de tudo, só que, talvez, as informações não estivessem listadas e detalhadas de forma tão minuciosa como Owen fazia. Mas sabia o que precisava ser feito e quando, quais homens designar para fazer determinado trabalho e quanto tempo duraria cada etapa. Tanto na parte interna quanto na externa, considerando-se os imprevistos da construção.

– Mamãe está procurando o equipamento – disse Beckett no momento em que Owen fez uma pausa. – Esteiras, bicicletas ergométricas e todas essas porcarias que as pessoas adoram.

– Não vou pensar nisso agora – retrucou Ryder, olhando ao redor.

As paredes estavam um lixo, pensou. O piso também. Tudo ali estava um lixo. Ainda faltava muito para pensarem em esteiras, halteres e tapetes para ioga.

– Talvez devêssemos pensar no estacionamento – sugeriu Owen.

Ao ouvir isso, Ryder virou-se para ele e estreitou os olhos.

– O que é que tem o estacionamento? – perguntou.

– Agora que o terreno inteiro é nosso, em vez de simplesmente consertá-lo, podíamos quebrar tudo, nivelar, instalar um sistema de drenagem e refazer o piso.

– Que diabos! – exclamou Ryder. Queria fazer uma objeção, por questão de princípio, mas eles precisavam mesmo de um sistema de drenagem. – Está bem. Mas também não vou pensar nisso agora.

– E no que vai pensar agora?

Em vez de responder, Ryder limitou-se a ir embora.

– Ele está mais chato do que de costume ou é impressão minha? – indagou Owen.

– É difícil dizer – respondeu Beckett, voltando a olhar o projeto. – Vai dar uma trabalheira danada, ainda mais para Ryder, mas vai ficar ótimo.

– O prédio mais feio da cidade.

– É mesmo. Quem leva o primeiro prêmio é ele, sem dúvida. O lado bom é que qualquer coisa que a gente faça vai ser uma melhoria. Assim que a caçamba chegar, podemos...

Beckett parou de falar quando Ryder voltou trazendo uma marreta e um pé de cabra.

– Vão buscar as suas – disse-lhes Ryder.

Deixando de lado o pé de cabra, ele escolheu uma parede ao acaso e deu uma marretada. O golpe forte, inegavelmente prazeroso, fez com que pedaços de gesso voassem por todo lado.

– A caçamba... – começou Owen.

– Já deve estar chegando, não é? – replicou Ryder e, usando toda a força, voltou a dar marretadas. – Segundo as benditas revelações do seu sagrado cronograma.

– Devíamos trazer alguns operários para cá – observou Beckett.

– Por que eles sempre ficam com a parte mais divertida? – indagou Ryder.

No instante em que a marreta voltou a acertar a parede, Diaraque foi para perto dos cavaletes a fim de tirar uma soneca.

– Ele não deixa de ter razão – disse Beckett e, quando olhou para Owen, recebeu um encolher de ombros e um sorriso de volta. – Devíamos começar pelo segundo andar.

– Esta parede aqui não é de sustentação – retrucou Ryder e, com mais algumas marretadas, a tal parede interna foi reduzida a um monte de escombros. – Mas têm razão – acrescentou, apoiando-se na marreta e sorrindo para os irmãos. – Vamos pôr essa droga abaixo.

Depois de alguns dias ouvindo aquele barulho, a curiosidade de Hope acabou vencendo. Como Carolee estava trabalhando – o casal que viera passar a noite de núpcias já estava hospedado na pousada havia quatro dias –, ela atravessou o estacionamento e foi até o mais novo projeto da família Montgomery. Tinha um motivo legítimo para ir até lá, mas precisava admitir que a razão principal era a curiosidade.

Passou o dia inteiro ouvindo batidas e mais batidas, e, sempre que olhava pela janela, via algum sujeito todo empoeirado indo jogar entulho numa imensa caçamba verde.

Avery havia lhe mandado uma mensagem explicando que a demolição do prédio que viria a ser a academia tinha começado.

E Hope quis ir ver com os próprios olhos.

À medida que chegava mais perto, o barulho aumentava. Pelas janelas abertas, ouviu uma gargalhada masculina enlouquecida. E também o som de uma guitarra tocando rock.

Dirigiu-se à entrada lateral, ou ao que restava dela, e deu uma espiada lá dentro.

Seus olhos se arregalaram.

Nunca estivera naquele prédio, mas havia olhado pela janela e podia jurar que ele tinha paredes e teto.

Agora, só restava praticamente o esqueleto da edificação, com um emaranhado de fios que saíam das entranhas e amontoados de poeira cinzenta.

Tomando todo o cuidado, uma vez que as batidas pareciam sacudir a estrutura inteira, Hope deu a volta até a entrada da frente.

A porta estava aberta. Perguntou-se se seria para arejar o local. Quem sabe?

Observou a escada estreita naquele vão sombrio e considerou o barulho que vinha dali. Sua curiosidade não chegava a tanto, decidiu, e voltou atrás.

Quando contornava o prédio, dois homens, cobertos daquela poeira cinzenta, irreconhecíveis com os óculos de segurança, as luvas de trabalho e o rosto todo empoeirado, saíram carregando mais uma leva do que devia ter sido uma parede. O entulho foi jogado na caçamba com um ruído surdo.

– Desculpe – disse Hope.

Reconheceu Ryder pelo jeito de virar a cabeça e posicionar o corpo.

Ele ergueu os óculos, revelando uma expressão um pouco aborrecida nos olhos verdes impacientes.

– Acho que é melhor ficar longe daqui.

– Já percebi. Pelo visto, vocês estão deixando o prédio só no esqueleto.

– É basicamente isso. Você precisa se afastar.

– Você já falou.

– Está precisando de alguma coisa?

– Na verdade, sim. Estou tendo problemas com algumas luminárias, as arandelas. Achei que, se o seu eletricista estivesse por aqui, poderia...

– Ele já foi – retrucou Ryder.

Fez um gesto brusco com a cabeça para mandar o operário que o acompanhava entrar outra vez. Depois, tirou os óculos de segurança.

Desse jeito, ficou parecendo um guaxinim às avessas, pensou Hope, e não conseguiu conter um sorriso.

– É um trabalho sujo – comentou Hope.

– Um trabalhão – observou Ryder. – Que tipo de problema?

– Elas não ficam acesas. Estão...

– Já trocou as lâmpadas?

– Nossa! Por que não pensei nisso? – ironizou ela, limitando-se a encará-lo.

– Tudo bem. Vou mandar alguém ver o que está acontecendo. É só isso?

– Por enquanto, sim.

Ele assentiu com a cabeça, se meteu pelo vão da porta e desapareceu.

– Muito obrigada! – Hope resmungou para o nada e voltou para a pousada.

O simples fato de entrar ali costumava melhorar seu humor. A aparência e o cheiro do lugar... ainda mais naquele momento em que os cookies com gotas de chocolate que Carolee estava preparando deixavam o ar mais doce. Mas Hope foi direto para a cozinha sem que nada pusesse fim à sua irritação.

– Qual é o *problema* dele?

Com o rosto corado pelo calor do forno embutido, Carolee pôs uma bandeja de biscoitos para assar.

– De quem, querida?

– Ryder Montgomery. Grosseria é a religião dele?

– Ryder pode ser meio rude. Ainda mais quando está trabalhando. Coisa que acontece quase o tempo todo, eu acho. O que ele fez?

– Nada. Só foi ele mesmo. Sabe aquelas arandelas que não acendem ou queimam à toa? Fui falar com Ryder. Na verdade, com qualquer um, mas encontrei Ryder. E ele me perguntou se eu tinha trocado as lâmpadas. Por acaso tenho cara de idiota?

– Não – disse Carolee, estendendo-lhe um cookie. – Mas, uma vez, uma inquilina foi se queixar de um problema e, quando Ryder foi até lá para ver o que era, descobriu que era apenas uma lâmpada queimada. A tal mulher, e acho que ela era mesmo uma palerma, ficou impressionada ao saber que precisava trocar as lâmpadas.

– Humm – murmurou Hope, mordendo o biscoito. – Mesmo assim.

– E então? Como estão as coisas por lá?

– Muito barulho e muitas gargalhadas.

– As demolições são divertidas mesmo.

– Imagino. Não tinha me dado conta de que eles iam pôr praticamente tudo abaixo. Não se perde grande coisa, mas isso nem havia passado pela minha cabeça.

De repente, ficou meio preocupada pensando que toda aquela barulheira podia incomodar os hóspedes.

– Você precisa ver o projeto. Eu dei uma olhadinha. Vai ficar lindo.

– Não duvido. Eles trabalham muito bem.

– Justine já começou a procurar luminárias e pias.

O cookie e a presença de Carolee tinham melhorado um pouco seu humor.

– Ela está nas nuvens – comentou Hope.

– Resolveu que vai comprar tudo moderno, elegante e brilhoso. Muito cromado, foi o que me disse. Tudo do mesmo modelo, sabe? Não vai ser como aqui. De qualquer forma, são muitos detalhes para se pensar. Vai ser divertido ver as coisas irem se ajeitando.

– Ah, vai, sim.

Ia mesmo, pensou Hope. No caso da pousada, ela já tinha chegado ali com a reforma em andamento. Agora, ia acompanhar a transformação do outro prédio do começo ao fim.

– Tenho umas coisinhas para fazer antes do check-in.

– E eu vou dar um pulo no mercado quando os cookies ficarem prontos. Quer acrescentar algo à lista?

– Acho que já está tudo aí. Obrigada, Carolee.

– Adoro o meu trabalho.

Eu também, pensou Hope, encaminhando-se para o seu escritório. Isso era algo que um Montgomery rabugento não podia estragar.

Checou os e-mails, sorriu ao ver o bilhete de agradecimento deixado por um hóspede, criou um lembrete para satisfazer o pedido de alguém que fizera uma reserva e que queria uma garrafa de champanhe – uma surpresa para os pais que viriam visitá-lo.

Conferiu as reservas: teriam lotação completa no fim de semana. Então checou a própria agenda.

Quando a florista chegou, levou os novos arranjos para Titânia & Oberon, no segundo andar. Embora já tivesse feito isso, verificou mais uma vez a suíte para se certificar de que estava tudo perfeito para receber os novos hóspedes.

Como era de costume e seguindo sua rotina, Hope foi até a biblioteca e verificou a iluminação: sua lista diária incluía fazer isso com todas as luminárias para ver se havia alguma lâmpada queimada. Viu, Ryder Montgomery? No instante em que encontrou uma, pegou o celular e mandou um e-mail para si mesma lembrando de comprar novas lâmpadas e acrescentando uma observação: trazer mais cápsulas de café para a máquina da biblioteca.

Desceu as escadas para repetir a operação no salão, no saguão e na sala de jantar. Depois, voltou para a cozinha e mal conseguiu conter um grito quando viu Ryder ali parado pegando cookies.

– Não ouvi você entrar.

Como é que ele conseguia andar sem fazer barulho usando aquelas botas pesadas?

– Acabei de chegar. Esses cookies estão bons.

– Carolee acabou de tirar do forno. Ela ainda deve estar no mercado.

– Certo.

Ele continuou parado ali, comendo um cookie, olhando para ela, com o cachorro aos seus pés, todo animado. Vendo aquele sorriso canino, Hope deduziu que o cão também adoraria um cookie.

Ryder tinha se limpado quase todo. Pelo menos não trouxera aquela poeira de demolição ali para dentro.

– Bom... Tem uma no segundo andar e outra no terceiro – disse ela, afastando-se e presumindo que Ryder a seguiria.

– Tem alguém aí?

– Temos hóspedes na W&B, mas eles saíram. E tem gente chegando para ficar na T&O. Olhe só. Agora está acesa – disse Hope, apontando para a segunda arandela assim que chegaram ao topo da escada. – Acabei de passar por aqui e ela estava apagada.

– Aham.

– Olhe, se não acredita em mim, pode perguntar a Carolee.

– Não disse que não acreditava em você.

– Mas parece.

Irritada, Hope começou a subir até o terceiro andar.

– Pronto! Como pode ver com os próprios olhos, esta aqui está apagada.

– Estou vendo – replicou Ryder e, aproximando-se da luminária, ergueu o vidro e desatarraxou a lâmpada. – Tem uma nova?

– Tenho umas no meu apartamento, mas *não* é a lâmpada.

Pegando a chave, Hope abriu a porta do apartamento.

Com a mão, Ryder conseguiu impedir que a porta se fechasse na sua cara. Não entrou no espaço dela, mas estava ali, de qualquer forma. Então, empurrou a porta e espiou lá dentro.

Tudo limpo e arrumado, como o resto da pousada. E também tinha um cheiro bom. Como o resto da pousada. Nada de bagunça. Nem um monte de coisas femininas, como ele esperava. Havia muitas almofadas no sofá, mas conhecia poucas mulheres que não encheriam sofás e camas com almofadas. Cores fortes, uma ou outra planta dentro de vasos, velas bem grossas.

Hope veio saindo da cozinha e parou de forma brusca, o que o fez compreender que havia lhe dado outro susto. Então, entregou-lhe uma lâmpada nova.

Ryder desceu e a atarraxou na luminária. A lâmpada brilhou ao se acender.

– *Não* é a lâmpada – insistiu Hope. – Coloquei aquela outra hoje de manhã.

– Ok.

Diaraque ficou sentado aos pés do dono com os olhos pregados na porta da cobertura, abanando o rabo.

– Ok uma ova! Estou lhe dizendo, é... Ah, pronto! – exclamou ela, com um tom triunfal na voz quando a lâmpada se apagou. – Viu? Aconteceu de novo. Deve haver um curto ou alguma coisa errada com a fiação.

– Não.

– Como não? Você acabou de ver!

Enquanto ela falava, a porta da cobertura se abriu.

Hope mal olhou para trás. Mas a porta bateu nela. Claro que dava para sentir o cheiro de madressilva, mas já se acostumara a ele.

– Por que Lizzy ia ficar brincando com as lâmpadas? – perguntou.

– Como é que eu vou saber? – retrucou Ryder, encolhendo os ombros e enfiando os polegares nos bolsos da calça. – Talvez esteja entediada. Já faz tempo que morreu. Ou talvez esteja zangada com você.

– Não é possível. Ela não tem nenhum motivo para isso – disse Hope.

Já ia fechando a porta da cobertura quando, em vez disso, a escancarou.

– Tem um barulho de água correndo!

Passou às pressas pelo pequeno vestíbulo que levava ao grande banheiro sofisticado. As torneiras das duas pias estavam abertas, assim como as da banheira, do chuveiro e das duchas laterais.

– Ah, pelo amor de Deus!

– Isso acontece com frequência?

– É a primeira vez. Qual é, Lizzy? – resmungou Hope, fechando as torneiras das pias. – Tem uns hóspedes chegando.

Ryder abriu a porta de vidro para desligar a água do chuveiro e das duchas.

– Estou pesquisando – disse Hope, agora já sem paciência, e fechou a torneira da banheira. – Sei que Owen também está, mas não é tão fácil assim encontrar alguém chamado Billy que viveu, supostamente, no século XIX.

– Se o seu fantasma resolveu aprontar, não posso fazer nada – rebateu Ryder, enxugando a mão molhada no jeans.

– *Meu* fantasma, não! O prédio é de vocês!

– Mas a antepassada é sua – rebateu ele.

Com o encolher de ombros costumeiro, Ryder saiu do banheiro e dirigiu-se à porta da sala. Colocou a mão na maçaneta e olhou para trás.

– Que tal mandar a sua tetra-sei-lá-o-quê parar com isso?

– Com o quê? – indagou Hope.

Mais uma vez, ele tentou girar a maçaneta.

– É só...

Hope empurrou-o para o lado e tentou abrir a porta.

– Isso é ridículo! – exclamou ela, impaciente, sacudindo a maçaneta. Depois desistiu e, apontando para o metal, ordenou: – Faça alguma coisa!

– O que, por exemplo?

– Retire essa maçaneta ou até a porta toda.

– Com o quê?

Hope franziu a testa e baixou os olhos.

– Está sem as ferramentas? Por que não as trouxe? Você sempre anda com elas.

– Era só uma lâmpada.

– *Não era* uma lâmpada – insistiu Hope, com um misto de pânico e irritação na voz. – Já disse que não era a lâmpada. O que está fazendo?

– Vou me sentar um pouco.

– Não!

Diante da exclamação que foi quase um grito, Diaraque procurou um canto e se encolheu ali. Fora da linha de fogo.

– Não ouse sentar nessa cadeira. Você está sujo.

– Ah, pelo amor de Deus! – exclamou Ryder, mas acabou não se sentando e abriu a janela. Ficou observando a logística do telhado.

– Não saia por aí! O que vou fazer quando você cair?

– Ligue para a emergência.

– Não. É sério, Ryder. Ligue para um dos seus irmãos, para os bombeiros ou...

– Não vou chamar os bombeiros porque uma maldita porta não quer abrir.

Hope juntou as mãos, respirou fundo e, por fim, se sentou.

– Vou procurar me acalmar.

– É um bom começo.

– Não precisa ser grosso comigo – disse ela.

Passou a mão pelo cabelo. Sem dúvida, aquele tamanho intermediário a incomodava.

– Não fui eu que tranquei a porta.

– Grosso?

A expressão de Ryder podia ter sido um sorriso ou uma careta, mas foi algo entre os dois.

– Estou sendo grosso?

– Você tem um jeito todo especial de ser grosso. Não precisa gostar de mim, e procuro ficar o mais longe que posso de você. Mas sou a gerente desta pousada e faço um ótimo trabalho. Nossos caminhos acabam se cruzando às vezes. Você podia pelo menos fazer de conta que é educado.

– Não sei fingir, e quem foi que disse que não gosto de você? – retrucou Ryder, encostando-se na porta.

– Você mesmo. É sempre tão grosseiro!

– Talvez essa seja a minha reação à arrogância.

– Arrogância? – indagou Hope, encarando-o, genuinamente ofendida. – Não sou arrogante.

– Fez disso uma ciência e é a sua especialidade – disse ele, afastando-se e voltando a olhar pela janela.

– Você foi grosso comigo desde o primeiro instante em que nos conhecemos. Aqui mesmo, neste quarto, antes de ser um quarto.

Hope se lembrava muito bem daquele momento: o atordoamento, a onda impetuosa que sentiu percorrer seu corpo, o jeito como a luz parecia explodir ao redor dele.

Não queria nem pensar nisso.

Irritado, Ryder se virou.

– Talvez tenha algo a ver com o fato de você ter me olhado como se eu tivesse lhe dado um soco na cara.

– Não fiz nada disso. Só que, por um instante... eu não sei.

– Talvez seja porque você ande por aí com esses saltos altos.

– Está falando sério? Agora vai criticar os meus sapatos?

– Foi só um comentário – disse Ryder.

Hope emitiu um som meio gutural que lhe pareceu feroz. Levantou-se de um salto e esmurrou a porta.

– Abra essa maldita porta! – gritou.

– Ela vai abrir quando estiver pronta. Dessa forma você vai acabar se machucando.

– Não venha me dizer o que fazer! – exclamou Hope, sem saber por que a reação casual de Ryder só fez aumentar a própria raiva e provocou nela uma pontada de pânico. – Você nem me chama pelo nome. Parece até que não sabe.

– Claro que sei. Pare de esmurrar a porta, Hope. Está vendo? Sei o seu nome. Pare com isso.

Ryder se levantou e pôs a mão sobre o punho cerrado dela.

Hope sentiu aquela onda outra vez, o estranho atordoamento. Cautelosa, ela se agarrou à porta e virou-se para vê-lo.

Estavam bem próximos outra vez, como na noite do réveillon. Hope estava perto o bastante para ver as manchinhas douradas que pontilhavam os olhos verdes de Ryder. Perto o bastante para perceber o calor e o ar inquisidor que havia neles.

Não lhe ocorreu chegar ainda mais perto, mas foi o que o corpo dela fez. Para deter esse movimento, Hope encostou a mão no peito de Ryder. Será que o coração dele batia descompassado? Parecia que sim. Talvez fosse só uma esperança da parte dela, pois, dessa forma, não seria a única.

– Lizzy prendeu Owen e Avery na suíte E&D – lembrou-se Hope. – Queria que os dois... – Se beijassem. Se descobrissem. – Ela é uma romântica.

Ryder recuou e o momento se quebrou como vidro.

– Neste exato momento, está sendo uma chata – rebateu.

A janela que ele havia aberto se fechou sozinha sem ruído algum.

– Acho que Lizzy está querendo dizer alguma coisa – observou Hope, já mais calma e mais segura ao ver que ele também parecia abalado. Ajeitou o cabelo. – Ah, pelo amor de Deus, Ryder, me beije logo. Não vou matar você e ela vai nos deixar sair daqui.

– Talvez eu não goste que mulheres, vivas ou mortas, me manipulem.

– Acredite, beijar você não será o ponto alto do meu dia, mas tem uns hóspedes que devem estar chegando. Senão... – acrescentou, pegando o celular – vou ligar para Owen.

– Não vai ligar coisa nenhuma.

Agora tinha conseguido. Pedir para um dos irmãos vir soltá-los seria o fim! Ia beijá-la. Dos males, o menor, pensou Hope. Achando graça, abriu um sorriso para Ryder.

– Feche os olhos e pense que é para o bem de todos.

– Muito engraçadinha – retrucou ele, pondo as mãos de ambos os lados da cabeça de Hope. – Mas já perdi muito tempo aqui e quero uma cerveja gelada.

– Ótimo.

Ryder se inclinou e deteve-se por um instante, os lábios bem próximos aos dela.

Não pense, disse Hope consigo mesma. Não corresponda a esse beijo. Não é nada.

Não é nada.

O que houve foi calor e luz, e, ah!, mais uma vez aquela onda que a percorreu dos pés à cabeça. Ryder não a tocou, mas, quando seus lábios se encontraram, Hope precisou cerrar os punhos ao lado do corpo para não abraçá-lo. Para não agarrá-lo, não puxá-lo para si.

Aos poucos, não conseguiu mais resistir e se deixou levar pelo beijo.

Ryder pretendia apenas roçar os lábios nos dela. Como faria com uma amiga, uma tia, uma senhora gorducha de meia-idade com um ou dois netos.

Mas ele também se deixou levar e mergulhou fundo. O gosto de Hope, o cheiro dela, a sensação dos lábios colados aos seus...

Não diria que foi um beijo doce, tampouco brusco. Mas aconteceu algo misterioso ali. Algo exclusivamente Hope.

Aquilo... Ela... mexeu com Ryder mais do que deveria. Mais do que ele gostaria.

Afastar-se custou um grande esforço para Ryder.

Ficou olhando para Hope por alguns segundos. Então, ela soltou o ar pela boca, afrouxou os punhos cerrados e tentou abrir a porta.

– Pronto! – exclamou. – Deu certo.

– Vamos embora antes que ela mude de ideia.

Assim que chegaram ao hall, ele foi direto até a arandela que agora brilhava animada, pegou o vidro que havia ficado no chão e o recolocou no lugar.

– Resolvido – disse, sem se mexer, sempre olhando para Hope.

Ela ia dizer alguma coisa, mas a campainha tocou.

– Os hóspedes chegaram. Tenho que...

– Vou sair pelos fundos.

Hope assentiu com a cabeça e desceu às pressas.

Ryder ficou ouvindo o som dos saltos altos batendo no assoalho e se permitiu um momento para recuperar o fôlego.

– Não tranque essa droga outra vez – falou.

Com o cachorro andando fielmente em seu encalço, ele foi embora, afastando-se do cheiro de madressilva e de Hope.

capítulo três

TIRAR UM TEMPO LIVRE só para si era um verdadeiro desafio, mas uma mulher precisava dos ouvidos e dos palpites das amigas. Hope conseguiu arranjar um tempo após preparar o café da manhã dos hóspedes e antes que a Vesta abrisse.

Atravessou correndo a avenida principal por volta das dez e entrou direto no restaurante. Clare e Avery já estavam numa mesa analisando mais uma vez, no tablet, o vestido de noiva que Avery provavelmente usaria no casamento.

– Trouxe muffins – anunciou Hope, pondo uma cestinha em cima da mesa e desdobrando o guardanapo vermelho brilhante. – De mirtilo. Acabaram de sair do forno. Obrigada por terem vindo.

– Pelo jeito que falou, parecia algo urgente – observou Avery e, sentindo o cheiro dos bolinhos, soltou um gemido e pegou um.

– Não é urgente. Eu só queria comentar uma coisa com vocês. Sei que estão ocupadas.

– Nunca tão ocupadas assim... Sente-se – sugeriu Clare. – Você parecia aflita, o que não faz o seu tipo.

– Não estou. Não muito. É só... – replicou Hope, balançando a cabeça e se sentando. – Andei tendo uns problemas com uma ou duas luminárias... – começou, e então lhes contou a história toda.

– Ela fez a mesma coisa comigo e com Owen. Não deixa de ser fofo, mas de um jeito estranho.

– Não tem nada de fofo! É um absurdo. E Ryder abriu mesmo a janela pensando em sair por ali.

– É claro – disse Clare.

Hope olhou para a amiga com os olhos arregalados.

– É claro?

– Não estou dizendo que essa seja a solução e sim que é evidente que Ryder pensaria nisso. É uma atitude tipicamente masculina.

Achando graça, mas disposta a dar o maior apoio à amiga, Clare deu uns tapinhas no braço de Hope.

– Tenho três filhos. Conheço bem essas coisas de homem.

– Verdade – confirmou Avery.

– Mas é uma idiotice, ainda mais porque nós dois estávamos com o celular. Quis ligar para Owen ou para Beckett, ou chamar o corpo de bombeiros.

– Uma atitude sensata e bem feminina... Mas o último recurso para um cara. Talvez só diante do risco de morrer de fome.

– Eu acho uma idiotice – repetiu Hope. – Seja como for, eu já estava de saco cheio e lhe disse poucas e boas.

– Ah, agora está ficando interessante... – zombou Avery, esfregando as mãos.

– Ryder é grosso e rude. Nunca me chama pelo nome. Só me trata como se eu fosse muito chata, coisa que eu *não* sou.

– Claro que não – observou Clare, tentando acalmar os ânimos.

– Faço o meu trabalho e não me meto com ele. O que ganho em troca? Cara de pouco-caso e insultos. E isso quando Ryder se dá ao trabalho de perceber que eu existo.

– Talvez ele esteja a fim de você – sugeriu Avery. – E acaba sendo grosseiro ou tentando ignorá-la.

– Ah! – exclamou Hope, recostando-se na cadeira e fazendo que sim com a cabeça. – Seria uma hipótese... Se tivéssemos *8* anos. Eu disse que ele era um grosso, o que é verdade, pelo menos comigo. E Ryder falou que eu era arrogante. Eu não sou arrogante.

– Você pode ser tudo, menos isso. Mas... – começou Clare.

– Mas? – indagou Hope, estreitando os olhos.

– Acho que, infelizmente, tem gente que presume que todas as mulheres bonitas são arrogantes.

– Obrigada. Ah, e ele *ainda* criticou os meus sapatos.

– Estamos pisando em território perigoso – murmurou Avery.

– Pelo visto, vocês estavam tentando esclarecer muitas coisas – começou Clare.

– Bom, não foi o que fizemos, a menos que isso signifique que agora ambos sabemos muito bem em que pé estamos.

– E como foi que saíram de lá? – indagou Avery.

– Aí é que está – respondeu Hope erguendo um dedo. – Eu me lembrei do que você disse ainda agora. Que ela tinha aprontado a mesma coisa com você e com Owen. Então, falei para Ryder que devia me beijar, e ele foi bem grosseiro. Sério, qual é o problema? Ele já tinha feito isso antes e conseguiu sobreviver, então...

– Ei, espere um instante! – exclamou Avery, balançando as mãos no ar. – Volte a fita! Ryder beijou você?

– Não foi nada de mais.

– Isso quem decide somos nós. Quando foi?

– Foi só... nada de mais. Na noite do réveillon. Demos de cara um com o outro na cozinha da casa de Owen no exato instante em que estavam fazendo a contagem regressiva. Foi muito estranho. Mas acho que nós dois pensamos que seria ainda mais estranho se não fizéssemos nada. Então aconteceu. Não foi nada.

– Você fica repetindo o tempo todo que não foi nada – observou Clare. – O que faz parecer que foi alguma coisa, sim. Ainda mais pelo fato de não ter nos contado antes.

– Porque não foi na... – começou Hope, mas se conteve. – Ah, isso não tem importância. Já esqueci. A questão é que foi apenas uma coisa convencional, assim como o réveillon. Estamos lidando com um fantasma com tendências românticas, o que parece uma bobagem sem tamanho, mas é a pura verdade. Então, nós nos beijamos e a porta se abriu. Depois eu ouvi a campainha. Eram uns hóspedes chegando. Eu desci e Ryder foi embora.

– Tenho que repetir. Volte a fita. Você beijou Ryder de novo...

– Eu ia acabar cometendo um assassinato se não conseguíssemos sair daquela suíte. Um beijo me pareceu menos sangrento.

– E como foi?

Hope se levantou e deu a volta na mesa.

– Ryder beija bem. E eu ando fechada para balanço. Há tempos. Não que isso esteja me incomodando.

– Você sentiu alguma coisa por ele – incitou Clare.

– Senti alguma coisa – emendou Hope. – Ryder beija bem e já faz um bom tempo que estou sozinha. Já o beijei duas vezes. Mal conseguimos manter uma conversa civilizada... Mentira, não conseguimos, e já o beijei duas vezes. É uma situação estranha, não é?

– Vou deixar os comentários por conta de Clare – disse Avery. – Antes, porém, queria dizer que a única coisa que vejo são dois adultos saudáveis e desimpedidos, ambos mais atraentes do que o restante dos mortais, tendo um contato físico prazeroso.

– Mas nem gostamos um do outro. E ele é um dos meus chefes.

– Poderiam gostar se deixassem isso acontecer. E Ryder não é seu chefe. Justine que é. E continuo dizendo que, se andam trocando farpas, é porque estão se sentindo atraídos um pelo outro.

– Achei que ia deixar os comentários por minha conta – observou Clare, cutucando o braço de Avery.

– Ah, é claro. A palavra é toda sua.

– Obrigada – disse Clare erguendo os olhos para Hope. – Assino embaixo. Mais ou menos.

– Admito que Justine é minha chefe – concordou Hope, voltando a se sentar –, mas não acham que Ryder também se considera meu chefe?

– Não, e acho que ele ficaria chateado se você pensasse dessa forma.

– *Pelo amor de Deus! Já bastam os aborrecimentos que eu tenho sem ser seu chefe. Você é problema da minha mãe!* – imitou Avery, franzindo as sobrancelhas e fazendo uma voz grossa.

Hope riu, sentindo a pressão que lhe tensionava a nuca se dissolver.

– É a cara de Ryder, pelo menos quanto ao conteúdo. Então, para que me preocupar? Na verdade, não foi uma forma de nos metermos numa situação, mas de sairmos dela.

– Vamos nos concentrar nesse ponto por um instante – atalhou Avery, remexendo-se na cadeira. – As línguas participaram dessa forma de sair da situação?

– Avery! – exclamou Clare, rindo e balançando a cabeça, mas, depois, reconsiderou: – É verdade... Participaram?

Com um sorriso sem jeito, Hope pôs o cabelo para trás da orelha.

– Vocês duas me conhecem há tempo suficiente para saber que, quando resolvo fazer alguma coisa, faço direito – respondeu ela.

– É algo que admiro em você – disse Avery. – E as mãos dele, onde estavam?

– Na porta. Ficaram afastadas de mim. Eu estava encostada na porta, e...

– Humm... Você não adora ficar encostada assim na porta? – perguntou Avery, dirigindo-se a Clare.

– É uma das minhas posições preferidas. Mas essa história das mãos é lamentável. Aposto que as de Ryder são ótimas. Deve ser coisa de família.

– Apesar da obsessão que vocês têm por línguas e mãos – observou Hope, suspirando –, estou me sentindo bem melhor. Obrigada.

– Disponha – replicou Avery e, com um risinho, apertou a mão da amiga. – É verdade. Disponha mesmo. De agora em diante, você vai estar cercada por lugares onde Ry vai estar trabalhando. As chances de outras situações acontecerem são excelentes.

– Não estou atrás de outras situações – retrucou Hope, sentindo a tensão se instalar na nuca outra vez.

– O que não significa que você não possa esbarrar com uma delas.

– Ou que não abra a porta para uma delas entrar – acrescentou Clare.

– Vocês ficam pensando essas coisas porque a vida atual das duas só gira em torno de casamentos e bebês. Já o centro da minha é a carreira.

– Mas também temos carreiras – observou Avery.

– E elas são excelentes. Aliás, devíamos voltar para o trabalho agora mesmo.

Quando Hope ia se levantando, a porta se abriu. Era Justine Montgomery.

Sua linda cabeleira castanho-escura estava presa num rabo de cavalo frouxo.

– Olá, meninas – cumprimentou, sorrindo e tirando os óculos de armação verde.

Não há motivo algum para se sentir culpada, pensou Hope. Nenhum mesmo.

– Conselho de guerra?

– Só estávamos botando o papo em dia – respondeu Clare.

Justine se aproximou e pôs a mão no ombro da nora.

– Como é que nós estamos?

– Estamos bem – respondeu Clare, passando a mão pela barriga.

– Ia mesmo passar para vê-la e perguntar se posso roubar os meninos da babá um pouco mais tarde. Estou louca para fazer um piquenique.

– Eles vão adorar.

– Então, está combinado. E você – prosseguiu, apontando para Avery. – Queria ir de novo ver como está o local do novo restaurante e tirar um tempinho para falar sobre o casamento.

– Eu praticamente não faço outra coisa. Encomendei as luminárias no site que você me mandou. São perfeitas. Podemos ir até lá assim que Dave chegar.

– Por mim, está ótimo. Na verdade, Hope, vim procurar você. Encontrei uns móveis para a varanda de cima e acho que vão ficar ótimos – disse Justine, abrindo a bolsa enorme, de um verde tão intenso quanto o dos óculos, e pegando um papel. – O que acha?

– Perfeito. Têm um ar descontraído, parecem confortáveis e os tons e as texturas combinam muito bem.

– Foi o que pensei. Pode encomendar. Também quero ver com você como vamos fazer para dar aos hóspedes o passe para a academia e se podemos incluí-los num pacote. Claro que não é para agora, mas...

– Nunca é muito cedo para planejar as coisas – concluiu Hope.

– Exatamente. O mais importante vai ser a equipe de profissionais, e tenho que encontrar um bom gerente. Já pedi que algumas pessoas começassem a sondar por aí.

– Por falar em gerente, andei pensando que devíamos começar a fazer umas reuniões da gerência, talvez a cada quatro ou seis semanas. Só para coordenar eventos, opiniões, projetos de marketing.

– Gosto da ideia – concordou Justine, com um sorriso radiante.

– Então vou mandar um e-mail para todo mundo e ver qual seria o melhor horário. Se der para ser no começo da tarde, podemos usar a sala de jantar da pousada. Aliás, preciso voltar para lá.

– Não quero interromper o encontro de vocês.

– Já colocamos a conversa em dia – disse Hope, levantando-se.

– Nesse caso, vou sair com você e, depois, vou pegar no pé dos meninos. Vejo vocês duas mais tarde. O que me diz de um azul acinzentado para substituir aquele verde do prédio da academia? – perguntou, dirigindo-se a Hope enquanto seguiam para a porta.

– Eu digo que você é a minha heroína.

– Aí tem coisa – falou Avery quando a porta se fechou.

– Com toda a certeza – afirmou Clare, satisfeita, cruzando as mãos sobre a barriga.

– E como nos sentimos em relação a isso?

– Eles não fazem o tipo um do outro. Nem de longe.

– Verdade – concordou Avery.

– Talvez seja por isso que estou gostando tanto da ideia – observou Clare.

– Eu também! – exclamou Avery, pegando dois refrigerantes na geladeira. – Em parte, pode ser porque somos apaixonadas por dois dos irmãos. Ficaram sobrando uma de nós e um deles.

– É o tipo de simetria que Hope adoraria. Se não estivesse tão chateada e não fosse tão resistente... Mas isso não é o mais importante. Gostamos dos dois, logo, queremos que sejam felizes. Que tenham alguém em suas vidas que os façam felizes.

– Ryder sai com muitas garotas, mas...

– Nunca se envolve – concluiu Clare. – E Hope não tem saído com ninguém desde...

– Jonathan – completou Avery em tom aborrecido.

– Ele a magoou mais do que ela gostaria de admitir, até para si mesma. E, acima de tudo, Hope cismou que não quer ou não precisa sair com alguém nem ter um relacionamento amoroso.

– Você também pensava assim.

– Era diferente. Eu saía de vez em quando – contestou Clare.

– Muito de vez em quando.

– É verdade, mas eu tinha três filhos e o meu negócio para cuidar. Além do mais, e isso é o principal, não apareceu ninguém antes de Beckett – disse Clare, tomando uns goles da bebida. – E tem mais uma coisa que pode parecer meio maluca.

– Maluquice é comigo mesma.

– Lizzy. De certa forma, ela deu a mim e a Beckett, e a você e a Owen um empurrãozinho. Provocou o primeiro passo, por assim dizer. E veja só o que aconteceu.

– Casada e grávida de gêmeos – disse Avery, com a mão espalmada apontando para a amiga.

– Planejando o casamento – falou Clare, imitando o gesto. – Acha que, de certa forma, ela sabe, vê ou sente algo que não percebemos? Sobre sentimentos em potencial?

– Talvez. E nada pode ser mais maluco do que tê-la morando na pousada enquanto espera por alguém chamado Billy.

– É. Acho que não. Seria tão bom se descobríssemos quem ele era e o que representou para ela...

– Estou apostando em Hope e Ryder. Pode demorar um pouco, mas eles vão acabar se entendendo – afirmou Avery, sorrindo para Clare por trás da lata de refrigerante. – Então, até que ponto podemos contar essa história para Owen e Beckett?

– Ah, devemos contar tudo.

– Ótimo. Os dois vão pegar no pé de Ryder, o que vai deixá-lo muito irritado. Com ele dessa forma, tem mais chances de acontecerem outras situações interessantes. E, depois do babaca do Jonathan, Hope merecia alguém um pouco mais honesto.

– Ryder é honesto – declarou Clare, sorrindo. – Ela o chamou de grosso.

– Sei disso – comentou Avery, recostando-se na cadeira às gargalhadas. – E ele pagou na mesma moeda. Talvez seja errado, mas adorei a ideia.

– Se for errado, concordo plenamente com você – disse a outra, e, erguendo a latinha para um brinde, acrescentou: – À perspectiva de um verão interessante!

Hope conseguiu evitá-lo quase a semana toda. Ela o viu – não que estivesse olhando, mas era difícil não ver Ryder Montgomery indo de uma obra a outra numa cidade do tamanho de Boonsboro.

Entrando no MacT's, saindo da confeitaria, circulando pela academia. Hope o viu conversando com Dick, o barbeiro, na porta do salão da Sherry, ou parando para falar com um dos Crawfords.

Aqui, ali, por toda parte, pensava ela com certa mágoa. E, para não dar de cara com ele, praticamente se pôs em prisão domiciliar.

Era ridículo.

Claro que tinha andado ocupada. No seu primeiro verão, a pousada se revelou bem popular. Receberam dois escritores de fora que Clare havia convidado para uma noite de autógrafos. Depois, o lindo casal que viera para os arredores da cidade a fim de comemorar os cinquenta anos de formatura do colegial, e o casal bem jovem que ficou noivo na suíte Titânia & Oberon – e que já estava pensando em passar a noite de núpcias no mesmo quarto.

Até agora, tinha recebido hóspedes encantadores, estranhos, carentes e adoráveis. E, provavelmente, todos os tipos entre essas categorias, refletiu Hope, pegando a mangueira para regar as flores e os arbustos.

Naquele momento, havia seis quartos ocupados: duas irmãs com as três filhas e a mãe. Na véspera, o grupo teve uma noite divertida e barulhenta. Hope esperava que fossem dormir antes da hora de saírem para a limpeza de pele e a massagem.

Ela planejara uma noite especial só para mulheres. Clare e Avery, Justine e Carolee, a mãe de Clare e a filha de Carolee. Sua mãe e a irmã viriam da Filadélfia.

Alguns petiscos interessantes, vinho, muita conversa sobre casamento e sobre bebês.

Era disso que precisava.

Encharcou a palha que recobria a terra, gostou de ver que as roseiras floresciam e a folhagem das glicínias viscejava. Em maio, as flores tinham perfumado o ar, e Hope já as imaginava surgindo na época do casamento de Avery, na próxima primavera.

Começou a cantarolar, tranquilizada pela tarefa doméstica, ignorando as marteladas e o barulho da serra que vinham do prédio do outro lado do estacionamento. Repassou mentalmente a lista de atividades da manhã, da tarde e da noite. Para encerrar o dia, esperava pesquisar um pouco sobre Billy.

Perfeito.

Um ruído às suas costas a assustou, fazendo-a se virar.

– Ei!

Foi tudo o que Ryder conseguiu dizer antes que, por puro reflexo, ela virasse o jato de água na direção dele, acertando-o primeiro na cintura e depois subindo até parar no rosto.

– Ah, meu Deus! – exclamou Hope, toda atrapalhada, virando a mangueira para o lado.

Ryder tirou os óculos escuros bem devagar. Ficou ali parado, com as roupas e os cabelos encharcados e os olhos faiscando.

Prontamente, Diaraque começou a lamber a água que formava uma poça no chão.

– Que porra...?

– Shh! – Hope olhou de forma instintiva para a varanda. – Temos hóspedes. Um monte de mulheres.

– E por isso você resolveu jogar água em qualquer homem que aparecesse por aqui?

– Foi sem querer. Desculpe. Sinto muito mesmo. Você me assustou e eu só... – Hope deu um riso abafado.

– Está achando graça? – perguntou Ryder.

– Não. Sim. Estou, sim, mas nem por isso deixo de lamentar o que aconteceu. Sinto muito – acrescentou Hope, pondo a mangueira para trás no instante em que ele deu um passo à frente. – Você não devia aparecer assim, de maneira furtiva, por trás de uma mulher com uma mangueira na mão.

– Furtiva uma ova! Vim andando normalmente – retrucou Ryder, tirando o cabelo molhado do rosto. – Deixe eu ver essa mangueira.

– De jeito nenhum. Foi um acidente. Qualquer coisa que você faça vai ser de propósito. Se quiser esperar um pouco, vou pegar uma toalha.

– Não quero toalha nenhuma. Quero um maldito café. Foi para isso que vim andando, como qualquer pessoa normal, desde a obra, que fica lá, até a cozinha, que fica ali.

– Então vou pegar a toalha e um café.

Cautelosa, Hope abriu caminho para ele passar, tendo o cuidado de desligar o registro da água antes, e disparou para o interior do prédio.

Foi até a lavanderia, dando risadas, pegou uma toalha numa das prateleiras e voltou às pressas para a cozinha, onde serviu café num copo de isopor. Acrescentou duas colheres de açúcar, a quantidade que sabia que ele usava, e fechou o copo com a tampa.

Pôs um muffin com gotas de chocolate num guardanapo, para amenizar o clima, e apanhou um biscoito para cachorros do estoque que mantinha ali.

Correu de volta ao saguão, mas se deteve por um instante só para checar se Ryder não estava armado, pronto para dar o troco. Hope tinha um irmão e sabia bem como eram essas coisas.

Recomposta, ostentando uma expressão pesarosa, dirigiu-se ao pátio.

E tentou não reparar que ele ficava lindo assim molhado.

– Desculpe.

– Você já disse isso.

Sem tirar os olhos dela, Ryder pegou a toalha e esfregou com força o cabelo revolto e molhado.

Como estava com muita vontade de rir outra vez, Hope adotou um tom ainda mais pesaroso na voz.

– Trouxe um muffin para você – falou.

– De quê? – indagou Ryder, dando uma olhada no bolinho, a toalha pendurada no ombro.

– Gotas de chocolate.

– Está bem – replicou ele e começou a comê-lo acompanhado do café enquanto Hope dava o biscoito a Diaraque. – Tem algum motivo especial para você regar essas plantas, e a mim, às sete e meia da manhã?

– Não tem chovido nos últimos dias e, como temos hóspedes, preciso começar a servir o café da manhã daqui a pouco. É uma família. Ficaram acordadas até tarde ontem, logo, estão dormindo um pouco mais. Já que eu tinha um tempinho...

Hope se interrompeu, perguntando-se por que se sentia na obrigação de lhe dar tantas explicações.

– Tem algum motivo especial para você vir aqui atrás de um café às sete e meia da manhã?

– Esqueci que Owen ia chegar um pouco mais tarde. É ele quem traz o café. Achei que Carolee estivesse trabalhando na cozinha. Preciso da chave para ir à casa dela e dar uma olhada na pia da cozinha. A água não está descendo direito.

Não dava para negar que Ryder era um bom sobrinho, ou filho ou irmão.

– Ela vai chegar por volta das oito. Pode esperar, se quiser. Posso... pôr as suas roupas na secadora.

– Suas hóspedes não vão se incomodar com um cara nu circulando por aqui?

Aquele grupo?, pensou ela. Era bem provável que não.

– Quem sabe não vão considerar como um brinde da pousada? Mas a M&P está vazia. Você podia esperar lá.

Nu, pensou Hope. Mal-humorado, nu e com aquele corpo fantástico.

Ah, tanto tempo fechada para balanço...

– Não dá para ficar esperando. Tenho que trabalhar – retrucou Ryder, mordendo um bom pedaço do muffin. – Nada mau.

Diaraque começou a abanar o rabo. Logo abocanhou o pedaço que Ryder jogou no chão mexendo apenas a cabeça.

– Muito obrigada.

Ryder deu mais uma mordida sem deixar de observá-la.

– As luzes continuam dando problema?

– Não. Mas, há duas noites, um casal se hospedou aqui. Ele a pediu em casamento na T&O. Os dois vieram me agradecer por ter espalhado pétalas de rosa em cima da cama, coisa que não fiz. – Olhando na direção da pousada, acrescentou: – Foi um detalhe bem legal. Adoraria ter tido essa ideia.

– Pelo visto, você arranjou uma assistente.

– Acho que sim. Tem algum problema se eu passar mais tarde no novo restaurante de Avery para ver como está ficando?

Ryder manteve os olhos pregados no rosto de Hope. Um olhar firme e demorado.

– Por que haveria? – indagou, escondendo os olhos por trás dos óculos escuros.

– Tudo bem. – Por orgulho, supôs Hope, estava negando a si mesma esse pequeno prazer. E não podia culpar ninguém por isso, a não ser ela própria. – Se já acabou de se secar...

– Claro – disse Ryder, devolvendo-lhe a toalha. – Obrigado pelo café. E pelo banho.

Sem saber ao certo o que fazer, ela preferiu engolir o riso.

– Não há de quê – respondeu.

Ryder foi embora. Após lhe dar um sorriso canino, Diaraque saiu atrás do dono.

– Quem era aquele?

A voz vinda lá de cima fez Hope pular de susto outra vez. Achou ótimo não estar mais com a mangueira na mão. Erguendo os olhos, viu uma mulher de roupão de banho debruçada no parapeito da varanda do segundo andar. Hope consultou o arquivo mental.

A mulher era Courtney, a filha do meio.

– Bom dia! Era um dos proprietários.

– Humm. – Ela abriu um sorriso sonolento. – O meu ex é alto, moreno e bonito. Acho que tenho uma queda por homens desse tipo.

– E quem não tem? – respondeu Hope, também sorrindo.

– Verdade. Tem problema eu descer de roupão? Acho que nunca me senti tão relaxada nos últimos seis meses e não queria que essa sensação acabasse.

– Problema algum. Tem café fresco na cozinha. Já estou entrando para providenciar o café da manhã.

– Adoro esse lugar – comentou Courtney, soltando um suspiro sonhador.

Eu também, pensou Hope, indo botar a mangueira no lugar.

E percebeu que também se sentia muito mais relaxada. Teve uma conversa com Ryder sem que fossem ríspidos um com o outro.

Para que isso acontecesse, bastou encharcá-lo até os ossos.

Rindo, voltou para a pousada a fim de servir o café da hóspede.

capítulo quatro

RYDER PEGOU UMA CAMISETA seca e razoavelmente limpa na caminhonete e o jeans que sempre levava para casos de emergência. Achou que tomar um banho de mangueira de maneira inadvertida poderia ser considerado um deles.

Levou as peças de roupa para o MacT's.

– Mulheres... – foi tudo que disse.

Diaraque lhe lançou um olhar que bem podia ser interpretado como solidariedade masculina. Dirigiram-se para a música que vinha da obra (o rádio tocava uma canção country, já que ele não tinha posto numa estação de rock): o ruído das furadeiras, os sons da pistola de pregos.

Atravessou o restaurante, passando por encanadores que trabalhavam nos banheiros, e foi até a cozinha.

Beckett estava de pé diante de uma das bancadas consultando as plantas que havia desenhado.

– Oi. Achei que, como íamos ter apenas uma porta aqui, devíamos... – Beckett parou de falar ao erguer os olhos e reparar que o irmão jogava algumas peças de roupa perto da imensa grelha. – Pegou algum temporal inesperado?

Com um grunhido surdo, Ryder se abaixou para tirar as botas.

– Uma gerente com uma mangueira na mão – explicou ele.

A gargalhada de Beckett ressoou pelo aposento enquanto Ryder lutava para desamarrar os cadarços encharcados das botas.

– Ela regou você inteirinho, cara!

– Cale essa boca, Beck!

– O que você fez? Agarrou Hope de novo?

– Não. E, antes de mais nada, nunca a agarrei. – Ryder se ergueu, tirou a camiseta e a jogou de forma ruidosa no chão.

– Não foi o que me disseram. – Beckett estava recostado na bancada com um risinho no rosto.

Ryder lançou um olhar fulminante ao irmão enquanto tirava o cinto.

– Já falei que não agarrei ninguém e que a ideia foi dela. Cale a boca!

– Cara, você está mesmo *ensopado*. O que você fez? Saiu correndo atrás de Hope pelo pátio?

Verdade. Ela o deixara encharcado. Até a cueca estava molhada. E, já que não tinha nenhuma outra na picape, teria que ficar sem.

Ficou nu na frente de Beckett, que sorria para ele.

– Se a sua mulher não estivesse grávida eu acabaria com você.

– Não sou eu que estou com um alvo desenhado na cara hoje.

– Não preciso de um alvo para acertar a sua. – Tomou o maior cuidado para não prender as partes mais sensíveis no zíper da calça. – Ela tinha ido regar as malditas flores e não estava prestando atenção no que fazia. Além do mais, tomou o maior susto.

– Eu também tomaria se alguém me agarrasse.

Sem tirar os olhos do irmão, Ryder começou a enfiar o cinto em cada uma das passadeiras do jeans.

– Já acabou?

– Talvez ainda consiga pensar em mais algumas coisas. Sem contar com "ficar todo molhadinho" e expressões do tipo.

Após vestir a camiseta, Ryder mostrou os dedos do meio para o irmão.

– Quem sabe da próxima vez, além do banho, Hope não faz a sua barba também? Ok. Já chega por enquanto.

– Mandei Chad terminar de instalar as fechaduras e os interruptores dos apartamentos em cima da confeitaria porque Owen quer que esteja tudo pronto ainda hoje, para ele poder exibi-los. A pia de Carolee está com algum problema e ela pediu que eu fosse até lá dar uma olhada. Estava indo dos apartamentos até a pousada para pegar a chave e um maldito café quando Hope se virou e me acertou em cheio. Claro que, primeiro, bem na altura da virilha, e, depois, toda a parte de cima.

– Foi de propósito? Porque podemos esperar Owen chegar e ir os três tirar satisfação com ela.

– Engraçadinho. – Ryder deu um chute nas roupas molhadas. – Acabei ganhando um café e um muffin.

– Um muffin de quê?

– Do sabor que eu gosto. Vou mandar os pintores para o andaime. Como não há previsão de chuva para os próximos dias, eles podem começar a trabalhar na parte externa.

– Ótimo. Já tivemos água o bastante essa manhã. O que quer que eu faça? – Com um ar divertido nos olhos, Beckett abriu as mãos espalmadas. – A prova está bem aqui na minha frente.

– Da próxima vez que chamarem alguém lá para a pousada, vou mandar Deke cuidar do assunto. Aí ele pode beijá-la.

Beckett pensou no operário, um bom trabalhador, com uma disposição invejável e uma cara que só mesmo uma mãe míope poderia achar bonita.

– Pegou pesado, cara!

– Se o seu fantasma gosta de brincadeiras, vai poder fazê-las com outra pessoa.

– Lizzy não é meu fantasma. E duvido que ela queira que Hope fique com Deke.

– Ninguém me diz com quem ficar, e, se eu quisesse ficar com a certinha da Hope, eu ficaria.

– Se você diz...

Ouviram vozes infantis e também o ruído de passos. Ryder viu o rosto do irmão se iluminar quando os três meninos irromperam cozinha adentro.

Murphy, o caçula de 6 anos, passou à frente dos irmãos e disparou na direção de Beckett. Levava um boneco do Capitão América decapitado.

– A cabeça dele caiu. Pode consertar, não pode? Porque ele precisa dela.

– Vamos ver... – Beckett se agachou. – Como isso aconteceu?

– Eu só queria checar se o Capitão América conseguia enxergar o que estava atrás dele porque os bandidos chegam por trás. Aí a cabeça caiu. – O menino entregou a cabeça a Beckett. – Mas você pode consertar.

– Podemos enterrá-lo – disse Liam, o do meio, abrindo um sorriso. – Temos os caixões que você fez. Você pode fazer outro, só para a cabeça dele. – Virou-se para Ryder com um risinho maroto. – Se a sua cabeça cair, você morre.

– Já viu uma galinha com a cabeça cortada? O resto do corpo continua andando, como se estivesse procurando por ela.

– Não continua nada! – gritou Harry, o mais velho, com um misto de nojo e empolgação diante da cara espantada de Liam.

– Ah, continua, sim, meu jovem Jedi. Na verdade, é... Olhem, Clare chegou.

– Desculpem. Tínhamos consulta no médico. Está tudo bem. Os meninos insistiram em passar aqui para dar uma olhada antes de irmos para a livraria.

– Posso ficar e trabalhar – disse Harry, lançando um olhar de súplica a Beckett. – Posso ajudar.

– Se Harry ficar, vou ficar também – declarou Liam e deu um puxão na calça de Ryder.

– Eu também – repetiu Murphy, erguendo os braços para Beckett. – Tá?

– Fizemos um trato – começou Clare.

– Só estamos pedindo. – Conhecendo muito bem os seus alvos, Harry substituiu o olhar de súplica por um mais inocente. – Eles podem dizer não.

– Poderíamos tirar proveito de alguns escravos – observou Ryder, e recebeu em troca um sorriso angelical de Harry.

– Ryder, não quero sobrecarregar você com...

– Este aqui parece meio magrinho. – Ergueu o braço de Liam e beliscou o bíceps do menino. – Mas tem potencial.

– Vamos ter que separá-los. – Beckett entregou a Murphy o super-herói já consertado.

– Sabia que você podia dar um jeito nele. – Após dar um abraço apertado no padrasto, o menino sorriu para a mãe. – Por favor, a gente pode ser escravo?

– Quem sou eu para contrariar cinco homens bonitos? Prometi levá-los para almoçar na Vesta, mas...

– Encontramos vocês lá. – Pondo Murphy no chão, Beckett se aproximou de Clare. Passou a mão pelo rosto dela e lhe deu um beijo na boca. – Por volta de meio-dia?

– Perfeito. Se precisar de reforços, é só chamar. Meninos! – Naquela única palavra vibrava a recomendação materna. – Obedeçam a eles. Se não se comportarem, vou ficar sabendo, mesmo que eles não digam nada. Estou logo ali do outro lado da rua – falou, dirigindo-se ao marido.

– Como ela consegue ficar sabendo mesmo não estando aqui? – perguntou Murphy depois que Clare saiu. – Porque ela fica mesmo.

– É o misterioso poder das mães – esclareceu Beckett.

– Seja como for, se começarem a aprontar por aí, vamos aparafusar vocês nas paredes pelos sapatos. De cabeça para baixo – acrescentou Ryder. – Fica com o menorzinho?

– Fico. – Beckett pôs a mão na cabeça de Murphy.

– Vou levar o recheio lá para os apartamentos. Ele pode ajudar com as fechaduras.

– Por que está me chamando de recheio? – perguntou Liam.

– Porque você é o do meio.

– Não vou mais ser quando os bebês chegarem. Murphy é que vai.

– O garoto fez as contas – falou Beckett, orgulhoso.

– Mais um geniozinho matemático? Então é melhor ficar com Owen quando ele chegar. Eu levo esse aqui. – Deu uma gravata em Harry deixando o menino arrepiado dos pés à cabeça. – Ele é mais alto que os outros. Vamos lá para a academia. No caminho, deixo o filho do meio temporário no prédio da confeitaria.

– Ótimo. Obrigado.

Depois que Ryder saiu levando consigo os dois mais velhos, Beckett se virou para Murphy.

– É melhor irmos pegar nossas ferramentas.

– Nossas ferramentas! – exclamou o menino, abrindo um sorriso angelical.

Já que os dois homens que trabalhavam nos apartamentos tinham filhos, Ryder imaginou que não deixariam Liam fazer nenhuma besteira. Mesmo assim, ficou um tempo por ali, mostrando ao menino como instalar os espelhos das tomadas e os interruptores usando uma pequena chave de fenda.

Ele devia ter uns 8 anos, pensou, e tinha uma boa mão para a tarefa. Mas, dos três, era o que se distraía com mais facilidade e o de pavio mais curto – talvez fosse por causa daquela história de filho do meio.

– Vai ganhar um dólar por hora se não fizer besteira. Se fizer – disse Ryder –, ganha xongas.

– Quanto é xongas?

– Nadinha.

– Quero ganhar mais que nada! – protestou Liam.

– Todo mundo quer, então, trate de não aprontar. Se ele der trabalho – orientou aos operários –, levem-no para onde está Beckett. Vamos lá, "seu" Harry.

– Eu devia ganhar mais do que o Liam, já que sou mais velho.

– Um dólar por hora – repetiu Ryder quando estavam descendo a escada externa. – É assim que as coisas funcionam por aqui.

– Eu podia ganhar uma gratificação.

Achando graça, e um tanto admirado, Ryder observou Harry durante o trajeto.

– E você lá sabe o que é isso?

– Mamãe dá gratificação de Natal para as pessoas porque elas trabalham muito.

– Ok. A gente vê isso quando chegar o Natal.

– Vou usar uma daquelas pistolas que prendem pregos?

– Claro que vai. Daqui a uns cinco anos.

– A vovó disse que vocês estão construindo um lugar onde as pessoas vão fazer exercícios, se divertir e ficar saudáveis.

– Essa é a ideia.

– Temos que comer brócolis porque é saudável. Menos quando é a Noite dos Homens. Aí, não comemos.

– O bom dessas noites é que nunca tem brócolis no cardápio.

– Vou precisar medir coisas? Tenho uma trena em casa. Foi Beckett que me deu. Mas eu não trouxe.

– Temos algumas sobrando.

Quando entraram no prédio, Harry parou, os olhos arregalados.

Como a demolição já estava terminada, era possível ver as paredes externas, um teto em péssimo estado e um espaço tão grande quanto um celeiro. O ambiente era preenchido pelo zumbido de serras, bater de martelos e estrondo de pistolas de pregos, já que havia operários trabalhando.

– É grande! – exclamou Harry. – Não imaginei que fosse grande, mas é. Por que não tem nada aqui dentro?

A resposta de Ryder foi bem simples.

– Porque o que tinha não estava bom. Vamos construir algo bom.

– Construir tudo de novo? Tudinho? Como podem saber?

Percebendo que o menino usava o verbo no sentido literal, Ryder o levou até o lugar onde estavam as plantas.

– Foi Beckett que desenhou isso. Eu vi. O teto não está desse jeito.

Certo, pensou, o garoto não só fazia mil perguntas, todas muito sensatas, mas também prestava atenção. Talvez estivessem preparando a próxima geração de empreiteiros.

– Mas vai ficar. Vamos tirar esse teto velho.

– E se chover?

– Vamos ficar molhados.

Harry sorriu para ele.

– Posso construir alguma coisa?

– Claro. Vamos pegar um martelo para você.

Ryder se divertiu. O menino era esperto e interessado, com uma disposição para fazer qualquer coisa, principalmente pelo fato de nunca ter realizado tal função antes. E era engraçado. Muitas vezes, de forma deliberada. Como tinha ajudado a tomar conta dos garotos com as ferramentas quando estavam terminando a casa de Beckett, Ryder sabia que Harry era relativamente cuidadoso. Ele gostava de aprender e de construir coisas.

E, ao lhe ensinar alguns procedimentos básicos, Ryder se viu de volta à própria infância, quando aprendeu o ofício com o pai.

A empreiteira da família Montgomery não existiria se Tom Montgomery não possuísse a habilidade, a disposição e a paciência para o trabalho de construção. E se não tivesse se casado com uma mulher de visão e cheia de energia.

Ryder percebeu que sentia mais saudade do pai no começo de um trabalho como aquele, quando o potencial se desenrolava diante deles como um tapete interminável.

Aquilo o deixava empolgado, pensou, enquanto mostrava a Harry como medir e marcar o local do próximo parafuso. O espaço imenso onde ecoava o barulho da obra, o cheiro de suor e de serragem...

E adorou o garoto. Adorou também o potencial dele. Tinha 9 anos, quase 10, lembrou-se Ryder. Era desengonçado, com os cotovelos pontudos e os pés muito grandes para o resto do corpo.

Agora, iam chegar mais dois. É... Seu pai teria muito a ensinar a toda a prole Brewster Montgomery.

Harry se integrou à equipe. Incansável, pegava e carregava várias coisas. Aquilo não ia durar muito, pensou Ryder, mas a novidade daquele dia equivalia mesmo a um trabalho escravo e fazia o menino se sentir um homem. Como se fosse parte da turma.

Recuou um pouco e tomou um gole de Gatorade direto da garrafa. Harry o imitou e também ficou parado observando o trabalho feito.

– Bom, garoto, você construiu sua primeira parede. – Ryder tirou do bolso um lápis de carpinteiro. – Escreva seu nome nela.

– Sério?

– É claro. Ele será coberto pelo isolamento, pelo reboco e pela pintura, mas você vai saber que está ali.

Encantado, Harry pegou o lápis e escreveu o próprio nome com todo o cuidado numa das vigas de sustentação.

Olhou na direção de onde vinha um som entusiasmado e viu Liam entrando apressado.

– Puseram você para correr de lá? – perguntou Ryder.

– Não! Instalei um milhão de espelhos de tomadas e também uma maçaneta. Foi Chad que me ensinou. Depois, Beckett veio me buscar para a gente ir comer pizza.

Enquanto o menino falava, Beckett apareceu com Murphy.

– Fiz uma parede! Olhe. Ryder e eu construímos uma parede.

Liam franziu as sobrancelhas.

– Como pode ser uma parede se a gente pode passar para o outro lado? Veja só – falou e fez a demonstração.

– É a sustentação de uma parede – explicou Harry, enfatizando a importância de seu feito.

A expressão de Liam se transformou, assumindo um aspecto de rebeldia.

– Quero construir a sustentação de uma parede!

– Na próxima vez – falou Beckett em tom conciliador. – Tome cuidado. É uma das regras de um canteiro de obras.

– Eu construí uma plataforma. A gente pode subir em cima – explicou Murphy. – Agora é hora do almoço e vamos comer pizza.

Ryder se deu conta de que tinha perdido a noção do tempo.

– Vou levar os meninos para se limparem – disse Beckett.

– E, antes de comer, vamos jogar video game. Ganhei *três* dólares – gabou-se Liam, balançando as notas no ar.

– É claro, é claro. – Ryder procurou a carteira sob o olhar tranquilo de Harry. – Você mereceu.

– Obrigado! Vai almoçar com a gente?

– Logo, logo apareço por lá. Ainda preciso terminar umas coisas.

– Owen está lá no restaurante novo, vendo umas questões com Avery. Ele falou que chega em vinte minutos.

– Por mim, tudo bem.

– Certo, pessoal! Vamos nos limpar.

Da janela da cozinha, Hope viu Beckett e seus homenzinhos. Uma graça, pensou. Imaginou que estivessem indo almoçar na Vesta.

Ela também devia comer alguma coisa logo, resolveu. Antes que os hóspedes voltassem e não tivesse tempo. Já havia revistado todos os quartos, recolhendo copos, xícaras e outros objetos deixados por lá. E precisava encomendar mais porta-copos e toalhas de lavabo para o banheiro do salão. Mais canecas também, lembrou, já que era comum os hóspedes irem embora levando as da pousada.

Nesse momento, porém, o local estava vazio e tranquilo. Todas as mulheres tinham saído para se embelezar, e Carolee fora com Justine escolher pisos, azulejos e sabe-se lá o que mais para a academia.

O pessoal da limpeza chegaria em uma hora para a faxina dos quartos. Então, Hope precisaria checar tudo outra vez. Acabara de preparar uma jarra de chá gelado e repor o estoque de água e refrigerantes na geladeira. Depois disso, fez uma pequena pausa antes de cuidar das encomendas e de catalogar tudo.

No entanto, mal pôs a jarra na ilha, ao lado de uma tigela cheia de uvas, quando a sineta da recepção tocou.

Não havia nenhuma entrega marcada para aquela hora, pensou, mas talvez fosse um hóspede que esquecera a chave ou alguém na esperança de conhecer o lugar.

Foi até lá com o sorriso de gerente estampado no rosto.

O sorriso se apagou por completo quando viu o homem pela vidraça da porta.

Vestia um terno, é claro. Um terno cinza perolado por causa do verão. A gravata, com o impecável nó Windsor, repetia exatamente o mesmo tom e tinha uma risca contrastante num vermelho forte.

Estava bronzeado, com a pele dourada. Era alto e magro, de um jeito clássico, e muito bonito.

E não era nem um pouco bem-vindo ali.

Relutante, Hope destrancou e abriu a porta.

– Jonathan. Não esperava vê-lo aqui.

– Hope. – Ele abriu um sorriso, esbanjando charme, como se menos de um ano atrás não a tivesse descartado como uma roupa fora de moda. – Você está lindíssima. Esse novo corte de cabelo caiu muito bem em você.

Jonathan se aproximou, como se fosse abraçá-la. Hope recuou, numa firme demonstração de recusa.

– O que está fazendo aqui?

– Neste exato momento, me perguntando por que você não me convida para entrar. É estranho encontrar a porta de um hotel trancada no meio do dia.

– É a nossa política. Somos um Bed & Breakfast. Nossos hóspedes gostam da privacidade que têm.

– Claro. Esse lugar parece encantador. Gostaria de vê-lo melhor. – Esperou um instante e, depois, abriu um sorriso radiante. – Cortesia profissional?

Bater com a porta na cara de Jonathan seria um prazer, mas também uma atitude bastante infantil. Além do mais, o gesto poderia fazê-lo pensar que ele tinha alguma importância.

– A maior parte dos quartos está ocupada, mas posso lhe mostrar as áreas de convivência, se lhe interessar.

– Claro que sim. Muito.

Hope não conseguia entender por quê.

– Vou perguntar de novo, Jonathan: o que está fazendo aqui?

– Queria vê-la. Meus pais mandaram lembranças.

– Mande lembranças minhas para eles também. – Respirou fundo. Tudo bem, pensou, que diabos. – Esta é a recepção.

– Meio pequena, mas é aconchegante e tem personalidade.

– É exatamente o que achamos.

– Esses são os tijolos originais?

Hope olhou para a parede com tijolos aparentes.

– São, sim. E essas são fotos antigas mostrando a pousada e a avenida principal.

– Aham. A lareira deve ser muito bem-vinda no inverno.

Ela lutava contra a indignação de ter Jonathan ali, de vê-lo fazendo comentários sobre aquele espaço que era *dela*.

– Verdade. É um dos locais favoritos dos hóspedes. Temos uma cozinha aberta – falou, indo na direção do aposento e desejando poder ter uns minutinhos para retocar a maquiagem e ajeitar o cabelo. Só por uma questão de orgulho. – Os hóspedes podem entrar aqui e se servir à vontade.

Jonathan passou os olhos pelas luminárias de ferro, os utensílios em aço inoxidável e a bela bancada de granito.

– Um pacto de confiança? – perguntou ele.

– Não cobramos nada por isso. Comida e bebida estão incluídas no preço. Queremos que os hóspedes se sintam em casa. O saguão central fica por aqui.

Jonathan parou um instante diante do escritório da gerente e voltou a sorrir.

– A arrumação e a eficiência de sempre. Você faz falta, Hope.

– Faço?

– Muita falta.

Ocorreram-lhe várias respostas, mas nenhuma delas era educada, e Hope estava determinada a manter a linha.

– Um dos nossos maiores orgulhos é o trabalho de azulejaria espalhado pela pousada. Aqui dá para ver os detalhes do tapete de ladrilhos debaixo da mesa principal. Os arranjos são feitos pela florista local para refletir e celebrar não apenas a estação, mas também o estilo e o tom da sala.

– Lindos. Os detalhes são magníficos. Eu...

– Assim como o trabalho de marcenaria. – Hope o interrompeu. De forma educada. – As molduras das velhas arcadas. A família Montgomery projetou, recuperou e decorou o prédio inteiro. É a construção de pedra mais antiga de Boonsboro e, originalmente, era um hotel. O salão, que fica logo ali, era a entrada para as carruagens.

– Hope – Jonathan passou a ponta do dedo no braço dela antes que Hope pudesse se esquivar –, posso levar você para almoçar depois dessa visita? Faz tanto tempo...

Nem tanto assim.

– Estou trabalhando, Jonathan.

– Seus chefes devem lhe dar um horário de almoço razoável. Que lugar você recomendaria?

Não era preciso ser muito perspicaz para captar a situação. O tom dele revelava tudo. Jonathan contava com uma resposta afirmativa, percebeu Hope. E mais: esperava que ficasse encantada, lisonjeada, talvez até um pouco nervosa.

Ficou feliz em desapontá-lo sob todos os aspectos.

– Se estiver com fome, pode experimentar a Vesta. É só atravessar a rua. Mas não estou interessada em ir almoçar com você. Talvez queira ver o pátio antes do resto do andar térreo. – Abriu as portas do saguão e saiu. – É um lugar adorável para sentar e tomar alguma coisa, ainda mais quando o tempo está bom.

– Mas não tem uma vista bonita – observou ele, olhando para a linda mureta do jardim e vendo o prédio verde do outro lado do estacionamento.

– Isso vai mudar. Aquele prédio está sendo reformado pela família Montgomery.

– Que gente ocupada. Vamos pelo menos sentar aqui um pouco. Eu bem que beberia alguma coisa, como sugeriu.

Hospitalidade, disse Hope consigo mesma. Com quem quer que fosse.

– Tudo bem. Já volto.

Entrou na pousada e, de forma deliberada, descerrou os dentes. Jonathan podia mandar clientes para lá, tratou de se lembrar. Gente à procura de um lugar mais afastado, bem administrado, lindamente decorado.

Para além de seus sentimentos pessoais, não podia negar que Jonathan conhecia bem o setor hoteleiro.

Precisava fazer seu trabalho e ser gentil.

Serviu chá num copo com pedras de gelo e acrescentou uma bandeja com cookies. E também serviu-se de chá, como uma marca de gentileza.

Quando chegou trazendo a bandeja, ele estava sentado numa das mesas com guarda-sol.

– Fiquei surpresa por não ter trazido sua esposa. Espero que ela esteja bem.

Após dizer isso, Hope deu os parabéns a si mesma: não engasgou com aquelas palavras.

– Ela está ótima, obrigado. Hoje ela tinha uma reunião do comitê e umas compras para fazer. Você deve sentir falta de Georgetown: os shoppings, a vida noturna. Não existe isso por aqui.

– Na verdade, eu me sinto muito em casa nesta cidade. Sou muito feliz aqui.

Jonathan lhe deu um sorriso que tinha um leve toque de condescendência. Como quem deixava claro que achava que Hope estava mentindo para não se dar por vencida.

Ela se imaginou arrancando aquele sorriso da cara dele. Mas isso não seria nada gentil.

– É difícil acreditar que uma mulher com o seu dinamismo, os seus gostos, tenha vindo morar numa cidadezinha do interior. E que trabalha como gerente de um pequeno Bed & Breakfast, por mais charmoso que seja, depois de ter sido a gerente do Wickham. Suponho que você more aqui mesmo, na pousada.

– Sim. Tenho um apartamento no terceiro andar.

– Quando lembro da sua linda casa na cidade... – Jonathan balançou a cabeça e, mais uma vez, ali estava aquele ar de condescendência. – Eu me sinto um pouco culpado por todas essas mudanças que você teve que enfrentar. Hoje em dia, percebo que podia, e devia, ter resolvido as coisas de outra forma.

Gentileza tem limites. E Hope havia atingido os dela.

– Está se referindo ao fato de dormir comigo, de deixar que eu acreditasse que tínhamos uma relação duradoura e monogâmica e, um belo dia, anunciar o noivado com outra pessoa? Ah, e me falar dessa outra pessoa logo depois de termos transado? – Tomou um gole do chá. – É, você devia ter resolvido as coisas de outra forma.

– Sinceramente, nunca fiz nenhuma promessa.

– Não. Elas estavam implícitas. A interpretação foi minha. Eu admito.

Sob a sombra do guarda-sol, Hope pôde observá-lo. É, Jonathan parecia não ter mudado nada. Delicado, educado, confiante. Em outra época, aquela confiança lhe parecera atraente. Agora, podia enxergar com clareza que era arrogância e não se sentia nem um pouco atraída.

– Foi para isso que veio até aqui, Jonathan? Para acertar as contas comigo?

– Para fazer as coisas direito, espero. – Havia sinceridade em seus olhos quando ele pôs a mão sobre a dela. – Nós nos separamos num clima péssimo, Hope, e isso me deixa chateado. Muito mesmo.

– Não precisa se preocupar.

– Eu me preocupo, e vim até aqui para restabelecer uma relação entre nós. E lhe oferecer seu emprego de volta. Meu pai está disposto a fazer uma proposta bem generosa. Como já disse, Hope, você faz muita falta.

Olhando-o nos olhos, ela retirou a mão que ele segurava.

– Já tenho um emprego.

– Uma proposta bem generosa – repetiu Jonathan. – Volte para o lugar a que todos nós sabemos que você pertence. Gostaríamos de marcar uma reunião quando for mais conveniente para você e acertar os detalhes. Você devia voltar, Hope. Voltar para Georgetown, para o Wickham, para a sua vida. E... para mim.

Como não teve resposta, Jonathan pôs a mão sobre a dela outra vez e prosseguiu:

– Meu casamento existe e vai continuar do mesmo jeito. Mas você e eu... Sinto falta do que havia entre nós. Podemos ter isso de novo. Vou cuidar muito bem de você.

– Você vai cuidar de mim. – Cada palavra saiu da boca de Hope como uma pedra.

– Você terá tudo que quiser.

Ele continuou falando. Ah, aquela confiança... Ela era a prova de que ele mal a conhecia. E nunca conhecera.

– Vai ter o trabalho que a deixa realizada, a casa que escolher. Tem uma casa charmosa na rua Q e sei que você ia adorá-la. Acho que podíamos tirar umas férias antes de você retomar o trabalho para reatarmos, por assim dizer. – Jonathan se inclinou para ficar mais perto, num gesto de intimidade. – Foi um ano bem longo, Hope, para nós dois. Posso levá-la aonde quiser. Que tal uma semana em Paris?

– Uma semana em Paris, uma casa em Georgetown. Deduzo que também pagará para mobiliar a casa e para comprar roupas novas para mim, claro, já que vou voltar para o Wickham... e para você.

Ele levou a mão de Hope aos lábios, gesto que ela antes adorava, e sorriu para ela.

– Como disse, vou cuidar bem de você.

– E o que a sua esposa acha dessa proposta tão generosa?

– Não se preocupe com Sheridan. Seremos discretos, e ela vai se acostumar.

Jonathan estava ali, na sua frente, dispensando o casamento, os votos e a fidelidade com o maior descaso.

– Você não pode estar feliz aqui, Hope. Vou fazer de tudo para que seja feliz.

Precisou de alguns instantes, quase espantada por se dar conta da enormidade do insulto. Depois, igualmente espantada, ouviu a própria voz soar calma e equilibrada quando uma proposta tão ofensiva deveria fazê-la gritar.

– Deixe eu lhe explicar uma coisa. Sou responsável por minha própria felicidade. Não preciso de você nem da sua proposta tão indigna, tanto para mim quanto para a sua esposa. Não preciso do seu pai nem do Wickham.

Tenho a minha vida. Achou que eu ia deixá-la de lado porque você me usou e depois se livrou de mim?

– Acho que você está aceitando menos do que pode ter, menos do que merece. Peço desculpa, de verdade, por ter magoado você, mas...

– Magoado? Você me *libertou*.

Hope se pôs de pé. A calma e o equilíbrio tinham desaparecido.

– Você me deu um belo chute, seu filho da mãe, mas isso me levou longe o bastante para reavaliar as coisas. Eu estava aceitando tudo, por você. Agora, a minha casa é aqui. – Indicou as varandas com um gesto amplo e julgou ter visto a sombra de uma mulher. – Uma casa que amo. Da qual me orgulho. Tenho uma vizinhança que me agrada e amigos muito queridos. Voltar para você? Para *você* quando tenho...

Não saberia dizer o que a levou a fazer aquilo. Impulso; uma fúria indescritível; orgulho. Mas avistou Ryder atravessando o estacionamento e completou:

– Ele. Ryder!

Disparou na direção do arco de glicínias. Quando ele a viu, parou, franzindo a testa.

Hope imaginou que o sorriso que tinha no rosto devia beirar a insanidade, mas nem se importou com isso.

– Entre no jogo comigo – murmurou, aproximando-se dele às pressas – e vou ficar lhe devendo uma.

– O que...

Passou os braços pelo seu pescoço e colou os lábios aos dele. Diaraque começou a abanar o rabo, tentando se meter entre os dois para participar da cena.

– Vamos, finja – pediu ela com a boca colada à dele. – Por favor!

Na verdade, Hope não dava muita chance para que Ryder fizesse outra coisa, já que estava grudada a ele como se fosse uma segunda pele. Então ele entrou no jogo. Passou as mãos no cabelo dela e se deixou levar.

Por um instante, Hope perdeu a noção do que estava acontecendo. Ryder cheirava a serragem e tinha gosto de bala. Uma bala quente, derretida. Quase perdendo o equilíbrio, ela se afastou.

– Siga o meu comando.

– Não é o que estou fazendo?

– Ryder. – Pegou a mão dele e a apertou de leve quando se virou. – Ryder

Montgomery, queria lhe apresentar Jonathan Wickham. A família dele é dona do hotel onde eu trabalhava lá em Georgetown.

– Ah, claro.

Agora tinha entendido tudo. Claro que podia entrar no jogo. Sem problema algum. Passou o braço pela cintura de Hope e sentiu que ela estremeceu.

– Como vão as coisas?

– Bem, obrigado.

Jonathan lançou uma olhadela cautelosa ao cachorro.

– Hope estava me mostrando a sua pousada.

– É dela também. Vocês saíram perdendo, não é? E nós, ganhando.

– Parece que sim.

Seu olhar percorreu as roupas de trabalho de Ryder.

– Deduzo que você mesmo cuide das obras.

– Isso mesmo. Somos do tipo que põe a mão na massa. – Ao dizer isso, sorriu e puxou Hope para mais perto de si. – Vai se hospedar aqui?

– Não.

Pelo olhar de Jonathan, dava para perceber que ele estava chateado apesar de esboçar um sorriso.

– Só visitando uma velha amiga. Foi bom rever você, Hope. Se mudar de ideia com relação à minha proposta, sabe onde me encontrar.

– Não vou mudar de ideia. Mande lembranças aos seus pais e à sua esposa.

– Montgomery – despediu-se Jonathan com um aceno de cabeça e se dirigiu à Mercedes.

Hope manteve o sorriso no rosto até ele ligar o carro e ir embora.

– Meu Deus! Meu Deus!

Não conseguindo mais se conter, saiu andando pelo pátio.

– Ai, meu Deus!

Ryder pensou na Vesta, com aquele aroma caseiro, crianças felizes, nenhum problema, nenhum drama. Ergueu os olhos para o céu e foi atrás de Hope no pátio.

capítulo cinco

RYDER SABIA MUITO BEM que não adiantava nada mandar que ela se sentasse ou se acalmasse. Nenhum homem entende de verdade as mulheres, mas ele achava que tinha uma experiência considerável com o sexo feminino.

Hope dava voltas pelo pátio, então, Ryder se sentou, imaginando que isso podia demorar um pouco. Já que ela usava um daqueles vestidos leves de verão, não podia reclamar da vista.

Enquanto isso, Diaraque se enfiou debaixo da mesa como se procurasse se proteger do que vinha pela frente. Mas fazia um calor infernal, e Hope também estava de cabeça quente.

Era melhor abordar logo a questão, decidiu Ryder.

– Então, qual é o problema?

– O problema?

Quando se virou, a saia do vestido esvoaçou, revelando aquelas pernas compridas.

Não, ele não podia reclamar da vista.

– O problema? – repetiu ela, e os olhos cor de chocolate lançavam faíscas de raiva. – Ah, ele queria me fazer uma proposta, o filho da mãe.

Ryder viu os copos de chá gelado. Bem que tomaria um, mas não sabia que copo pertencia a quem e não tinha a mínima vontade de beber o resto da bebida do "filho da mãe".

– Aquele – disse ela, fazendo um gesto amplo na direção do estacionamento – era Jonathan.

– É. Ele se apresentou.

– Nós éramos...

O quê?, pensou Hope. Afinal, o que eles tinham sido?

– Eu sei. Vocês estavam juntos e Jonathan a trocou por outra pessoa. –

Ryder encolheu os ombros quando ela parou de andar por tempo suficiente para olhar para ele. – Ouvi dizer por aí.

– Mas disseram errado. *Eu* era a outra. Não sabia disso até ele me contar que estava noivo. E Jonathan jogou essa bomba pouco depois de termos transado. Achei que tivéssemos uma relação amorosa exclusiva, mas ele estava me *usando*. Burra, burra, burra!

Os olhos de Hope estavam enevoados, a voz também, e, quando ficava muito brava, dava para ver o fogo por baixo daquela névoa, pensou Ryder.

– Certo. Jonathan é um filho da mãe e você foi burra. Mas depois caiu em si e mandou ele pastar. Esse copo é seu?

– É. E é claro que terminei com tudo. E pedi demissão. Na verdade, Jonathan deduziu que tudo seria como antes: eu trabalharia para a família dele e ficaria ao seu lado.

– Nesse caso ele é que foi burro.

– É isso aí! – Encantada com o comentário, Hope deu um tapinha no ombro de Ryder e voltou a andar de um lado para outro no pátio. – Jonathan se casou em maio. Óbvio que foi um acontecimento bombástico, com recepção no Wickham e três semanas de lua de mel na Europa.

– Você monitorou tudo?

Hope parou e projetou o queixo para a frente.

– Li a coluna social do *Post*. E é verdade, eu fiz isso, sim. Queria ficar sabendo... É da natureza humana. Você teria feito a mesma coisa.

Ryder pensou um pouco e fez que não com a cabeça.

– Acho que não. Quando algo acaba, acaba mesmo. O que ele veio fazer aqui, já que a história de visitar uma velha amiga era mentira?

– O que veio fazer aqui? Vou lhe contar o que Jonathan veio fazer. Ele queria me dizer que se sentia um pouco culpado por toda essa mudança na minha vida e tudo mais. *Um pouco*. Disse que queria ver a pousada e me levar para almoçar. Que sentiam a minha falta lá e que o pai tinha lhe pedido que me fizesse uma *proposta generosa*. Proposta generosa o cacete!

Ryder se deu conta de que nunca a vira daquela forma. Já tinha visto Hope aborrecida, chateada, até certo ponto irritada, mas não tão furiosa assim. Devia ser errado ficar sentado ali achando que Hope ficava bonita dessa forma.

– Tentando roubar a nossa gerente. – A voz de Ryder soou serena em contraste com a dela. – Isso não se faz.

– Ah, e não foi só isso. Claro que esse emprego não é o mais indicado para mim. Segundo Jonathan, só posso ser feliz e me sentir realizada se voltar para Georgetown para gerenciar o Wickham... e dormir com ele.

– Humm. Acho que você anda bem feliz. Pelo menos, a maior parte do tempo.

– Ah, mas como isso seria possível? Aqui, nessa cidadezinha, sendo gerente de uma pousada do interior? E não na porcaria da cama dele?

– Bom...

Sem saber o que dizer, Ryder coçou a nuca.

– Então, Jonathan me fez uma segunda proposta generosa. Eu seria a outra. Só que, dessa vez, com plena consciência disso. E ele cuidaria bem de mim. Uma viagem rápida a Paris para retomarmos a nossa relação, uma casa escolhida por mim. Parecia que ele já tinha até uma ideia de que casa seria essa... E um generoso auxílio financeiro a ser determinado. Será que Jonathan achou mesmo que fosse trair a mulher com a minha conivência? Que eu seria a *prostituta* dele? Que eu ia voltar correndo por causa de um emprego, de dinheiro e umas malditas compras na Rue du Faubourg Saint-Honoré?

Ryder nem imaginava que diabo de rua era aquela, mas entendeu o que Hope quis dizer.

– Jonathan disse que, se você voltasse, se virasse sua amante, ele a sustentaria?

– Foi basicamente isso.

Se soubesse disso antes de o filho da mãe ir embora, o babaca estaria desmaiado e sangrando no estacionamento agora.

– E você não deu um soco na cara dele?

– Ah, claro que pensei nisso. – Nos olhos escuros e profundos, havia um lampejo de violência que Ryder admirou e respeitou. – *Imaginei* a cena. Nitidamente. Só que eu ia jogar o chá gelado em cima dele e estragar aquele maldito terno Versace. Mas então eu vi você e agi por instinto. Achou que eu estava sentada esperando por *ele*? Filho da mãe arrogante, presunçoso e imoral! Acha que pode me comprar com dinheiro, uma casa e uma maldita viagem a Paris?

– Hope.

Deve ter sido a primeira vez que ele pronunciou o nome dela daquele jeito, naquele tom, com paciência, mas nenhum dos dois se deu conta disso.

– Ele é um filhinho de papai. Um imbecil que não enxerga um palmo na frente do nariz. E não conseguiu você.

– Ah, se é... E não conseguiu mesmo. Então eu o humilhei beijando você bem na frente dele, que acreditou que estamos juntos.

– Você não deu um soco na cara dele, e sim um chute no saco.

– É isso aí! – Ela soltou um suspiro. – E obrigada pela ajuda.

– Sem problema.

– Não, é sério. Obrigada. Meu orgulho sofreu um baque dos infernos com Jonathan. Foi muito importante poder lhe dar o troco. E devo isso a você.

– É, você disse isso.

Os dois se entreolharam por um instante, envoltos numa atmosfera perigosa e *interessante*.

– Muito bem, o que quer em troca?

Ryder pensou em inúmeras coisas perigosas e interessantes. Com certeza, era exatamente o que ela esperava: alguma coisa que envolvesse quartos à meia-luz. Para ele, Hope era uma mulher que em geral conseguia o que queria.

– Adoro torta.

– Como é?

– Torta. Eu adoro. Essa época do ano é ótima para tortas de cereja. Bom, tenho que ir. – Ficou de pé e o cachorro o imitou. – Sabe, às vezes o que vai, volta; às vezes, não. E, nesses casos, um bom chute no saco tem que ser o bastante.

Talvez fosse, pensou Hope ao vê-lo ir embora. Mas por que não era assim que se sentia?

Agora que a raiva havia passado e que tinha ficado sozinha, toda a sua vida em termos do que se relacionava a Jonathan parecia vazia. Todos os anos que dedicara a ele e à empresa da família dele, à tentativa de ser a funcionária, a companheira e a anfitriã perfeitas davam a impressão de algo oco e falso. A sensação era terrível.

Não só dera o melhor de si aos Wickhams e ao próprio Jonathan, mas, no fim das contas, isso acabou não sendo suficiente. E o pior, muito pior, é que eles a tinham usado. Não dava nem para fingir que os pais de Jonathan não sabiam de nada: eles a recebiam em casa como a... companheira do filho. Eles conheceram a família de Hope.

Eles a tinham traído. Todos a fizeram de boba.

Não. Hope se levantou e pôs os copos na bandeja. Tinha feito aquilo tudo por si mesma. Era responsável pelos próprios atos, pelas próprias decisões, assim como pela própria felicidade.

Levou a bandeja de volta para a cozinha. Com toda a calma, despejou as sobras do chá na pia. É, a raiva já tinha passado, pensou consigo mesma enquanto botava os copos na lava-louça. Agora estava triste. Triste e envergonhada.

As lágrimas faziam seus olhos arderem, e deixou que viessem à tona. Por que não? Estava sozinha, certo? Zelosa de seu trabalho, foi para o porão e voltou trazendo garrafas de água e latas de refrigerante.

Limitou-se então a apoiar a cabeça na porta da geladeira depois que acabou de reabastecê-la.

Sentiu o cheiro cálido e fresco de madressilvas e uma mão que acariciava seu cabelo.

Fechou os olhos. Afinal, não estava sozinha.

– Vou melhorar. Vou ficar bem. Só preciso me conceder uns momentos de autopiedade.

Não chore por ele.

Hope não podia garantir se ouvira aquelas palavras ou se elas lhe passaram pela cabeça.

– Não estou chorando por ele nem por causa dele. Estou chorando por mim. Pelos três anos que dediquei a Jonathan, achando que era algo importante. É difícil descobrir que nunca foi. É duro perceber, entender de verdade que ele me via como um acessório que podia comprar, usar, deixar de lado e, o que é ainda pior, pegar de novo quando lhe desse vontade.

Hope respirou fundo antes de voltar a dizer:

– Isso acabou. Para mim, está tudo acabado. – Virou-se devagar. Tudo o que viu foi a cozinha vazia. – Acho que não está pronta para me deixar vê-la. Talvez eu também não esteja. Mas ajuda ter outra mulher aqui comigo.

Sentindo-se melhor, foi até o escritório para pegar a nécessaire que deixava lá. Após retocar a maquiagem, começou a fazer uma lista de compras. Precisava preparar uma torta.

Enquanto escrevia, ouviu a porta do saguão se abrir. Quando se levantou, achando que as hóspedes tinham voltado, Avery a chamou.

– Estou aqui – disse Hope e saiu do escritório.

– O que houve? – perguntou Avery. – Você está bem?

– Estou. Por quê?

– Ryder disse que Jonathan esteve aqui e que você ficou chateada.

– Ele falou isso?

– Bom, contou que o babaca do seu ex tinha aparecido e deixado você furiosa. Então eu deduzi tudo. Que diabos aquele imbecil veio fazer aqui?

– Ele... – Hope parou quando ouviu a porta de entrada se abrir e vozes se espalharem pela pousada. – Não dá para explicar agora. – E saiu empurrando a amiga pela porta do saguão. – As hóspedes chegaram. Mais tarde a gente conversa.

– Estou liberada a partir das cinco. Vou pegar Clare e...

– Não dá. Não com hóspedes aqui. E essas mulheres adoram uma farra. – Aquilo, porém, exigia um encontro, pensou. Não dava para mandar mensagens ou e-mail. – Amanhã, depois que elas forem embora.

– Que tal me dar pelo menos uma dica? – insistiu Avery.

– Jonathan achou que eu devia voltar para Georgetown, retomar o emprego de antes e ser sua amante.

– Mil vezes merda!

– No mínimo... Mas não posso falar agora. – Hope olhou para trás.

– Tem gente chegando amanhã?

– Na verdade, não. Não temos hóspedes para amanhã à noite.

– Agora tem. Clare e eu vamos ficar aqui. Trago comida para uma festinha de vamos-fazer-picadinho-do-babaca-do-Jonathan.

– Perfeito. – O resto de chateação que Hope ainda sentia desapareceu quando abraçou a amiga. – É disso que estou precisando. Exatamente isso. Agora tenho que entrar.

– Se precisar de mim antes de amanhã, é só ligar.

– Obrigada, mas já estou melhor. Muito melhor.

As mulheres sempre podem contar com as amigas, pensou Hope, virando-se para a porta. Elas nunca nos deixam na mão.

Mas não havia se dado conta de que Ryder teve a sensibilidade de perceber que estava precisando delas.

Talvez devesse ter notado.

Naquela noite, depois que a pousada voltou ao sossego – embora Hope se perguntasse se os ecos das seis mulheres tão animadas jogando Rock Band ainda circulariam pelos quartos durante muito tempo –, ela se acomodou com o laptop.

O café da manhã ficaria por conta de Carolee, pensou, logo, poderia dormir até mais tarde se fosse preciso. Antes de ir para a cama, queria dedicar uma horinha à pesquisa sobre o Billy de Lizzy.

Lembrou-se da sensação da mão acariciando seu cabelo quando estava triste. As amigas nunca nos deixam na mão, murmurou, e achou que, entre ela e Lizzy, havia uma espécie de amizade.

Entrou no site da escola Liberty House. O local fora fundado por sua antepassada, Catherine Darby, que, como tinham descoberto, era irmã de Eliza Ford, a Lizzy. A própria Hope havia estudado lá, bem como suas irmãs, a mãe e a avó.

Talvez aquela ligação desse frutos.

Encontrou o contato da bibliotecária-chefe e lhe escreveu um e-mail. Quem sabe não havia algum tipo de documentação, velhas cartas ou algo do gênero?

Já tinha sondado a própria família, mas todos com quem falara explicaram que os documentos relativos a Catherine Ford Darby haviam sido mandados para a escola muitos anos antes.

– Só um nome – murmurou Hope. – Só precisamos de um nome.

As irmãs podiam ter se correspondido depois que Eliza deixou Nova York e foi para Maryland por causa de Billy. Ou, então, Catherine com certeza teria escrito a algum amigo ou parente falando da irmã.

Depois, escreveu para uma prima distante, que nem conhecia pessoalmente. As pessoas da família diziam que essa prima estava colhendo informações para compor a biografia de Catherine Ford Darby. Se fosse verdade, ela bem que poderia trazer à tona algum detalhe interessante. É difícil escrever sobre Catherine sem mencionar a irmã, que morreu tão jovem e tão longe de casa.

Enviou os e-mails e entrou no site que listava os soldados da Guerra Civil enterrados no cemitério nacional de Sharpsburg.

Todos eles achavam que Billy fora um soldado, ou da própria região ou que tinha ido lutar na Batalha de Antietam. Ou até mesmo ambas as coisas. Mas as informações que haviam conseguido sobre Lizzy datavam sua chegada à pousada de pouco antes da batalha, e sua morte teria ocorrido quando a guerra ainda estava sendo travada.

Pelo que tudo indicava, Lizzy tinha abandonado a fortuna e a família abastada em Nova York para viajar até Boonsboro. Jovem e sozinha. Por causa de Billy.

Seus instintos lhe diziam que Lizzy viera por causa dele. Por amor. Uma fuga amorosa? Um encontro marcado? Teriam conseguido se ver, por mais brevemente que fosse, antes de ela contrair a tal febre que lhe tirou a vida?

Tomara que sim, mas tudo levava a crer que Eliza Ford havia morrido sozinha, sem amigos ou parentes ao seu lado.

E tantos rapazes também morreram, pensou Hope. Entregou-se à triste tarefa de ler aqueles nomes. Havia muitos. E William era um nome comum.

Apesar de tudo, prosseguiu com a leitura, fazendo anotações. Até que começou a bater cabeça, e seus olhos foram ficando turvos.

– Isso é tudo por hoje.

Fechou o laptop e percorreu o apartamento para checar se as luzes estavam apagadas e as portas, fechadas.

Ao se deitar na cama, repassou mentalmente a lista de afazeres do dia seguinte. Mas adormeceu com a lembrança do beijo no estacionamento. A mão de Ryder segurando firme o cabelo dela.

O cheiro de madressilva se espalhou pelo aposento. Dessa vez, porém, Hope não sentiu a mão acariciando sua cabeça.

Na tarde seguinte, depois que os operários se foram, Ryder aproveitou a quietude para checar sua lista de tarefas e reorganizar a distribuição dos afazeres para o próximo dia de trabalho.

Diaraque roncava debaixo do compensado apoiado em cavaletes de madeira, soltando ganidos ocasionais como se estivesse sonhando com o que quer que os cachorros sonhem.

Foi um dia longo, pensou. Uma semana longa. Queria uma cerveja gelada e um banho quente. Nessa ordem.

Tomaria uma cerveja na Vesta, acompanhado dos irmãos, já que as mulheres deles foram para uma reuniãozinha na pousada. Tinham feito progressos, e Ryder ficou feliz em anunciar a Owen que estava em condições de determinar o final da reforma da confeitaria. Pelo visto, a nova locatária poderia começar a trazer os móveis e os equipamentos no fim de semana.

Dentro de algumas semanas, talvez em meados de agosto, Avery podia começar a planejar a festa de inauguração.

Depois poderiam se concentrar neste lugar, pensou, olhando as paredes danificadas ao redor. Se tudo corresse bem, coisa que Ryder desejava de verdade, logo estariam arrancando aquele maldito telhado e começando a colocar as novas vigas.

Sabia que a mãe já estava cuidando de azulejos e escalas de cores, então tratou de tirar isso da cabeça. Tinha que lidar com o aqui e agora, o que incluía mandar trazer as vigas de aço, escavar tijolos de concreto e instalar várias janelas novas.

Não, corrigiu-se. Isso começaria amanhã e se estenderia até a próxima semana. O aqui e agora era aquela cerveja gelada.

Acordou o cachorro com a ponta da bota.

– Você pode dormir na caminhonete, seu vira-lata preguiçoso.

Diaraque se espreguiçou, bocejou, se sentou e apoiou a cabeça no colo de Ryder.

– Nada de cerveja para você. – Coçou as orelhas do cão e acariciou o focinho tão familiar. – Você não aguenta. Lembra da última vez? Tudo que fez foi lamber a bebida que tinha sido derramada antes que eu pudesse impedir. E o que aconteceu? Saiu dando de cara com as paredes e vomitou. Você é o pior dos bêbados, Diaraque.

– Minha avó tinha um gato que tomava brandy.

Agora, foi Hope que lhe deu um susto. Ryder se virou e deparou com ela, que entrava pela porta da rua St. Paul. Por um instante, a luz a iluminou como uma aura, fazendo as pontas de seu cabelo reluzirem.

Era de tirar o fôlego, pensou Ryder. Isso não era justo.

– Sério?

– É. Ela se chamava Penélope e gostava bastante da marca Azteca de Oro. Toda noite tomava um dedal cheinho e morreu com 22 anos. O gato que não queria morrer.

– Diaraque gosta de beber água da privada.

– É, já soube. – Hope se aproximou e pôs o prato com a torta em cima do compensado. – Dívida quitada.

Ryder reparou que ela fizera um trançado para enfeitar a parte de cima da torta. Enfiou o dedo pelo espaço entre as tiras de massa, ignorando as exclamações horrorizadas de Hope.

– Não faça isso! Ah, não!

Provou um pouco do recheio. Tinha aquele equilíbrio perfeito entre o doce e o amargo. Devia ter imaginado.

– Está gostoso.

– Ficaria melhor ainda num prato, com um garfo.

– Talvez. Vou experimentar fazer isso mais tarde.

– Não! – repetiu ela, e, dessa vez, deu-lhe um tapa na mão. Enfiando a mão no bolso, deu um biscoito canino a Diaraque. – Ele pode beber água da privada, mas é mil vezes mais bem-educado que você. – Deu uns tapinhas na cabeça do animal. – Tudo bem se eu tirar algumas fotos aqui amanhã?

– Por quê?

– Estou pretendendo atualizar a página da pousada no Facebook e incluir parte do que está acontecendo. Isso aqui, o novo restaurante de Avery e a confeitaria. Vamos oferecer acesso de graça à academia e, dessa forma, quem estiver pensando em fazer reserva pode se interessar pelas melhorias. Ainda mais se eu puder acrescentar a previsão de inauguração.

Ryder fez um gesto circular com o dedo.

– Dê uma olhada nisso aqui. Acha que eu consigo lhe dar uma previsão de inauguração?

– Uma possibilidade.

– Não. Se quiser fotografar, tudo bem. Mas pode anunciar que a confeitaria vai ser inaugurada logo, logo.

– Logo quando?

– Pergunte à confeiteira. Devemos terminar e obter o alvará amanhã. O resto é com ela.

– Fantástico. Vou entrar em contato com ela. – Hope hesitou. – Foi legal da sua parte dizer para Avery que eu estava chateada ontem.

– Você passou da raiva à chateação. Suponho que este seja um território feminino.

É, pensou, Ryder tinha mais sensibilidade do que ela imaginava. E mais delicadeza também.

– Você acertou. Agora tenho que voltar. Não temos nenhum hóspede hoje, então Avery e Clare vão passar a noite lá.

– Fiquei sabendo. – Ele se levantou e pegou a torta. – Eu vou tomar uma cerveja.

– Fiquei sabendo. – Hope saiu e, como manda a boa educação, esperou que Ryder fechasse a porta. – De que cor vão pintar esse prédio?

– Qualquer uma que não seja esta.

– O que já melhora muito as coisas. Sua mãe anda falando sobre um azul-ardósia com detalhes cromados, bordas brancas e pedras na parte inferior.

– Isso é com ela.

– Justine entende do assunto. Já reparou na logo do novo restaurante de Avery?

– Um pug acionando a torneira do chope. Achei engraçado.

– E charmoso. Ela e Owen vão comprar um pug nesse fim de semana. E, pelo visto, um labrador também, já que não conseguiram chegar a um acordo sobre isso.

Ryder também ficou sabendo disso. Owen tinha as próprias listas.

– Eles vão roer sapatos, botas, móveis. Vão mijar no chão e Owen vai ficar louco. Só quero ver.

Pôs o cachorro na cabine da picape, com os vidros meio abertos e, conhecendo Diaraque, deixou a torta na traseira do veículo.

– Bom – Hope começou a dizer –, tenha...

Não conseguiu dizer mais nada, pois Ryder a puxou contra si e, fazendo-a erguer-se na ponta dos pés, lhe deu um beijo que apagou da cabeça de Hope o resto da frase. Ela apenas agarrou a cintura dele para manter o equilíbrio, embora não tivesse a menor chance de cair, nem com um terremoto. Não com aquelas mãos a segurando com tanta firmeza: uma no cabelo; outra, na parte de trás da blusa.

Uma onda de calor percorreu seus braços, subiu pelas suas pernas e atingiu o centro do seu corpo, como o ímpeto dos raios. Então, as mãos de Hope deslizaram pelas costas de Ryder e agarraram a camisa dele enquanto ela mergulhava naquele relâmpago.

Hope não recuou nem arfou de susto ou para protestar. Ryder a teria soltado se ela fizesse isso, mas estava cansado de desviar os olhos ou de fingir indiferença. Hope provocou isso. Era a desculpa que poderia dar a si mesmo. Primeiro, na cobertura da pousada, depois, ali mesmo, naquele maldito estacionamento.

Ryder provara algumas amostras. Agora queria um belo pedaço.

Hope tinha cheiro de verão. De brisas quentes, de flores de nomes exóticos encharcadas de sol. Era gostosa como a torta, com aquela mistura perfeita de doce e amargo. E correspondeu ao beijo sem hesitação. Desejo contra desejo.

Quando ele a soltou, Hope se desequilibrou um pouco. Os olhos ardentes estavam firmes e lúcidos. Ela esfregou os lábios um no outro, como para guardar o gosto do beijo e voltou a provocá-lo.

– Por que fez isso? – perguntou.

– Eu só queria que a ideia fosse minha dessa vez. – Ryder inclinou a cabeça. – Também vai querer uma torta agora?

O riso de Hope o surpreendeu.

– Está tudo bem. Eu fiz duas. Queria lhe perguntar uma coisa: você se considera meu chefe?

– Claro que não! – Ryder parecia não apenas atordoado, mas irritado. – Sua chefe é a minha mãe. Não tenho tempo para ser seu chefe. Já tenho muitas coisas para fazer.

– Tudo bem.

– Escute aqui, se está pensando que isso tem alguma coisa a ver com as atitudes daquele babaca com quem você andou envolvida...

– De jeito nenhum. – Hope viu que a irritação já beirava a raiva e pôs a mão no braço dele num gesto que pretendia acalmá-lo. – De jeito nenhum. Era só um detalhe que eu queria confirmar, por você e por mim. Então isso está esclarecido no caso de algum de nós ter alguma outra ideia. Aprecie a sua torta – acrescentou e voltou para a pousada.

– Ela vai precisar de mais um tempo para pensar em algumas coisas – resmungou ele e, voltando-se para o cachorro, ordenou: – Tire uma soneca. Volto logo.

Deixou a caminhonete onde estava e saiu andando para encontrar os irmãos.

Hope arrumou o vinho e o queijo, uns biscoitos com ervas, algumas frutas da estação e uma jarra de limonada gelada para a futura mamãe. Estava cuidando de alguns pequenos detalhes no momento em que ouviu Clare chegar.

– Aqui! – gritou.

Serviu a limonada num copo grande com bastante gelo e o ofereceu à amiga quando ela entrou.

– Seja bem-vinda à pousada BoonsBoro e à nossa primeira Noite das Meninas.

– Passei o dia inteiro pensando nisso. Você está bem?

– Estou, sim, mas tenho um monte de coisas para contar. Onde está Avery?

– Terminando um serviço na Vesta. Você devia ter ligado assim que Jonathan pisou aqui com aqueles sapatos Gucci, Hope.

– Na verdade, eram Ferragamo. E admito que ele me pegou desprevenida, mas eu estava conseguindo contornar a situação.

– Avery me disse que Jonathan sugeriu que você se mudasse para Georgetown e reatasse com ele. – Com o cabelo dourado na altura dos ombros, Clare se deixou cair no sofá, nitidamente irritada. – Nunca gostei dele. Depois, passei a odiá-lo. Mas agora? Eu quero acabar com Jonathan. Quero derrubá-lo com uma pá e, enquanto ele estiver desacordado, tatuar a frase: "Sou um babaca traidor" no traseiro dele.

– Amo você.

– Também amo você.

– Coma alguma coisa.

– É tudo que faço na vida. – Clare deu um suspiro. – Passo o dia inteiro comendo. Parece que eu não consigo parar.

– Você está comendo por três.

– Nesse ritmo, vou acabar pesando uns 130 quilos. Mas não estou nem aí. Sente-se e coma alguma coisa também para que eu não me sinta uma grávida comilona.

– Não dá para eu me sentar agora.

Não quando continuava sentindo a tensão sexual daquele beijo. Mas colocou queijo num biscoito e se serviu de uma taça de vinho.

Ao ouvir Avery chegar, serviu mais uma taça.

– Céus! Cada hora é uma coisa. – Avery pegou a taça de vinho e tomou uns goles. – Ok, vamos começar o massacre. Ah, framboesas! – Comeu duas, jogou-se no sofá de couro amarelado ao lado de Clare, tirou o prendedor do cabelo e sacudiu a cabeça. – Conte tudo.

Foi o que Hope fez, começando do momento em que Jonathan apareceu na pousada.

– Ele é um idiota e está enganado – resumiu Clare. – Dizendo que você não pode ser feliz aqui. Você é feliz aqui.

– Sou, mas sabe de uma coisa? Ouvi-lo dizer isso me fez entender o tamanho dessa felicidade. Estou exatamente onde quero estar, fazendo exatamente o que quero fazer. E, de quebra, ainda tenho vocês duas.

– Um sedutor presunçoso – observou Avery. – Um galinha.

– É mesmo – concordou Hope e continuou contando a história.

Quando chegou na parte da "proposta" de Jonathan, Avery se manifestou agitando os punhos cerrados.

– Ele acha que pode chamar você de prostituta? Porque foi *justamente* o que fez. Esse cara merece um castigo. Tem que pagar por isso.

– Ele tem que ser ignorado – corrigiu Hope. – Dessa forma, vai sofrer muito mais. Mas eu lhe dei o que Ryder chamou de chute no saco.

– Adoraria que você tivesse feito isso no sentido literal – murmurou Clare.

– A gravidez está deixando ela violenta – comentou Hope, dirigindo-se a Avery. – Comecei a dizer a Jonathan tudo o que eu pensava de sua proposta quando vi Ryder no estacionamento. Então agi por impulso. Eu o chamei, me aproximei e lhe dei um beijo daqueles.

– Em Ryder? – indagou Clare. – Você beijou Ryder?

– Na frente de Jonathan. Já entendi tudo. – Cruzando os braços, Avery fez que sim com a cabeça em sinal de aprovação. – Que tal, seu babaca? Olhe só o cara sexy e gostoso que eu tenho agora.

– Isso mesmo. Pedi a Ryder que entrasse no jogo. Ele entendeu e me deu cobertura. Jonathan ficou com cara de quem engoliu um limão bem azedo. Um limão podre. Foi muito bom. Então – Hope estalou os dedos –, ele foi embora. E pronto.

– Tem certeza? – Clare segurava as mãos juntas no colo. – Jonathan pode voltar. Pode tentar alguma coisa. Eu achava que Sam era só um transtorno, mas...

– Querida. Querida – repetiu Hope e se aproximou do sofá, parando ao lado de Clare e segurando a mão da amiga –, não é a mesma coisa. Sam é um sujeito doente e obcecado. Começou a persegui-la apesar de nunca ter havido nada entre vocês. Você nunca lhe deu motivo para isso. Eu e Jonathan ficamos juntos por um bom tempo. Ele é arrogante, sua noção de moral deixa muito a desejar e é um grande babaca, mas não tem nada a ver com Sam. É muito orgulhoso e vaidoso para voltar aqui. Vai supor que eu vou mudar de ideia e, quando vir que não mudei, vai sair em busca de outra pessoa.

– Tome cuidado. Promete que vai ser cuidadosa?

– Prometo. Eu o conheço. Jonathan achou que eu ia agarrar com unhas e dentes a proposta de ter meu emprego e ele de volta. Encarou isso como algo legítimo, sem problemas. Deixei bem claro o que pensava a respeito. Não sou tão importante assim para ele tentar fazer alguma coisa. Agora sei que, na verdade, nunca fui.

– Sinto muito. Fico feliz com isso, mas sinto muito.

– Eu não. Minha dignidade ainda está um pouco fragilizada, mas não lamento nada. Jonathan me mostrou que só perdi meu tempo com ele, e o que fez acabou me trazendo para cá, que é o lugar onde quero estar.

– Eu preferia que Ryder tivesse dado uma surra nele – disse Avery. – Não é porque estou grávida. Só sou violenta por natureza.

– Por falar em Ryder, ele foi muito legal e ficou me ouvindo contar a história toda depois que Jonathan foi embora. Esperou até eu me acalmar. Na verdade – emendou Hope –, ele me ajudou a me acalmar.

– Ryder é capaz disso. Não é uma atitude comum, mas ele já me deu apoio e esteve presente para me ajudar algumas vezes ao longo dos anos.

– Eu não esperava isso dele. Não esperava que me ouvisse e muito menos que dissesse as coisas certas. Coisas que eu precisava ouvir. Acho que adquiri o hábito de julgar mal certos homens. Quando lhe disse que ficava lhe devendo uma, sabem o que ele pediu em troca?

– Caramba! Isso está ficando bom – exclamou Avery, se servindo de mais vinho.

– Uma torta.

– Isso é algum código?

– Não. É uma torta mesmo.

– Ele é muito mais fofo do que a gente imagina – comentou Clare.

– Fofo eu não sei, mas foi gentil, equilibrado e engraçado. Fiz uma torta para ele, o que nos leva ao último acontecimento. Tivemos outra conversa. Dessa vez, batemos todos os recordes. Saímos da academia juntos e, quando ele ia pegar a caminhonete, me agarrou. E me deu um beijo daqueles.

– Ah, está ficando bom mesmo! – Encantada, Avery bateu com a taça na de Hope. – E o que aconteceu depois?

– Eu voltei para cá e ele foi para a Vesta.

– Ah, qual é?

– Verdade. Foi o bastante. – Satisfeita, Hope ergueu a taça e tomou um gole da bebida. – Não sei se quero ou não continuar com isso. É tentador, mas, como disse antes, ando meio fechada para balanço. Mesmo assim, é uma possibilidade interessante. Complicada, mas interessante.

– Não precisa ser complicada – replicou Clare.

– Para começo de conversa, acho que Ryder é um cara complicado e a nossa situação também. Eu trabalho para a mãe dele.

– E daí? – perguntou Avery.

– E daí que eu tenho que descobrir e decidir muita coisa. Acho que vocês duas poderiam me falar mais sobre ele. Só para eu ter uma imagem mais clara.

– Podemos, sim, mas não dá para fazer isso durante o jantar? – Clare esfregou a barriga crescida. – Eu seria capaz de comer um bife enorme.

– Que tal salada verde, lasanha e pão de alho? – indagou Avery.

– E torta de cereja – acrescentou Hope, completando a lista da amiga.

– Por mim, está perfeito. – Clare se levantou com dificuldade. – Tudinho.

capítulo seis

ERA NOITE DOS HOMENS. Ryder não tinha a mínima intenção de passar o tempo com crianças e cachorros. Mas foi o que acabou acontecendo.

Beckett apareceu com o prato principal: espaguete com almôndegas – pelo visto, uma tradição para noites como essa.

De qualquer forma, os meninos eram bem legais e, junto com Yoda e Ben, os labradores mestiços, geravam energia suficiente para iluminar toda a região.

Diaraque se encontrava no paraíso canino.

Ryder não sabia quais eram as regras vigentes com a dona da casa presente, mas, na Noite dos Homens, tudo era permitido. Os meninos corriam por todo lado como diabinhos, comiam como lobos, lutavam como inimigos mortais e riam feito uns doidos.

A cena lhe trazia lembranças da própria infância.

A casa era feita para crianças e cachorros, pensou. Grande, ampla, aberta, colorida. Sabia que, assim que Clare e o irmão ficaram juntos, Beckett fizera acréscimos ao projeto da casa então inacabada, redesenhando tudo para priorizar a família. Agora os meninos tinham um quarto de brinquedos perfeito, com prateleiras e armários embutidos para guardar toda a bagunça. Sabia disso porque havia ajudado a construí-lo e porque Murphy o arrastou até lá para vê-lo.

E depois começou a pegar todos os bonecos de super-heróis que se possa imaginar.

Ryder também tinha a própria coleção, enfurnada numa caixa num lugar qualquer. Certas coisas eram sagradas para um homem.

– Yoda comeu o Duende Verde.

– Mas eles nem são do mesmo universo, garoto!

– Não o Yoda *de verdade*. O nosso. Mastigou o boneco todinho. Mas ele ainda era só um filhote. Agora já não come mais os nossos bonecos. E, no Natal, o Papai Noel me deu um Duende Verde novo. Deixou lá na minha meia. E também me deu o Gambit.

– Você tem o Gambit?

– Aham. – Encantado com o interesse, Murphy começou a remexer os bonecos coloridos até encontrá-lo. – Às vezes, ele e Wolverine lutam um contra o outro, mas geralmente os dois se juntam para combater os bandidos.

Ryder sempre gostou muito do Gambit.

– Devíamos fazer uma guerra agora. Olhe só: podemos usar a Batcaverna e a Millennium Falcon como bases. O Duende Verde, o Magneto e o Coringa estão planejando o ataque na garagem. Está vendo? A gente pode botar carros aqui, mas também pode botar os vilões.

Por que não?, pensou Ryder e começou a ajudar o menino a arrumar os bonecos.

A guerra acabou sendo terrível, sangrenta e, como todas as guerras, envolveu covardia, heroísmo e inúmeras baixas. Entre os danos colaterais, estavam um Tiranossauro Rex sem uma das patas, três Stormtroopers e um urso de pelúcia em frangalhos.

– Acertaram o Teddy em cheio! – gritou Murphy.

– As guerras são uma droga, garoto.

– As guerras são uma droga – repetiu Murphy, já que era Noite dos Homens, e começou a rir feito louco.

Owen apareceu quando os Vingadores, os X-Men e os Power Rangers, aliados, explodiram a base inimiga.

– Derrotamos eles! – Murphy se levantou para fazer uma dança da vitória e dar um "toca aqui" na mão espalmada de Ryder. – Mas o Homem de Ferro ficou bem ferido. Está no hospital agora.

– Ele é o Homem de Ferro – observou Owen. – Vai sair dessa. Você tem que enfrentar o Harry no jogo de boxe do Wii – disse, dirigindo-se ao irmão. – Ele me deu a maior surra.

– Deixe Beckett lutar contra ele.

– Foi outro que levou uma surra. E Liam também. Você é a nossa última esperança.

– Tudo bem. Então ajude o tampinha a arrumar essa bagunça.

– Eu não participei da guerra – protestou Owen. – Eu era a Suécia.

Ryder refletiu por um instante. O quarto parecia um campo de batalha.

Que, ainda por cima, havia sido atingido por um tornado. Então apelou para o suborno.

– Tenho uma torta na caminhonete.

– Onde arranjou uma torta?

– É de cereja. Se quiser um pedaço, ajude a arrumar aqui. Vou acabar com o outro menino.

– Adoro torta de cereja – declarou Murphy, exibindo o lindo sorriso angelical para Ryder.

– Arrume isso aqui e lhe dou um pedaço.

Ótimo negócio, pensou Ryder, dirigindo-se à sala de estar. Livrou-se da arrumação e evitou comer sozinho uma torta inteira, coisa que teria feito e que, com toda a certeza, o deixaria enjoado.

Entrou na sala, sacudiu os ombros e fez uns movimentos de boxeador sem sair do lugar.

– Vou acabar com você, Harry. Você será nocauteado e eliminado.

Harry ergueu os braços acima da cabeça.

– Invicto. Campeão do Mundo. Ganhei de Owen por nocaute! Ele ficou com duas letras xis no lugar dos olhos no jogo.

– Owen Queixo-de-vidro – debochou Ryder, dando um soco no próprio queixo. – Grande coisa... – Foi até a geladeira que ficava debaixo do bar e pegou uma cerveja. – Pode começar a rezar.

– Eu vou rezar por você – propôs Beckett. – Esse menino não tem pena de ninguém.

– Não precisa. Tem uma torta de cereja na traseira da picape. Por que não vai buscar?

– Torta? – Liam, que estava no chão rolando com os cachorros, se levantou de um salto. – Eu quero!

– Pois vai comer, jovem gafanhoto. – Beckett se levantou da poltrona de couro.

– Ok, atual campeão que logo vai deixar de ser, vamos lá.

Harry gerou o avatar de Ryder – cabelo escuro, olhos verdes sinistros, cara fechada – e lhe entregou o controle.

A multidão foi à loucura.

O menino lhe deu uma surra.

Ryder se deixou cair no sofá com a cerveja enquanto Harry dava a volta na sala esmurrando o ar com os punhos cerrados.

– O que você faz? Fica jogando isso o tempo inteiro?

– Tenho um dom natural.

– Uma ova!

– Foi o vovô que disse. Também ganhei dele. Mas ele já é meio velho.

– Quero jogar! – exclamou Murphy enquanto entrava na maior correria.

– É a minha vez! – Liam estava a postos para defender seus direitos. – Beckett falou que a gente podia jogar PlayStation depois, e é a minha vez de escolher. Quero jogar WWE.

Primeiro boxe, pensou Ryder, depois, luta livre. Beckett deve dormir como uma pedra de noite.

– Eu vou comer torta – anunciou Ryder e se levantou.

O objeto dos desejos infantis deixou de ser o video game, e os meninos saíram em disparada para a cozinha.

Não sobrou nem uma migalha da torta, o que deixou Ryder um tanto desapontado. Eles lutaram, perseguiram ladrões e derrotaram assassinos. Liam foi o primeiro a desistir, pegando no sono no meio dos cães. Beckett o pegou no colo e o levou para a cama.

Quando voltou, Harry havia desabado de bruços no sofá. Enquanto Beckett repetia o processo, Murphy continuava sentado no chão, totalmente desperto, ensinando Owen a jogar Mario Bros.

– Ele nunca desliga? – perguntou Ryder, apontando para Murphy com o polegar.

– O menino é um verdadeiro vampiro. Se deixar, fica acordado até o dia amanhecer. Está na hora, Murph.

– Mas não estou cansado. Amanhã não tem escola. Quero...

– Deixo você ver um filme na minha cama.

– Ok! Posso ver dois?

– Para começar, você vai ver um. – Beckett o ergueu do chão e o pôs nos ombros, fazendo o menino rir.

Saiu carregando Murphy e, então, Owen se estirou no sofá, dirigindo-se ao irmão:

– Mais duas?

– Claro. Beck parece já ter assimilado essa história de ser pai. Além disso, vai ter o próprio time de basquete se os filhos forem alguns centímetros mais altos que ele.

– Avery e eu estamos pensando em ter dois.

– Belo número par. – Distraído, enfiou a mão num saco de batatas fritas sabor churrasco. – Já planejou as datas da concepção, do nascimento e da formatura?

Acostumado com as provocações do irmão, Owen apenas deu de ombros.

– Caramba, você já planejou tudo! – exclamou Ryder.

– São só estimativas. Seja como for, vamos começar pelos cachorros.

– Não sei se os pugs são considerados cachorros. Eles são do tamanho de gatos.

– São cachorros e são ótimos com crianças. Temos que pensar no futuro. Quando começamos a pesquisar sobre as raças...

– Quando *você* começou a pesquisar...

– Enfim, Avery cismou com o pug. Então ela falou com a mamãe, que a convenceu de que a adoção era bem melhor. Logo, vamos adotar um bichinho de 1 ano, chamado Tyrone, que é surdo de um ouvido.

– Um meio-cachorro... Não pela surdez. Pelo tamanho. E, como é só meio-cachorro, com o labrador vocês vão ter um cachorro e meio.

– Bingo. – Owen balançou a cabeça. – Que tipo de sádico dá a um cachorro o nome de Bingo? Ele só tem quatro meses, portanto, vamos trocar esse nome para lhe dar um pouco de dignidade.

Beckett voltou e foi direto pegar uma cerveja.

– Céus! Já faz quase um ano que estou nessa brincadeira e, às vezes, ainda me pergunto como Clare dava conta de tudo sozinha. – Empurrou as pernas de Owen para fora do sofá e se jogou ali. – É a primeira vez que ela fica a noite inteira fora de casa. É meio estranho.

– Você a engravidou – comentou Ryder. – Ela bem que precisa de uma folga.

– Clare quer começar a planejar o quarto dos bebês. Anda falando em berços de vime e trocadores.

– Está nervoso?

– Talvez, mas principalmente com essa história de berços de vime. Parece ser algo mais feminino.

– Mas que diabos é isso? – indagou Ryder.

– Parece uma cesta num suporte.

– Vocês vão colocar seus filhos em cestas?

– São umas cestinhas para bebês bem chiques. As que Clare me mostrou tinham uns babados com uns laços azuis. – Precisando de apoio, Beckett lançou um olhar de súplica aos irmãos. – Não dá para botar um menino num troço cheio de babados brancos. Não é legal.

– Então mostre quem manda aqui – sugeriu Ryder.

– Ela está grávida.

– Sim, e é por isso que você está aqui sentado falando de babados brancos. É constrangedor.

– Vá à merda! – Beckett olhou para Owen sentado ao seu lado no sofá. – Andei pensando que poderíamos construir alguma coisa. Na verdade, duas. Uma espécie de berço, mas que ficasse em cima de um suporte para a gente não ter que se curvar muito na hora de pegar o bebê. Uma coisa bem legal que deixasse Clare feliz o bastante para não querer cobri-la com uma maldita barra de babados.

– Sim, podemos fazer isso. E construir de um jeito que eles balançassem.

– E entalhar o nome das crianças – sugeriu Ryder.

Intrigado, Beckett voltou a olhar para Ryder.

– O nome delas?

– Dessa forma, ficariam personalizados e vocês não iam confundir os dois. Melhor pensar em alguma coisa para os outros três, senão eles podem ficar com ciúme.

– Vou construir uma casa na árvore para os meninos. Ainda não consegui sair da fase do projeto. Tem tanta coisa acontecendo...

– Nada como uma casa na árvore – disse Owen. – Cara, nós passávamos horas na nossa. Com um estoque de balas e de revistas em quadrinhos. Lembra quando você comprou aquela revista do Denny? – indagou a Ryder. – A primeira vez que vi pornografia foi naquela casa. Ótimos tempos.

– A primeira vez que transei foi lá. Tiffany Carvell. Grandes tempos.

– Pelo amor de Deus! – Beckett fechou os olhos. – Nem mencionem pornografia ou sexo na frente de Clare. Ela vai me proibir de fazer a casa na árvore.

– Cagão.

– Repita isso quando for casado – retrucou Beckett com um ar de desprezo.

– Por enquanto, deixo isso por conta de vocês dois. As mulheres precisam pelo menos de um dos irmãos Montgomerys livre, leve e solto.

– Vou gostar de ser um homem casado – observou Owen.

– Talvez você já seja.

– Verdade. E gosto disso. Gosto de saber que Avery vai estar em casa quando eu chegar ou que logo vai estar de volta. E acho estranho – disse, dirigindo-se a Beckett – que ela não esteja lá essa noite.

– Devem estar se divertindo. Clare só ligou uma vez para saber dos meninos. E avisou que Hope precisava de um tempo com as amigas. Por falar nisso, o que houve com o tal Wickham? Clare não me contou tudo.

– Ele achou que podia ter Hope de volta.

– Desgraçado!

– Um desgraçado usando um terno de cinco mil dólares.

– Ele a deixou, não foi? – Owen tomou uns goles preguiçosos da cerveja. – Por uma loura qualquer. Uma loura bonita e gostosa, para quem gosta do tipo. Avery me mostrou a foto dela na coluna social do *Post*.

– Coluna social? – Ryder fez um muxoxo. – Sério?

– Não enche! Avery viu a foto e me mostrou. Quer dizer que ele trocou Hope pela tal loura, fez uma festa de casamento muito luxuosa e *depois* apareceu na nossa pousada para tentar roubar nossa gerente? Dá vontade de meter o pé na bunda do sujeito e acabar com o terno de cinco mil dólares.

– E, de quebra, tinha uma bonificação: os dois ficariam juntos outra vez e ele a sustentaria.

Owen se sentou na beirada do sofá.

– O que foi que disse?

– Isso mesmo que vocês ouviram. Ele a manteria como uma bonequinha de luxo. Compraria uma casa para Hope, lhe daria dinheiro para gastar e uma viagem a Paris ou uma porcaria dessas.

– E esse cara ainda está vivo... – murmurou Beckett. – Por que não deu uma surra nele?

– Porque, quando fiquei sabendo da história, ele já tinha ido embora. Ainda por cima, Hope se saiu muito bem. Deu conta dele direitinho. Ela estava começando a lhe dizer poucas e boas no momento em que passei por lá. E sabem o que Hope fez? – Ryder pegou mais batatas fritas. – Veio na minha direção, me pediu que entrasse no jogo e me deu um beijo daqueles...

– Essa parte ninguém me contou. – Owen olhou de um irmão para outro. – Por que não fiquei sabendo? Eu fico sabendo de tudo.

– Isso aconteceu ontem, e estivemos ocupados. Com certeza a história está se espalhando por todo lado agora mesmo, coisa que Hope não deve ter pensado na hora, imagino.

– E você entrou no jogo? – perguntou Beckett.

– Claro. Por que não? Percebi o que estava acontecendo e não gostei da aparência do sujeito. Nem do terno dele. Achei que Hope só queria lhe dar o troco, deixá-lo com ciúme. Não ia me prejudicar em nada. Então, depois que ele foi embora... Ela começou a tremer.

– Cacete! – resmungou Beckett.

– Em boa parte era raiva. Hope estava furiosa. Ofendida. Mas abalada também.

Owen pegou o celular.

– Você viu o carro dele?

– Um Mercedes sedã C63, preta, do ano. – Ryder também disse a placa. – Não acredito que ele volte. Hope o atingiu no ponto certo. Mas não custa nada ficar de olho.

– Exatamente. O desgraçado mal casou e já está querendo se apossar de Hope. O cara lhe fez um favor quando a deixou.

– É. Pelo visto, ela também pensa assim.

Beckett apontou o dedo em riste.

– Foi ela que fez aquela torta!

– Delícia de torta! – Ryder sorriu. – Hope queria que ficássemos quites, eu acho. Então, aceitei e, depois, agarrei ela. Quando jogo, gosto de ficar na frente.

– Você beijou Hope de novo? – indagou Owen.

– Da outra vez, foi Hope que tomou a iniciativa. Eu já tinha começado a achar que era um cara fácil e que estava sendo usado.

Beckett riu, e Owen lhe deu um soco no braço.

– Ei!

– Pode não ser engraçado. Você está ficando interessado em Hope?

Com um ar preguiçoso, Ryder tomou um gole da cerveja.

– Isso não é da sua conta.

– Ela é a gerente da pousada.

– E Avery é uma inquilina. Nem por isso criei problema.

– É, mas...

Enquanto Owen tentava digerir a história, Ryder encolheu os ombros.

– Relaxe. Céus! Beijar uma mulher solteira que não nos rejeita é um direito divino dos homens. Não quer dizer que eu vá começar a procurar os tais dos berços de vime. Além do mais, Hope me beijou primeiro.

– E é bem atraente – acrescentou Beckett.

– Casado, pai de três filhos e com mais dois a caminho... – observou Ryder.

– Mesmo que eu tivesse vinte filhos não ia deixar de ter olhos. Ela é inteligente, bonita... Uma ex-miss, não se esqueçam... E sabe fazer tortas. Bom trabalho.

– E tem uma boa pegada também.

Owen levou as mãos à cabeça e Beckett riu outra vez.

– Ele acabou de arranjar um motivo para se preocupar.

– Ela é a gerente da pousada. A melhor amiga de Avery e de Clare. Foi abandonada pelo filho do patrão.

– Você não vai querer me comparar ao tal Wickham, irmão.

– Claro que não. Só estou listando os fatos. Posso acrescentar mais um. Mamãe adora Hope. Logo, se resolver transar com ela e ela estiver a fim de você, ótimo. Só não estrague as coisas.

– Você está começando a me irritar – disse Ryder com toda a calma, o que sempre era um sinal de alerta. – Por que não fala o nome de uma mulher com quem eu tenha estragado as coisas?

– Não se trata de uma mulher qualquer. Estamos falando de Hope. E me sinto...

– Está a fim dela? – perguntou Ryder.

– Ah, qual é? – retrucou Owen bruscamente. – Passei mais tempo com ela do que vocês dois, cuidando da instalação da pousada e fazendo pesquisas sobre a nossa hóspede fantasma. Hope é como uma irmã para mim.

– E você é como um irmão para mim.

– É... Isso é bem esquisito. E Avery me contou todos os detalhes sórdidos da história com os Wickhams. O sujeito aprontou com ela para valer, Ry. Aliás, a família inteira. Portanto, não se esqueça de que Hope ainda deve estar um tanto fragilizada.

– A família inteira aprontou com ela? Como assim?

– Todos sabiam. O pai, a mãe. Ele tem uma irmã que também sabia de tudo. A família inteira sabia muito bem que Jonathan estava fazendo um joguinho com Hope e não fizeram nada para impedir. Pouco importa se achavam ou não que aquilo era sacanagem. Hope gerenciava o hotel familiar e também era encarregada de planejar vários dos compromissos pessoais dos Wickhams. Era convidada para jantar na casa deles e ia para a casa de férias nos Hamptons. Avery disse que todos a tratavam como alguém da família e, portanto, era assim que Hope se sentia. Em suma: ela foi descartada por todos, traída pelo Wickham e usada pelos patrões. Eles ferraram com Hope em grande estilo.

Owen não podia ter sido mais claro. Ryder decidiu que todo o clã dos Wickhams podia ir para o inferno.

– Eu não estrago as coisas com as mulheres. Nem eu nem a minha família.

– Claro que não. Nós não fazemos isso. Mas agora você tem uma noção melhor do que aconteceu.

– É verdade. Se rolar alguma coisa entre nós, e não estou dizendo que isso vá acontecer, vou fazer de tudo para Hope saber bem onde está pisando. Satisfeito?

– Estou.

– E não vá correndo contar para a mamãe.

– Nossa! Por que eu faria isso? Não sou nenhum dedo-duro.

– Foi você que contou a ela que eu tinha quebrado aquele vaso de cristal jogando bola dentro de casa e escondido os cacos – observou Beckett.

– Eu tinha 8 anos! – A voz de Owen soou genuinamente sofrida e ofendida. – Até quando vai jogar isso na minha cara?

– Até o fim da vida. Ela me deixou sem TV por três dias por ter escondido os cacos do vaso e mais um por ter jogado bola dentro de casa. E perdi *As Tartarugas Ninja*.

– Cresça e compre o DVD.

– Foi o que eu fiz. O que não livra a sua barra, cara. A lealdade entre irmãos é sagrada.

– Eu tinha 8 anos!

Agora que a cabeça de Owen estava ocupada com outro assunto que não as possibilidades de sua vida sexual, Ryder se levantou.

– Bom, meninas, tratem de resolver isso como mocinhas educadas. Vou para casa descansar.

– O material vai chegar às oito – avisou Owen.

– Sei disso. Estarei lá.

– Vou para a oficina trabalhar nos painéis do bar. Se precisar de mim, mande uma mensagem – pediu Owen.

– Posso aguentar um dia sem o seu rostinho bonito. Mas quero contar com você – acrescentou Ryder, apontando para Beckett. – Às sete.

– Só posso chegar às oito, oito e meia. A mãe de Clare quer ficar com os meninos amanhã. Tenho que acordá-los, vesti-los, preparar o café da manhã para eles e tudo o mais. Não se esqueça de que Clare está na pousada.

– O importante é que você esteja lá. Vamos, Diaraque. – Ryder começou a se dirigir para a porta. – E não jogue bola dentro de casa.

No último minuto, lembrou-se do prato da torta e voltou para pegá-lo. Acompanhado de Diaraque, dirigiu pelo pequeno trecho que separava as duas casas, saindo do bosque, pegando a estrada e voltando para o bosque onde ficava sua casa.

Gostava de morar afastado e ter privacidade. Gostava de ter o próprio espaço, bastante espaço. Tinha contratado uma empresa de jardinagem para projetar o jardim. A mãe havia tentado fazer dele um jardineiro, mas Ryder não levava jeito para a coisa. Não tinha problema em cavar um buraco para plantar uma árvore, arrancar um mato aqui e ali, mas plantar flores? Preferiu contratar especialistas.

Adorava a aparência de seu quintal: os vários níveis, as diversas texturas, as sombras na entrada e a iluminação do deque.

Como Beckett já havia lavado o prato da torta, não o tirou da caminhonete para não correr o risco de esquecê-lo. Deixou Diaraque circular por ali e fazer suas necessidades. Enquanto isso, ficou parado no silêncio, sob o céu estrelado.

Não imaginava como seria morar em outro lugar. Nem queria isso. Não pelo fato de ter crescido ali, embora esse detalhe fosse relevante. Mas porque aquele local – o ar, as noites tranquilas – o encantavam. E sempre fora assim.

Escolhera um ponto bem afastado da estrada principal para fincar suas raízes, para construir a própria casa. Passou a vida inteira circulando e vagando por aqueles bosques. Conhecia aquele lugar desde antes de se tornar adulto.

Passou pelo vestíbulo, entrou na cozinha e acendeu a luz. Havia projetado aquele cômodo com a ajuda de Beckett. Linhas simples e bastante espaço para botar uma mesa. Colocou o celular para carregar e pegou uma garrafa de água.

Agora poderia tomar o banho quente, bem mais tarde do que planejara.

O cachorro subiu a escada ao seu lado e foi direto para a grande almofada quadrada que usava como cama. Deu uma, duas, três voltas em torno dela e, enfim, soltando um suspiro profundo, se enroscou ali com o gato de pelúcia todo rasgado de que tanto gostava. Mas não deixou de olhar para Ryder, abanando o rabo, todo satisfeito, enquanto o via esvaziar os bolsos e tirar o cinto.

Ele se despiu, atirou as roupas na direção do cesto e, inteiramente nu, dirigiu-se ao generoso banheiro da suíte.

Um homem que fazia trabalho braçal merecia o melhor dos chuveiros. Ainda mais sendo ele um empreiteiro que conhecia bem o assunto.

O banheiro se equiparava ao que tinham instalado na pousada: o trabalho com os azulejos (no seu caso, numa cor cinza mais escura), a grande bancada branca e as cubas em aço inoxidável. Ligou o chuveiro e as duchas laterais a todo vapor, com a água bem quente, e deixou os jatos baterem nos músculos retesados após um longo dia de trabalho e de brincadeiras.

Enquanto relaxava, pensou em Hope.

Não ia estragar as coisas com ela. E, com toda a certeza, não tinha nada a ver com a história de Hope com aquele bando de babacas.

Foi ela que começou. Tratou de se lembrar disso porque era a mais pura verdade. Até bem recentemente, Ryder vinha se mantendo a distância. E fez isso porque, entre os dois, havia algo desde o começo. Não queria nada daquilo, não com uma linda ex-miss de olhos amendoados e maçãs do rosto salientes que devia pagar mais por um único par daqueles sapatos de saltos altíssimos que usava do que ele pagara por todos os pares que tinha no armário.

Talvez os saltos altos fizessem as pernas de Hope ficarem infinitamente longas, mas o problema não era esse.

Ela não fazia seu tipo e, com toda a certeza, ele não fazia o dela. O tipo de homem perfeito para Hope usava terno e gravata de grife e era bem provável que frequentasse vernissages e festas refinadas. E gostasse disso. Talvez até fosse à ópera. É, o babaca do Jonathan parecia ser um cara que curte ópera.

Foi Hope que começou e, se levassem aquilo adiante, faria questão de que ambos pusessem todas as cartas na mesa. Sempre jogou limpo. E, já que

Owen tinha razão em alguns poucos aspectos, ia pensar bastante no assunto antes de resolver o que quer que fosse.

Se, mais cedo ou mais tarde, os dois concordassem com aquela história, ia jogar limpo. Sem problemas.

Desligou o chuveiro e pegou uma toalha para secar o cabelo. O gesto o fez lembrar de Hope com a mangueira do jardim e a lembrança o fez sorrir. Na hora, talvez não tivesse achado graça, mas agora dava risada.

Ela nem sempre era perfeita. Cometia erros, dava passos em falso. Ryder preferia Hope dessa forma. A perfeição podia ser chata, intimidadora ou irritante. Ele gostava dos defeitos e se perguntou se – *se* – no caso de as coisas avançarem, encontraria mais alguns.

Sem pressa, pensou. Já estava com muita coisa na cabeça. Já tinha muito em que pensar para acrescentar Hope à cota nesse momento.

Voltou nu para o quarto e puxou para baixo o lençol que havia puxado para cima naquela manhã: esse era o seu método de fazer a cama.

Diaraque já roncava, e as janelas estavam abertas para a brisa noturna, os ruídos da noite. Nem precisava pôr o despertador: tinha um na cabeça e, se isso não funcionasse, Diaraque se encarregaria de substituí-lo.

Pensou em ligar a TV até pegar no sono. Mais uma vez, lembrou-se de Hope e, em sua mente, vislumbrou aquela expressão no rosto dela: a expressão de quem acaba de beijar alguém.

E, pensando em Hope, adormeceu.

capítulo sete

RYDER ABRIU A PORTA da pousada pouco antes das sete da manhã, quando o sol matinal batia nas rosas que pendiam da parede do jardim. Tinha convocado os operários um pouco mais cedo, antes que o calor do fim de junho se abatesse sobre eles. Os sons de martelos, serras e furadeiras já ecoavam pelas janelas abertas do outro lado do estacionamento.

A pousada estava silenciosa, o que não o surpreendeu. Imaginou que as mulheres, que ficaram com todo aquele espaço só para si, sem mais o que fazer além de curtirem a noite juntas, não iam acordar tão cedo.

Tinha uma vaga lembrança do que era dormir até mais tarde.

Foi até a cozinha. Percebeu que, fosse lá o que elas tivessem feito durante a noite, tudo estava arrumado. Pôs o prato vazio da torta sobre a bancada e saiu andando.

Mas deu meia-volta.

Tinha educação, logo, começou a abrir umas gavetas em busca de alguma coisa onde e com que pudesse escrever. Na terceira, encontrou uns post-its e uma caneta. Então escreveu: "Ótima torta. Estamos quites." Colou o bilhete na borda de uma frigideira. Foi então que viu a cafeteira. Pensou por um instante.

Neste exato momento, Clare apareceu e soltou um gritinho.

– Calma!

Ryder deu a volta na bancada para segurar o braço da cunhada temendo que o peso dos bebês pudesse desequilibrá-la. Mas Clare fez um gesto para detê-lo.

– Você me *assustou*. – Riu ao dizer isso e recostou-se na geladeira com uma das mãos na barriga daquele jeito que as grávidas parecem impelidas a fazer. – Não achei que fosse encontrar alguém por aqui tão cedo.

– Só vim devolver esse prato.

O cabelo de Clare caía pelos ombros como as rosas, e seu rosto tinha um brilho sereno. A gravidez lhe dava uma bela aparência, pensou Ryder.

– O que está fazendo de pé? Imaginei que estivessem todas dormindo depois de uma noite de orgia feminina – indagou.

– Acho que é o costume. Meu relógio biológico não foi acertado para o horário de verão. De qualquer jeito, a essa altura os meninos já estão acordados. – Passou a mão pela barriga. – Esses dois aqui estão.

A ideia de duas criaturinhas boiando ali dentro deixou Ryder um pouco desconfortável.

– Você devia se sentar.

– Primeiro o café. Uma maravilhosa dose de cafeína quente para despertar a mente. Só posso tomar uma mísera xícara por dia.

Ryder tentou imaginar como seria aguentar um dia inteiro com uma única xícara de café. Mas não conseguia nem pensar nisso.

– Sente-se, então. Vou fazer o café. Estava mesmo pensando em preparar um para levar.

Gostando da ideia de ser servida, Clare se instalou num dos banquinhos da cozinha.

– Obrigada. Foi muito legal você e Owen ficarem com Beckett e os meninos ontem à noite.

– Ganhei um jantar em troca.

Ryder olhou para a cunhada às suas costas e começou a preparar o café. Clare, a mulher dos cabelos dourados e o amor da vida do irmão.

– O seu mais velho é uma fera no boxe.

– E ele adora sair dizendo isso por aí. Os meninos curtem muito as Noites dos Homens. Em geral, combinamos de fazê-las nas noites dos encontros do clube do livro. Depois que os gêmeos nascerem, acho que vou levá-los comigo para não quebrar a tradição até que estejam grandes o bastante para participarem desse programa.

– Não confia em Beckett para dar conta de cinco?

– Ele não tem experiência com esses primeiros anos. É muito difícil.

– Mas ele vai aprender.

– Sei disso. Beckett é um pai maravilhoso. Ele fica tão à vontade e com tanta naturalidade... Seu irmão mudou a minha vida. Acho que um mudou a vida do outro. – Clare sorriu para Ryder, que pegou uma caneca para ela e um copo de isopor para si. – A torta estava ótima, não acha?

– Verdade. Acabou rapidinho.

– Hope nos contou da visita de Jonathan. Não sou ingênua. Sei que existe gente egoísta e desagradável no mundo. Mesmo assim, me surpreende que ele a tenha tratado daquela forma.

Para Ryder, a quantidade de pessoas solidárias e de bom coração costumava ser maior do que a de pessoas egoístas e desagradáveis.

– Na minha opinião, ele é um cara acostumado a ter o que quer apenas porque quer.

– Acho que tem razão. Hope merece coisa melhor. Sempre mereceu.

– Não é muito fã de Jonathan?

– Não. Na verdade, mal o conheço, mas nunca fui muito com a cara dele. Hope diz que ele não é como Sam.

Ryder se lembrou da noite em que entrou no quarto de Clare na casinha da avenida principal, com Beckett correndo na sua frente. Recordou-se de vê-la pálida, atordoada e trêmula depois que o desgraçado do Sam Freemont a atacou. E também de Beckett esmurrando a cara dele após Clare tê-lo acertado com a única arma disponível por ali: uma maldita escova de cabelo.

– E não é mesmo, querida. Não é a mesma coisa. Freemont é um babaca doente. Já Wickham? – Ele se lembrou do termo usado por Hope. – Não passa de um filho da mãe arrogante.

– Ela me convenceu. Quase. Mas quando a gente entende como as pessoas não têm limites, como podem se tornar obsessivas... Pode ficar de olho, de qualquer forma?

– Já estou fazendo isso.

Clare pegou a caneca que Ryder lhe estendia.

– Então me sinto melhor – falou, aspirando o cheiro do café. – Bem melhor.

– Tenho que ir agora. Vai ficar bem sozinha?

O sorriso de Clare se iluminou quando deu uns tapinhas na barriga.

– Estamos ótimos.

Ryder saiu, foi buscar Diaraque na picape e os dois foram andando juntos para o MacT's. Podia ficar tirando sarro de Beckett com aquela história de ser marido e pai, mas sabia que o irmão tinha tirado a sorte grande com Clare. Em sua opinião, havia poucas mulheres como ela.

Um mudou a vida do outro, como Clare disse, mas é óbvio que as coisas deveriam mesmo mudar. Mudanças significam progresso, melhorias e, às vezes, surpresas felizes.

Como quando abriram a parede entre o que seria o bar e o que seria o restaurante e descobriram a velha divisão de madeira intacta, com duas janelas antigas.

Owen também teve sorte com Avery, pensou Ryder. No instante em que ela viu a velha construção, em vez de lhes pedir para tapar tudo de novo, Avery se encantou, gostou do atributo e de como ele somaria à construção.

Imaginava que, dentro de alguns anos, Owen estaria lidando com os filhos, o trabalho e a vida. O irmão podia ser muito certinho, mas não era tão burro nem tão radical a ponto de não se adaptar.

Mudanças, pensou Ryder, começando mais um dia de trabalho: esse era o seu negócio.

Começou a trabalhar com as ferramentas, mas foi interrompido três vezes pelo celular que estava voltando a detestar. Foi até a academia para resolver um problema que havia surgido por lá e, depois, voltou para o restaurante, onde encontrou Beckett assumindo a tarefa que ele tinha abandonado.

– Owen encontrou o inspetor – disse Beckett. – O alvará da confeitaria saiu.

– Fiquei sabendo.

– Agora, ele foi se reunir com Lacy – acrescentou, referindo-se à inquilina. – Depois, vai passar para pegar o documento. É um item de peso para riscar da lista.

– Ainda tem muita coisa a ser feita. Por aqui, está tudo sob controle. – Ryder olhou ao redor para se certificar do que dizia. – Venha comigo.

– Para onde?

– Vamos arrancar aquele maldito telhado.

– Isso estava marcado para o meio da semana.

– Temos que aproveitar o dia sem chuva, e a previsão é de que a temperatura vai ficar abaixo dos trinta graus. Vamos acabar logo com isso.

Não era o primeiro teto que arrancavam, mas era o maior de todos. E, infelizmente, Beckett sabia muito bem que aquilo não era nada fácil, além de ser um trabalho sujo e desagradável.

– Não quer esperar por Owen?

Ryder se limitou a encará-lo com ar de deboche.

– Está com medo de um pouquinho de suor, amor?

– De ficar com insolação talvez.

– Seja macho e vamos cuidar disso.

Não foi tão ruim quanto Beckett esperava. Foi pior.

Encharcado de suor e protetor solar, bufava por detrás da máscara enquanto lutava contra a pá. Seus músculos ardiam como se estivessem recobertos por carvões em brasa. Os operários jogavam o entulho em carrinhos de mão ou traziam novos garrafões de água gelada.

Bebiam como camelos sem conseguir saciar a sede, já que cada mililitro ingerido era eliminado sob a forma de suor.

– Quantas camadas dessa porcaria tem aqui? – gritou Beckett.

– É um milagre essa porcaria toda não ter desabado no inverno passado. – Ao derrubar mais um trecho do telhado, Ryder olhou para cima e sorriu. – Agora vai.

– Se não nos matar antes. Do que está rindo?

– Gosto da vista.

Beckett parou, enxugou o suor e olhou para fora. O telhado de cobre da pousada reluzia e cintilava ao sol. Podia ver a praça e os veículos que passavam, as pessoas que se dirigiam à Vesta para almoçar e, um pouco mais adiante, a livraria na avenida principal.

– Prefiro a vista de uma varanda sombreada, com uma cerveja numa das mãos e a minha esposa na outra.

– Use a imaginação.

Ryder arrancou a máscara saturada de poeira e tratou de beber água. Como não conseguiria esvaziar o frasco, pensou em jogar o líquido gelado na cabeça.

Enquanto movimentava os ombros doloridos, viu Hope surgir na varanda do segundo andar. Ela se deteve ali por um instante, analisando, observando a obra e os operários. Ryder soube o momento exato que o olhar dela o atingiu, pois poderia jurar que uma flecha havia acertado a região de seus quadris.

Hope ainda ficou parada lá por um tempo, assim como Ryder, e, depois, abriu a porta da J&R e desapareceu no interior da suíte.

– Deve ter algum hóspede chegando – comentou Beckett.

– Que foi?

– Vi você olhando.

– É contra a lei?

Ryder pegou uma máscara limpa.

– Ainda não. Por que não a convida para sair?

– Por que não põe essa pá para funcionar?

– Um jantarzinho, um bom papo. Caramba, ela fez uma torta para você.

– Você comeu a mesma quantidade que eu. Leve-a para jantar e conversar.

– Já fiz isso. Clare e eu já a convidamos para jantar lá em casa. Precisa de uma ajudinha, irmão? Podemos convidar vocês dois e facilitar as coisas.

– Vá à merda – falou Ryder e se afastou.

Olhar não tira pedaço, pensou Hope. Ela entrou e abriu a porta da Eve & Roarke. Podia abrir as persianas apenas o suficiente para espiar pelas frestas e ver o telhado. Ou o que imaginava que tivesse sobrado dele.

Não fazia ideia de como os três irmãos pretendiam removê-lo. Aquele trabalho parecia envolver um monte de ferramentas afiadas para escavação, barras pesadas e algum tipo de serra. Aliado a um barulhão.

Hope achava que aquela devia ser uma tarefa insana, mas ela lhe dava uma perspectiva bem interessante.

A maioria dos homens havia tirado a camisa. Esperava que não economizassem no protetor solar, caso contrário, estariam todos doloridos à noite.

Hesitou por um instante, porém... Que diabos?

Correu até o apartamento, pegou o binóculo e voltou às pressas.

Sem dúvida era uma tarefa insana, concluiu após ver a cena mais de perto graças ao binóculo. E, nossa! Ryder tinha um corpo incrível.

Já percebera aquilo por baixo da camisa, e já sentira nas poucas vezes em que seu corpo ficou colado ao dele. Mas nada como uma visão completa de um homem suado com os músculos em ação.

Mulher nenhuma poderia negar que aquela era uma imagem e tanto, mesmo que os músculos sarados e suados não fizessem seu tipo.

Hope o viu olhar para cima e baixar a máscara para gritar alguma coisa para um dos outros homens. Ryder também tinha um rosto bem bonito:

um tanto descuidado e com a barba por fazer recobrindo os ossos fortes. Mas era bem bonito. E, quando ria, como naquele momento, Hope sentia mais um daqueles arrepios percorrer seu corpo.

Fez um som de aprovação.

– Hope? Não sabia o que você pretendia fazer com...

Ela se virou. Quase escondeu o binóculo atrás das costas, mas não chegou a esse ponto. Preferiu sorrir de um jeito meio encabulado quando viu Carolee parada ali na porta.

– Estava espionando os vizinhos.

– Verdade? – Carolee atravessou o aposento erguendo as sobrancelhas. – O que...? Ah, o telhado. Meu Deus! Eles devem estar com muito calor, todos suados e... – Parou e deu uma risada. – E é exatamente por isso que vale a pena. Deixe eu dar uma olhada.

Pegou o binóculo e olhou por entre as lâminas da persiana antes de acrescentar:

– Eles são bonitos, não são? Só estou vendo dois... Os filhos de Justine. Owen deve ter dado um jeito de escapar. Que trabalho horroroso! Devíamos preparar uma limonada para eles.

– Bom, não sei se...

– Claro que devemos. – Radiante, Carolee devolveu o binóculo a Hope. – Vamos encher uns dois *coolers*, um balde de gelo e pegar uns copos plásticos. Temos a mesa dobrável lá embaixo. É a nossa boa ação do dia.

– E devo pagar pelo espetáculo?

– Não diria isso. – Carolee lhe deu um tapinha no ombro. – Vamos. Não vai demorar. Temos algumas horas até os hóspedes chegarem.

Hope não podia dizer não para Carolee, ainda mais depois de ter sido flagrada espiando o sobrinho dela. Então, prepararam juntas umas jarras de limonada. Saíram carregando a mesa dobrável, os *coolers*, o gelo e os copos. Carolee chamou um dos operários pelo nome, acenando para que se aproximasse. Logo começou um revezamento de homens que estavam no telhado e no interior do prédio.

Recebeu inúmeros "Obrigado, Hope" ou, em uns poucos casos, "Srta. Hope".

– Você veio salvar a nossa vida. – Beckett esvaziou um copo e piscou para a tia.

– Tomem cuidado por lá.

– Pode deixar. Estamos quase terminando. Agora estamos cortando a maldita borracha. Vocês vieram na hora certa. Íamos mesmo fazer uma pausa para almoçar e terminar o trabalho mais tarde.

– Examinem bem aquilo tudo para ver se tem pregos – ordenou Ryder a um operário. Depois, pegou um dos copos e o esvaziou de uma só vez. – Obrigado.

– Vou pedir comida – avisou Beckett e se afastou com o celular.

– Aqui, Ryder. Tome mais um. Sua mãe vai passar por aqui mais tarde.

– Para fazer o quê?

– Eu lhe disse que estavam arrancando o telhado e ela quer ver. Vou preparar mais uma jarra para vocês tomarem no almoço.

– E ela vai querer ver o restaurante e a confeitaria – resmungou Ryder. – Onde é que Owen se meteu?

– Tome. – Hope lhe serviu mais um copo de limonada. – Tente se refrescar.

– A quantidade de limonada que existe no mundo não basta – reclamou, mas bebeu assim mesmo. – Conseguiremos arrancar essa porcaria antes que o calor fique ainda mais forte, o que já é um avanço.

Ao ouvir a voz do dono, Diaraque começou a rodar por ali e a se esfregar nas pernas de Ryder. Hope tirou do bolso um biscoito para cães.

– Desse jeito, ele vai ficar esperando ganhar um biscoito sempre que vir você.

– Você ganhou limonada.

– Mas ele não ficou arrancando um telhado de mil camadas e suando em bicas!

Hope se curvou para fazer carinho no cachorro. Depois ergueu o rosto, os olhos brilhando em meio a uma cortina escura de cabelo.

– Talvez eu deva pegar a mangueira.

– Bem que eu poderia usá-la no fim do dia. – Ryder hesitou. – Tem hóspedes chegando hoje?

– Sim. Três quartos estão ocupados. Um deles até o fim de semana.

– Certo.

– Algum motivo especial para essa pergunta?

– Não.

Pronto, pensou Hope, lá estava ele de volta às respostas monossilábicas. Então tentou outro caminho.

– Fiquei sabendo que você dividiu a torta com todo mundo na Noite dos Homens.

– Os garotos pareciam até abutres. Acho que eu os subestimei.

– Sobrou metade da outra. Pode ficar com ela.

– Legal. Eu aceito.

– Passe para pegá-la antes de ir embora. Tenho que voltar ao trabalho.

– Vamos levar a mesa e as outras coisas para dentro. Obrigado pela limonada.

– Não há de quê! Ah, e garanto que posso arranjar um tempo para lhe dar um banho de mangueira, se quiser.

Antes de se afastar, teve a satisfação de ver os olhos de Ryder se estreitarem num ar de especulação.

Hope se considerava uma boa avaliadora e, pela sua avaliação, ela e Ryder Montgomery estavam definitivamente flertando.

Só precisavam ver aonde isso ia parar.

Owen apareceu no instante em que Ryder descia do telhado pela última vez naquele dia. Podia ter brigado com ele, mas percebeu que o irmão estava suado, sujo e ainda usava o cinto de ferramentas.

Mas que diabos! Uma briguinha entre irmãos era só mais uma demonstração de afeto.

– Imaginei que você fosse aparecer quando o trabalho estivesse terminado.

– Alguém tinha que comandar a outra equipe de operários, já que você resolveu alterar o cronograma. Tiramos aqueles azulejos horrorosos de lá. Acha que foi divertido?

Com certeza, não, pensou Ryder, e não pôde evitar ficar feliz da vida por ter se livrado daquele trabalho.

– Se conseguir que o material chegue amanhã, podemos começar a fazer o telhado novo.

– Chego às oito. – Owen olhou o irmão da cabeça aos pés. – Pelo visto, está merecendo uma cerveja.

– Um engradado de seis garrafas inteirinho.

– Avery vai fechar a pizzaria hoje, então vou até lá ficar com ela. Quem paga desta vez é Beckett.

– Beckett vai para casa – anunciou o próprio. – Passar umas cinco horas debaixo do chuveiro. Sou bem capaz de comer e dormir dentro do boxe.

– Pelo visto, vamos ser só nós dois, Ry.

– Pelo visto, você vai sozinho – replicou Ryder. – Vou fazer a mesma coisa que Beckett. Eu e o meu cachorro.

– É, nada mais justo, já que vocês dois estão fedendo muito. Vamos deixar a cerveja para amanhã. Temos que repassar várias coisas. Das duas obras. Podemos fazer isso de manhã, antes que os operários cheguem, ou depois de irmos embora.

– Depois – disse Ryder, taxativo.

– Sexta à noite? – Beckett arqueou as sobrancelhas. – Não tem nenhum encontro interessante?

– Meus encontros interessantes nunca começam tão cedo assim.

Mas Ryder não tinha nada marcado e nem havia pensado nisso. Talvez pudesse pensar a respeito após ter tomado uma boa ducha para tirar toda aquela sujeira.

– Então, nos vemos amanhã.

Owen foi saindo e Beckett olhou para o prédio às suas costas. Ryder e ele ficaram parados ali como dois fugitivos do inferno.

– Vamos tirar a sorte para ver quem dá uma olhada geral na obra e fecha tudo – sugeriu Beckett.

Ryder encolheu os ombros, principalmente por causa da lembrança do café que tomou cedinho com Clare na cozinha da pousada.

– Vá para casa encontrar sua mulher e seus filhos. Deixe que eu faço isso.

– Fui!

Ryder voltou com a prancheta na mão. Queria anotar algumas coisas e, depois, poderia ir para casa se limpar. Verificou a porta que dava para a rua St. Paul. Pegou o *cooler*.

Lembrou-se da limonada.

Não há tempo para isso, pensou. E, embora quisesse a tal metade da torta, não ia passar na pousada nesse estado. Teria que adiar isso também.

Estava de saída quando viu uma caminhonete chegar.

Percebeu que era Willy B. com Justine no banco do carona. Vinha tentando não pensar no fato de que o pai de Avery andava dormindo com sua mãe. Preferia guardar a imagem que tinha de criança de Willy B: um velho amigo da família. Um cara incrível que fora o melhor amigo de Tommy Montgomery desde que os dois eram pequenos.

Se pensasse naquele grandalhão de barba ruiva como o namorado da mãe, as coisas ficariam bem mais difíceis.

Justine desceu do carro. Estava usando aquelas calças que batem pouco acima dos tornozelos e uma camiseta meio juvenil com uns bordados em volta do pescoço.

A mãe tinha se produzido – arrumado o cabelo e passado algo no rosto – e estava lindíssima.

– Não chegue muito perto. – Ryder ergueu a mão espalmada. – Não estou lá muito convidativo.

– Já o vi em piores condições, mas essa camiseta é nova. Então... – Ela lhe mandou um beijo de longe.

– Pra você também. Tudo bem, Willy B.?

– Tudo.

Willy B. tinha quase dois metros de altura. Um sujeito alto, com um coração enorme e uma cabeleira ruiva da mesma cor da barba. Ficou parado ali, com os polegares enfiados nos bolsos da calça, olhando para o prédio.

– Vocês arrancaram o telhado todo.

– Não dava para aproveitar nada. Acho que você iria gostar de ver como ficou lá dentro.

– Gostaria mesmo. Se quiser ir para casa, pode deixar que tranco tudo.

– Está tudo bem – disse Ryder e foi andando na frente.

Willy B. entrou no prédio em obras e só fazia virar a cabeça de um lado para outro, para cima e para baixo enquanto circulava ali dentro.

– Que imaginação você tem, Justine!

– Vai ficar incrível. Meus meninos não deixam a desejar.

– Ela é que não nos dá escolha. Amanhã bem cedo o material vai chegar, então poderemos começar o telhado novo.

Ficou falando de telhados e janelas com Willy B. e, depois, deixou que a mãe conduzisse a visita, mostrando onde ficariam os vestiários, a pequena sala de aula e o espaço da recepção.

– Espero que você se matricule.

– Ah, essa não, Justine!

– Não me venha com negativas! – exclamou ela com o dedo em riste e, em seguida, deu uns tapinhas no braço de Willy B. – Vou lhe dar um desconto, já que vamos ser parentes.

Ele sorriu ao ouvir isso.

– Engraçado, não é? A minha filha e o seu filho. Tommy ia adorar isso.

Pronto, pensou Ryder. Era isso que fazia Willy B. ser tão especial. Ele sempre se lembrava do amigo.

– Se ia... E também ia dizer que eu era maluca por ter comprado este lugar. Depois passaria a mão nas ferramentas. Ah, acredite! Isso aqui vai ficar lindo. Não há nada parecido nas redondezas. Tenho altos planos para os vestiários.

– Sua mãe falou de armários e coisas do tipo – disse Willy B., dirigindo-se a Ryder. – Conheço um sujeito que faz isso. Eles trabalham muito bem.

– Owen está responsável por essa busca. Talvez você possa lhe passar o contato.

– É o que vou fazer. Daqui a pouco vamos até a Vesta. Eu deixo com Avery.

– Owen está lá.

– Perfeito. – assentiu Justine. – Queremos dar uma olhada no local do novo restaurante antes de irmos jantar.

– Owen está com a chave. Ele pode lhes mostrar tudo.

– Tome uma cerveja – propôs Willy B. – E coma uma pizza, se quiser.

– Desse jeito não dá. – Ryder abriu as mãos espalmadas. – A Vigilância Sanitária poderia fechar o estabelecimento. Obrigado, de qualquer forma.

– Quando isso aqui estiver pronto, você vai poder tomar uma ducha e fazer uma sauna. – Justine sorriu. – Ouvi dizer que anda flertando com a nossa gerente.

– Qual é, Justine? – murmurou Willy B. vendo Ryder fechar a cara.

– Não estou, não.

– Então alguém muito parecido com você andou beijando Hope no estacionamento ontem?

– Aquilo não foi... nada.

– Não foi essa a impressão que Mina Bowers teve. Ela estava passando e contou para Carolee, que contou para mim.

Ryder sabia que a notícia ia se espalhar, mas não imaginou que fosse chegar tão depressa aos ouvidos da mãe.

– Essa gente devia cuidar da própria vida.

– Bom, isso é algo que nunca acontece – falou Justine em tom animado. – E, por mais estranho que pareça, a primeira pessoa que me contou isso foi Chrissy Abbot. Ela estava passeando com o cachorro quando viu vocês dois fazendo "nada" mais cedo. Só precisei pesquisar um pouco para descobrir que o homem de terno chique que tinha passado por aqui na ocasião era Jonathan Wickham.

– É... Jonathan apareceu tentando levá-la de volta para o hotel da família e tentando convencê-la a voltar a ter um caso com ele.

– Achei que Jonathan tivesse se casado – comentou Willy B.

– Ah, Willy B., não seja tão ingênuo. Aquele desgraçado... – falou Justine, visivelmente alterada. – Por que me contaram que você beijou Hope e não que deu um chute no traseiro daquele filho da mãe?

Um sorriso largo se abriu no rosto de Ryder. Um sorriso que vinha lá do coração.

– Amo você, mãe. De verdade.

– Isso não é resposta.

– Porque só fiquei sabendo da história depois que ele tinha ido embora. Hope cuidou dele direitinho.

– Não esperava menos de Hope. Se o filho da mãe voltar a aparecer por aqui, quero que o bote para fora a pontapés. Ou então me ligue e eu mesma faço isso. Eu adoraria. Acho melhor entrar e falar com ela.

– Hope está com hóspedes agora.

– Nesse caso, eu falo com ela amanhã. – Justine respirou fundo duas vezes, tentando se acalmar. – Se quiser dar em cima de Hope sem que as pessoas fiquem fofocando, faça isso sem ninguém ver.

– Não estou dando em cima dela!

– Então estou decepcionada com você. Enquanto isso, que tal ir andando, tomar um bom banho e descansar? Mais tarde nos falamos. E, Ry, vocês estão fazendo um excelente trabalho por aqui. Já dá para ver como vai ficar.

Ela via, pensou Ryder enquanto a mãe e Willy B. iam embora. Ela sempre via. Às vezes, mais do que ele gostaria.

– Dando em cima dela. Meu Deus! Decepcionada se eu não estiver. Não dá para entender as mulheres. Nem mesmo as mães. Talvez principalmente elas. Venha, Diaraque. Vamos tomar um banho.

O cachorro conhecia aquela palavra e, andando atrás do dono, já começou a abanar o rabo diante da perspectiva.

Quando acabou de trancar tudo, Ryder se virou e deparou com Hope, que se dirigia à caminhonete dele levando mais um prato de torta.

Por que diabos os dois viviam se encontrando naquele maldito estacionamento?

– Minha mãe e Willy B. acabaram de ir embora.

– Ah, eles deviam ter entrado.

– Achei que você estivesse com hóspedes.

– E estou. – Ela apontou para os dois carros estacionados ao lado do seu e do de Carolee. – E aposto que todos teriam adorado conhecê-la. Aqui está a sua torta.

– Obrigado.

– Carolee está servindo queijos e vinho aos hóspedes, mas tenho que voltar para ajudá-la. Só queria lhe perguntar uma coisa antes.

– Tudo bem.

– Você está pensando em fazer sexo comigo?

– Como diabos eu deveria responder a essa pergunta?

– Seria bom que dissesse a verdade. Dou muita importância à honestidade em qualquer tipo de relacionamento, mesmo que seja só algo casual. Foi um aprendizado da vida. Adoraria saber o que está pretendendo, já que ando pensando nisso. Tudo assim, bem direto – acrescentou, enquanto Ryder ficava ali parado, com as sobrancelhas franzidas e sem saber o que dizer. – Sem rodeios e sem complicações. Se não estiver a fim, tudo bem. Só gosto de saber onde estou pisando.

Isso é que é botar as cartas na mesa.

– Eu não faço ideia de onde estou pisando.

Ryder estava cansado, imundo e *Hope* estava dando em cima dele na porra do estacionamento. Achou que ela precisava de mais um tempo para pensar? Caramba! Era impossível saber o que se passava na cabeça dela!

– Tudo bem. Quando souber, é só me avisar.

– É só te avisar – repetiu ele. – Dizer sim ou não.

– Fica mais simples assim, não fica? Você parece cansado – observou Hope. – Vai se sentir melhor depois de tomar um banho e comer alguma coisa. Tenho que voltar lá para dentro. Boa noite.

– É.

Ryder abriu a porta para o cachorro entrar. Após refletir por um tempo, decidiu que iria dirigir com a torta no colo, caso contrário, Diaraque não ia resistir à tentação de mergulhar o focinho nela.

Sentou-se diante do volante, mas não ligou o carro.

– Não. Não dá para entender as mulheres, Diaraque. Simplesmente não dá.

capítulo oito

COMO OS HÓSPEDES TINHAM ido passear, os quartos estavam arrumados e Carolee fora ao mercado, Hope aproveitou para trabalhar um pouco no escritório. Precisava cuidar da folha de pagamento e de algumas contas, do site e da página da pousada no Facebook, responder a e-mails, anotar as reservas e precisava de um momento de calma para fazer tudo isso.

Ainda havia algumas listas de tarefas do dia a dia que precisavam ser feitas e refeitas o tempo todo. Os hóspedes sempre comentavam que a pousada era arejada, bonita e limpa, e dava muito trabalho mantê-la dessa forma.

Livre da folha de pagamento, Hope postou algumas novas fotos na página da pousada no Facebook e acrescentou uma breve publicação. Depois, foi tratar dos e-mails.

Mal tinha acabado de enviar o último deles quando a campainha da recepção tocou. Hora de fazer uma pausa, pensou. No momento em que se levantava da cadeira, a possibilidade de que fosse Jonathan lhe passou pela cabeça. Se deparasse com ele parado ali na porta, tudo bem. Na verdade, seria ótimo. Dessa vez, ia lhe dizer tudo que pensava.

Ficou toda animada, quase ansiosa, mas era Justine que estava lá.

– Oi! Achei que você tivesse a chave.

– E tenho. Mas não gosto de usá-la. – Sem se virar, olhou para trás, onde alguns operários serravam e martelavam o esqueleto de um telhado. – Espero que o barulho não esteja criando problemas.

– Não chega a atrapalhar. E a vista está ficando melhor a cada dia. As pessoas têm se mostrado animadas e interessadas com a ideia de termos uma academia aqui na cidade.

– Era exatamente o que eu queria ouvir.

– Lamento não ter visto você e Willy B. ontem.

– Foi por isso que resolvi vir hoje. Aqui sempre tem um cheiro tão bom!

– Justine foi até a cozinha e pegou um refrigerante diet na geladeira. – Sempre que venho a este lugar o meu astral melhora. Ah, viu que o equipamento de Lacy está sendo instalado? Em uns dez dias a confeitaria vai estar pronta, funcionando e aberta ao público.

– Mal posso esperar. E também vai ser bom ter uma vizinha. Ainda mais porque, pelo que me disseram, ela faz uns pães doces fantásticos.

– Segundo Avery, vai ser o paraíso para todos nós. Também alugamos os dois apartamentos em cima da loja. Portanto, você vai ter mais vizinhos. Tem tempo para sentar um pouquinho?

– Claro.

Alterando suas listas mentais, Hope se sentou perto de Justine diante da bancada da cozinha.

– Estamos com hóspedes?

– Tem um casal superfofo que vai passar o fim de semana na J&R. Ele sabe tudo sobre a Guerra Civil. Na verdade, os dois foram até a Virando a Página ontem à tarde e ele descobriu alguns livros de autores locais que não tinha. Parecia até que havia encontrado um tesouro. Agora, estão visitando o campo de batalha. Mas combinaram que hoje ela ia com ele e, amanhã, ele teria que acompanhá-la às lojas de antiguidades.

– Nada mais justo.

– Ele tem várias histórias para contar. Na noite passada, tínhamos outros dois casais e todos ficaram ouvindo seus relatos até depois da meia-noite. Ah, e ele amou o jogo de xadrez da Guerra Civil lá no saguão. Está torcendo para que um dos hóspedes que chegam hoje saiba jogar.

– Tommy e Willy B. viviam jogando. Já eu prefiro Banco Imobiliário. – E soltou uma gostosa gargalhada.

– E joga muito bem. Ia mandar um e-mail para você assim que tivesse acertado todos os detalhes, mas temos alguém interessado em reservar a pousada para uma festa de casamento.

– Querem fazer o casamento aqui?

– Não. Eles já têm o local para o casamento e a recepção, mas estão interessados em reservar a pousada para a véspera. Para o noivo, a noiva, os padrinhos, os pais. E também para a noite de núpcias. Por enquanto, estou segurando os quartos. Eles devem confirmar na segunda-feira.

– Parece ótimo. E como foi a tal Noite das Meninas?

– Fantástica. Adorei poder fazer algo assim. Gostaria de organizar outra, incluindo você, Carolee e, quem sabe, Darla. E, se der, chamaria também a minha mãe e a minha irmã.

– Parece melhor ainda. – Assentindo, Justine voltou a se sentar. – Você está feliz.

– Este é o trabalho dos meus sonhos, Justine. Não poderia estar mais feliz.

– Então, não existe a mínima possibilidade de você ficar tentada pela proposta de Jonathan Wickham?

Hope estremeceu.

– Eu devia ter lhe contado sobre isso?

– Não era necessário. – Justine descartou a hipótese com um gesto. – Eu sempre acabo sabendo o que vale a pena saber.

– Acho que é verdade. Não. Não havia nada de tentador na proposta dele. Este é o meu lar. Jonathan pode até pensar que eu não existo sem Georgetown, sem o Wickham, sem ele, mas está enganado. Eu me sinto mais... eu mesma aqui do que já me senti em muito tempo.

– Fico feliz em ouvir isso. E feliz em saber que você nem se deu ao trabalho de pensar em nenhuma das propostas dele.

– Ah! Nem me fale da outra!

Justine riu.

– É por isso que estou aqui. Para ouvir o que tem a dizer. Os homens nunca dão mais detalhes. Limitam-se a uma visão mais geral.

– Com que tipo de pessoa eu me envolvi? – Hope respirou fundo e pegou um refrigerante. – Sabia que ele tinha alguns defeitos, mas quem não tem? Também sabia que havia pontos fracos na nossa história e, é claro, presumi que conseguiria superá-los. Não sou boba nem nada, mas...

– Estava habituada a ele. Gostava dele.

– É verdade. Pensando nisso agora, percebo que era o pacote completo. O lugar, Jonathan, as pessoas. Eu considerava a irmã dele uma das minhas melhores amigas. Mas ela não era nada disso. Achei que estivesse no lugar certo e aquele estilo de vida... era bom. Pelo menos parecia ser. É difícil admitir que tudo não passou de uma ilusão.

– Mas como perceber isso quando se está tão envolvida?

– Prestando atenção. – Hope deu um suspiro. – Mesmo percebendo, admitindo, vendo aquilo tudo e também sabendo bem quem era Jonathan, fiquei chocada quando veio propor que a gente voltasse a viver como antes... com alguns benefícios extras, como uma espécie de gratificação *em dinheiro*.

– Desprezível!

– Para não dizer outra coisa. Quando consegui ficar um pouco mais calma, liguei para minha mãe e a aluguei ao telefone por quase uma hora. Ele era sempre tão legal com ela e com toda a minha família... Isso também contava. Ela me deu o maior apoio no momento em que tudo foi pelos ares, mas sei que continuava gostando de Jonathan. Até eu lhe contar tudo. Quando terminei, ela estava mais furiosa do que eu.

– Acho que a sua mãe e eu nos daríamos muito bem.

– Com certeza. Aí Jonathan aparece usando um terno Versace e uma gravata Hermès, ainda bronzeado da lua de mel, e me diz que não estou realizada aqui, que este não é o meu lugar, que eu devia voltar para o Wickham, com um aumento de salário considerável. E para ele, que cuidaria muito bem de mim. Babaca!

– Babaca é elogio se comparado com a palavra que me passou pela cabeça.

– Nunca imaginei que fosse ter pena de Sheridan, a esposa dele. Mas tenho.

– Espere aí! Ela não esfregou o casamento na sua cara? Sabendo muito bem qual era a relação entre vocês dois, ela não apareceu no seu escritório pedindo que você planejasse o casamento no hotel?

– Isso mesmo. – Hope tomou um gole da bebida estreitando os olhos. – Verdade. Foi exatamente o que ela fez. Esqueça o que eu disse. Os dois se merecem.

– Sem dúvida. Que bom que Ryder apareceu bem na hora. Foi a sua vez de esfregar alguma coisa na cara de Jonathan.

Hope viu o ar divertido nos olhos de Justine e tomou mais um gole do refrigerante bem devagar.

– Ah, também ficou sabendo disso?

– Orelhas em pé, querida. Sempre.

– Não imaginei que Ryder fosse lhe contar isso. Não me parece o tipo de coisa que ele falaria.

– Soube por outra fonte e, depois, provoquei meu filho. Sobre isso e também sobre o segundo encontro.

– Não foi um... Então você também ficou sabendo disso.

– Coisas de cidade pequena. Se você beija um homem num estacionamento, logo, logo alguém vai espalhar a notícia.

E Hope achava que estava entrando no ritmo dessa coisa de cidade pequena. Pelo visto, ainda tinha muito que aprender.

– É claro. Eu vou entender se você preferir que eu... ou que nós... não entremos nesse tipo de relacionamento. Eu...

– Por que eu iria preferir isso? – Justine arqueou as sobrancelhas. – Vocês dois são adultos.

– Ryder é seu filho. Sou sua funcionária.

– Eu amo o meu filho. O bastante para acreditar que ele pode e deve tomar as próprias decisões, escolher o próprio caminho. E amo essa pousada. Não tanto quanto os meus filhos, mas quase. Não a entregaria nas mãos de alguém em quem não confiasse, de quem não gostasse. Alguém que eu não respeitasse e que achasse incapaz de tomar as próprias decisões. Se você e Ryder resolverem ficar juntos, independentemente do tipo de relação que tiverem, a escolha é apenas dos dois.

Justine fez uma pausa e abriu um sorriso radiante. Então acrescentou:

– Eu vi a química entre vocês, querida. Tenho me perguntado que diabos vocês estão esperando.

– Não sabia nem se gostávamos um do outro. Ainda não sei muito bem.

– Sou suspeita, mas acho que vocês dois têm muitas qualidades. Vão acabar descobrindo isso. E, se no fim das contas for apenas sexo, vão curtir bastante.

– Aí está algo que eu não esperava ouvir de uma patroa, nem da mãe de um homem.

– Antes de mais nada, sou Justine. Bom, agora que já tratamos desse assunto, tem alguma coisa da pousada que eu precise examinar antes de ir bisbilhotar lá na livraria para ver se Clare está se cuidando e cuidando dos meus netinhos?

– Por falar nisso, acha bom fazermos o chá de bebê aqui? Claro que só vai ser no outono, mas, se estiver tudo acertado, quero escolher uma data e não aceitar reservas para o dia.

– Acho perfeito. É só me dizer como posso ajudar.

– Vocês podiam ficar aqui. Você, Clare, Avery, a mãe de Clare, Carolee. E ainda haveria espaço para mais três pessoas que Clare quisesse convidar.

– Um chá de bebê seguido de uma Noite das Meninas? É mais que perfeito. Conte comigo. É só me dizer a data depois que tiver acertado com Clare. Podíamos fazer a mesma coisa para o chá de panela de Avery.

– Tinha esperança de que você propusesse isso. Nossa! Vai ser muito divertido.

– Acho que Lizzy gostaria de ser convidada.

– Não tinha reparado – disse Hope quando sentiu o cheiro de madressilva. – Às vezes, nem noto. Simplesmente faz parte desse lugar. Ou melhor, ela faz parte desse lugar.

– O que significa que você convive muito bem com ela.

– Sim. Estou esperando informações de uma prima que está escrevendo a biografia de Catherine Darby. E entrei em contato com a escola, com a bibliotecária-chefe, na esperança de que tenham cartas ou documentos nos arquivos. Tentar encontrar Billy com tão pouca coisa não está sendo muito fácil...

Dava para notar o tom de frustração. Quando se tem um emprego, tarefas a desempenhar, um dever a cumprir, é possível dar conta de tudo. Descobrir que não conseguia dar conta de alguma coisa, pelo menos não com facilidade, era algo que deixava Hope inquieta.

– Adoraria que ela pudesse nos dizer algo mais. A qualquer um de nós. O sobrenome dele. Qualquer coisa. Ela falou com Owen. Continuo esperando que volte a falar com ele.

– Sabe-se lá que barreiras existem entre o plano dela e o nosso. Prefiro acreditar que ela vai lhe dizer o que puder, quando puder.

– A mim?

– Você passa mais tempo com Lizzy do que qualquer um de nós, e ela é uma antepassada sua – observou Justine. – Algum hóspede mencionou algo a respeito?

– Teve uma mulher que disse ter ouvido uma música no meio da noite e também achou que tinha sentido cheiro de madressilva. Acordou meio indisposta e não conseguiu pegar no sono outra vez. Então resolveu ir até a biblioteca pegar um livro. E, enquanto lia, ouviu uma música.

– Interessante.

– Ela achou que tinha cochilado e sonhado. Não sei se foi isso mesmo, já que não seria a primeira vez que a música faria parte do repertório de Lizzy.

– Não me espantaria nada vê-la expandir seus métodos. Preciso deixar você voltar aos seus afazeres. Assim que tiver as datas, é só me avisar: vou anotar tudo com tinta permanente.

– Pode deixar.

Hope se levantou e a acompanhou até a porta. As duas ficaram ali paradas por um instante observando os homens que trabalhavam do outro lado do estacionamento.

– A primeira vez que vi Tommy Montgomery, ele estava trepado numa escada, trabalhando, sem camisa. Era o meu primeiro dia num novo emprego e queria parecer bem profissional, com uma postura digna. Quando o vi, pensei: "Ah, meu Deus!" – Com um risinho, Justine levou a mão ao coração. – Aquilo foi o fim e o começo para mim.

– Adoraria tê-lo conhecido. Todos falam tão bem dele...

– Ele era um sujeito muito legal. Tinha seus defeitos, como todo mundo. Às vezes, me deixava louca e me fazia rir muito. Não queria que ele mudasse em nada. Nem um pouquinho. – Justine passou o braço pelos ombros de Hope. – Se Ryder não a fizer rir, livre-se dele. O sexo não vale a pena se ele não a fizer rir. Acho que vou interrompê-lo no trabalho antes de ir chatear Clare.

Hope a viu atravessar o estacionamento com os tênis vermelhos, já se dirigindo ao filho antes mesmo de chegar perto dele. Ryder se ergueu, balançou a cabeça e sorriu para a mãe.

Quem não gostaria de ser como Justine quando crescesse?, pensou Hope e voltou para dentro.

Não teve nem tempo de pensar em possíveis paixões, em fantasmas ou em qualquer outra coisa, já que os hóspedes de sexta-feira começaram a aparecer. Hope subiu – e correu – para cima e para baixo inúmeras vezes. Imaginou que, até que a academia abrisse, o trabalho estava lhe propiciando uma boa dose de exercícios cardiovasculares. Mostrou as suítes aos hóspedes, respondeu às perguntas que lhe fizeram, aceitou, em nome da proprietária, os elogios feitos à decoração, serviu refrescos e deu conselhos sobre os melhores lugares para comer e fazer compras.

Quando o casal da Guerra Civil voltou, ela os instalou no pátio, com as taças de vinho que eles haviam pedido.

A experiência tinha lhe ensinado que alguns hóspedes gostavam de um tempo de privacidade durante o qual a gerente se tornava quase tão invisível quanto Lizzy. Outros preferiam que ela interagisse com eles, por isso, compartilhavam as aventuras vividas naquele dia.

Hope ouvia e conversava quando a queriam por perto e desaparecia quando desejavam um pouco de privacidade. E, como Justine fazia com relação à cidade, Hope estava sempre de orelhas em pé quanto a tudo que dissesse respeito à pousada BoonsBoro.

Por volta das cinco, com a casa cheia, havia hóspedes espalhados pelo pátio e pelo saguão.

– Posso ficar – disse-lhe Carolee. – E aquela mulher da E&D está lhe dando um trabalhão. Ela cismou que temos uma carta de vinhos – prosseguiu Carolee, tentando imitar o jeito esnobe da hóspede. – E, com toda a certeza, tem esperanças de encontrar iogurte grego por aqui. Não que eu me importe em sair para comprar, mas ela bem que poderia ter pedido com delicadeza, ou melhor, com antecedência.

– Eu sei, eu sei. Ela é chata.

Hope despejou mais um pote da mistura de frutas secas numa tigela.

– São só dois dias – falou, como se repetisse um mantra. – E talvez ela vá ficando menos chata com o passar do tempo.

– Gente como ela já nasceu chata. A mulher estalou os dedos para chamar você.

Era verdade, pensou Hope, mas, por alguma razão, tinha achado aquela atitude engraçada. "Ei, moça, moça!" Porque sou muito importante para lembrar dos nomes e chamar as pessoas de outra forma. "Vocês têm pelo menos biscoito de água e sal? Gostaria de comer alguns."

Agora Carolee também estava rindo.

– Bom, todos os outros hóspedes parecem bem legais, e estou disposta a relaxar e curtir. Posso ficar aqui – repetiu ela.

– Não. Vá para casa. Amanhã precisa estar de volta em plena forma, e bem cedo, para me ajudar a preparar o café da manhã de toda essa gente. O Bob da Guerra Civil já está prontinho para entreter todo mundo outra vez.

– Ele não conseguiria entreter *aquela hóspede* nem se ficasse nu fazendo malabarismo com bolas de fogo. Se quiser que eu volte é só ligar. Posso até me ajeitar em seu outro quarto se estiver precisando de ajuda.

– Você é o máximo.

Por isso, Hope lhe deu um abraço.

– Está tudo sob controle. Não se preocupe.

Hope saiu levando mais frutas secas, outra garrafa de vinho e sorriu com toda a calma quando a Coisinha Insuportável lhe pediu azeitonas. Já que não precisava ir comprar, botou as que tinha numa tigela bem bonita e as levou para o saguão. Conversou com os hóspedes que queriam conversar e voltou para checar os que estavam na sala.

Ficou indo e vindo até enfim ter um tempinho para respirar e rezar agradecida quando Coisinha Insuportável e o marido saíram para jantar.

O Bob da Guerra Civil, que Deus o abençoe, propôs à esposa e a outros dois casais que pedissem uma pizza e fossem jogar no saguão. Dava para ouvir o gostoso som de risadas e Hope sabia que, por algum tempo, não haveria estalar de dedos.

Podia ir jantar, talvez até pesquisar um pouco enquanto estivesse comendo, mas sempre com os ouvidos atentos para o caso de alguém precisar dela.

Antes de mais nada, porém, tinha que dar uma passada no pátio para recolher eventuais pratos e guardanapos.

A noite estava agradável, com um lindo luar e um grande sossego agora que os operários da obra tinham ido embora. Na próxima noite livre, ia se dar ao luxo de jantar ali no pátio. Podia até arrumar algo bem chique, apenas para ela, e tomar algumas taças de champanhe. Um presentinho para a gerente, pensou, recolhendo algumas garrafas vazias que iam para a reciclagem.

Talvez ele tenha ficado mais barulhento, ou ela estivesse mais atenta, mas o fato é que Hope levantou os olhos no exato momento em que Ryder surgiu sob a arcada de glicínias.

– Que festa! – comentou ele.

– Estamos lotados e alguns hóspedes vieram aproveitar a noite agradável. Você ficou na cidade até tarde...

– Eu tinha umas coisas para fazer. Uma reunião na Vesta.

– Todos esses projetos simultâneos exigem reuniões.

– É o que Owen diz.

– Ele tem razão.

Hope apontou para o prédio em obras.

– O telhado está ficando bom. Acho que já consigo imaginar essa parte pronta. Vai parecer muito maior e ficar bem mais bonito.

Ryder olhou para o balde que ela usava para carregar as garrafas.

– Deixa que eu levo isso.

– Não precisa.

– Eu levo – repetiu ele, tomando-o de Hope.

Ryder levou o balde até o galpão e o esvaziou na lixeira para coleta seletiva. Antes que Hope pudesse pegar o saco de lixo que tinha acabado de encher, ele o pegou também.

– Obrigada.

Ryder fechou a porta e se voltou para observá-la.

– Há alguma coisa...? – Hope começou a perguntar.

– Sim.

Fez-se um instante de silêncio e, depois, Hope ergueu as sobrancelhas.

– Tudo bem. O quê?

– Sim – repetiu ele. – Estou considerando a possibilidade.

– Você... Ah!

Não era bem a conversa que Hope esperava ter com a pousada cheia de gente se distraindo com jogos de salão.

– Não exatamente. Já considerei a possibilidade.

– Entendo. E a que conclusão chegou?

Ryder a olhou com uma expressão que não era bem um sorriso nem um risinho, era quase um ar de deboche.

– O que é que você acha?

– Vou chutar que você concluiu a favor.

– Na mosca!

Ryder estendeu o braço. Hope recuou.

– Tem muita gente aqui. Muitos hóspedes. Não diria que é um bom momento para pôr em prática a sua conclusão.

– Eu não estava pretendendo atirar você no chão aqui e agora.

Ryder enfiou as mãos nos bolsos e só isso já era bastante atraente.

– Então, quando seria o bom momento... Caramba! Estou falando que nem você. Quando seria bom para você?

– Eu...

Ryder tirou as mãos dos bolsos e moveu-as para longe num gesto brusco. Sabia se portar bem melhor que isso, pelo amor de Deus. Hope apenas o deixava desconcertado.

– Quer ir jantar ou algo assim? Por mim, tudo bem. Tem alguma noite de folga ou sem reservas? Não vejo problema.

Ela hesitou, e Ryder encolheu os ombros.

– A não ser que tenha mudado de ideia.

– Não.

Simples assim, disse consigo mesma. Ir direto ao ponto, sem enrolações. Era o que queria, não era?

– Não mudei de ideia.

– Então, combinado. Você tem a sua agenda nessa planilha que carrega na cabeça. Tenho um irmão com o mesmo tipo de cérebro.

– Pode ser na terça.

– Por mim, tudo bem. Podemos...

– Droga. Desculpe – falou Hope ao avistar alguém passando pelo saguão em direção à cozinha. – Tenho que ir ver como os hóspedes estão.

Assim que Hope disparou lá para dentro, Ryder olhou para Diaraque.

– Espere aqui. Sabe o que ela acha de você entrar quando tem hóspedes.

O cão suspirou, deitou-se no chão e, antes de apoiar a cabeça nas patas, lançou ao dono um olhar tristonho.

Ryder entrou. Ouviu uma estrondosa gargalhada que vinha do salão acompanhada de várias vozes. Havia mais vozes vindas da direção da cozinha.

Que lugar animado, pensou. Na verdade, nunca pisara ali quando Hope estava com hóspedes. Não era nada mau ver que eles se divertiam. Só queria que todos desaparecessem por alguns minutos, o tempo necessário para que os dois concluíssem a combinação.

Melhor ainda: os hóspedes podiam desaparecer por algumas horas. Dessa forma, os dois poderiam selar o trato. Sentiu o cheiro de madressilva e revirou os olhos.

– Fique fora disso, mocinha – murmurou.

Hope voltou com um homem que usava o que, para Ryder, era um jeans de pai, embora o próprio pai nunca tivesse usado calças assim. O sujeito tinha uma garrafa de cerveja em cada mão, e Hope ia levando duas taças de vinho tinto.

– Tem um penetra aqui, Hope.

O homem sorriu, bastante afável.

– Devia arranjar um esconderijo.

– É Ryder. Bob Mackie, este é Ryder Montgomery. A família dele é dona desta pousada.

– Claro, claro, você nos disse isso.

Bob enganchou os gargalos das garrafas entre os dedos de uma das mãos e estendeu a outra para apertar a de Ryder com entusiasmo.

– Prazer em conhecê-lo. Vocês fizeram um trabalho incrível aqui, incrível mesmo. Minha esposa e eu ainda nem fomos embora e já estamos pensando em voltar.

– Que bom que gostaram.

– Só os banheiros... – disse Bob, abrindo mais um sorriso. – E a história do lugar. Adoro as fotos antigas que penduraram aqui. Eu me interesso pela Guerra Civil. Hoje, Connie e eu passamos o dia em Antietam. Que lugar lindo! Simplesmente lindo.

– Verdade.

– Que tal uma cerveja?

– Eu estava só...

– Venha! Um homem sempre tem tempo para uma cerveja. Você precisa conhecer Connie. E também Mike e Deb, Jake e Casey. São ótimas pessoas. – Enfiou uma das cervejas na mão de Ryder. – Sabe, estamos na Jane & Rochester. Aposto que foi uma trabalheira louca levar aquela banheira de cobre lá para cima.

O sujeito quase obrigou Ryder a ir para o salão, como se fosse um cão pastor lidando com uma ovelha relutante.

Hope ficou um instante parada tentando se recompor. Bob Guerra Civil estava prestes a se apoderar de Ryder, que não era exatamente o homem mais sociável que já conhecera.

Ryder bem que tentou se desvencilhar. Não que não gostasse do sujeito. O tal Bob Mackie era como um cachorrinho: era quase impossível não gostar dele. Arranjou uma desculpa, alegando que tinha deixado o cachorro no pátio, mas tudo o que conseguiu foi a insistência unânime para que o trouxesse para dentro.

E Diaraque foi mimado e acariciado como se fosse um príncipe que estivesse de visita.

Mike, de Baltimore, queria conversar sobre carpintaria. Ryder acabou circulando com o grupo todo, mostrando-lhes alguns detalhes, explicando como haviam sido feitos, por que e quando. Todos queriam perguntar mil coisas. Antes de terminarem o percurso, mais quatro hóspedes voltaram com mais um caminhão de perguntas.

Hope não ajudou em nada. Em nada mesmo. Ficou apenas sorrindo, atrás dos hóspedes e, o que era ainda pior, às vezes abria mais uma brecha para conversas.

Quando Ryder conseguiu ir embora, já estava um breu do lado de fora e ele sentia a cabeça meio zonza. Não pela cerveja, tinha sido bem cauteloso. Mas pela *conversa*.

Nem chegara ao outro lado do pátio quando a porta do saguão se abriu. Relaxou um pouco ao reconhecer o barulho dos saltos de Hope.

– Como consegue fazer isso o tempo todo? – perguntou ele.

– Fazer o quê?

– Conversar com estranhos.

– Eu gosto.

– Eu me preocupo com você.

– Eles formam um grupo bem simpático, exceto pelos dois que chegaram da rua e subiram direto para o quarto. Sorte a sua, aliás. É bem provável que ela lhe pedisse para reformar alguma coisa na suíte naquela hora mesmo. Na minha cabeça eu a apelidei de Coisinha Insuportável.

Hope sorriu e pôs a mão no braço dele.

– Você foi muito educado, muito gentil. Deve ser gratificante quando as pessoas, completos estranhos, admiram tanto o seu trabalho.

– É verdade, mas não quero ficar conversando com eles.

Hope riu.

– Você gostou de Bob.

– Ele é legal. Mas, da próxima vez, vou ficar bem longe quando você tiver tantos hóspedes assim. Terça, certo? Não vai ter ninguém.

– Só eu. E Lizzy.

– Posso lidar com você e Lizzy – replicou Ryder e a puxou para si antes que ela pudesse escapar.

Sob a luz do luar, com o cheiro de rosas. As sombras da pousada e as estrelas brilhando no céu. Hope não estava atrás de um romance, mas o que se há de fazer se ele chega quando você menos espera?

Ela o abraçou e correspondeu ao beijo. O calor, as promessas, o calmo esplendor da noite.

Colou o corpo ao dele como se os dois tivessem sido feitos sob medida. E o perfume de Hope se misturou ao das rosas. Um homem bem que podia ficar bêbado apenas com o cheiro dela.

Melhor não.

Ryder se afastou.

– Na terça. Quer sair para jantar ou não?

– Vamos pedir para entregarem aqui.

Ryder abriu um sorriso.

– Por mim está perfeito. Venha, Diaraque. Vamos para casa.

Hope decidiu que não ia esperar que ele atravessasse o estacionamento. Era bobagem e não tinha nada a ver com o que estava por vir, fosse lá o que fosse. Mas olhou para trás uma vez, uma única vez, enquanto se dirigia para a pousada.

Voltou para aquelas vozes, aquela energia, aquelas risadas. Sorrindo, como uma mulher com um segredo ardente, foi até a cozinha a fim de preparar uma bandeja de cookies para os hóspedes.

capítulo nove

O GRITO CHEGOU AOS OUVIDOS de Hope às duas da manhã, quando ela estava na cama. Teria sido um sonho? Será que estivera...

O segundo grito a fez pular da cama e correr para a porta. No caminho, pegou o celular e disparou pelo corredor vestindo apenas um short de algodão e uma regata. Com o coração aos pulos, desceu a escada e deparou com uma algazarra no segundo andar.

Coisinha Insuportável soltava um grito estridente atrás do outro enquanto o marido, só de samba-canção, a segurava pelos ombros e, também aos gritos, tentava fazê-la parar. O berreiro fez com que outros hóspedes começassem a surgir das suítes com roupas de dormir.

Calma, disse Hope para si mesma. Alguém precisava ficar calmo.

– O que aconteceu? Qual é o problema? Sra. Redman. Sra. Redman. Lola, *pare*!

A ordem de Hope superou toda a gritaria, mas, a seu ver, ainda era menos ofensiva do que um tapa na cara. A mulher respirou fundo e a cor voltou ao seu rosto.

– Não fale comigo nesse tom!

– Desculpe. Está ferida?

A cor fugiu novamente do rosto da mulher, mas, pelo menos, ela não gritou dessa vez.

– Tem alguém... Alguma coisa... naquele quarto. Estava parada bem acima da cama. E *tocou* em mim!

– Não tem ninguém lá, Lola – começou o marido.

– Eu a *vi*. A porta que dá para a varanda estava aberta, escancarada! Foi por ali que ela entrou.

Quando todos começaram a falar ao mesmo tempo, Hope ergueu a mão.

– Por favor, me deem um minuto.

Abriu a porta da Elizabeth & Darcy pensando "Caramba, Lizzy" e acendeu as luzes. Não viu nada fora do lugar, mas, sem dúvida, dava para sentir o cheiro de madressilva. O Sr. Redman entrou logo depois, com Jake Karlo atrás dele. A esposa de Jake ficou segurando a porta aberta com os olhos atentos e ajeitou o cinto do robe que vestira às pressas.

– Não tem ninguém aqui – disse Redman e verificou ambas as portas da varanda. – Elas continuam trancadas por dentro.

– Nada no banheiro – anunciou Jake e, ficando de quatro, espiou debaixo da cama. – Aqui também não.

– Foi só um pesadelo – concluiu Redman coçando o cabelo grisalho cortado bem curtos. – Ela só teve um pesadelo. Desculpem a confusão.

– Por favor, Sr. Redman, não precisa se desculpar – respondeu Hope.

– Austin – pediu o homem, passando a mão pelo rosto. – Estou parado aqui só de samba-canção. Me chame de Austin. E peço desculpas por isso também.

Com um suspiro, ele se afastou para apanhar um dos roupões pendurados no banheiro.

– Todos nós estamos vestidos de qualquer jeito.

Jake havia enfiado a calça jeans com tanta pressa que nem a fechara.

– Tem algo que a gente possa fazer?

– Acho que está tudo bem agora – replicou Hope. – Mas obrigada.

Então dirigiu-se ao ponto do corredor em que a Sra. Redman continuava parada com os braços cruzados diante do peito, as mãos segurando os cotovelos. Podia ser uma chata, mas estava trêmula, visivelmente assustada.

– Talvez a sua esposa também queira um roupão, Austin.

– Não quero nem saber se não tem ninguém lá agora.

Lola ergueu o queixo, que continuava tremendo.

– Não quero nem saber se as portas estão trancadas como vocês disseram. *Tinha* alguém naquele quarto.

– Lola – disse Austin e, com uma paciência que Hope achou admirável, cobriu os ombros da mulher com o roupão –, você teve um pesadelo. Foi só isso. Apenas um pesadelo.

– Eu a vi. A porta estava aberta e a luz passava através do corpo dela. Não vou voltar para aquele quarto. Vamos embora. Vamos embora agora mesmo.

– São duas da manhã.

Ligeiras notas de irritação e de constrangimento podiam ser percebidas no tom paciente de Austin.

– Não vamos embora agora.

– Que tal eu descer e preparar um chá? – sugeriu Hope.

– Seria ótimo – respondeu Austin enquanto a esposa ficou calada. – Obrigado.

– Vou ajudá-la – falou uma mulher.

Era a esposa de Jake, Casey, lembrou-se Hope. Ela parou ao seu lado.

– Não precisa se preocupar.

– Não tem problema algum. Posso aproveitar para beber alguma coisa também. Se eu fosse você – acrescentou, baixando a voz quando estavam descendo –, colocaria nesse chá uma boa dose do uísque que tem lá na biblioteca.

Ideia tentadora, pensou Hope.

– Vou pensar nisso.

Dirigiu-se à cozinha e pôs a chaleira no fogo.

– O que vai querer?

– Pode deixar que eu me sirvo. Ela aprontou todas com você essa noite. Não precisa dizer nada – acrescentou. – Conheço esse tipo de gente. Trabalhei como garçonete a faculdade inteira.

Sentindo-se em casa, Casey pegou uma garrafa de vinho já aberta na geladeira e tirou a rolha.

– Ela é o tipo de pessoa que quer tudo ao seu tempo e ao seu jeito; que reclama da comida, do serviço, da mesa, calcula a gorjeta como bem entende e age como se estivesse lhe fazendo um grande favor deixando o dinheiro ali.

Enquanto falava, a mulher pegou duas taças e as encheu. Então prosseguiu:

– Este lugar é lindo, e você fez de tudo para deixá-la à vontade, com a maior classe. A gente dá o cantil a certas pessoas que estão morrendo de sede no deserto e elas ainda reclamam que a água não está fresca o suficiente...

– Infelizmente é verdade.

E Hope decidira que isso era tudo o que poderia dizer a respeito sem deixar de ser discreta.

– Apesar de tudo, lamento que a sua noite tenha sido perturbada.

– Não tem o menor problema. Acontecimentos empolgantes são sempre um lucro. E Jake e eu ainda não estávamos dormindo.

Ela sorriu e tomou um gole da bebida.

– Estávamos só deitados. Então, Hope – continuou Casey, ao sentar-se num dos banquinhos –, me fale desse fantasma.

– Eu...

Hope se interrompeu quando Jake chegou.

– As outras mulheres estão com Lola na biblioteca. Austin está tomando um uísque com Bob lá na varanda. Acho que ela já está um pouco mais calma.

– Com sorte, um chá vai pôr tudo nos eixos.

– Hope ia começar a me falar sobre o fantasma.

– É? – Ele pegou a taça da mulher e tomou um gole do vinho. – Qual é a dela?

– Jake se amarra em fantasmas – declarou Casey. – Sempre que viajamos, procuramos um hotel ou uma pousada antigos e interessantes. Com algum potencial. Como este lugar.

– Fomos para a varanda há algumas horas – disse Jake. – Acho que a vi. Uma jovem, com trajes de época. Talvez do século XIX. Foi só um relance, sabe? Assim... – Ele estalou os dedos. – E sentimos um cheiro adocicado no ar.

– Eu não a vi, mas Jake está certo em relação ao cheiro. Era doce e agradável.

– Que noite! – murmurou Hope, aquecendo uma das pequenas chaleiras com água fervente.

– Ela não era ameaçadora, nem dava medo. Mas acho que, se a pessoa não se interessa pelo assunto e é acordada por um fantasma no meio da noite, gritar é uma opção viável.

– Ah, qual é? – Casey pegou a taça de volta. – A mulher berrou como se o cachorro de alguém tivesse mastigado o calcanhar do sapato de grife dela. Os gritos foram tão altos que acordaram Bob e Connie que estão lá no quarto que dá para a varanda dos fundos.

– Se não fosse por ela, não teríamos visto Bob com uma samba-canção do Mickey. Uma verdadeira peça. Muito bem – falou Jake enquanto Hope lhe servia uma taça de vinho –, o que sabe sobre ela? Deve saber alguma coisa, já que moram juntas.

Talvez tenha sido a hora ou a companhia agradável após um episódio estressante; o fato é que Hope se viu dizendo:

– O nome dela é Eliza Ford. Veio de Nova York e morreu aqui em setembro de 1862. O cheiro que sentiram é de madressilva. A flor favorita dela.

– É isso! Não estava conseguindo identificar. – Jake abriu um sorriso. – Madressilva. Isso é muito legal.

– Como foi que ela morreu? – perguntou Casey.

– De uma febre. Ela era jovem e de família rica. Veio até aqui para encontrar alguém chamado Billy. E continua esperando por ele.

– Isso é tão triste... E tão romântico. Como ficou sabendo sobre esse tal de Billy?

– Ela nos contou – confessou Hope com naturalidade enquanto terminava de preparar o chá. – Eliza é leal, divertida e, como você disse, romântica... Não faz mal a ninguém. Por acaso, também é uma das minhas antepassadas.

– Está brincando! – exclamou Casey. – Sério?

– Isso está ficando cada vez mais legal.

– Isso é tudo que sei. Agora tenho que levar esse chá para a Sra. Redman.

– Pode deixar que eu levo. – Jake pegou a bandeja que Hope tinha preparado. – Eliza devia ter vindo ao nosso quarto. Não teríamos acordado a pousada inteira com os nossos gritos.

– Não acho que a Sra. Redman ficaria tão entretida quanto vocês.

E, pensou Hope enquanto subia a escada, também não achava que Lizzy tivesse a intenção de entreter alguém.

Eram quase três e meia quando a calma voltou a reinar na pousada e os hóspedes se recolheram aos seus respectivos quartos. O uísque no chá – o próprio Austin tinha acrescentado uma dose bem generosa à bebida da esposa – funcionou perfeitamente. Quando Jake e Casey se ofereceram para trocar de quarto com os Redman, ele agradeceu e levou uma Lola semiadormecida para a Titânia & Oberon.

De volta ao seu apartamento, Hope soltou um suspiro profundo.

– O que você tinha na cabeça, Lizzy? – foi perguntando Hope, com um longo bocejo, ao entrar no quarto. – Ah, acho que sei o que estava pensando. A mulher é grosseira, exigente, ingrata. Em suma: é um pé no saco. Você a assustou de propósito, como uma espécie de vingança.

Hope ligou o celular no carregador e, só por garantia, programou o despertador antes de se deitar. Acrescentou:

– E funcionou. Conseguimos fazê-la voltar a dormir, graças a uma boa dose de uísque irlandês, mas duvido que o marido consiga dissuadi-la de ir embora amanhã, um dia antes do previsto. Acho que ele não quer ir, mas já não aguenta mais. Nem eu, aliás. Por isso, vou fechar a conta deles e me despedir amanhã. Não acredito que os dois vão voltar.

Quando estendeu o braço para apagar a luz, a mão de Hope ficou paralisada.

Lizzy não foi surgindo ou tomando forma como uma foto mergulhada na bacia química de revelação. Ela apenas estava ali, com o cabelo louro preso na nuca e o vestido cinza, não, azul, delicadamente rodado. Seus lábios se curvavam num sorriso divertido.

– Já vai tarde...

– Você está aqui – foi tudo o que Hope conseguiu dizer.

– Não sei estar em qualquer outro lugar. Mas gosto daqui, ainda mais agora com a sua presença.

– Precisa me contar mais coisas para eu poder encontrá-lo, encontrar Billy para você. Todos nós queremos fazer isso.

– As coisas desaparecem.

Lizzy ergueu as mãos com as palmas para cima. Hope as viu ficarem ora nítidas, ora desfocadas.

– Eu desapareço. Mas o amor permanece. Você pode encontrar o amor. Você é a minha esperança.

– O nome dele. O nome completo.

– Ryder. Ele veio?

– Esteve aqui mais cedo. Vai voltar. Diga-me o nome completo de Billy.

– Ele esteve aqui.

Ela cruzou as mãos sobre o coração.

– Perto, mas tão longe... Eu estava doente e tudo desapareceu, como uma carta antiga. Agora descanse.

– Eliza...

Mas ela já havia sumido num piscar de olhos. Hope afastou os lençóis. Enquanto as lembranças estavam frescas na mente, anotou toda a conversa breve e surreal.

Impossível dormir agora, pensou. E ficou deitada ali, no escuro, atenta para o caso de Lizzy reaparecer. Porém, assim que fechou os olhos, pegou no sono.

Por pouco Hope não saiu rastejando da cama. Abriu o chuveiro bem quente e bem forte e, depois, trincando os dentes, terminou o banho com um jato de água fria na esperança de despertar tanto o cérebro quanto o corpo.

Soltou um gemido ao olhar para o próprio rosto. Aquele era um dia propício para entupir a pele de corretivo.

Quando chegou à cozinha, Carolee já estava lá, cantarolando enquanto preparava a massa dos waffles.

– Desculpe. Eu me atrasei um pouco – disse Hope.

– Nada disso. Tome um café e me conte como foi a noite passada.

– Nossa! Tenho mesmo muito que contar.

– Sabia que aquela mulher era garantia de confusão.

– Você não sabe da missa a metade.

Hope tomou uma primeira xícara de café puro. Começou a arrumar as frutas que havia cortado na véspera e, enquanto fazia isso, foi dando os detalhes da aventura a Carolee.

Hope ouviu uma série de "Ah, meu Deus!", "Está brincando?" e "Não acredito", mas conseguiu terminar de contar a história a tempo de as duas prepararem as frutas, o bacon, os sucos e o cereal.

– Você deve estar exausta!

– Não seria tão ruim assim se esse grupo não fosse cheio de notívagos.

– Justine não deixou bem claro que o fato de um hóspede querer ficar acordado a noite inteira não significa que você tenha que ficar também?

– Eu sei, mas não consigo relaxar até eles terem ido para o quarto. Vou trabalhar isso.

– Assim que terminarmos com o café da manhã, você vai subir para descansar um pouco.

– Vamos ver... Seja como for, esta noite teremos apenas sete quartos ocupados.

– Já vai tarde – resmungou Carolee, e Hope sorriu.

– Foi exatamente o que Lizzy disse.

– Isso é tão empolgante!

Os olhos castanho-claros de Carolee vibravam, animados.

– Lizzy conversou com você. Sabia que isso ia acontecer mais cedo ou mais tarde. E, se ela me permitisse, eu ia cumprimentá-la por ter botado aquela mulher para fora hoje mesmo.

– Vamos ter hóspedes grosseiros e exigentes de vez em quando. Faz parte do negócio. Mas também não lamento essa partida.

– Sente-se e tome mais café. Vou arrumar as mesas.

– Já estão arrumadas. Tive tempo de sobra para fazer isso ontem à noite. Por que não enche a cafeteira? Vou preparar os ovos.

Hope gostava do ritmo e da rotina de trabalho que Carolee e ela conseguiam estabelecer quando a pousada estava cheia. E das conversas que tinham ao levar as bandejas e dar bom-dia aos hóspedes.

Apesar da noite maldormida, vários deles acordaram cedo e famintos.

Hope fez questão de servir o café de Lola Redman ao entrar na sala de jantar.

– Como está se sentindo?

– Bem, obrigada.

A resposta foi meio ríspida, mas Hope percebeu que havia ali mais constrangimento do que grosseria.

A gerente verificou os pratos, substituiu os que estavam ficando desgastados, trouxe novas jarras de suco, conversou com Connie sobre os melhores locais da cidade para encontrar antiguidades, e com Mike e a esposa sobre a viagem que os dois planejavam fazer até as cachoeiras Cunningham.

Ficou bem satisfeita por todos terem evitado tocar no assunto da confusão noturna e imaginou que fossem discutir o caso em detalhes quando Lola não pudesse ouvi-los.

Enquanto alguns hóspedes se demoravam conversando e tomando café com calma e outros subiam para buscar os pertences necessários para as aventuras do dia, Hope se sentou para fechar a conta do casal Redman.

Austin bateu à porta do escritório que estava aberta.

– Estamos indo embora – avisou ele. – Aqui está a chave.

– Obrigada. Só lamento que a sua estada aqui não tenha sido tão agradável quanto pretendiam.

– Você não tem culpa de nada. Eu adorei.

– Espero que sim. Quer pagar no cartão?

– Sim, está ótimo.

– Só um minutinho.

– Acho que vou levar algumas garrafas de água para a viagem.

– Fique à vontade.

Quando Hope entrou na cozinha, Austin conversava educadamente com Carolee.

– Obrigada, Austin. Façam uma boa viagem.

– Você fez mais do que devia – agradeceu Austin, enfiando algumas notas na mão de Hope.

– Não, não precisa.

– Faço questão. Vou considerar um favor você aceitar isso. Foi ótimo conhecer as duas. Cuidem-se.

Depois que ele foi embora, Hope olhou para as duas notas de cinquenta na mão.

– É o jeito dele de se desculpar – disse Carolee. – Não se recusa um pedido sincero de desculpas.

– Continuo dizendo que não precisava. Tome. Metade é seu.

– É tudo seu, querida – retrucou Carolee balançando a cabeça.

– Carolee...

– Não. – Para dar mais ênfase à negativa, Carolee brandiu o indicador. – É seu. Você merece. Por que não sobe para descansar um pouquinho?

– Tomei muito café. – A combinação de cansaço e cafeína fazia com que Hope se sentisse um hamster exausto que não consegue parar de correr na roda. – Talvez mais tarde. Mas hoje é Avery que vai abrir a pizzaria. Talvez eu dê uma passada lá para conversar com ela.

– Então faça isso.

Passar um tempo com uma amiga era tão renovador quanto um cochilo, pensou Hope enquanto atravessava a avenida principal. E precisava de opiniões, conselhos e comentários. Bateu com os dedos na vidraça da porta e ficou esperando Avery, que saiu da parte fechada da cozinha com o cabelo preso e de avental.

– Ei, o que houve? Achei que estava com a casa cheia.

– Carolee está segurando as pontas por enquanto. Resolvi tirar uma folga. Nossa, tenho muita coisa para contar. Queria que Clare estivesse aqui também.

– Coisas boas? Fofocas interessantes?

– Tudo isso e muito mais.

– Venha aqui para os fundos e me conte tudo. Saíram muitas pizzas ontem à noite e estou preparando mais massa.

– Vou pegar um refrigerante. Não devia tomar ainda mais cafeína, mas preciso funcionar.

– Noite difícil?

– *Tudo isso* e muito mais.

Hope foi para os fundos, onde Avery se postou diante de uma bancada de aço inox e começou a cortar a massa para levar ao forno.

– Em primeiro lugar, teve A Coisinha Insuportável.

– Camisinha? O que houve? Estourou?

– Você só pensa nisso! Eu falei "Coisinha". Dei o apelido de "Coisinha Insuportável" a uma mulher chamada Lola Redman.

– Ah, conheço o tipo – falou Avery depois que Hope deu mais detalhes. – Aqui também tem gente assim. É impossível trabalhar com atendimento ao público e não topar com esse tipo de pessoa. Eu falei para você do cara que veio aqui semana passada e... Ai, desculpe, não queria interromper o que você estava dizendo.

– Mas não foi só isso. Estou tentando decidir se conto a história de forma cronológica ou seguindo a ordem do impacto provocado.

– Impacto.

– Mesmo assim, fica difícil decidir. Então vou começar com sexo.

– Você fez sexo? – Avery pôs as mãos cheias de farinha na cintura. – Quando fez isso desde a última vez que nos falamos?

– Não fiz. Mas vou fazer. Graças a Deus. Terça que vem, à noite.

– Você fez um agendamento para transar.

Avery suspirou e tinha um ar de piedade no rosto.

– Só você mesmo...

– Tem toda uma questão de logística – retrucou Hope. – Não temos nenhuma reserva para terça à noite. Não posso fazer sexo tendo hóspedes por lá.

– Por que não? Você tem um apartamento com porta e chave. Pode dizer que sou louca, mas desconfio que alguns dos seus hóspedes transem quando estão trancados nos quartos.

– É claro, mas não quero correr riscos na primeira vez. Podemos ter mais um desses grupos que gostam de ficar farreando até uma da manhã. Queria mais privacidade.

– Está pretendendo fazer o prédio balançar?

– Já faz quase um ano – observou Hope. – Pode ser que sim. Preciso comprar lingerie nova. Bem sexy. Também faz quase um ano que não compro nada disso, o que é bem triste. A ocasião pede algo novo, não é?

– Com toda a certeza. Se bem que Ryder não vai prestar a mínima atenção nesses detalhes antes de arrancar tudo fora.

– Eu não disse que ia transar com Ryder.

– Li nas entrelinhas.

Avery levou as fôrmas já com a massa para o refrigerador que ficava debaixo do balcão e mexeu o molho que fervia no fogão.

– Vão sair primeiro, tipo ir ao cinema ou ir jantar, ou vão direto para a cama?

– Sugeri que pedíssemos comida, e Ryder gostou da ideia. Depois, vou me jogar em cima dele.

– Que fofo!

Avery abriu um sorriso radiante.

– Que tal eu preparar alguma coisa? Uma refeição de gente grande? Uma das entradas do MacT's?

– Não precisa fazer isso. Uma massa está ótimo.

– A massa da Vesta é mais do que ótima, mas por que não elevar o nível? Vai ser a minha contribuição para o evento "Hope enfim vai fazer sexo".

– Obrigada pelo apoio.

– Deixe isso comigo. O pagamento pode ser uma ligação ou uma mensagem de texto assim que possível, só para confirmar a consumação.

– Combinado. Será que tenho motivos para me preocupar com alguma eventual complicação? Com Ryder?

– Ryder não tem nada de complicado. Ele é um homem e você é uma mulher. Tenho certeza de que Ryder vai achar ótimo. Conheço algumas das mulheres que ele namorou no passado.

– Como elas eram? – perguntou Hope, depois acrescentou: – Ah, qual é? Que mulher não ia querer saber?

– Hope, Ryder namora, e o "namora" é por minha conta – Avery fez um gesto com as mãos imitando aspas –, desde o começo da adolescência. Tem de tudo nesse bolo. Mas posso dizer que ele sempre consegue continuar amigo das mulheres depois que o "namoro" – fez aspas de novo com as mãos – "termina".

– É tudo o que eu quero. Sexo descomplicado e amigável com um cara de quem eu gosto, o que é surpreendente, e por quem estou atraída, o que não é nada surpreendente. Tudo bem. – Hope jogou as mãos para o alto. – Isso está resolvido. Agora, o resto da história. Ontem à noite fui me deitar lá pela meia-noite e meia. E acordei pouco depois das duas com uma gritaria que vinha lá de baixo.

– Ai, meu Deus! – exclamou Avery, parando de arrumar o prato com os ingredientes das pizzas. – O que houve?

– Vou lhe contar tudo – disse Hope.

E foi o que fez. A certa altura, quando Avery rolava de tanto rir, Hope balançou a cabeça.

– Devia ter imaginado que você ia achar isso engraçado. Você e Lizzy têm muita coisa em comum.

– Ela fez de propósito. Você *sabe*. Lizzy gosta de nós, e A Chata estava tratando você como uma empregada lesada e não como uma anfitriã graciosa e cheia de classe. Bem que ela mereceu um susto desses.

– E que susto! Todos ficaram amontoados no segundo andar, de roupa de baixo, robes, camisolas e pijamas, inclusive eu. Ela gritava como se alguém tivesse furado os olhos dela com um picador de gelo. Até me senti culpada por não lhe dizer que ela tinha mesmo visto alguma coisa, ou alguém, mas...

– Ela teria ficado mais apavorada ainda.

– Pois é. Um mínimo de sensatez. Mas contei para Jake e Casey. Ele estava com a impressão de ter visto Lizzy mais cedo, na varanda. É superligado nessas histórias de fantasmas, mas não parece achar nada disso estranho. Aposto que vai ficar circulando pela pousada hoje à noite esperando por mais uma aparição. Bom, no fim das contas, após duas xícaras de chá batizado com uísque, Lola acabou se acalmando. Mas foi para a T&O. Jake e Casey trocaram de quarto com eles, o que, obviamente, significa que tenho que trocar os lençóis e as toalhas dos dois quartos, mas a paz compensa tudo isso.

– A que horas voltou para a cama?

– Já eram quase quatro da manhã.

– Caramba! Você deve estar exausta!

– Estou à base de cafeína – contou Hope, exibindo a lata de refrigerante. – Hoje, ela é minha melhor amiga. Sem contar com você. Mas a história não parou por aí. Eu a vi.

– A Coisinha?

– Não! Lizzy. Eliza. Comecei a falar com ela quando me preparava para deitar de novo. Às vezes faço isso, achando que a comunicação pode ficar mais fácil. E não é que funcionou?

– Ela estava no seu apartamento?

– Já tinha acontecido antes, mas foi a primeira vez que Lizzy me deixou vê-la. Ou que eu pude vê-la. E ela falou comigo, Avery.

Com os olhos arregalados, Avery esticou o braço para pegar a mão da amiga.

– O que foi que ela disse? Você perguntou sobre Billy?

– Foi a primeira coisa que fiz. Aliás, numa demonstração admirável de controle e presença de espírito.

– Genial. O que ela lhe contou?

– Escrevi tudo. Acho que consegui registrar palavra por palavra, quero mostrar para Owen. Para todo mundo, mas principalmente para ele.

Hope tirou o papel dobrado do bolso e leu o conteúdo para Avery.

– O que isso tem a ver com Ryder?

– Sei lá. Acho que ela curte essa história de romantismo e, a seu ver, Ryder e eu formamos um par perfeito.

– Lizzy vai ficar feliz da vida na terça à noite.

– Talvez, mas vamos desapontá-la com a nossa visão de amor.

– Talvez não.

Avery ergueu os ombros e as mãos em sinal de paz.

– É só um palpite. As coisas desaparecem... Ela desaparece. É terrível. Coitada da Lizzy. Parece que ela não consegue se lembrar, ou não se lembra direito. Tudo vem e vai embora. Acha que é isso? Surge e desaparece, assim como Lizzy?

– Acho que pode ser, sim.

– Pode mesmo. Já disse que senti a presença e o cheiro dela no dia em que entrei no prédio quando era adolescente. E Beckett teve a mesma sensação quando eles começaram as obras lá. Ele percorria a velha pousada à noite na época em que morava aqui perto. Falava com ela. Foi Beckett quem a batizou. Isso deve ser algo poderoso, não é mesmo? Dar nome a alguém.

– Talvez ainda mais poderoso porque era o nome certo.

– O que reforça o que me ocorreu.

– O que foi? – perguntou Hope.

– Uma coisa meio doida.

Avery girou o dedo perto da cabeça para expressar o ponto de vista.

– Bom... parece que... Lizzy foi ficando mais forte à medida que os três iam trazendo o prédio de volta à vida.

– Recuperar a pousada ajudou Lizzy a voltar?

– De certa forma, sim. É ali que ela vive, e não havia felicidade naquele lugar, entende? Estava tudo abandonado, sujo, caindo aos pedaços. Janelas quebradas, escombros e pilhas de titica de pombo. Tudo isso tem uma energia meio negativa, não acha?

– Para mim, titica de pombo tem uma energia muito negativa.

– Então, os Montgomerys foram ressuscitando o prédio pouco a pouco. E fizeram esse trabalho com muito cuidado, até mesmo com amor. Isso é mais que um simples trabalho.

– E dá para perceber.

– Dá para *sentir* – acrescentou Avery. – Você e Carolee fazem a mesma coisa todos os dias. O carinho, o amor, com a intenção de manter tudo bonito. Owen acha que Lizzy gosta de ver aquele lugar bonito outra vez e de ter gente lá. Eu também acho. Mas talvez tenha algo a ver com a energia também, só que, dessa vez, positiva.

– O clima do lugar, as pessoas ali dentro ajudando a revitalizar a energia do espírito de Lizzy. É uma teoria – assentiu Hope, pensativa.

– E você mora lá. Ela é antepassada sua – observou Avery. – Isso deve aumentar ainda mais essa energia.

– E a responsabilidade – acrescentou Hope. – É o que sinto. Ela está pondo muita fé em mim, Avery. Não quero decepcioná-la.

– Você precisa contar isso a Owen, mas acho que devia falar com Ryder, já que Lizzy o mencionou. Talvez ela volte quando ele estiver lá e fale com vocês. Talvez, estando os dois juntos, a vibração seja ainda mais forte. Não sei, é uma possibilidade. Talvez Lizzy consiga lhes dizer o nome completo de Billy.

– Vale a pena tentar. Entregue isso a Owen.

Hope deu o papel à amiga.

– Fiz uma cópia.

– Claro. Eles vão trabalhar na serraria hoje, fazendo o meu bar e os armários embutidos. Você podia dar um pulo até lá e conversar com eles.

– Não posso deixar Carolee sozinha com a pousada tão cheia.

– Vou passar lá quando estiver indo para casa. Eles estão pretendendo reservar um tempo amanhã para o trabalho de marcenaria. Posso lhe avisar.

– Eu poderia arranjar uma ou duas horas amanhã à tarde. É na casa da mãe deles, não é? Naquela construção bem grande que parece outra casa?

– Isso mesmo. Como não vou trabalhar amanhã, para mim, qualquer horário serve. Posso falar com Clare. Se ela não estiver muito ocupada, podemos fazer um encontro de fantasma em grande estilo.

Outras vozes, outras opiniões, outras teorias. Podia usar todas as informações que conseguisse extrair dali.

– Vou resolver isso com Carolee. Tenho que voltar para ajudá-la. Daqui a pouco, vão estar arrumando os quartos, e temos um monte de lençóis e toalhas para trocar.

– Sei que você não costuma incluir uma soneca na sua agenda, mas abra uma exceção hoje. Está parecendo bem cansada.

– Estou com quilos e mais quilos de corretivo aplicados com a perícia de uma especialista.

– Conheço você, logo, corretivos não me enganam. Tire uma soneca ou, pelo menos, peça a Carolee para ser a mestre de cerimônias hoje à noite.

– Já que a Coisinha não está mais lá, acho que vou fazer isso, sim. Ela vai se divertir com o resto do grupo. Conte as novidades a Clare. Vejo vocês amanhã.

– Se Lizzy aparecer de novo, me ligue!

– Pode deixar.

Bem menos tensa, Hope saiu da pizzaria e, franzindo as sobrancelhas, olhou para o céu.

Algumas nuvens começavam a cobrir o sol. A previsão do tempo podia não ter anunciado chuva, mas Hope sabia identificar uma tempestade assustadora quando a via se aproximar.

O que significava que os hóspedes deviam voltar mais cedo dos passeios que planejaram fazer ou se trancar na pousada e permanecerem lá.

Decidiu que a soneca estava definitivamente riscada da lista.

capítulo dez

No domingo à tarde, Hope entrou na alameda que levava à casa de Justine mais tarde do que pretendia. Mesmo assim, adorou dirigir pelas estradas sinuosas, em meio ao verde do verão, com os vidros abaixados e o vento batendo no cabelo.

Um dia perfeito para um conversível, pensou. Falou brincando que compraria um certa vez, mas não dava para justificar esse tipo de compra vivendo na cidade grande. E agora tampouco podia se permitir isso por causa dos invernos longos e quase sempre com muita neve.

Ser prática é uma droga!

Gostava da forma como a casa de Justine parecia ser enfurnada no bosque e, mesmo assim, desabrochar ali dentro. E reparou que os jardins davam um show particularmente espetacular.

Entendeu o motivo no instante em que avistou Justine arrancando ervas daninhas usando um chapéu de palha de aba larga, luvas roxas e uma vasilha vermelha vistosa ao seu lado.

Quando estacionou o carro, enfiando-se atrás de um trio de caminhonetes, os cachorros vieram correndo para cheirá-la, abanando o rabo e rodando à volta de Hope. Eram os dois labradores de Justine: Atticus e Finch. Pôde vê-los já ao abrir a porta. Havia ainda Yoda e Ben, da família de Clare, Diaraque, de Ryder, e... Ah, o filhotinho!

Os cães continuaram farejando e abanando o rabo quando ela acariciou a cabeça deles.

– Oi! Você deve ser Spike. Que fofura!

Com os fones de ouvido pendendo dos ombros, Justine bateu palmas.

– Agora chega, meninos. Deixem Hope em paz.

Nesse instante, um pug ficou rodando em torno da vasilha vermelha.

– Ah, tem cachorros por todo lado.

Rindo, Hope começou a andar enquanto Justine pegou a vasilha já cheia e veio ao seu encontro.

– É mesmo. Este aqui é Tyrone, que fica um pouco deslocado.

– Todos os outros são tão grandes! Oi, Tyrone!

– Ele só escuta de um ouvido e ainda está meio intimidado. Mas é uma graça quando fica à vontade.

Os três meninos vieram correndo de onde ficava a serraria. Murphy, que vinha por último, se esforçava para acompanhar os irmãos. Na mesma hora, os cães, exceto Tyrone, dispararam na direção deles.

– Mamãe está chegando – declarou Harry. – Estamos com sede.

– Ela está trazendo bebidas para nós. Podemos tomar um daqueles especiais? Podemos, vó?

Justine baixou um pouco a aba do boné de Liam. Tinha um verdadeiro estoque de garrafas de suco, e os tais especiais continham um pouco de gengibre.

– Por mim, tudo bem. Levem este aqui com vocês – acrescentou, apontando para o pug. – Só não deixem ele fazer cocô no chão.

– Tudo bem.

Murphy abraçou as pernas de Hope e ergueu o rosto radiante para ela.

– Temos um montão de cachorros. Temos mais cachorros do que qualquer outra pessoa no universo.

– Estou vendo.

– Esperem! Esperem por mim! – gritou quando viu os irmãos em disparada.

– Quem diria que, até pouco tempo atrás, éramos só eu e os meus dois cachorros – disse Justine levando as ervas arrancadas para a compostagem. – Embora os meninos vivessem inventando motivos para vir até aqui e ver como eu estava. Agora, tenho esses três e uma matilha inteira.

– E está adorando.

– Curtindo cada segundo. Clare!

Justine colocou a mão no quadril e avistou a nora, que descia a rampa que levava à serraria.

– Já providenciei as bebidas para os garotos.

– Vou aproveitar o exercício e me sentar lá dentro. Não ouvi você chegar – disse ela dirigindo-se a Hope. – Está um barulhão ali.

– Dentro de casa também vai ficar bem barulhento – observou Justine.

– Mas com esse barulho eu já estou acostumada. Seja como for, eles me expulsaram da serraria. Vão começar a pintar e envernizar sei lá o quê e não queriam que eu ficasse respirando esses cheiros.

– Não criei nenhum idiota. Entre. Estou quase acabando aqui e logo, logo posso ajudar a cuidar do rebanho. Por que não dá um pulo na serraria e vê a que horas eles vão fazer um intervalo, Hope?

– Tudo bem.

Hope saiu andando em direção à serraria com os cachorros em seu encalço. Finch a olhava com ar animado e uma bola toda arrebentada e babada na boca.

– Não vou pegar nisso aí.

O bicho deixou a bola cair aos pés dela.

– Já disse que não pego nisso aí.

Finch repetiu o processo praticamente a cada dois ou três passos até chegarem à construção cuja varanda coberta estava apinhada de velhas cadeiras, mesas, esquadrias e várias outras coisas que Hope seria incapaz de identificar. Pelas janelas abertas, ouvia-se música altíssima e vozes masculinas que se ergueram como se estivessem tendo uma briga ou uma discussão qualquer.

Hope enfiou a cabeça pelo vão da porta e viu homens, milhares de ferramentas serrilhadas, pilhas de entulho, montes de latas de tinta, prateleiras abarrotadas de latas, potes e sabe-se lá o que mais.

Finch se enfiou porta adentro e deixou a bola cair aos pés de Ryder. Quase sem olhar, Ryder chutou a bola pela janela.

O cachorro saiu disparado atrás da bola. De repente, ouviu-se um ruído de coisa quebrada e uma pancada forte. Quando Hope se virou para ver se estava tudo bem com o animal, ele voltou com a bola entre os dentes.

– Pelo amor de Deus – murmurou ela.

Então voltou para a serraria e, dessa vez, entrou. Mal teve tempo de erguer as mãos para evitar que a bola batesse em cheio no seu rosto.

– Bom reflexo – observou Ryder.

– Eca!

Hope jogou a bola lá para fora e um Finch feliz da vida saiu correndo atrás do objeto.

– E seu arremesso não é nada mau.

– Você bem que podia olhar para ver aonde está atirando esse troço nojento.

– A bola teria saído pela janela se você não tivesse feito aquela defesa – rebateu Ryder, tirando uma bandana do bolso.

Ela olhou para a bandana quando ele lhe ofereceu e preferiu pegar o pequeno frasco de gel antibacteriano que carregava na bolsa.

– Não, obrigada.

– Olhe só o meu bar, Hope!

Com uma bermuda cargo, botas para caminhada e uma bandana de um verde gritante na cabeça, Avery parecia mais uma mulher aficionada por fazer trilha pelos montes Apalaches do que uma dona de restaurante. Avery conseguiu afastar um amontoado de ferramentas e de entulho para agarrar a mão da amiga e puxá-la mais para perto.

– Estes são os painéis que vão ficar na parte da frente. Não estão lindos? – acrescentou a amiga.

Hope não entendia muito de marcenaria, mas dava para ver todo o potencial que havia naquele trabalho inacabado, nos detalhes nitidamente definidos.

– Tudo isso aqui? Vai ser maior do que imaginei.

– É para caber um monte de gente!

Avery deu uma reboladinha.

– Já está quase decidido como vai ser o tampo. Mas ainda estou um pouco hesitante. Nós vamos começar a pintar alguns desses painéis hoje e, assim, vou ter uma ideia da aparência que terão.

– Nada de nós – corrigiu Owen.

– Mas eu...

– Por acaso eu me intrometo na sua cozinha?

– Não, mas...

– Por quê?

Avery revirou os olhos.

– Porque você é cheio de manias, gosta de ter tudo enfileirado como soldadinhos e não quer nem experimentar.

– E você não. O que faz de você uma ótima cozinheira. Minhas manias fazem de mim um ótimo marceneiro.

Então fez algo que Hope nunca esperou ver por parte do Owen cheio de manias: lambeu o polegar e o passou na superfície ainda não envernizada.

– Perfeito – disse ele quando a umidade revelou o tom rico e profundo da madeira. – Vá preparar alguma coisa na cozinha – acrescentou, dirigindo-se a Avery.

Avery fez uma careta para Owen, e ele riu e a agarrou para lhe dar um beijo intenso e apertar o traseiro dela.

Beckett apareceu, vindo de outra parte da serraria e trazendo uns latões bem grandes.

– Eu disse que sabia onde eles estavam. Oi, Hope!

– Se tivesse deixado onde eu botei, não precisaria nem procurar – retrucou Owen.

– Eles estavam no caminho, e eu sabia onde foram guardados.

– Se estavam no setor das tintas e dos vernizes, não estavam no caminho.

– Senhoritas.

Hope se virou ao ouvir a voz de Ryder.

– Não é com você. Estou falando com esses dois. Abram os malditos latões – disse ele. – Queria começar a pintar ainda neste século.

– Deixe eu fazer só um pouquinho... – Avery caprichou no sorriso. – Só um canto do painel menor. Aí vou poder dizer que participei do trabalho. Não seja chato, Owen.

– É – concordou Beckett. – Não seja chato, Owen.

E, com isso, começou uma nova rodada de discussão.

– É sempre assim? – perguntou Hope, dirigindo-se a Ryder.

Ele tomou um gole de uma garrafa de Gatorade.

– Assim como?

Antes que Hope pudesse responder, Finch apareceu com a bola. Ela mal teve tempo de recuar antes que o brinquedo imundo e babado caísse em cima do seu pé. Ryder mandou a bola de volta pela janela com um pontapé, e o cachorro felicíssimo saiu correndo atrás dela.

– Fiz futebol no colégio – comentou ele quando viu Hope franzir as sobrancelhas.

– Não tem medo de que ele acabe se machucando?

– Ele nunca se machucou. Pode nos fazer o favor de tirar a ruiva daqui? Quando tem mulheres por perto, tudo demora três vezes mais.

– É mesmo?

– A menos que ela pegue as ferramentas e saiba usá-las, é, sim. Se quiser contar a história da conversa com o fantasma antes que anoiteça, tire ela daqui.

– Se conhece Avery, sabe muito bem que ela não vai embora até pintar o tal cantinho do painel. Depois, sim, posso tirá-la daqui.

– Perfeito.

Ryder pegou uma pistola de cola e saiu aplicando uns pontinhos nas bordas do que parecia uma espécie de balcão com prateleiras na parte de cima.

– O que vai ser isso?

– O armário embutido para o lugar onde vão ficar as garçonetes. Se vai ficar parada aí, me passe aquele grampo.

Hope olhou para uma mesa coberta de chaves de fenda, ferramentas, panos, tubos de cola e localizou um grampo. Sentiu alguma coisa roçando seu cabelo.

– Você me cheirou?

– Está cheirosa. Se você se dá ao trabalho de ficar assim, deve esperar que alguém queira cheirá-la.

Os olhos dos dois se encontraram por cima de um grampo de marceneiro.

– Por que não passa na minha casa quando terminarmos aqui?

– Tenho hóspedes.

– Você tem a Carolee.

Aquela onda estranha percorreu o corpo de Hope, mas fez que não com a cabeça.

– Terça à noite – disse, e se afastou antes que mudasse de ideia. – Vamos deixar os rapazes trabalharem, Avery!

– Você já pintou o cantinho, ruiva – acrescentou Ryder. – Fora daqui! Meninas não são permitidas.

– E meninos são malvados.

Avery cutucou a barriga de Ryder ao passar por ele.

Quando chegaram ao quintal, onde os garotos e os cachorros corriam feito loucos, Avery deu o braço à amiga.

– Estou sentindo um clima de sexo quente.

– Pare com isso.

– Reconheço esse clima de longe. Sabe que Ryder mora a poucos minutos daqui...

– Estou com...

– Hóspedes. Não faz mal. As rapidinhas são muito menosprezadas.

– Repito o que disse antes: você só pensa nisso.

– Estou noiva. É de esperar que eu pense em sexo.

– É de esperar que você pense em vestido de noiva e bufê.

– E sexo.

Rindo, Avery tirou a bandana e passou os dedos pelo cabelo.

– Não quero escolher o vestido ainda. Andei olhando em lojas e revistas on-line para ter alguma ideia, para tentar encontrar um estilo que me atraia. É como o tampo do bar.

– Avery!

Revirando os olhos diante da falta de romantismo nas prioridades da amiga, Hope suspirou.

– Seu vestido de noiva não é como o tampo do bar!

– É que os dois têm que ser exatamente a coisa certa, algo que tenha uma aparência fabulosa e me deixe empolgada.

– Está bem, seu vestido de noiva é como o tampo do bar.

Avery entrou na casa pela cozinha, onde Clare estava sentada descascando cenouras. Justine, de pé, picava aipo com o pug enroscado a seus pés. Algo fervia no fogão.

– Seu pai está vindo, Avery.

– Ótimo. Quero apresentá-lo aos cachorrinhos.

Inclinou-se para fazer um carinho em Tyrone, que agora tinha ido se esconder debaixo do banquinho de Clare.

– Estamos cozinhando – declarou Justine. – Ryder tem reclamado muito da falta de salada de batata na vida dele, então percebi que tenho três mulheres em casa. Temos que conseguir dar conta disso.

– Adoraria ajudar – começou Hope –, mas preciso mesmo voltar para a pousada em mais ou menos uma hora.

– Liguei para Carolee. Ela vai segurar as pontas até você voltar.

– Mas eu devia ir e deixá-la vir ficar um pouco com a família.

– Por ela, está tudo bem – insistiu Justine. – Pode preparar aquela sua marinada para esse frango, Avery? Aquela apimentada. Nós cuidamos do resto: vamos fazer algo mais leve para Harry e Liam. É incrível, mas Murphy aguenta bem as coisas picantes. Se deixássemos, ele comeria pimentas ardidas como se fossem jujubas.

– Ele prefere pimentas a jujubas – concordou Clare. – Relaxe – disse, dirigindo-se a Hope. – Dessa forma vamos ter mais tempo para pensar nessa história da Lizzy.

Isso era verdade, pensou Hope. Mas, se soubesse que ia ficar mais tempo por ali, podia ter aceitado a proposta de Ryder para dar um pulo à casa dele.

Quem é que só pensava em sexo agora?

– Vou adorar cozinhar com vocês – falou Hope, sorrindo para Justine. – Como posso ajudar?

A dona da casa lhe estendeu um descascador de batatas.

Ryder chegou junto com os irmãos, um bando de meninos e um punhado de cachorros. O caos logo se instalou ali dentro. Houve correria, brigas, gritos pedindo comida e bebida. Justine, como era de esperar, ora ignorou a loucura ora participou dela. Avery contribuiu para piorar as coisas, o que também já era previsto. Clare tratou de controlar a bagunça dos meninos com um olhar que amainou metade da confusão – aquele jeito de mãe –, enquanto Beckett começou a pegar copos para pôr fim às alegações de que todos iam morrer de sede.

Nada daquilo o surpreendeu.

Mas Hope, sim.

Ela pegou o caçula no colo, respondendo com reações adequadas de choque ou de espanto ao bombardeio de detalhes sobre a última hora que o menino despejou sobre ela.

As mulheres tinham começado a tomar vinho, mas, na opinião de Ryder, esse não era o motivo da tranquilidade de Hope. A seu ver, ela apenas encarava o que aparecesse pela frente.

– Podemos comer alguma coisa? – perguntou Liam, cutucando Justine. – Estamos morrendo de fome.

– Vamos comer daqui a pouquinho. Assim que vocês lavarem as mãos e Willy B. chegar.

– Isso pode demorar um tempão.

– Acho que não. Na verdade, estou ouvindo o barulho da caminhonete dele.

Os cachorros também ouviram e saíram correndo em direção à porta. Só Tyrone não se mexeu, como se estivesse colado aos pés de Justine.

– Andem, vão lavar as mãos! Nós vamos comer lá fora no deque.

Ryder abriu a geladeira para pegar uma cerveja e sorriu ao ver a tigela com salada de batata.

– Não mexa nisso – ordenou Justine, antecipando-se ao gesto do filho. – Vá lavar as mãos!

Então Hope comeu frango grelhado com salada de batata no deque, naquele início de tarde de verão, sentada bem perto de Ryder, com os cachorros vagando desolados pelo quintal na esperança de conseguir alguns pedaços de comida.

Exceto Tyrone. Apesar dos protestos de Justine, ele se sentou no colo de Willy B. lançando-lhe um olhar amoroso.

– Isso está ótimo.

Justine ergueu as sobrancelhas.

– Quanta comida está dando para esse cachorro?

– Ora, Justine, não estou dando nada. Ele é muito comportado, não é, garoto? Nem está pedindo.

Tyrone, com as patas dianteiras plantadas no peito largo do amigo, abanava o rabo extasiado ao lamber o rosto barbudo de Willy B. Depois, deitou a cabeça no ombro dele.

– Pronto – disse Avery, balançando a cabeça. – Esse cachorro é seu, pai.

Willy B. lançou o mesmo olhar amoroso ao bichinho cujo dorso começou a acariciar.

– Ele é o meu primeiro neto canino.

– Não! É o *seu* cachorro. Você vai levá-lo para casa.

– Não vou roubar seu filhotinho, Avery!

– Ele já é seu. Sei reconhecer amor à primeira vista e é exatamente o que estou vendo. Ele gosta de mim. Pode até vir a me amar. Mas está *apaixonado* por você e vice-versa. Fique com ele.

– Ela tem razão – concordou Owen. – Vocês foram feitos um para o outro.

O cachorrinho se aconchegou no colo do sujeito grandalhão.

– Não seria certo eu ficar com ele.

Tyrone virou a cabeça e olhou para Willy B. com os olhinhos escuros e esbugalhados.

– Tem certeza?

– Quando estiver indo embora, passe lá em casa para pegar as coisas dele. Você acabou de ganhar um presente extra de Dia dos Pais.

– O melhor que já ganhei. Mas, se mudarem de ideia...

– Pai – Avery estendeu o braço e fez um carinho nas costas do bichinho –, amor é amor.

Era mesmo, pensou Hope. E amor era o que não faltava naquela tarde de verão.

Depois que os pratos foram retirados, todos trataram de fazer com que os meninos se interessassem pelos brinquedos que Justine vinha guardando num quarto da casa que ela agora considerava o quarto dos netos.

Então, sentaram-se lá fora e Hope começou a contar os detalhes de sua movimentada noite de sexta-feira.

– Antes de começarmos a discutir sobre o possível significado de tudo isso, queria lhe fazer uma pergunta, Justine: devemos ter algum tipo de política? Quer que eu fale da existência de Lizzy para os hóspedes ou não?

– Acho que uma política assim é muito limitadora. Prefiro que você lide com a situação do seu jeito. Para cada hóspede, avalie o que pode contar, até que ponto pode falar sobre isso. Foi a primeira vez que ela perturbou alguém – observou Justine. – E, pelo que parece, Lizzy fez isso de propósito. Ela não gostou de ver alguém tratar você com grosseria.

– As pessoas têm que ser mais bem-educadas – comentou Willy B. fazendo cócegas no queixo de Tyrone. O cachorrinho ronronou todo feliz.

– Bom, boa educação não é um pré-requisito para hóspedes que pagam pela estada. Claro que ela é sempre bem-vinda. Mas já tive que encarar gente mais grossa que aquela mulher.

– Mas não estamos nos referindo a Ryder – comentou Beckett e sorriu quando o irmão o fitou de cara amarrada.

– Acho que Lizzy faz algumas concessões – prosseguiu Hope. – Falei com ela sobre a possibilidade de ampliá-las.

– Falou com ela de novo? – perguntou Owen.

– Não exatamente. Às vezes eu falo com ela. Mas Lizzy não responde. A não ser na sexta passada.

– É de cortar o coração – murmurou Clare. – O que ela disse sobre desaparecer.

– E, apesar de tudo, é raro ela parecer triste. Lizzy tem esperança – falou Beckett e abriu um sorriso para Hope. – Mesmo antes de você chegar. Não consigo entender por que ela mencionou Ryder. Ele tem menos ligação com ela do que Owen e eu.

– Como você sabe? – indagou Ryder.

– Não me lembro de ouvir você falando dela até aquele dia em que Lizzy andou aprontando com você e com Hope lá na cobertura.

– Todos nós passamos bastante tempo na pousada. Juntos ou separados. Consegui manter uma boa relação com ela. Demos espaço um ao outro.

– Você já a viu? – perguntou Owen.

– A gente não precisa vê-la para saber que está ali. Lizzy não gostou de Shawn, sabe? O carpinteiro que contratamos logo no começo da obra.

– Ninguém gostou do Shawn depois que descobrimos que ele estava roubando material para outras obras – observou Owen.

– E dando em cima da mulher de Denny. Quem é idiota o bastante para dar em cima da mulher de um policial, ainda mais quando o policial é amigo dos seus chefes... *e* que a mulher dele não está nem um pouco a fim de ser cantada?

– Mas antes que a gente descobrisse quem ele era e o mandasse embora, Lizzy já não gostava do sujeito. Escondia as ferramentas dele, a marmita, as luvas, coisas do tipo. No começo, achei apenas que ele era descuidado, mas, depois, encontrei algumas das coisas dele lá no velho porão onde ele nunca tinha entrado. Tudo empilhado, arrumadinho... e com cheiro de madressilva.

– Nesse caso, a avaliação dela foi melhor que a nossa – concluiu Owen.

– Pelo visto, é verdade. De vez em quando, ela apronta alguma com um dos operários, mas é na brincadeira. E...

– A-há! – exclamou Beckett apontando para o irmão. – Você andou escondendo alguma coisa...

– Não me pareceu nada de mais. Mas, já que estamos nos aprofundando no assunto...

Ryder encolheu os ombros.

– Aquele dia com Hope não foi a primeira vez que ela me trancou na cobertura. Já tinha acontecido antes. Logo depois de Hope aparecer e a mamãe contratá-la de cara.

– O que prova que também sou boa nas avaliações – disse Justine.

– Bom, está certo. Seja como for, talvez eu tenha ficado meio irritado por uma pessoa ser contratada assim tão depressa, sem que nenhum de nós fosse consultado.

– Você foi grosseiro – observou Justine. – Grosseiro e teimoso.

– Expressar a própria opinião não é teimosia. Grosseiro, tudo bem. E pedi desculpas – comentou Ryder. – Talvez eu ainda estivesse de cabeça quente. Subi para trabalhar um pouco mais. Assim que entrei, a porta bateu e não abria de jeito nenhum. Ainda não tínhamos instalado as fechaduras, mas a droga da porta não abria.

– Ela acabou com você – disse Avery.

– Quem está contando a história? Então, comecei a sentir o cheiro dela, o que me deixou ainda mais irritado. As janelas não abriam, a porta não abria. Lizzy me botou de castigo. – Ryder riu, uma risada espontânea, gostosa. – A gente tem que respeitar isso. Depois, ela escreveu o nome de Hope na vidraça dentro de um coração.

– O meu nome?! – Hope piscou, espantada.

– Dentro de um coração. Aí eu entendi tudo. Lizzy gostava de você, queria tê-la por perto e o melhor que eu tinha a fazer era andar na linha. Fiquei mais furioso ainda, mas é difícil discutir com um fantasma...

– Então resolveu pegar no meu pé. Diga isso à gerente, diga aquilo à gerente...

Mais uma vez, Ryder encolheu os ombros.

– Ela não se incomodou com isso.

– Humm...

– Talvez devesse tentar falar com Lizzy, Ryder – sugeriu Clare. – Já que ela mencionou o seu nome. E já que você e Hope estão... se entendendo melhor.

– Não precisa usar códigos – retrucou Justine. – Mas tem toda razão.

– Não sou muito de conversar nem com gente viva.

– Mas não custa tentar – insistiu Hope. – Lizzy tem uma ligação com você, com vocês três – acrescentou, dirigindo-se aos irmãos Montgomerys. – Avery e eu conversamos sobre isso. Achamos que é porque vocês ressuscitaram a casa dela, o seu lar. Porque vocês e sua mãe acharam que valia a pena recuperar o prédio, embelezá-lo, recuperar a energia que ele tinha antes. Vocês a ajudaram. Lizzy não sabe o que é estar em outro lugar, como disse. Então, é muito importante que o lugar onde está receba amor e cuidados. Porque, quando isso acontece, ela fica mais *presente*. Todos vocês participaram desse processo, mas você, Ryder, é quem faz o trabalho mais braçal. Talvez Lizzy lhe conte o que parece não conseguir dizer ao resto de nós.

– Tudo bem. Vou falar com a morta.

– Com respeito – alertou Justine.

– Nesse meio-tempo – prosseguiu Hope –, recebi notícias da minha prima e da escola. Ela prometeu me mandar o que puder. Ela não acreditou na história do fantasma nem por um instante. A resposta que me mandou foi divertida e *bem* condescendente, mas ficou entusiasmada com a possibilidade da pesquisa e adorou a ideia de ver alguém da família mostrar interesse também. Mesmo não sendo sobre a irmã certa. E a bibliotecária está tentando superar as dificuldades burocráticas. Mas, como existe a relação familiar e o apoio da família à escola a longo prazo, ela acha que vai conseguir. Há umas cartas. Ela tem esperança de poder escaneá-las e me mandar as cópias nas próximas semanas.

– Progressos à vista.

Owen se recostou na cadeira.

– Está indo melhor do que eu.

– Se as duas conseguirem cumprir o prometido e eu acabar com uma pilha de documentos, vou mandar a metade para você.

– Estou pronto para isso e louco para começar.

Vozes irritadas de crianças chegaram até eles pela porta aberta.

– Não podia durar para sempre – disse Clare e começou a se levantar para apartar a briga.

– Deixe que eu vou – replicou Beckett, impedindo-a de se levantar.

– Aproveite – falou Justine. – Os paparicos da gravidez não duram para sempre. Além do mais, comprei sorvete para chantageá-los. Alguém mais quer?

Várias mãos se ergueram ao redor da mesa.

– Eu adoraria – começou Hope –, mas preciso mesmo voltar para a pousada. Carolee já segurou a barra por bastante tempo. Obrigada pelo jantar. Obrigada por tudo. Foi ótimo.

– Vou repetir a dose – prometeu Justine. – E vou adorar ver as tais cartas quando você receber as cópias.

– Assim que elas chegarem, eu aviso. Boa noite.

Ryder tamborilou no joelho por alguns segundos e, depois, se levantou.

– Já volto.

Enquanto andava em direção à porta, Owen começou a fazer sons exagerados de beijo. Ryder apenas ergueu o dedo médio e continuou andando.

– Ah, esses meus meninos... – Justine suspirou. – Tão cavalheiros...

Ryder alcançou Hope antes que ela entrasse no carro.

– Espere!

Hope se virou, fazendo o cabelo balançar e depois voltar ao lugar.

– A que horas vai estar livre na terça?

– Ah, por volta das cinco. Talvez umas quatro e meia.

– Por mim, está ótimo. Desde que eu possa usar um dos chuveiros da pousada.

– A pousada é sua.

– Não estamos discutindo quem é o dono da pousada.

– Então, está certo. Pode usar um dos chuveiros. Pode escolher o que quiser.

– Certo.

Como Ryder não disse mais nada e limitou-se a ficar ali parado, provocando aquela onda dentro dela só com o olhar, Hope inclinou a cabeça e perguntou:

– E então? Não vai me dar um beijo de despedida?

– Agora que mencionou...

Ele a deixou sem fôlego, cheia de desejo, atordoada e trêmula. O final perfeito para uma inesperada tarde de verão, pensou Hope.

– Isso deve bastar para você.

Ela riu, balançando a cabeça, e entrou no carro.

– Tomara que baste para *você*. Boa noite!

– É.

Ryder a viu dar marcha a ré, dar a volta e acenar quando percorria a alameda da casa de Justine. Ele continuou parado ali até que Diaraque se aproximou, sentou aos seus pés e ficou olhando para o nada assim como o dono.

– Nossa, Diaraque! O que ela tem? Que diabos é isso?

Meio assustado pela perspectiva de descobrir a resposta, Ryder saiu andando com o cachorro em direção à casa.

capítulo onze

TUDO ACABOU DEMORANDO MAIS do que Ryder esperava, porém isso não era novidade. Reformas seguem o próprio cronograma e, quando se está pulando de uma obra grande para outra, os cronogramas vão para o inferno.

A menos que a pessoa responsável fosse Owen.

Mesmo assim, uma das obras estava com a estrutura do telhado pronta para receber as telhas, e a outra, na fase do revestimento das paredes. Ryder olhou para trás, para o outro lado do estacionamento, para o prédio diante do qual havia um imenso guindaste. O novo desenho do telhado tinha transformado tudo; não só a forma, mas também a noção de espaço e de equilíbrio. Achava que até mesmo um olho destreinado podia ver agora todo o potencial que havia ali.

Então tratou de tirar isso da cabeça. Não queria ficar pensando em telhas e revestimento. Queria pensar em levar Hope Beaumont para a cama.

Na verdade, não queria pensar nisso. Queria agir.

Entrou na recepção e olhou ao redor. Tudo no devido lugar, como sempre. Por um instante, imaginou-se como um hóspede entrando ali pela primeira vez. É, concluiu, gostaria de se hospedar aqui, não teria qualquer problema nesse sentido.

Assim que se dirigiu à cozinha, Hope saiu do escritório para vir ao seu encontro.

Ali também tudo estava no devido lugar: do vestidinho curto de verão ao salto alto sexy, passando pela cabeleira espessa e brilhante que balançava.

Hope estacou quando Diaraque se aproximou abanando o rabo.

– Onde eu vou, ele vai atrás – avisou Ryder.

– Ah! Bom... – Fez carinho distraidamente no animal. – Tentei ligar para o seu celular.

– Esqueci de botar para carregar.

E o fato de o aparelho não ter tocado milhares de vezes para interromper seu trabalho não o deixou nem um pouquinho chateado.

– Se queria que eu trouxesse alguma coisa, posso ir buscar. Contanto que seja rápido.

– Não, não é isso. Eu...

Mas Ryder a agarrou, puxando-a para si. Se Hope ia ficar andando daquele jeito, tinha que pressupor que o homem com quem havia concordado em ir para a cama fosse querer uma provinha.

Dane-se a provinha, decidiu ele numa fração de segundo. Tinham que ir lá para cima de uma vez. Se Hope quisesse conversar, poderiam fazer isso mais tarde.

Bem mais tarde.

– Vamos subir. Escolha um quarto. Pegue a chave.

– Ryder, espere.

– Vou tomar um banho antes.

Ia quase esquecendo de que estava coberto de suor e da sujeira de um dia inteiro de trabalho.

– Melhor ainda! Que tal você tomar banho comigo?

– Caramba!

Quando conseguiu se afastar, Hope ergueu uma das mãos e suspirou fundo.

– Parece uma ótima ideia. Uma ideia muito boa. Mas estou com hóspedes.

Que língua ela estava falando?

– Está com o quê?

– Hóspedes. Lá na W&B. Apareceram de repente. Faz umas duas horas que chegaram. Tentei ligar para você, mas...

– Não era para ter ninguém aqui.

– *Eu sei*. Não havia nenhuma reserva, mas os dois apareceram querendo um quarto. E não dá para dispensar hóspedes se o hotel não está lotado. Você não ia gostar que eu fizesse isso, ia?

Ryder a fitou. Com o vestido curto, as pernas longas, os olhos castanhos capazes de deixar qualquer um maluco.

– Está falando sério?

– Ryder, é o meu trabalho. Acredite, eu bem que queria dizer não, mas não posso.

– Você é responsável demais!

– Sou mesmo. Essa é uma das razões pelas quais a sua mãe me contratou. Os dois fugiram para se casar, ou estão no processo. Vão passar na prefeitura amanhã para acertar tudo e estavam dirigindo havia horas.

– Por que não escolheram um motel? Vou levá-los até lá. Pago a estadia.

– Ryder!

Hope riu, mas havia um quê de frustração naquela risada.

– Ele queria lhe dar algo especial, já que ela não vai ter um casamento de verdade. Achou a pousada pelo tablet, numa dessas paradas de estrada, mas não telefonou porque queria que fosse surpresa. Vão ficar duas noites, o que vai funcionar como uma lua de mel, porque os dois têm que voltar para trabalhar... e encarar a família.

– Por que lhe contaram tudo isso?

– Você não ia acreditar nas coisas que as pessoas contam para os gerentes de hotel. Além do mais, os dois são jovens, estão empolgados, apaixonados, e talvez ele estivesse com medo de que eu dissesse não sem toda uma história romântica como pano de fundo. Mesmo que não fosse a minha obrigação, eu não ia ter coragem de despachá-los. O pai dela não gosta dele.

– Eu também não.

– Gosta, sim. Ou ia gostar. Sinto muito mesmo, mas...

– O que foi isso? – interrompeu Ryder recuando em direção à porta. – Foi alguém gritando?

– Recomeçaram.

Quando Ryder se virou para olhá-la, com a testa franzida, Hope encolheu os ombros.

– Eles estavam *mesmo* querendo um quarto.

– Isso é... Uau!

Inclinando a cabeça, Ryder ficou ouvindo por mais um instante.

– E olhe que fizemos isolamento reforçado nos pisos, nos tetos e nas paredes. É comum você ter esses espetáculos sonoros?

– Não! Graças a Deus, não. É bem fora do comum. Acho que é uma questão de frequência.

– Quantas vezes ele é capaz de trepar com ela em umas poucas horas?

– Não é a essa frequência que estou me referindo – começou Hope, mas viu que Ryder estava rindo. – Ah, está bom, a essa também. Mas estava pensando em frequência de rádio. Ainda mais que os dois estão com as janelas abertas.

– Verdade?

Ryder foi até a porta e saiu. Ficou ouvindo os gritos e gemidos até Hope puxá-lo pelas mãos.

– Pare com isso!

Ela tentava conter o riso.

– É falta de educação. Invasão de privacidade. Volte aqui para dentro.

– Não sou eu que estou transando de janela aberta. Mereço gozar por tabela.

– Não merece, não. Na verdade...

Hope conseguiu fazê-lo entrar. Então correu até a bancada e ligou o iPod.

– Para que isso?

– Para não ficar ouvindo o barulho.

– Como se você não tivesse ouvido...

– Só até eu entender o que era. E talvez um pouquinho depois também. Sinto muito, Ryder. De verdade. Mas...

– Podemos dar um jeito.

– Como é?

– Eles estão ocupados.

Ryder apontou para o teto com o polegar.

– Ocupadíssimos, fazendo o que estão fazendo, logo, não estão nem aí para o que nós dois estamos fazendo.

– Não dá. Não é só esquisito, é falta de profissionalismo. E preciso estar à disposição dos dois. Mais cedo ou mais tarde, vão acabar descendo, querendo comer alguma coisa.

– É, estão queimando um monte de calorias.

– Acho que sim. Preciso estar por aqui quando eles aparecerem.

Ryder estreitou os olhos para fitá-la.

– Aposto que foi escoteira.

– Perdeu a aposta. Nunca tive tempo para isso. Ouça, tenho toda essa comida aqui. Avery deixou tudo pronto para eu só ter que esquentar. Você podia pelo menos jantar e beber alguma coisa.

Tudo que Ryder não queria era ir para casa e arranjar algo para comer.

– Preciso de um banho.

Hope sorriu.

– Escolha o quarto que quiser... Menos o W&B.

– Quero esse aqui embaixo. É o que fica mais longe... dos hóspedes.

– Boa escolha. Vou pegar a chave.

– Tenho uma muda de roupas na caminhonete.

E saiu antes que Hope pudesse lhe pedir que levasse o cachorro.

– Fique aqui, quietinho – disse a Diaraque e foi para o escritório apanhar a chave.

Na esperança de que o bicho a ouvisse, dirigiu-se à suíte Marguerite & Percy, abriu a porta, acendeu as luzes e fez uma rápida inspeção no aposento.

Quando Ryder voltou, trazendo uma sacola, Hope lhe entregou a chave.

– Sabe como tudo funciona?

– Só não sei como você funciona. Mas vou acabar descobrindo.

– Não é tão complicado assim.

Os dois ficaram parados no vão da porta por um instante.

– Você podia deixar um aviso aos hóspedes, sabe? Com o telefone da Vesta e uma embalagem com seis latas de cerveja.

– Claro, é exatamente por esse tipo de serviço que temos tanto orgulho da Pousada BoonsBoro.

Hope pôs a mão no braço dele.

– Estou livre amanhã. Posso ficar fora até as nove, ou, quem sabe, até as dez. Eu poderia passar na sua casa.

– Parece uma boa ideia. Eu não deixo hóspedes inesperados irem entrando assim.

– Então considere isso como uma reserva – disse Hope, recuando para Ryder poder fechar a porta.

A reação de Ryder foi melhor do que ela esperava. E, para ser sincera, melhor do que a própria reação no primeiro momento.

Voltou para a cozinha e pegou a comida que Avery tinha preparado. Pôs tudo para esquentar no forno bem baixo para eles poderem comer quando Ryder quisesse. Em seguida, abriu uma garrafa de vinho e deixou a bebida respirar.

Merecia uma taça.

Amanhã, prometeu a si mesma. Tinha que se concentrar nos assuntos pessoais, inclusive ir dirigindo até a casa de Ryder. Talvez até fosse melhor assim. Sem qualquer possibilidade de interrupções, problemas ou um fantasma que poderia resolver aprontar com eles.

Só os dois. Baixou os olhos para o local onde Diaraque cochilava.

Bom, só os três.

Apanhou duas taças no armário e ia começar a se servir quando ouviu passos na escada.

É claro, pensou. E botou a taça em cima da bancada.

Chip Barrow apareceu com o cabelo claro todo arrepiado. Além da calça jeans esfarrapada, ele estava com a mesma camiseta desbotada do Foo Fighters que usava quando chegaram. Só que, agora, vestida pelo avesso. Hope duvidava de que ele tivesse percebido.

Chip lhe lançou um olhar sonolento e exausto de tanto sexo, o que a deixou morrendo de inveja.

– Oi. – Ele pigarreou. – Desculpe incomodá-la.

– Não é incômodo nenhum. O que posso fazer por você?

– Marlie e eu estávamos pensando em comer alguma coisa. Algo que eu pudesse ir buscar e, assim...

– É claro.

Embora com certeza houvesse um deles na suíte, Hope abriu uma gaveta e tirou de lá um cardápio da Vesta.

– Fica logo ali, do outro lado da rua, e eles entregam, se preferir.

– Verdade? Fantástico! Uma pizza cairia muito bem. Elas são boas, não são?

– São ótimas. Ficaria feliz em fazer o pedido para vocês quando decidirem.

– Sei o sabor que Marlie gosta.

Seu rosto se iluminou ao dizer isso.

– Pode ser uma grande, com pepperoni e azeitonas pretas. E esta sobremesa: a Decadência de Chocolate. Também parece fantástica.

– E é mesmo.

– Humm. Eles poderiam entregar direto no quarto? Talvez só bater à porta?

– Claro. Gostariam de uma garrafa de vinho para acompanhar o jantar?

– Sério? Gostaria, sim. Seria ótimo.

– Branco ou tinto?

– Humm. Por que você mesma não escolhe? Ah, podemos pegar duas Cocas também?

– Um minutinho só.

Hope pegou uma bandeja, um balde com gelo e colocou duas Cocas ali dentro. Acrescentou ainda o vinho que tinha aberto para si e as duas taças.

– Esse lugar é tão legal! Marlie ficou deslumbrada com o quarto. Até acendemos a lareira. Aí, ficou bem quente, por isso abrimos as janelas. Mas fica tão romântico com a lareira acesa, sabe?

Hope mordeu a parte interna da bochecha.

– Claro que fica. Vou... Ah, Ryder. Este aqui é Chip.

– Oi – disse o jovem.

– E aí, tudo bem?

– Irado!

– Quer que eu leve isso lá para a suíte? – indagou Hope.

– Não, obrigado. Eu mesmo levo. Pode pedir a pizza e a sobremesa?

– Agora mesmo. Deve demorar uns vinte minutos.

– Tranquilo. Marlie vai mergulhar nesse vinho. Obrigado!

– De nada.

Quando Chip saiu levando a bandeja, Hope teve que prender o riso.

– Irado! – imitou ela.

– Quantos anos ele tem? Doze?

– Os dois têm 21. Ela fez aniversário semana passada. Pareciam tão jovens que pedi para ver a identidade deles.

Hope pegou outra garrafa de vinho.

– Por que não abre isso aqui enquanto ligo para a Vesta? Se preferir cerveja, tem umas garrafas na geladeira.

– O vinho está bom.

Para variar um pouco, pensou Ryder. Fazer como as mulheres. Serviu uma taça para os dois e provou um gole da sua. Chegou à conclusão de que poderia muito bem começar a gostar de variar um pouco.

Depois que Hope fez o pedido, Ryder apontou para o forno com um gesto da cabeça.

– O que está cozinhando?

– Estou só esquentando, já que não posso levar o crédito pelo jantar. Medalhões de filé, batatas assadas, cenouras e ervilhas caramelizadas. E temos ainda uma entrada de vieiras.

– Parece bom.

Hope pegou a entrada.

– Prove e veja.

Ryder provou um pouco.

– Está ótimo. A ruivinha sabe o que faz.

– Sabe mesmo. Na época da faculdade, Avery trabalhou numa rede de pizzarias. Eu sempre sabia quando a massa tinha sido feita por ela. Simplesmente era a melhor de todas.

– Ela entrou de cabeça no projeto da Vesta e conseguiu fazer do lugar um sucesso.

– Avery é do tipo que vai fundo nas coisas.

Achando que ela também devia ir fundo na primeira parte dos planos para a noite, pegou um prato com azeitonas e se sentou numa das banquetas. Entradas e conversa; prato principal na sala de jantar. A fase três teria que esperar até o dia seguinte.

O cachorro se deitou debaixo dos banquinhos.

– Ficou surpreso ao ver que Avery e Owen estavam juntos?

– Não muito. Owen sempre teve uma queda por ela, desde que éramos pequenos.

– E Beckett por Clare, desde os tempos do colégio. E essa paixão durou todos esses anos.

– Beckett sempre soube que Clare estava com Clint. Nunca fez nada para atrapalhar a vida dela. Sofreu em segredo – acrescentou Ryder. – Só não era segredo para quem morava com ele. Fazia umas músicas terríveis, do tipo "Meu coração ainda é todo seu", e ficava cantando no quarto até Owen e eu ameaçarmos lhe dar uma surra.

– Verdade? – Hope riu, tentando imaginar a cena. – Que fofo! Fazer as músicas, claro. Não a surra. Vocês eram amigos de Clint?

– Não éramos muito próximos. Jogávamos futebol juntos, saíamos algumas vezes para beber. Clint passava a maior parte do tempo com Clare, e ela com ele. Ou então se preparando para o Exército.

– Os dois eram tão jovens... Assim como Chip e Marlie.

– Quem?

– Wesley & Buttercup. Os quase recém-casados. Só conheci Clare depois que ela voltou para a cidade. Avery nos apresentou. Após a morte de Clint.

– Foram tempos difíceis para ela. Clare parecia tão...

– Continue – disse Hope quando Ryder se calou. – Conte como foi.

– Frágil, eu acho. Como se um simples olhar pudesse parti-la em pedaços. Com dois meninos que eram quase bebês e o caçula ainda a caminho.

Mas era só impressão. A fragilidade, digo. Nem de longe era verdade. Clare tem mais força do que qualquer outra pessoa que conheço.

Hope achou que esse fora o discurso mais longo sobre alguém que Ryder já fizera desde que o viu pela primeira vez. Mais que isso: suas palavras estavam repletas de um afeto e uma admiração profundos.

Já havia notado o afeto e a admiração pelas amigas, mas ouvir Ryder dizendo isso a deixou emocionada.

– É muita sorte eu ter Clare e Avery na minha vida. Se não fosse por elas, é bem provável que estivesse agora em Chicago e não aqui. Era para lá que a minha bússola apontava depois de Jonathan. Aqui é bem melhor.

– Não consigo entender o que você viu nele.

Hope tomou uns goles de vinho e observou Ryder, estudando-o.

– Quer saber?

– Bom, já que estamos aqui...

– Tudo bem. Não quero me comparar a Clint, com o seu trabalho, o seu sacrifício, mas, como ele, eu tinha um projeto de vida. É comum na minha família. Desde os 8 anos, a minha irmã queria ser veterinária e o meu irmão sempre quis seguir a carreira jurídica. Já eu adorava hotéis, com os dramas, os enigmas, toda aquela gente, a constância e o fluxo das coisas. Portanto, o meu projeto de vida era ser gerente de hotel. Do hotel certo, no lugar certo. Esse hotel era o Wickham. Jonathan fazia parte dele e era tão cheio de classe, pelo menos essa era a minha opinião, e tão elegante quanto o Wickham.

– O que seria o seu tipo.

– Classe e elegância tinham o seu charme – explicitou Hope. – E Jonathan era encantador, acredite se quiser. Entendia de arte, de música, de vinhos, de moda. Aprendi com ele, e era o que queria. Jonathan ficou dando em cima de mim, isso era lisonjeiro e empolgante. A família dele abriu as portas de casa para mim. Fiquei atordoada. Meu projeto de vida se expandiu. Eu ia gerenciar o Wickham e me casar com Jonathan. Seríamos um dos casais VIPs da capital. Eu receberia pessoas de um jeito incrível e, também de um jeito incrível, administraria o hotel. Acabaríamos tendo dois filhos que ambos adoraríamos e assim por diante. Sei muito bem como tudo isso parece fútil.

– Não sei, não. É um projeto.

– Achei que o amasse, o que era um aspecto importante. Mas não era verdade.

Perceber isso era, ao mesmo tempo, doloroso e reconfortante.

– Ele não partiu o meu coração, como deveria. Afetou muito mais o meu espírito, o que é arrasador. Acabou com o meu orgulho, e é muito difícil se recuperar de um golpe assim. Mas não partiu o meu coração, pois, e só agora percebo isso, de certa forma eu também o usei.

– Besteira!

A exclamação rápida e assertiva a deixou espantada.

– Sério?

– Sério. Jonathan deu em cima de você, pelo que disse. A família dele não hesitou em acompanhar essa atitude. Você tinha bons motivos para acreditar que as coisas estavam acontecendo de acordo com o seu projeto. E achava que o amava. Talvez você tenha sido burra, mas não usou Jonathan.

Hope pensou um pouco.

– Acho que prefiro a ideia de usá-lo à de ser burra.

– Seja como for, tudo isso já acabou.

– Verdade. E você? Tem dois irmãos que gostam de uma mulher desde que eram garotos. Tem alguma paixão pendente?

– Eu?

Ryder achou certa graça na ideia.

– Não. Isso é coisa para Owen e Beck.

– Nada de coração partido ou de orgulho ferido?

– Cameron Diaz. Ela nem sabe que eu existo. É duro aceitar isso.

Mais uma vez, Ryder a fez rir.

– Tenho o mesmo problema com Bradley Cooper. O que há de errado com essa gente?

– Pois é. Somos tão sexy quanto eles.

– Sem dúvida. Além do mais, você certamente parece mais natural usando um cinto de ferramentas do que Bradley. Cintos de ferramentas são algo bem sexy – esclareceu Hope. – Parecem até aqueles cintos para armas usados no Velho Oeste. Quando vê um homem usando um deles de forma tão natural, uma mulher percebe que o sujeito sabe o que faz.

– Quantos elogios para um cinto de ferramentas!

Hope apontou para Ryder.

– Você gosta dos meus sapatos.

– Os de salto alto?

– Isso mesmo. É comum você mencioná-los, o que significa que repara neles. E repara no que eles fazem com as minhas pernas.

Hope esticou uma delas, apontando a ponta do pé para lá e para cá.

– Nada mau! – exclamou, inclinando a cabeça e sorrindo. – Talvez não sejam tão compridas quanto as de Cameron, mas são bonitas.

– Pura verdade.

Ryder segurou a canela de Hope e puxou a perna esticada para mais perto de si. Quando as mãos dele começaram a subir, ela endireitou a perna e se levantou bem depressa.

– Acho que está na hora de comer. Pensei de fazermos isso na sala de jantar.

Ryder se limitou a passar por Hope e desligar o forno. Depois, pôs a mão nas costas dela e se aproximou.

Desta vez, não foi só com a boca, mas também com as mãos que a percorriam rápidas, com impaciência, quase beirando a rudeza. O desejo, que sempre se manifestava quando ele estava por perto, invadiu o corpo de Hope e deixou suas pernas bambas.

Alguma parte sensata dela pensou que aquilo não seria nada adequado no caso de um dos hóspedes aparecer por ali. Só que essa parte não foi forte o bastante para conter o impulso mais primitivo.

– Fique aqui – ordenou Ryder dirigindo-se ao cachorro, que suspirou e voltou a se deitar.

Hope ainda hesitava quando ele a pegou pela mão e a levou para fora da cozinha.

– Ryder...

– Os dois têm vinho, pizza e sexo. Só um milagre os faria sair de lá antes do amanhecer.

Ele parou um instante no escritório de Hope. Não pode ser M&P, pensou, não com aquelas duas camas de casal.

– Aqui embaixo, não. Vamos precisar de uma cama maior.

– Não posso...

– Quer apostar?

O apartamento dela também não. Imagine só ter que arrastá-la até o terceiro andar! Pegou a chave da T&O e foi puxando Hope escada acima.

– Mas... E se eles precisarem de alguma coisa...

– Os dois têm tudo de que precisam. Agora é nossa vez.

Ryder a virou ainda na escada, encostou as costas dela na parede e a beijou até a mais longínqua ideia de protestar lhe parecer não apenas impossível, mas absurda.

Se não tivesse Ryder, e imediatamente, Hope ia explodir. Então, ninguém mais teria uma gerente.

– Depressa – balbuciou Hope começando a puxá-lo.

Sem fôlego, por outro motivo além de subir um lance de escada quase correndo, ela se agarrou a Ryder assim que chegaram ao segundo andar. Agora eram as mãos dela que tinham pressa e o seguravam, passando pelos quadris e pelas costas de Ryder enquanto os dois abriam a porta aos tropeções.

– Depressa, depressa, depressa – repetiu Hope e cravou os dentes no ombro de Ryder, que estava todo atrapalhado com a chave.

A mão dele estremeceu. Se pudesse pensar, Ryder teria sentido dor. Mas só podia desejar, e desejar. Quando a chave virou na fechadura, ele a empurrou para dentro do quarto e mal teve a ideia de fechar a porta atrás de si antes de os dois caírem na cama de dossel.

– Não tire os sapatos – disse para Hope.

Ela ainda conseguiu rir e começou a puxá-lo contra si. O riso se dissolveu num arquejo agradecido quando Ryder baixou o vestido fino dela até a cintura.

A boca dele, as mãos, o peso, o cheiro. Tudo que ela queria, tudo de que precisava tão desesperadamente. Queria sentir o impulso daquele corpo, o impulso forte, enlouquecido dentro dela mais do que queria respirar.

– Isso, isso.

Hope mergulhou o rosto no pescoço dele.

– O que você quiser, tudo, em qualquer lugar.

Enfim, uma onda imensa se abateu sobre Hope, rugindo dentro dela. O calor, o prazer, as pontadas de pânico e de loucura. Mãos pesadas no seu corpo; uma boca sedenta no seu peito. Possuindo, devorando, destruindo.

Mais. Mais. Mais.

Ryder sentiu as mãos dela no seu cinto, lutando, tentando, e a respiração quente no pescoço, perto da orelha. Tudo se tornou um borrão: a sensação daquele corpo, macio como seda, suave como água e quente como lava. O grito de alívio de Hope quando ele levantou o vestido dela e a encontrou. Movimento. Tudo era movimento: os quadris de Hope, as mãos dela, as pernas.

A boca de Hope encontrou a de Ryder e permaneceu ali, ávida, enquanto os quadris se erguiam, colados aos dele. Pontadas de desejo transpassaram o corpo de Ryder quando Hope baixou o jeans dele e circulou o ombro com a mão. As pernas dela envolveram a sua cintura. Os dois possuíam um ao outro numa espécie de loucura, e a pressa e o desespero se transformaram em imenso prazer.

Hope se agarrou a ele à medida que seu corpo estremecia, à medida que a glória daqueles tremores a deixava bamba e abalada. Então, enfraquecidas, as mãos dela escorregaram. Exausto, Ryder desabou sobre ela e ficou deitado ali esperando que a mente e o corpo conseguissem restabelecer uma conexão.

Percebeu que Hope o tinha... aniquilado. E essa fora a primeira vez.

Aos poucos, se deu conta de que ainda estava de botas; de que a calça jeans se encontrava em algum ponto abaixo das pernas e de que o vestido de Hope era um simples amontoado de pano em torno da cintura.

Não acontecera da forma que havia planejado. E, nem de longe, fora o que esperava dela.

Por fim, Hope soltou alguma coisa que era meio gemido, meio suspiro.

– Meu Deus! Meu Deus! Graças a Deus.

– Está rezando ou me agradecendo?

– As duas coisas.

Ryder conseguiu se virar e sair de cima dela. Então os dois ficaram deitados lado a lado, ainda parcialmente vestidos, atordoados e mais do que satisfeitos.

– Eu estava com pressa.

– Nem me diga.

Mais uma vez, Hope suspirou e fechou os olhos.

– Fazia mais de um ano que eu não sabia o que era sexo.

– Um ano? Nossa, eu tenho sorte de estar vivo.

Ela deu um riso baixinho.

– Tem mesmo, pode ter certeza. Nem acredito que gastei um dinheirão comprando lingerie nova. Nem você nem eu percebemos que ela existia.

Não, pensou Ryder. Decididamente não era o que esperava dela. Em todos os sentidos: era mil vezes melhor.

– Você estava usando lingerie?

– Viu só? E ainda estou. Mas não no lugar em que ela deveria estar.

Sem se levantar, Ryder esticou o braço na direção de Hope e passou os dedos pelo sutiã rendado todo embolado na cintura dela, junto com o vestido.

– Pode botar isso no lugar certo. Mais tarde, vou ter tempo de reparar nele antes de tirá-lo. Na próxima vez, vamos ficar sem roupa nenhuma.

– Seria bem interessante. Você tem um corpo bonito, mas... Bom, na pressa...

Hope virou a cabeça para observar o perfil de Ryder, os ossos fortes, as curvas bem definidas. Logo depois, ele também se virou e os dois se encararam.

Tão linda, pensou Ryder. Devia ser proibido ter uma aparência dessas. Esse tipo de coisa mexia com a cabeça de um homem.

– Devemos estar ridículos – murmurou Hope.

– Então não olhe.

– Não olho se você não olhar. Está com fome?

– Pensando bem, essa é uma pergunta sugestiva...

Hope sorriu, tentando botar o sutiã no lugar.

– Por que não descemos para comer e fingimos ser dois adultos civilizados?

– Tarde demais para essa segunda parte.

– Nunca é tarde demais para ser civilizado.

– Você está começando a pensar no casal lá da W&B.

– Avery preparou uma comida incrível para nós e devemos comê-la. O que me dá também a chance de estar disponível em caso de necessidade. Depois, podemos trazer o vinho, se sobrar, aqui para cima. E você vai poder curtir a minha lingerie nova.

– Boa ideia.

Ryder ergueu o corpo o suficiente para puxar a samba-canção e a calça jeans.

– Talvez na próxima eu consiga tirar as botas antes de você pular em cima de mim.

Hope ajeitou o vestido, sorrindo.

– Não prometo nada.

capítulo doze

RYDER NÃO SABIA DEFINIR sua situação com Hope. Os dois não estavam propriamente namorando. Não eram propriamente amigos. Nem eram propriamente o que a tia Carolee costumava chamar de almas gêmeas.

Mas, por qualquer perspectiva que encarasse a situação, estava gostando.

Talvez ela incluísse alguns elementos estranhos, como o fato de ele estacionar a caminhonete atrás da Vesta ou perto do canteiro de obras da academia, em vez de deixá-la no estacionamento da pousada.

Não era como se as pessoas não pudessem descobrir o que estava acontecendo se prestassem atenção. Havia sempre alguém prestando atenção. Mesmo assim, não lhe parecia certo deixar as coisas muito óbvias.

E talvez tudo ficasse ainda mais estranho pelo fato de ele subir ao terceiro andar pela escada do pátio e entrar na pousada por essa porta.

Certas noites, ouviu vozes vindas lá de baixo e apenas ficou com Diaraque no apartamento de Hope até ela trancar tudo para ir se deitar.

E talvez estivesse se interessando mais do que imaginava pelo funcionamento da pousada. Ele passava mais tempo ali do que imaginava, logo isso era uma consequência natural.

Tudo ali parecia funcionar muito bem. O que não seria de surpreender, já que, sob vários aspectos, Hope era um Owen de saias.

Ela fazia a vistoria dos quartos com o celular na mão, usando-o para enviar e-mails para a própria caixa de entrada, mensagens que se transformariam em listas no computador do escritório. Pilhas para o controle remoto da N&N, mais papel higiênico na W&B, repor alguns itens, cardápios ou lâmpadas em determinado lugar. Isso lhe poupava alguns passos, imaginava Ryder, já que Hope subia e descia milhares de vezes, renovando o estoque de café na biblioteca, trazendo vinho, refrigerantes ou água lá do estoque no porão.

Aos olhos dele, as listas eram a vida de Hope. E também os post-its. Mais uma vez, como o irmão.

Encontrava invariavelmente alguns deles sempre que ia ao apartamento de Hope quando havia hóspedes na pousada. "Cerveja na geladeira" colado na porta do eletrodoméstico, como se Ryder não pudesse abrir e ver por conta própria. "Se estiver com fome, tem uma massa esquentando no forno", nesse caso, é claro, pregado no fogão.

Mas precisava admitir que era legal vê-la preocupada.

Poderia imaginá-la uma pessoa rígida, apegada aos horários como era apegada às listas e aos post-its. Mas Hope tinha bastante flexibilidade e, quando necessário, sabia soltar aqui, ajustar ali, dar um jeitinho ou deixar para lá.

Admitia que esperava que Hope fosse começar a ditar regras ou fazer exigências quanto à sua... situação. Em vez disso, ela dançava conforme a música e ficava muito à vontade, pensava Ryder enquanto instalava mais uma janela na academia.

Estava mesmo pensando em Hope quando ela saiu, ajudando o pessoal da lavanderia a carregar uma pilha de lençóis e toalhas.

Parecia tão incrivelmente linda e renovada... Agora, já a tinha visto toda desarrumada e contribuído muito para essa condição, mas, mesmo assim, ela conseguia fisgar os homens direitinho.

Hope se virou quando alguém surgiu na porta do salão. Ryder sabia que ela tinha lotação completa para o feriado de 4 de julho. De onde estava, não podia ouvi-la, mas podia *vê-la* rindo e muito entretida com as três mulheres que acabavam de sair.

– Algum problema com a janela?

– Hã?

Ryder se virou quando Beckett apareceu às suas costas.

– Ah, claro. Linda vista. Clare me disse que Hope está com dezesseis pessoas para o fim de semana.

– É o feriado – retrucou Ryder retomando a instalação da janela.

– É. Os meninos estão ansiosos para ir ao parque amanhã. Vamos cedo para eles poderem comer e queimar bastante energia antes dos fogos. E para arranjar lugar suficiente para todos. É uma pena Hope não poder ir.

– Ela vai poder ver os fogos da varanda lá de cima.

Mas era uma pena mesmo, admitiu. Nem conseguia se lembrar da última vez que tinha passado o feriado sem uma mulher. Tecnicamente, não é como se não pudesse convidar outra pessoa.

– Não tem nada para fazer? – perguntou.

– Estava justamente vendo isso. Você está terminando a última janela. O pessoal do telhado está instalando as telhas. Parece muito bom. Owen mandou uma mensagem lá do MacT's. O aço está vindo. Pelo visto, as vigas chegam ainda hoje.

– Isso aqui vai ficar cheio com o novo pessoal da obra nas próximas semanas.

Concluindo o trabalho, Ryder se afastou da janela.

– Trate de controlar a mamãe até ela escolher o estilo e o acabamento deste lugar.

– E por que eu é que tenho que controlá-la?

– Porque eu tive a ideia primeiro.

Ryder olhou as horas. Podia fazer um intervalo porque já estava quase na hora do almoço, mas não queria sair dali sabendo que o aço ia chegar.

– E você podia ir buscar alguma coisa para a gente comer.

– Eu?

– Tenho muita coisa em andamento e queria repassar uns detalhes do projeto com você.

Beckett cerrou os dentes.

– Você quer dizer alterações.

– Não é nada de mais, benzinho. São só uns ajustes, uns acertos. Se já vamos trabalhar na estrutura interna do prédio, quero deixar os pontos de luz instalados.

– Vamos fazer isso agora mesmo. Vou pedir o almoço. O que vai querer?

– Comida.

Quando um dos operários o chamou, Ryder saiu deixando para Beckett a tarefa de definir o pedido.

Usaram um canto dos fundos, onde ficaria a área dos aparelhos de ginástica, para negociar alguns detalhes do projeto. Beckett sabia que Ryder sempre queria fazer alterações. Por outro lado, Ryder sabia que o irmão só era contra essas alterações quando elas interferiam na perspectiva geral ou eram absurdas do ponto de vista arquitetônico.

– Estou fazendo uma lista para a mamãe – avisou Beckett. – Número de luminárias, tipos, localização. Quanto ao estilo, ela é quem sabe.

– Não deixe a mamãe escolher antes de você checar a voltagem.

– Não é a minha primeira vez, Ry – rebateu Beckett, pegando o celular que tocava. – Owen está lá no pátio com a comida.

– O que ele está fazendo lá?

– Não quer comer? Então vamos descobrir.

Queria mesmo comer e queria estar por perto quando o aço chegasse. E, já que o projeto estava marcado a fogo em seu cérebro, não precisava das plantas de Beckett para encher o saco do irmão sobre elas.

– Com relação ao piso de bambu... – começou Ryder assim que saíram.

– Mamãe insiste nisso, logo, não dá para mexer. Nem vale a pena tocar no assunto.

– Ficaria ótimo se colocássemos o mesmo piso emborrachado por toda a academia, e ainda pouparia tempo e dinheiro.

– Mas ficaria monótono e sem graça. O bambu daria um charme extra à sala de treinamento, às escadas internas e aos corredores.

– Essas escadas vão me dar um trabalho do cacete se usarmos madeira!

– Não dá nem para discutir esse ponto – afirmou Beckett. – E pode apostar que, com um trabalho do cacete ou não, mamãe também vai recusar.

Chegando ao pátio, viram Owen sentado à sombra de um guarda-sol colorido com três embalagens de comida para viagem e uma pilha de papéis.

– Hope me viu passando e disse para a gente comer aqui fora. Acho ótimo.

– O que trouxe para mim?

Ryder ergueu a tampa da embalagem e assentiu com a cabeça ao ver o sanduíche panini e as fritas.

– Perfeito.

– Andei revendo o projeto da pintura das paredes externas da academia. Vai ser um processo longo, com vários passos, até conseguirmos fazer esses blocos de concreto parecerem outra coisa que não blocos de concreto.

– Nem comece – interrompeu Beckett pegando o seu sanduíche e encurtando a questão. – Nem pensar em passar umas camadas de tinta e dizer que ficou uma beleza. Vai continuar um horror.

– Já está menos horroroso – observou Ryder. – Mas, dessa vez, concordo com você.

– E quem disse que eu não concordo?

Owen esticou as pernas e fez uns movimentos circulares com o pescoço cansado.

– O que estou dizendo é que podemos dar conta, mas devíamos continuar com o trabalho que estamos fazendo e contratar um pessoal extra que entende do assunto. Demoraríamos um tempão e teríamos grandes chances de estragar tudo.

Antes que Ryder pudesse contestar, Hope saiu da pousada com uma bandeja e, nela, uma jarra grande, alguns copos e um prato de cookies.

– Chá gelado – anunciou ela. – E tem mais lá dentro. Caramba, estamos entrando em julho e já está um forno. Dizem que a temperatura vai passar dos trinta graus no domingo.

– Obrigado. Não precisava se incomodar – disse Owen. – Avery disse que a pousada está lotada nesse fim de semana.

– Nossa, está mesmo! Mas agora tenho um tempinho porque todos os hóspedes saíram. O interesse pela academia e pelo novo restaurante é bem grande. Todo mundo quer saber quando serão inaugurados.

– Todo mundo terá que esperar – resmungou Ryder.

– Estou dizendo a todos que fiquem de olho na nossa página do Facebook e no site. Se quiserem mais alguma coisa, é só dizer.

Ryder bebeu de uma só vez metade do copo de chá gelado assim que Hope entrou.

– Já volto – disse, e foi atrás dela.

– Será que ele sabe que está apaixonado? – indagou Owen.

– Ry? Claro que não.

– Foi uma pergunta retórica. O MacT's fica pronto em meados de agosto – acrescentou Owen de boca cheia. – As coisas estão correndo bem, e sei como Ry é chato com essa história de prazos, mas não vamos ter problemas. Acho que ele vai levar o mesmo tempo para descobrir que está apaixonado.

Hope se dirigia ao escritório quando ouviu a porta se abrir e fechar. Ao voltar para a cozinha, deparou com Ryder e sorriu.

– Eu disse a Owen que vocês podiam comer aqui dentro porque está mais fresco. Se quiser, posso...

Ryder a agarrou. Aliás, parecia que estava sempre agarrando Hope, como se ela pudesse escapar. E o beijo que lhe deu foi quente como o ápice do verão.

– Pronto – disse Ryder. – Agora não vou ficar tão distraído.

– Engraçado. Comigo é justamente o contrário.

– Bom, todo mundo saiu, então...

– Nada disso. – Hope riu, afastando-o. – Uma perspectiva atraente, mas não quer dizer que estou livre. Estou atolada de trabalho.

– Carolee...

– Foi fazer um tratamento de canal.

Ryder se encolheu, com um ar de mais pura compaixão.

– Não sabia.

– E ela só foi hoje de manhã porque a obriguei. Ia ficar tomando analgésicos e deixar o dentista para segunda. Mais tarde, Laurie, da livraria, virá me dar uma mãozinha.

– Até lá vai precisar de ajuda? Posso liberar Beck.

– Não, está tudo sob controle.

Agora ele tinha uma boa noção de como era o dia de Hope, e, num fim de semana com dezesseis hóspedes, os dias seriam atribulados.

– Você precisa de férias, de um fim de semana prolongado. Alguma coisa assim.

– Acho que vou ter uns dias livres em setembro. Pretendo hibernar.

– Então marque essa folga. Mamãe vai concordar.

– Vou pensar no assunto.

Com um gesto, apontou para o escritório onde o telefone havia começado a tocar.

– Mas somos um local popular...

– Marque a folga – repetiu Ryder e foi embora a fim de deixá-la trabalhar. Voltando para perto dos irmãos, jogou-se na cadeira e pegou o sanduíche. – Carolee foi fazer um tratamento de canal e estamos sobrecarregando a nossa gerente.

– Pode chamá-la de Hope – observou Owen. – Você está dormindo com ela.

– Canal? – Beckett estremeceu assim como o irmão. – Hope está precisando de ajuda?

– Não sei. Não é a minha área de trabalho. Mas, quando não tem hóspedes na pousada, ela fica preparando tudo para receber os que vão chegar, ou fazendo essa droga de divulgação. Seja lá o que for. Ela precisa de uma folga.

– Não haveria uma pontinha de interesse pessoal nessa observação? – sugeriu Owen.

– O problema não é sexo. Mas, se ela tiver uma estafa, ficaremos numa situação difícil.

– Verdade. Tem toda a razão. Além do mais, nenhum de nós quer que ela fique sobrecarregada de trabalho. Então...

Owen se interrompeu no momento em que Hope apareceu de súbito na porta.

– Chegaram uns documentos – declarou Hope. – Minha prima conseguiu. Tem um monte de coisas. Não sei quando vou poder examinar tudo isso, mas...

– Passe direto para mim – replicou Owen. – Começo a dar uma olhada hoje mesmo.

– Pode deixar. E vou tentar arranjar tempo para fazer a mesma coisa. Dá uma sensação de progresso.

Sem perceber, Hope pôs a mão no ombro de Ryder enquanto falava.

– Preciso acreditar que vamos encontrar alguma coisa.

– Por que não se senta aqui um instante?

Antes mesmo que Hope pudesse responder, Ryder a puxou para o seu colo. Quando ela tentou se desvencilhar, ele deu um risinho para os irmãos e a segurou com mais força.

– Isso acaba com a dignidade dela.

– Minha dignidade permanece intacta. Você está todo suado.

– Está calor. Coma umas batatas fritas.

– Acabei de tomar um iogurte, então...

– Então, está definitivamente precisando de batatas fritas.

Hope sabia muito bem que Ryder não a deixaria sair do seu colo enquanto ela não obedecesse. Pegou uma batata da embalagem dele.

– Pronto. Agora...

– Agora beba isto.

Ryder pôs o copo dele nas mãos de Hope.

– Tudo bem – disse Hope, então tomou uns goles e botou o copo de volta em cima da mesa.

– Ry estava dizendo que você bem que podia ter mais gente para ajudá-la – falou Owen.

Hope se enrijeceu no mesmo instante.

– Houve alguma reclamação?

– Não, mas...

– *Eu* reclamei? Não – disse ela respondendo à própria pergunta. – Sei até que ponto consigo dar conta do recado. Não se esqueça disso – acrescentou, cutucando a barriga de Ryder com o cotovelo e se levantando. – Agora tenho que voltar ao trabalho.

– Que diabo de boca grande, Owen!

– Mas você acabou de dizer que Hope...

– Maldita boca grande! O aço está chegando – avisou e saiu levando consigo o sanduíche.

– Definitivamente apaixonado – comentou Beckett.

– Foi ele que disse que Hope estava sobrecarregada.

– Claro! Porque é ele que está apaixonado.

Ryder lhe mandou flores. Sua teoria era de que, sempre que uma mulher está chateada, com quem quer que fosse ou qualquer que fosse o motivo, o homem deve mandar flores. Em geral, o clima se abrandava outra vez. Depois, esqueceu disso em meio ao suor e ao esforço do trabalho. Quando estava fechando tudo, ela veio em sua direção.

– As flores são lindas. Obrigada.

– De nada.

– Só tenho um minuto, o que não significa que eu esteja sobrecarregada, mas apenas que estou trabalhando.

Maldito Owen, pensou ele.

– Certo.

– Não quero que fique dizendo para a sua família que não dou conta desse trabalho.

– Mas eu não disse isso.

– Se precisar de mais gente para ajudar, falo com Justine. Eu mesma posso fazer isso.

– Entendi.

Um homem sempre pode ter esperança de pôr fim a um assunto, mas, como ele já imaginava, Hope, assim como a maioria das mulheres, não ia deixar a coisa morrer ali.

– Agradeço a preocupação, Ryder. É legal e inesperado. Às vezes, existe muito estresse e muita pressão. Tenho certeza de que, no seu trabalho, também é assim.

– Não posso negar.

– Você precisa de férias, de um fim de semana prolongado. Alguma coisa assim.

Ryder riu ao ver as próprias palavras voltarem para ele.

– É, com certeza. Só que vou ter os próximos dois dias de folga.

– Quanto tempo vai passar na serraria, tentando criar um plano de ação para a semana que vem ou conversando com a sua mãe sobre essa obra?

Hope tinha acertado na mosca.

– É. Algum tempo.

Diaraque veio se aproximando e procurou a mão de Hope com o focinho.

– Ele acha que estou zangada com você. Não estou, não.

– Bom saber.

Hope deu um passo à frente e o beijou no rosto.

– Talvez você possa dar um pulo aqui amanhã, depois dos fogos de artifício.

– Pode ser, sim.

– Então, até amanhã.

– Ei! – exclamou Ryder quando ela ia se afastando. – Quer ir ao cinema? Não amanhã – acrescentou, ao ver o ar intrigado no rosto dela. – Semana que vem, na sua noite de folga.

– Ah... Acho que dá, sim. Claro. Eu adoraria.

– Então veja quando pode ser e me avise.

– Certo. – Hope sorriu, mas seus olhos ainda tinham aquele ar intrigado. – Costuma comprar ingresso para o seu cachorro?

– Até compraria, mas não deixam ele entrar.

– Você tem DVD?

– Claro.

– E micro-ondas?

– Onde mais eu poderia cozinhar?

– Então, por que não vou até a sua casa? Podemos ver um filme lá... Nós três.

Foi a vez de Ryder ficar intrigado.

– Tudo bem. Se prefere assim...

– Quarta à noite?

– Perfeito. Vai querer jantar?

– Não se você for fazer comida de micro-ondas.

– Posso fazer alguma coisa na churrasqueira.

– Então vou, sim. Chego por volta das seis e lhe dou uma mãozinha. Agora tenho que voltar. Laurie está sozinha lá dentro.

– Até mais.

Ryder enfiou as mãos nos bolsos e ficou vendo Hope se afastar.

– Sempre que acho que já entendi tudo – disse, dirigindo-se a Diaraque – descubro que não.

No dia seguinte, quando o sol se punha, Ryder deu metade do seu segundo sanduíche caprichado para Murphy.

– Você é um poço sem fundo!

– Está ótimo. E o sorvete deles acabou.

– Isso devia ser proibido.

– Podemos botar todos eles na cadeia.

Com um sorriso no rosto e as mãos emplastradas de gordura e molho, o menino foi para o colo de Ryder.

– Mamãe disse que a gente pode ir na sorveteria se ela ainda estiver aberta. Quer ir junto?

Uma noite quente de julho. Sorvete.

– Talvez.

– Mamãe disse que Hope não pôde vir porque tinha que trabalhar.

Depois de devorar seu sanduíche, Murphy lambeu o molho que havia caído nas mãos.

– Hope é a sua namorada?

– Não.

Será que era? Nossa!

– Por que não? Ela é bonita e quase sempre faz cookies.

Pensando bem, aquela combinação era tão óbvia quanto sorvete numa noite quente de julho.

– Excelentes argumentos.

– A minha namorada é bonita. O nome dela é India.

Meu Deus! O garoto tinha acabado com ele.

– Que nome estranho é esse?

– É o nome da India. Ela tem olhos azuis e gosta do Capitão América.

Baixou a cabeça de Ryder e cochichou no seu ouvido.

– Dei um beijo nela. Na boca. Foi bom. Você beijou Hope na boca. Então, ela é sua namorada.

– Pois é o que eu vou fazer com você já, já, se não calar essa boca.

A gargalhada do menino fez Ryder sorrir.

– Eles vão começar daqui a pouquinho, não é? Não é?

– Assim que escurecer.

– Demora muito para escurecer. Só é rápido quando a gente não quer.

– Você é muito esperto, pequeno Jedi.

– Vou brincar com o meu sabre de luz.

Murphy pulou do colo de Ryder, pegou a arma de brinquedo que Beckett havia comprado para ele e começou a movê-la no ar. Os irmãos logo partiram para o ataque.

– Você era igualzinho – disse Justine.

– A qual deles?

– Aos três. Por que não vai para a pousada? Pode ver os fogos de lá.

Ryder se espreguiçou na cadeira de armar e respondeu:

– Por causa da tradição da família Montgomery.

– Está dispensado.

– Pode deixar. Hope está ocupada – disse Ryder, e pôs a mão sobre a da mãe.

– Liam! Se não parar vou tomar isso de você – ameaçou Clare.

Justine olhou para a nora e suspirou.

– E ela é igualzinha a mim. O tempo passa, Ryder.

Ela virou a mão que estava sob a do filho e pôs a outra sobre a de Willy B., que estava sentado ao seu lado com Tyrone no colo.

– Vale a pena escolher o que é bom e correto quando se pode fazer isso.

– Não vá me dizer que comprou mais alguma coisa.

– Você sabe muito bem do que estou falando. Está começando – murmurou Justine no momento em que um rastro de luz rasgou o céu. – Não há nada como o começo de alguma coisa grandiosa.

Da varanda da pousada, Hope viu o céu explodir. Ao seu redor, os hóspedes gritavam e aplaudiam. Tinha preparado margaritas atendendo aos pedidos e ela própria tomava uma enquanto admirava as cores e as luzes.

E pensava em Ryder lá no parque, com a família.

Flores, pensou consigo mesma. Que surpresa! Gostava de surpresas, mas também gostava de saber o que significavam. Nesse caso, um pedido de desculpas, concluiu. Embora não fosse necessário.

E, depois, foi a história do cinema. De onde saiu isso? A seu ver, absolutamente do nada.

Boba, disse a si mesma. Cinema é só cinema.

Mas, desde que tinham começado a dormir juntos, era a primeira vez que Ryder sugeria que os dois fossem a algum lugar. Seria um encontro?

Será que estavam namorando agora? Namorar é diferente de dormir juntos. Um namoro tem uma espécie de estrutura e algumas regras, que podem ser bem flexíveis, mas não deixam de ser regras.

Será que devia começar a pensar nisso? Em regras e estrutura?

E por que estava complicando algo simples? Os dois se davam bem na cama e, de quebra, se davam bem fora dela também.

Eles eram pessoas sensatas e sem frescura, com uma vida bem ocupada.

Aproveite o momento, ordenou a si mesma. Curta os fogos.

Sentiu que alguém segurava sua mão e se virou. Ninguém a estava tocando; todos tinham os olhos voltados para o céu.

– Tudo bem, Lizzy – murmurou. – Vamos curtir os fogos juntas.

Depois que o último estrondo ecoou, Hope desceu para preparar mais uma rodada de bebidas. Achava ótimo que os hóspedes tivessem uma experiência agradável no feriado e que, agora, estivessem falando do espetáculo, do que sentiram, do clima local.

Também tinha gostado de perceber que Lizzy queria a sua companhia.

Arrumou mais batatas fritas e molho picante e pôs numa bandeja uns minicupcakes enfeitados com bandeirinhas dos Estados Unidos, que encomendara na confeitaria. Deixou alguns deles na bancada para os hóspedes que resolvessem descer e levou lá para cima os outros para os que tinham preferido curtir a noite de verão por mais um tempo.

Hope subiu com a bandeja. Depois, pensou que Ryder podia querer alguma coisa quando chegasse, se é que vinha. Desceu outra vez e pôs mais uns cupcakes numa bandeja. Agora tinha cerveja na própria geladeira.

E o que significava *isso*?

Apenas que ela tinha muitas vezes a companhia de um homem que preferia essa bebida a vinho, pensou enquanto subia a escada.

Mas parou de súbito ao ver Ryder descendo do terceiro andar.

– Não sabia que estava aqui.

– Deixei Diaraque lá no seu apartamento. As crianças acabaram com ele. Foi você que fez?

– Não, encomendei...

Ryder pegou logo dois e engoliu o primeiro de uma mordida só.

– Gostoso.

– São mesmo. Estava justamente levando uns lá para cima achando que você pudesse querer se viesse.

– Ótima ideia. Quero, sim.

Comeu o segundo bolinho e, então, pegou uma espécie de varinha de plástico com uma estrela em cima.

– Comprei um presente para você.

– Você... O que é isso?

– O que acha que é? Parece uma varinha mágica, uma vara de condão. Estavam vendendo esses negócios que acendem lá no parque. Os meninos quiseram sabres de luz e pistolas de raios. Este aqui é para meninas.

– Para meninas mesmo.

– Até que são divertidos. – Apertou uns botões e a tal varinha começou a tocar uma música e a disparar uns raios de luz.

Rindo, Hope pegou o brinquedo e o agitou no ar.

– Tem razão. É bem divertido. Obrigada.

– Viu os fogos?

– Vi, sim. Foi lindo. Lá na varanda tem batatas, molho picante e margaritas.

– Mas hoje não é um feriado mexicano!

– Os hóspedes têm sempre razão. E as margaritas estão ótimas. Quer subir e experimentar uma?

– Na verdade, não. Já tive a minha cota de multidão por hoje. O parque estava lotado.

– Então tome. Pegue os cupcakes. Subo assim que puder.

– Quer que eu guarde alguns para você?

– Quero.

– Estava bom demais para ser verdade.

– Tem cerveja na geladeira – avisou Hope e foi se juntar aos hóspedes.

Aconteceu mais tarde do que ela previra, mas os dois fizeram o próprio espetáculo. Após uma noite maldormida, Hope pulou da cama para preparar o café da manhã junto com Carolee. Quando arranjou um tempinho para voltar ao seu apartamento, Ryder e Diaraque já tinham ido embora.

Viu só? Simples. Sem frescuras.

Então pegou a varinha de brinquedo e a ligou.

E sentiu o coração se derreter um pouquinho, mais do que tinha acontecido com as flores, percebeu.

Deixou-a de lado e começou o processo de reorganizar a pousada depois do fim de semana prolongado.

Estava levando umas sacolas de roupa de cama para o local de coleta do pessoal da lavanderia quando Avery enfiou a cabeça pelo vão da porta.

– Descanse um pouquinho.

– Antigamente eu sabia o que essa palavra significava. O que está fazendo na cidade?

– Vim buscar você. Venha ver o novo restaurante. Faz mais de uma semana que não passa lá.

– Bem que eu queria ir, mas...

– Eu sei. Agora que todos já se foram, faça uma pausa.

– Temos que arrumar todos os quartos e preciso pedir mais material de higiene e de limpeza. Tem um casal que vai chegar mais tarde.

– É isso aí: mais tarde. Venha. Clare vai também. Ela só precisava ver uma coisa antes na livraria. São só vinte minutos.

– Tem razão. E posso muito bem aproveitar esses momentos. Só preciso avisar Carolee.

– Já avisei.

Avery pegou a amiga pela mão.

– Venha. Deixe eu me exibir.

– Vi o letreiro. Ficou fantástico. Charmoso, fofo e divertido.

– Vai ser um restaurante cheio de charme, fofo, divertido e com uma comida ótima.

E saiu puxando Hope pela mão.

– Owen diz que deve ficar pronto em meados de agosto, e estou muito ansiosa... Mas, do jeito que as coisas estão andando, talvez fique pronto antes. Quer dizer, talvez eles terminem mais cedo, e aí vou ter mais tempo para deixar tudo perfeito.

– Você teria tido dezesseis pessoas sábado à noite, garanto. Estou fazendo a maior propaganda.

– Obrigada.

Quando estavam atravessando a rua, Avery já pegou as chaves.

– Prepare-se para ficar de queixo caído.

– Estou preparada.

Avery escancarou a porta.

Os velhos ladrilhos escuros tinham desaparecido. No lugar havia agora madeira de um tom rico e profundo ainda protegido por lonas e folhas de papelão, mas Hope pôde ver o suficiente para ficar de queixo caído. Lá no teto, o cobre lavrado reluzia, e as paredes estavam lisinhas, já preparadas para serem pintadas.

– Avery! Vai ficar ainda melhor do que eu imaginava!

– E ainda não viu nada. Eles colocaram azulejos nos banheiros.

Continuou arrastando a amiga de um lado para outro, querendo que ela visse os azulejos e as paredes recém-terminadas da cozinha através da nova abertura emoldurada que dava para o bar.

– Ah, eles restauraram os painéis! Ficou fantástico!

– Não ficou?

Avery passou os dedos pela madeira lisa.

– Essa foi a melhor surpresa. E venha ver a minha parede de tijolos: está perfeita. Ainda falta pintar, instalar as luminárias, os metais dos banheiros, da cozinha... Só depois o bar vai ser instalado. Acho que vou chorar nesse dia.

– Pode deixar que eu trago lenços de papel. Ah, Clare chegou.

– E olhe esse estrado aqui: os meninos ajudaram a construí-lo. Acho que vou chorar agora mesmo. Querida – disse Avery ao reparar na amiga que acabava de entrar –, você está bem? Parece meio verde...

– Estamos em julho – respondeu Clare, tomando uns golinhos de água da garrafa que trazia. – E são gêmeos.

– Tem uma escada-banqueta ali na cozinha. Fique aqui.

– Estou bem – falou Clare, porém, Avery já tinha saído a toda. – Mas seria bom sentar.

– Você não devia sair nesse calor.

– Não vou demorar. Mas, grávida ou não, tenho que viver. Beckett está cuidando dos meninos, dos cachorros e do incrível sistema de irrigação do jardim.

– Você tirou a sorte grande.

– E tenho plena consciência disso.

Não discutiu quando Avery voltou com a tal banqueta, apenas se deixou cair ali.

– Obrigada. Está tudo muito bonito aqui, Avery. As coisas estão se encaixando bem como você tinha imaginado.

– Estão ficando até melhores. Tem um ventilador ali atrás. Vou lá pegar.

– Pare, Avery, estou bem. Aqui está bem mais fresco do que lá fora. Só tive um pequeno mal-estar, mas já passou.

– Quando sair, vou com você até o carro e, se não estiver se sentindo cem por cento, levo você em casa.

– Combinado. Agora, relaxe. Ainda temos muito tempo de verão para enfrentar. E não conte nada a Beckett. Estou falando sério – disse Clare com o dedo em riste. – Ele nunca passou por isso antes. Eu já. Se houver alguma coisa errada comigo ou com os gêmeos, vou saber. É normal acontecer isso em pleno verão com mulheres grávidas.

– Multiplicado por dois – acrescentou Hope.

– Nem me fale. Estou ficando imensa e ainda tenho uns meses pela frente. Eles estão chutando – anunciou, pressionando a barriga de um lado e, depois, do outro. – Juro que acho que os dois já estão brigando.

– Quero sentir! – exclamaram Avery e Hope juntas.

– Uau! Quantos chutes – exclamou Hope.

– É incrível, não é? Tanta vida... Vale a pena ficar meio esverdeada. Então, em meados de agosto o seu primeiro filhote vai nascer – disse ela, dirigindo-se a Avery.

– É o que eles estão dizendo. Vou reunir a família e os melhores amigos uma noite. Talvez mais para perto de setembro, quando tudo já estiver perfeito. Esperem só.

– Ryder me mandou flores.

– Como é que é? – Avery piscou, espantada.

– Ah, desculpem.

Surpresa consigo mesma, Hope deu um tapinha na testa.

– Não sei de onde saiu isso. É que essa cena anda martelando na minha cabeça toda hora.

– Qual é o problema em receber flores do homem com quem você está envolvida? – perguntou Clare.

– Nenhum. Amo ganhar flores. Foi um gesto fofo. Ryder não costuma ser assim.

– No fundo é, sim – emendou Avery.

– Em boa parte, foi um pedido de desculpas. Por ficar dando palpite nos meus horários de trabalho.

– Ah, os homens fazem isso quando interfere no sexo.

– Não.

Hope reforçou a negativa balançando a cabeça para Avery e rindo um pouco.

– Não foi isso, porque não interfere em nada. Acho que ainda estou tentando recuperar o tempo perdido, já que isso não é um problema para mim mesmo depois de um dia brutal. Bom, seja como for, ele me mandou flores. E nem tínhamos discutido. Não para valer.

– Mandar flores para as mulheres é especialidade dele – observou Avery. – E não estou dizendo isso no mau sentido. Para Ryder, é a primeira coisa que vem à cabeça. A mãe dele adora flores, portanto, é natural que ele aja assim.

– Então, não tem nada de mais. Só que... tem outras coisas. Quero outras opiniões.

– Sou toda ouvidos. Avery também.

– Sempre.

– Tudo bem. Quando fui agradecer pelas flores, ele sugeriu que fôssemos ao cinema.

– Ah, meu Deus!

Avery levou o punho fechado ao coração, num gesto dramático.

– Isso é assustador. O que virá depois? Será que ele vai propor que saiam para jantar? Talvez para ir ao teatro? Fuja! Caia fora agora mesmo.

– Deixe de ser boba! É que ele nunca tinha proposto que a gente saísse antes. Sempre ficamos em casa. Pedimos comida ou eu improviso alguma coisa. Mas, em geral, Ryder só chega depois do jantar. Mais tarde até, quando estou com hóspedes. E transamos. Agora ir ao cinema? Flores? O que significa isso? E ele ainda me trouxe uma varinha mágica.

– Uma o quê?! – exclamou Clare.

– Uma daquelas coisas que estavam vendendo no parque para o espetáculo dos fogos de artifício. Ela acende umas luzes, toca uma música e tem uma estrela em cima.

– Aahh, que fofura. – Foi a reação de Avery.

– É. Achei uma graça. Mas por que ele compraria uma varinha mágica para mim?

– Porque é uma graça – sugeriu Clare. – E você não pôde ir conosco. Foi um gesto fofo.

– Lá vem essa palavra de novo. Não sei o que tudo isso quer dizer, se é que quer dizer alguma coisa. Não estamos namorando.

– Estão, sim – emendou Clare com um sorriso solidário e divertido. – Não recebeu o memorando? Você e Ryder estão namorando.

– Não estamos, não. Quer dizer, é claro que temos uma relação amorosa, já que estamos dormindo juntos. Mas...

– Pessoas que vão para a cama juntas se encaixam em categorias específicas – começou Avery, enumerando nos dedos. – Uma transa de uma noite, o que não é o seu caso. Amizade colorida, o que também não é o seu caso porque vocês não eram lá muito amigos antes de tudo isso começar. Sexo por dinheiro também não é. Ou então duas pessoas que se gostam, que se importam uma com a outra e que fazem sexo. Esse é o seu caso. E isso é namoro. Trate de lidar com essa informação.

– *Estou tentando*. Mas preciso entender e não sei se estou conseguindo. Não quero criar expectativas. Já fiz isso antes.

– Não devia compará-lo a Jonathan – alertou Clare.

– Não estou comparando. Não mesmo. A questão é comigo. Tenho que assumir parte da responsabilidade pelo que aconteceu com Jonathan. Criei expectativas e...

– Pode parar! – interrompeu Avery erguendo a mão espalmada. – Jonathan disse que a amava?

– Disse.

– Falou com você sobre um possível futuro a dois?

– Falou.

– Ele é um babaca sacana e mentiroso. Ryder não. Se ele algum dia disser que a ama, pode registrar isso em cartório. Já lhe disse que conheci as mulheres com quem ele saiu. Ryder é um sujeito que leva as coisas de um jeito descontraído, que não assume, ou não assumia compromissos, mas não mente, não trai e não some. Quer a minha opinião? Ryder gosta de você. Tem sido decente e, é claro, fofo. Ele é assim. Também é mal-humorado e ríspido. Ryder tem várias facetas. Se está querendo entender, comece a descobri-las.

– Assino embaixo – observou Clare. – E acrescento que, se ele comprou um brinquedo bobo, é porque estava pensando em você. Se a chamou para sair é porque quer passar um tempo com você e lhe dar um tempo fora do seu local de trabalho. Se não pensa nele e não quer passar um tempo com ele, deixe isso bem claro.

– Sem dúvida. Nunca vou fazer com alguém o que Jonathan fez comigo. Mas eu penso nele. Só não sei ainda ao certo o que isso significa. Talvez esteja preocupada com o que possa significar. Não sei. Achei que tudo seria mais simples.

– Essas coisas nunca são simples.

Avery passou o braço pela cintura da amiga.

– Não devem ser. Porque estar com alguém deve ser algo importante o bastante para ser pelo menos um pouquinho complicado. Vocês vão ao cinema?

– Na verdade, propus que a gente jantasse e visse um filme na casa dele. Talvez não devesse ter feito isso.

– Pare de ficar esmiuçando o que estaria por trás do que você faz ou do que ele faz.

Clare se levantou.

– Que tal só curtir? Deixe as coisas acontecerem.

– Não sou muito boa nisso.

– Tente. Talvez você seja melhor do que imagina.

– Se eu não conseguir, vou dizer que a culpa é sua. Tenho que voltar. Avery, adorei o restaurante.

– Eu também. Vamos, Clare. Acompanho você até o carro e então lhe digo o que acho.

Tomaram direções diferentes. Clare segurou a mão de Avery para atravessarem a avenida principal.

– Hope está apaixonada por ele.

– Está mesmo. Nós duas sabemos muito bem que não dá para resistir a um Montgomery por muito tempo.

– Ryder comprou uma varinha de condão, Avery. Eu diria que o sentimento é recíproco.

– Isso vai ser algo bem divertido de assistir.

capítulo treze

APÓS UM LONGO DIA de calor escaldante, depois de Ryder ter tido vontade de estrangular um inspetor, um operário importante ter sido transportado às pressas para o pronto-socorro e levado doze pontos e, para finalizar, ter havido uma confusão na entrega de material, Ryder se perguntou por que não encerrava o expediente tomando uma cerveja e comendo uma Pizza do Guerreiro em casa, de cueca.

Mas trato é trato, por isso, tomou uma chuveirada e fez a barba.

Lembrou-se de arrumar a cama, tarefa com a qual quase nunca se preocupava. Depois, revirando os olhos, resmungou tantos palavrões que Diaraque foi se deitar na própria almofada, e Ryder começou a tirar os lençóis.

O mínimo que um homem podia fazer se estava planejando trazer uma mulher para a cama era providenciar lençóis limpos.

Ryder conhecia as regras, que incluíam lençóis limpos, toalhas novas no banheiro e pia bem esfregada. As mulheres são muito exigentes, e uma mulher como Hope era mais ainda, fato que ele confirmara por ter passado bastante tempo no apartamento dela.

Nada mais justo.

Quando achou que o estado do quarto era satisfatório, Ryder desceu e foi pegando algumas coisas pelo caminho. Não era bagunceiro, disse consigo mesmo. E tinha uma faxineira, Betts, que vinha a cada quinze dias. Mas, entre o tempo passado no trabalho e o tempo com Hope, as coisas ficaram um pouco desorganizadas.

Circulou pela cozinha e jogou tudo o que recolhera no quartinho de serviço, para cuidar daquilo mais tarde. Não havia problemas com a cozinha, murmurou. Mantinha aquela parte da casa arrumada porque, se a mãe passasse por lá, coisa que geralmente acontecia, ela não poderia reclamar de nada. Não mesmo. Não teria por que lançar o típico *olhar* que acompanhava a visão de pilhas de pratos sujos ou lixo e material reciclável jogados de qualquer jeito.

Pegou a garrafa de Cabernet que tinha comprado e saiu à procura de uma taça de vinho. Depois, resmungando outra vez, apanhou outra. Não ligava para vinho, mas beber a mesma coisa que Hope era mais adequado.

Conhecia a porcaria das regras.

A casa estava limpa. Pelo menos o suficiente. Tinha vinho e taças decentes para tomá-lo. E também uns dois bifes. Não sabia cozinhar, só usar a grelha e o micro-ondas. Então ia grelhar a carne, assar as batatas e despejar numa tigela a salada que havia comprado.

Se Hope não gostasse, teria que ir jantar na casa de outro homem.

Por que agia como se estivesse nervoso? Não estava. Isso era ridículo. Já tinha trazido outras mulheres em casa antes. Em geral, depois de terem ido a um lugar qualquer, mas não era a primeira vez que grelhava e assava algo para uma mulher.

E elas tinham achado ótimo. Hope também acharia.

Despejou a salada na tigela e ficou satisfeito com o resultado. Descascou algumas batatas e abriu a garrafa de vinho. Quando se deu conta, estava enrolando: ligou o som, deixou o cachorro sair e botou-o para dentro outra vez.

Sentiu uma onda de alívio ao ouvir as batidas na porta da frente. Ryder era melhor fazendo coisas do que pensando em como fazê-las.

Hope estava muito linda. Sempre que a via sentia aquele frio na barriga.

– Você cortou o cabelo!

– É. – Hope passou a mão pelo cabelo curtinho com uma franja longa e repicada. – Tive um tempo livre. Ele estava me deixando maluca. O que você achou?

– Fica muito bem em você.

Tudo ficava. O corte acentuava os olhos intensos que combinavam com a voz rouca. Usava um vestido, daqueles que o faziam desejar que o verão nunca acabasse. Tinha os ombros de fora e deixava as pernas compridas bem à mostra. E, quando Hope entrou, Ryder percebeu que o vestido também exibia boa parte das costas dela.

– São para você.

Ryder nem havia reparado nas flores que Hope trazia nas mãos, então ficou olhando para elas com a testa franzida.

– Ninguém nunca lhe trouxe flores antes?

– Na verdade, não.

– Então, sou a primeira. E comprei isso lá na confeitaria. Já experimentou os *brookies* que eles fazem?

– Não. São bons?

– São um verdadeiro deleite.

– Achei que a gente fosse cuidar disso por conta própria.

– Por que parar por aí? Você vai achar uma delícia, confie em mim. Vou pôr as flores na água. Tem algum vaso?

– Ah... acho que não.

– Vou encontrar alguma coisa. E não me esqueci de você – acrescentou, dirigindo-se a Diaraque, que tinha vindo se esfregar nas pernas de Hope.

Ela abriu a bolsa e tirou um osso de couro bem grande.

– O que é isso? Matou um mastodonte?

Rindo, Hope ficou exibindo o osso até o cão se sentar ao seu lado, sempre abanando o rabo.

– Foi uma luta ferrenha, mas eu ganhei.

Diaraque abocanhou o presente, correu para a sala, deitou-se no chão e começou a roê-lo.

– E então? – perguntou Hope, sorrindo para Ryder.

– Tem vinho na cozinha.

– É tudo de que preciso depois de derrotar um mastodonte.

Discretamente, olhou ao redor quando voltou para a cozinha com Ryder. Já tinha vindo à casa dele uma vez, mas não vira muita coisa além do quarto.

Gostava daquele lugar, da escolha das cores, do conforto e dos detalhes de madeira. Sabia que Ryder e os irmãos tinham construído aquela casa, assim como a de Owen e a de Beckett.

Se algum dia resolvesse comprar uma casa, ia fazer questão de que o imóvel fosse projetado pela empreiteira da família Montgomery.

Adorava a praticidade da cozinha, as linhas simples: madeira escura, prateleiras abertas, armários com portas de vidro.

– Posso procurar alguma coisa para botar as flores?

– Claro. Devo ter uma jarra ou coisa parecida.

Hope saiu em busca de um recipiente enquanto Ryder servia o vinho.

– Ouvi dizer que teve um probleminha com o inspetor lá no MacT's...

– É bobeira. Vamos dar um jeito nisso.

– Fui ver a obra outro dia. Nossa! Vai ficar fantástico.

Hope encontrou uma jarra de vidro e a encheu com água.

– A primeira rodada vai ser por conta da ruivinha.

– Pode contar com isso – disse Hope arrumando as flores. – Adoro essa casa. É a sua cara. E também a cara dos seus irmãos, e aposto que a sua mãe não ficou de fora, com o jardim. Dá para ver a mão dos Montgomerys.

– Nada é feito sem a mão de todos.

– Acho perfeito. Na minha família, não somos muito jeitosos. Com as coisas práticas, quero dizer. Minha mãe é criativa e tem uma veia artística, meu pai pode conversar sobre qualquer livro ou filme que você imaginar. Mas nenhum dos dois é capaz de usar algo mais complexo do que uma chave de fenda.

– É por causa de gente assim que não nos falta trabalho.

– Quem conserta as coisas para eles tem sempre o que fazer. Pessoalmente, gosto de fazer pequenos consertos eu mesma.

Percebeu o sorriso de Ryder e estreitou os olhos.

– Sei fazer essas coisas, e faço. Acha que chamo você ou seus irmãos sempre que preciso usar um martelo ou uma chave de fenda? Tenho as minhas próprias ferramentas.

– São aquelas bonitinhas com decoração de flores?

Ao ouvir isso, Hope o afastou pondo a mão com força na barriga de Ryder.

– Não são, não.

Pegou a taça de vinho e ficou tocada ao ver que era a sua marca preferida.

– O que posso fazer?

– Como assim?

– Para o jantar. Como posso ajudar?

– Não tem muita coisa para fazer. Podemos ir lá para fora e eu vou acender a churrasqueira.

Ryder foi na frente, atravessando a sala de jantar que hoje usava como escritório. Naquele cômodo, o espírito de organização inato de Hope estremeceu. Havia papéis espalhados, material de escritório entulhado, uma escrivaninha que mal podia se aguentar de pé sob o peso de trabalhos por fazer.

– Não comece – falou Ryder ao perceber o olhar de Hope.

– Alguns de nós usam ferramentas, outros arrumam escritórios. Posso afirmar, com orgulho, que sou relativamente boa com ferramentas e um gênio com organizações de escritórios. Posso ajudá-lo aqui.

– Eu...

– Sei onde tudo está – completou Hope. – É o que todos dizem.

Ela saiu para o quintal e respirou fundo. Não tinha a menor dúvida de que Justine era a responsável por aquele jardim encantador, pelos canteiros repletos de cores. E tudo parecia fluir de forma natural na direção da folhagem verde do bosque e da encosta da colina.

– Que lindo! Adoraria tomar o meu café da manhã aqui todos os dias.

– Nunca sobra muito tempo para isso pela manhã. – Ryder abriu uma imensa churrasqueira de um cromado reluzente que Hope achou intimidadora. – Nunca pensei que uma casa no bosque fizesse o seu tipo.

– Não sei... Talvez nunca tenha tido a oportunidade de descobrir. Dos subúrbios para a cidade grande; da cidade grande para o vilarejo. Gostei de todas essas experiências. Acho que gostaria também de uma casa no bosque. Para que lado fica a casa de Clare? E a de Avery?

Após acender a churrasqueira, Ryder se aproximou e parou atrás de Hope. Erguendo o braço dela junto ao seu, apontou numa direção.

– Avery – falou e virou então o braço para outro lado. – Clare. E – girando-a e apontando outra vez – minha mãe.

– É bom morar perto assim. Mas não tão perto.

– Quando as folhas caem, dá para ver as luzes da casa deles. É bem perto.

Hope virou a cabeça para fitá-lo e se viu de frente para Ryder, o corpo colado ao dele. Quente e ávida, a boca de Ryder procurou a dela. O que foi uma surpresa, já que ele parecia tão descontraído. Uma bela surpresa, pensou, pois o desejo de Ryder despertava o seu.

Ele pegou a taça de Hope e a pôs de lado.

– A gente come depois.

Então, pegando-a pela mão, levou-a de volta para dentro. Hope teve até dificuldades para acompanhá-lo.

– Tudo bem – disse ela.

Estavam se dirigindo à escada quando Ryder a encostou na parede, torturando-se com os lábios de Hope, o corpo dela.

– Só deixe eu...

Encontrou o zíper que começava no meio das costas dela e o baixou. Hope mal teve tempo de respirar e já estava nua, usando apenas os sapatos de salto e os brincos de argola.

– Nossa! Que se dane!

Ryder havia jurado não encostar nela até que tivessem terminado de jantar. Até o final do filme ou, pelo menos, durante. Mas a aparência de Hope, o cheiro, o jeito de falar... Eram demais.

Segurou os seios dela com as mãos e a beijou, sôfrego.

E Hope retribuiu, ávida e ansiosa pelas carícias dele. Levantou a blusa de Ryder, tirou-a, jogou-a longe e passou as unhas por suas costas, deixando-o enlouquecido.

Quando Ryder a ergueu do chão, o corpo dela se fundiu ao dele.

Hope se sentiu leve como uma pluma. Ele a levou no colo lá para cima com a maior facilidade. Nunca fora carregada assim, muito menos com o vestido embolado às costas.

Maravilhoso!

Beijou o pescoço de Ryder, o rosto e a boca à medida que atravessavam o quarto.

– Não consigo tirar as mãos de você.

– Não faça isso.

Hope se encolheu no momento em que os dois caíram na cama.

– Não tire as mãos de mim.

Ryder desejava aquela carne quente e macia, as linhas alongadas, esguias, e as curvas. E o gosto de Hope em sua boca enquanto percorria o corpo dela. Hope se arqueou com um grito.

Ryder percebeu que estava sendo quase rude e tentou ser mais delicado, mesmo que não muito. Tentou pensar na suavidade dela e na dureza das próprias mãos. Voltou a beijá-la. Foi um beijo mais terno, profundo, longo. As engrenagens do corpo de Hope começaram a ronronar.

Algo se revirou dentro dela. Era um giro lento, líquido e, depois, outro e mais outro, deixando-a tonta, enfraquecida.

Num sussurro, disse o nome de Ryder enquanto os lábios dele deslizavam pelo seu corpo, agora suaves. Uma droga que se infiltrava em seu sangue.

Hope voltou a estender os braços na direção de Ryder e começou a passar as mãos de leve pelo corpo dele, de um jeito sonhador, experimentando as sensações que recaíam sobre o próprio corpo.

Agora era hora de saborear, não de devorar; de seduzir, não de se apoderar. Os dois se moviam juntos sob a luz fraca.

No instante em que segurou o rosto de Ryder com as mãos, no minuto em que seus olhares se encontraram, Hope sentiu um misto de prazer e desejo.

Ryder viu os lábios dela se curvarem antes de baixar o rosto para tocá-los com os próprios lábios. Sentiu os dedos de Hope deslizarem pelo seu cabelo. E, dessa vez, quando Hope arqueou o corpo para estar colada a ele, no momento em que se abriu, convidativa, Ryder a penetrou, mergulhando no veludo quente.

Hope prendeu a respiração, soltou-a e voltou a prendê-la. Os olhos se mantiveram fixos nos dele enquanto ambos ondulavam juntos os corpos. Os olhos profundos, enevoados, que escureceram e se tornaram baços quando Ryder a ergueu repetidas vezes.

Hope manteve o corpo ereto e rígido, mas estremecia, até relaxar com o gozo.

Ryder enfiou o rosto na curva do pescoço dela e também gozou.

Ainda em um estado de devaneio, Hope virou a cabeça, roçou os lábios nos cabelos dele e passou a mão pelas costas de Ryder, enquanto os dois permaneciam deitados, imóveis. Quando ele se virou, Hope se enroscou ao seu lado. O braço de Ryder a envolveu. Distraído, ele não havia percebido o afeto que veio se misturar ao desejo, tanto para um quanto para o outro.

– Acho que eu devia colocar os bifes na churrasqueira.

– Eu até comeria, mas vou precisar do meu vestido.

– Está ótima assim, mas o vestido é bonito. Vou lá buscar.

– E a minha bolsa?

– Para quê?

– Preciso fazer uns retoques.

– Para quê? – repetiu Ryder, franzindo a testa. – Está ótima assim.

– Vou levar só uns cinco minutinhos para ficar melhor ainda.

Daquele jeito, Hope já podia parar o coração de qualquer homem, mas Ryder deu de ombros e desceu. O vestido tinha o cheiro dela, pensou, cheirando-o enquanto ia até a cozinha pegar a bolsa.

Diaraque, com os dentes ainda cravados no osso já gasto, lançou-lhe um olhar que dizia: sei muito bem o que você andou fazendo.

– Você só está com ciúme.

Então subiu levando o vestido e a bolsa e deparou com Hope sentada na cama com as pernas encolhidas. Quando ela sorriu, Ryder sentiu vontade de transar outra vez.

– Obrigada. Já desço para ajudar.

– Tudo bem, mas não tem muita coisa para fazer.

Ryder foi embora antes que não aguentasse mais e se jogasse em cima dela de novo.

Cumprindo o prometido, Hope voltou em cinco minutos.

– Não vejo nenhuma diferença, a não ser pelo vestido.

– Ótimo. Não é para notar mesmo.

– Como prefere a carne?

– Malpassada.

– Então fica mais fácil ainda.

Enfiou umas batatas enormes no micro-ondas, apertou alguns botões e tirou a salada da geladeira.

– Quer que eu prepare o molho?

– Tenho um frasco de molho italiano e um de *blue cheese*.

Refletindo, Hope espiou dentro da geladeira para ver o que tinha ali.

– Posso fazer algo melhor se tiver azeite.

– Tenho, sim. Ali em cima – respondeu, apontando para um armário.

Ela abriu a porta, encontrou algumas outras coisas que lhe pareceram ótimas e pegou tudo.

– Tem uma tigela pequena e um batedor?

– Tigela eu tenho.

– Então me arranje a tigela e um garfo.

Começou a preparar a mistura com suavidade e rapidez, e não se parecia em nada com a mulher que o deixara atordoado poucos minutos antes. Ryder se afastou para botar os bifes na grelha. Quando voltou, ela estava misturando o molho à salada.

– Não encontrei talheres de salada.

– Não tenho. Uso garfos mesmo.

– Tudo bem então – falou e enfiou os garfos que já usara na tigela.

– Achei que podíamos comer lá na varanda.

– Perfeito.

Hope saiu levando a salada e voltou para apanhar pratos e talheres. Quando Ryder tirou os bifes da churrasqueira, ela já tinha posto a mesa, com as flores, e aberto o vinho. Também havia conseguido encontrar manteiga, *sour cream*, sal e pimenta. E posto as batatas numa travessa.

Ryder precisava admitir que a mesa estava um pouco mais elegante do que se ele mesmo tivesse arrumado.

– Qual foi o talento que você exibiu naquele concurso de beleza? Truques de mágica?

Hope se limitou a sorrir pegando o prato com o bife que ele lhe estendeu.

– Está com uma cara ótima.

Ela serviu a salada aos dois e, depois, ergueu a taça para um brinde:

– Às longas noites de verão. Minhas favoritas.

– Também adoro. Qual foi o talento? – insistiu Ryder. – Faz parte do acordo, certo? Aposto que você fazia malabarismos com tochas.

– Errou.

Hope tomou um gole do vinho e pegou o garfo.

– Desista, princesa. Só preciso pedir a Owen que descubra para mim. Ele é muito melhor do que eu com essas coisas de pesquisar na internet.

– Eu cantei.

– Você sabe cantar?

Hope deu de ombros, sem parar de comer.

– Não foi esse aspecto que me fez ganhar.

– Então não sabe cantar.

– Sei, sim – retrucou Hope com certa ênfase. – Também sei tocar piano e sapatear. Mas queria me concentrar num único elemento – explicou, abrindo um sorriso, e continuou comendo a salada. – E a garota que sapateou fazendo malabarismo com tochas ganhou no quesito talento.

– Você está inventando essa história.

– É só procurar na internet.

– Mas como você ganhou se perdeu no quesito talento?

– Ganhando todo o resto. *Arrasei* na entrevista.

– Aposto que arrasou no desfile de maiô.

Hope sorriu outra vez, daquele jeito lento, sexy.

– É... acho que sim. Mas, de qualquer forma, isso foi há muito tempo.

– Aposto que você ainda tem a coroa.

– Minha mãe ficou com ela. O mais importante é que ganhei a bolsa de estudos. Era o que eu queria. Não gostava da ideia de que eu ou os meus pais ficássemos com dívidas. Eles já tinham dois filhos indo para a faculdade. Vencer o concurso faria uma grande diferença, e eu ganhei. Essas competições são brutais, mas, no fim das contas, eu ganhei e pude estudar.

– Cante alguma coisa.

– Não. – Hope fez que não com a cabeça, alarmada, mas achando graça. – Estou comendo. Aliás, o bife está perfeito. Ei!

Hope tentou impedir, mas Ryder foi mais rápido e tirou o prato da frente dela.

– Ou canta ou não come.

– Isso é ridículo!

– Quero ouvir você cantando para dar minha opinião.

– Ah, tudo bem!

Hope pensou por um instante e, depois, entoou alguns versos da música "Rolling in the Deep", de Adele, que tinha ouvido no carro quando estava a caminho da casa de Ryder.

Uma voz rouca, sexy, profunda. Ele se perguntou por que isso o surpreendia.

– Você sabe mesmo cantar. Continue.

– Estou com fome.

– Não tem piano aqui – Ryder lhe devolveu o prato –, mas pode ter certeza de que, depois do jantar, vai fazer um número de sapateado.

Hope estreitou os olhos quando o viu atirar um pedaço do bife para o cachorro.

– Sua mãe lhe deu uma educação melhor do que essa.

– Ela não está aqui. O que mais sabe fazer?

– Não. Agora é a sua vez. O que sabe fazer além do que já sei?

– Chutar.

– Vi você chutar a bola para o cachorro da sua mãe.

– Aquilo não foi nada. Fui eu que marquei o gol no meu último ano no colégio. Ganhamos o campeonato.

Isso também foi há muito tempo, pensou Ryder, mas, mesmo assim.

– Um chute de 63 jardas.

– Suponho que isso seja impressionante. O número de jardas, digo.

– Querida, pelo que sei, a maior distância de um chute em toda a história do futebol nas escolas foi de 70 jardas.

– Então estou mesmo impressionada. Continuou jogando na faculdade?

– A bolsa ajudou. E nós também éramos três. A faculdade não era para mim, mas acabei tendo uma chance.

– Chegou a pensar em se tornar atleta profissional?

– Não.

Agora percebia que aquilo nunca fora uma paixão.

– Era um jogo. Eu gostava. Mas o que queria mesmo era o que acabei fazendo.

– É legal quando as coisas dão certo. Quando a gente consegue o que quer. Nesse ponto, nós dois tivemos sorte.

– Até agora.

No momento em que acabaram de jantar já estava bem escuro, e os dois ainda ficaram um tempo tomando vinho. Hope se levantou no momento em que os primeiros vagalumes despontaram nas sombras do bosque.

– Cuido disso amanhã de manhã – disse Ryder.

– Eu cuido disso agora. Não consigo relaxar sabendo que tem louça para lavar.

– Talvez você precise de terapia.

– Quando tudo está no devido lugar, o mundo fica equilibrado. Depois que eu terminar, podemos ver o filme. O que vamos assistir?

– Vamos encontrar alguma coisa.

Por enquanto Ryder estava gostando de olhar para ela.

– Quer pipoca?

– Mais um exemplo de equilíbrio – comentou Hope enchendo a lava-louça. – Filme com pipoca. Um sem o outro não dá certo.

– Manteiga e sal?

Ela ia recusar, mas voltou atrás.

– Que se dane! É a minha noite de folga. E em pouco tempo vou ter uma academia no quintal dos fundos.

– Você tem aquelas roupas de ginástica bem curtinhas?

Hope o fitou de esguelha por baixo da franja repicada.

– Sim. Mas a inauguração vai ser um bom pretexto para comprar roupas de malhar novas. Hoje em dia só eu me vejo vestida desse jeito quando arranjo tempo para assistir ao DVD de ginástica.

Ryder pôs um saco de pipocas no micro-ondas e olhou para Hope.

– Vai querer botar a pipoca numa tigela, não vai?

– Claro. E também vou querer uma bandeja para os *brookies*.

– Ou seja, mais pratos para lavar.

– É todo um processo, Ryder. Talvez eu deva ligar para Carolee antes de começarmos a ver o filme e comer pipoca.

– Ela sabe onde você está?

– Claro.

– Então, pode deixar. Se precisar de alguma coisa, ela tem o meu telefone.

– Eu estava me comportando muito bem. Foi só uma leve recaída.

– Você é ótima para a pousada. – Ryder sorriu.

– Obrigada. Você achava que eu não seria.

– Eu não a conhecia.

Hope ergueu as sobrancelhas por baixo da longa franja.

– Deve ter pensado que eu era uma garota da cidade com um terninho todo chique e ideias sofisticadas.

Ryder abriu a boca, mas voltou a fechá-la.

– Você pensou mesmo nisso! – exclamou Hope, cutucando-o. – Seu esnobe!

– Achei que você é que era esnobe.

– Achou errado.

– Acontece.

Ryder passou a mão pelo cabelo de Hope, num gesto que surpreendeu os dois.

– Gostei do seu cabelo – disse e mal pôde conter o impulso de enfiar a mão no bolso – Está mais curto que o meu.

– Você precisa cortar o cabelo.

– Não tenho tido tempo.

– Eu poderia cortar.

Ryder riu.

– Porcaria nenhuma!

– Sou boa nisso.

Ryder tirou a pipoca do forno e despejou tudo numa tigela.

– Vamos ver um filme.

– Tenho até os instrumentos necessários.

– Não. Quer mais vinho? Tenho outra garrafa.

– É melhor não, vou voltar dirigindo. Vou passar para a água.

– Pegue aqueles negócios de chocolate. A TV maior é a do andar de baixo.

Hope o seguiu. Ficou de queixo caído e sorriu.

– Isso aqui é incrível!

– Eu gosto.

Achou que Ryder considerava aquele o seu espaço masculino, mas o lugar estava longe de ser isso. As portas de vidro se abriam para o jardim dando a sensação de mais espaço. Ali também as cores eram importantes: nada de tons pálidos, suaves, mas cores vivas combinadas com o brilho da madeira escura e muito couro.

Encantada, Hope circulou pelo aposento onde havia uns pesos, um bebedouro antigo, um saco de pancadas usado... para que mesmo? Claro, para treinar velocidade.

Espiou tudo, inclusive o pequeno banheiro preto e branco em estilo art déco.

Havia jogos ali dentro. Pelo visto, era algo que os irmãos Montgomerys adoravam. Uma máquina de pinball, um video game e até mesmo uma daquelas máquinas com tela sensível ao toque que Avery tinha na Vesta.

O melhor, porém, era o bar, esculpido e compacto, com a geladeira retrô e as prateleiras de vidro com garrafas antigas.

– Isso é uma reprodução ou é antigo mesmo? – perguntou.

– É antigo mesmo. Adoro antiguidades.

Ryder abriu a velha geladeira e pegou uma garrafa de água para Hope.

– É como se os anos 1950 encontrassem o presente. Fantástico!

Admirou a velha mesa de pôquer e a máquina de pinball em estilo antigo.

– Você deve fazer umas festas incríveis aqui.

– Isso tem mais a ver com Owen do que comigo.

– Então, corrijo a minha frase: você *poderia* fazer umas festas incríveis aqui.

O setor "planejamento de festas" do cérebro de Hope já estava até pensando em temas, cardápios e decorações.

– E, sem sombra de dúvida, esta é a maior TV que já vi na vida.

– Tem mais é que ser grande mesmo. Aquele armário ali é para os DVDs. Pode escolher o que quiser.

– Posso escolher? Quanta consideração.

– Não há nada aí que eu não gostaria de ver, portanto, pode escolher.

Hope riu e, antes de abrir o armário, se aproximou de Ryder e o abraçou pela cintura.

– Viu? Não precisava ter dito isso. Eu ia achar que era delicadeza sua.

– As coisas são como são.

– Eu gosto de como as coisas são.

– Eu também. Ah, como é mesmo o nome daquilo que vem antes do filme?

– Trailer?

– Não. Aquela coisa de antigamente. Antes de começarem a projeção.

– A abertura?

– Isso mesmo – garantiu Ryder, erguendo-a do chão. – Está na hora da abertura.

E Hope riu no momento em que ambos rolaram no sofá de couro preto.

capítulo quatorze

Quando se está envolvido com uma mulher que trabalha muito, e em horários bastante incomuns, você começa a entrar no mesmo ritmo. Ryder não ligava para isso. Podia preencher seu tempo livre, fazer escolhas. Trabalhar, ver esportes na TV, ter longas conversas regadas a cerveja. Podia filar o jantar na casa da mãe ou de um dos irmãos.

Ou, como hoje, podia curtir uma noite no estádio com os irmãos e os sobrinhos.

Em sua opinião, não havia nada mais legal do que as partidas da Liga Juvenil de beisebol. Claro que uma viagem até o Candem Yards, em Baltimore, para ver os Orioles jogarem na catedral colorida também era uma grande experiência.

Mas a Liga Juvenil propiciava a intimidade, o drama e a simplicidade tão característicos da temporada de verão. E, quando se acrescentava a isso a presença de três meninos pequenos, tudo ficava ainda melhor.

Sentou-se comendo um cachorro-quente caprichado e tomando uma cerveja gelada, já que ele e Owen haviam decidido que Beckett era o motorista da vez. Ryder estava se divertindo muito.

A multidão gritava, cantava e provocava os arremessadores, inclusive os do próprio time. Os Suns, de Hagerstown, marcaram dois pontos no quinto turno e dominavam o jogo. Ao pôr do sol, o calor de meados de julho que durara o dia inteiro começou a diminuir com a chegada do vento.

Ryder viu o arremessador eliminar o primeiro rebatedor e, no instante em que olhou para Harry, o menino devorava as manobras do jogo com os olhos; os cotovelos apoiados nos joelhos, o corpo inclinado para a frente, o rosto concentrado de um jeito que só um verdadeiro fã do beisebol podia entender.

– Aprendendo uns lances, Houdini?

Harry sorriu no momento em que o próximo rebatedor se posicionou para receber o arremesso.

– Vou arremessar no sábado. O treinador me disse.

– Fiquei sabendo.

Ia arranjar um tempinho para estar lá, vendo o garoto jogar.

– Estou treinando o arremesso em curva. Foi Beckett que me ensinou.

– Ele é bom nisso.

Ryder se preparou para ver o arremesso seguinte. Ao ouvir o ruído do bastão, pulou instintivamente, levantando Liam e erguendo a mão enluvada do menino. Virou-se um pouco e sentiu, assim como Liam, a bola atingir o couro macio da luva.

– Peguei!

Atordoado e empolgado até não poder mais, Liam baixou os olhos para a bola em sua luva.

– Peguei!

– Legal!

Beckett abriu um sorriso de orelha a orelha para Liam e para o irmão.

– Incrível! Muito legal mesmo!

– Os rebatedores que se cuidem! Vamos ver – exclamou Owen, e os seis ficaram examinando a bola como mineradores diante de um filão de ouro.

– Também quero pegar uma – falou Murphy, erguendo a própria luva. – Me ajuda?

– Eles têm que bater para esse lado. Dessa vez, foi uma bola fora bem alta.

Ryder nem pensou em dizer que também fora muita sorte.

– Fique de olhos bem abertos e com a luva preparada.

– Ry! Bem que achei que era você.

A moça bonita tinha uma cabeleira loura e curvas generosas espremidas num short curtinho e numa camiseta justa. Apertou-se para se sentar ao lado dele.

Passando os braços pelo pescoço de Ryder, deu-lhe um beijo estalado.

– Jen! Como vão as coisas?

– Tudo ótimo. Ouvi falar do que vocês andam fazendo em Boonsboro. Estou querendo ir até lá ver com meus próprios olhos. Oi, Owen, Beck. Quem são esses meninos? – perguntou sorrindo.

– São filhos de Beck e de Clare – respondeu Ryder. – Harry, Liam e Murphy.

– Oi! Fiquei sabendo que você e Clare tinham se casado. Como vai ela?

– Está bem. É bom ver você, Jen – disse Beckett.

– Tenho mais dois irmãos na barriga da minha mãe – anunciou Murphy.

– Dois? Sério? Uau! Parabéns. É verdade que você e Avery ficaram noivos, Owen?

– Sim.

– Preciso ir vê-la, conhecer a Vesta, comer uma pizza. E, assim que o novo restaurante for inaugurado, vou passar para conhecer. Está acontecendo muita coisa por lá. Dois dos três rapazes Montgomerys estão fora do mercado – prosseguiu, e Harry se ajeitou para vê-la. – Você é a única mercadoria disponível agora, Ry.

E soltou um risinho que subia e descia na mesma tonalidade.

– Ei, estou aqui com umas amigas. Por que não me leva para casa depois do jogo? A gente pode botar o papo em dia.

– Bom, eu... – Ryder fez um gesto largo indicando todo o grupo.

– Ah, claro. Bom, me liga! Posso ir a Boonsboro para a gente comer uma pizza na Vesta. Diga a Avery que vou passar lá para vê-la, Owen.

– Digo, sim.

– Vou voltar para o meu lugar.

Deu mais um abraço em Ryder e sussurrou no ouvido dele:

– Me liga.

Assim que ela se afastou, os dois irmãos cravaram os olhos nele.

– Parem com isso – resmungou Ryder. E, após um debate interno bem desconfortável, levantou-se. – Já volto.

– Traga uma cerveja – gritou Owen.

– Posso comer *nachos*? – perguntou Murphy. – Posso?

Ryder se limitou a acenar e continuou andando. Alcançou Jen no momento em que o jogador da segunda base conseguiu rebater a bola e anotou uma corrida para o seu time.

– Tenho que fazer umas concessões – disse Ryder. – Vou lhe pagar uma cerveja.

– Ótimo. Você deve ter muita coisa para contar. Estou morrendo de vontade de conhecer a nova pousada. Vi uma matéria no jornal no inverno passado. Ela deve ser fantástica. E Beckett vai ter gêmeos. Owen vai se casar... e com Avery!

Jen falou sem parar. Ryder não se incomodou, porque ela estava tão satisfeita que nem esperava que ele lhe respondesse. Ou que estivesse prestando atenção.

Conheciam-se desde os tempos do colégio e namoraram algumas vezes, mas, a certa altura, ela se casou. E, depois, se divorciou. Os dois ficaram amigos, ou melhor, mantiveram uma amizade colorida: nada além de sexo uma vez ou outra, quando convinha a ambas as partes.

Estava mais do que óbvio que, naquele momento, isso convinha a ela.

Ryder comprou uma cerveja para Jen, outra para Owen e uma terceira para si. Comprou os *nachos* do caçula e pôs tudo numa das mesinhas altas enquanto tentava decidir como resolver a situação.

– Quase não vim hoje. Também tenho estado atolada de trabalho. Que bom que acabei deixando Cherie e Angie me arrastarem para cá. Você se lembra da Cherie?

– Acho que sim.

– Ela se divorciou um ano atrás. Foi difícil.

– Que pena.

– Agora está namorando um dos jogadores: o defensor externo central. Então, viemos lhe fazer companhia.

– Legal.

– O que pretende fazer no fim de semana? Eu podia ir a Boonsboro e você me mostraria a pousada.

Jen abriu um sorriso radiante.

– Talvez a gente possa reservar um quarto.

– Estou saindo com alguém.

Não sabia que palavras ia usar até ouvi-las saindo da própria boca.

– Bom... Isso não é novidade, você sempre está... Ah! – Os olhos brilhantes se arregalaram. – *Saindo* para valer? Uau! Você e seus irmãos andaram bebendo da mesma fonte?

– Não... Não estamos... Só estou saindo com alguém.

– Bom para você, e para ela. Então, quem ela é? Conte tudo. Eu a conheço?

– Acho que não. É a gerente da pousada.

– Verdade? Agora mesmo é que preciso ir conhecer esse lugar.

– Qual é, Jen?

– Qual é, Ry? – replicou ela. – Há quanto tempo nos conhecemos? Eu nunca aprontaria com você.

– É. – Ele soltou um suspiro. – Não mesmo.

– E estou feliz por você. Lamento um pouco por mim – admitiu –, mas estou feliz por você. Tenho tido um azar danado com os homens ultimamente...

– Então deve estar ficando com uns imbecis.

– Tem mesmo muita coisa acontecendo. Mas repito que vou até lá, pôr a conversa em dia com Avery e dar uma olhada no que vocês estão fazendo.

– Seria ótimo.

– É melhor eu voltar para junto das minhas amigas antes que elas mandem uma patrulha atrás de mim. Obrigada pela cerveja.

– Disponha.

– Como é o nome dela?

– Hope.

– Legal. Ela é bonita?

– A mulher mais linda que já vi.

Mais uma vez, as palavras que disse o surpreenderam.

– Ohn... – Jen se debruçou e lhe deu um beijo no rosto. – Boa sorte, querido.

– Obrigado. Para você também.

Isso tinha sido estranho, pensou Ryder juntando o que havia comprado. No caminho de volta, parou para ver o batedor dos Suns fazer uma belíssima jogada, marcando um ponto e botando companheiros de equipe na segunda e na terceira bases.

O sujeito era bom mesmo, pensou Ryder, e voltou para o lugar onde estava.

– Viu só aquilo? – perguntou Harry.

– Vi, sim. Que tacada, hein?

Ryder botou a bandeja com os *nachos* no colo de Murphy e entregou a cerveja a Owen.

– E então?

– Então o quê?

– O que disse a Jen?

– Que estava saindo com alguém. Meu Deus, Owen! Não apronto com as mulheres.

– Ele não apronta com as mulheres – repetiu Murphy seríssimo. – Meu Deus, Owen!

Ryder caiu na gargalhada e Beckett fez uma careta. E os Suns marcaram o ponto da vitória.

Ryder estava decidido a ir para casa e não sair mais. Malhar por uma hora, considerando-se os cachorros-quentes, os *nachos* e a cerveja ingeridos, talvez dar uma volta com Diaraque e ver outro jogo na TV.

Quinze minutos depois que Beckett o deixou em casa, Ryder voltou a sair com Diaraque. Aborrecido, entrou na caminhonete e dirigiu até Boonsboro.

Melhor discutir o assunto de uma vez, pensou. Botar as cartas na mesa. Não gostava nada de situações estranhas. Aliás, não gostava de situações. Portanto, os dois as enfrentariam e resolveriam tudo logo.

Percebeu que havia dois carros no estacionamento além do de Hope. Sabia que ela tinha hóspedes. Sem problemas, pensou. Ia subir, esperar por ela e, então, conversariam sobre o ocorrido.

O que ainda lhe daria tempo para pensar na melhor forma de fazer isso.

As luzes externas brilhavam no escuro, dando ao pátio uma aparência sonhadora e elegante, impregnado do perfume das rosas que floresciam em abundância acima do muro de pedras.

Foi Beckett que usou esse termo, lembrou-se. Aquele muro, as flores, o botão-vermelho que se derramava bem no meio do pátio faziam dali um local tão atraente que ele se perguntou por que os hóspedes não estavam ali aproveitando a noite.

Subiu ao terceiro andar pela escada externa e entrou. Pela calma que reinava na pousada, deduziu que os hóspedes deviam estar no salão vendo um filme ou jogando uma partida de palavras cruzadas.

Abriu a porta do apartamento de Hope e entrou com Diaraque. Sentindo-se em casa, pegou um refrigerante na geladeira e ficou pensando em como passar o tempo até ela subir.

Devia ter avisado que fora até ali, mas nem por um decreto ia descer até o térreo e subir de novo. Ia apenas lhe mandar uma mensagem depois que estivesse deitado na cama assistindo a um jogo qualquer.

Entrou no quarto e lá estava Hope, sentada na cama com as pernas cruzadas, de baby-doll, com os fones de ouvido conectados ao iPod e olhando para a tela do laptop.

O coração de Ryder quase parou. Era humilhante pensar em como Hope conseguia fazer isso mesmo sem querer. Mesmo sem saber.

Encantado, Diaraque correu e pôs as patas dianteiras na lateral da cama.

Ela gritou como se tivesse levado uma facada na barriga.

– Ei, ei...

Ryder se aproximou de uma Hope ajoelhada, com a mão no coração.

– Você me deu um susto *do cacete*!

Passando os dedos pelo cabelo, ela voltou a se sentar.

– Não achei que viesse hoje.

– É, bem... Pensei que você estivesse lá embaixo com os hóspedes. Se eu soubesse teria batido.

– Os dois grupos se recolheram bem cedo.

Hope levou a mão ao coração outra vez e riu.

– Meu Deus! Eu moro com um fantasma. Quem diria que ia me assustar assim tão fácil? Acabei assustando você, não foi? – acrescentou com brandura, dirigindo-se ao cachorro e lhe fazendo um carinho na cabeça. – Estava aproveitando esse tempo para examinar os documentos e as cartas para Lizzy.

– Descobriu alguma coisa?

– Não sei bem. Mas estou começando a conhecê-la melhor. Sei que o pai de Lizzy controlava tudo com mão de ferro e que a mãe muitas vezes ficava de cama com "aquela dor de cabeça", o que já estou interpretando mais como um jeito de evitar conflitos do que como enxaquecas de verdade. O pai era rico e tinha uma posição social considerável, com influência política e...

– Não estou dormindo com mais ninguém. Agora – acrescentou Ryder com certo atraso.

Ela o fitou por um instante.

– É... bom saber disso.

– Se estiver pensando em sair ou dormir com outra pessoa, queria que me contasse.

– É justo. Não estou, não. Agora.

– Tudo bem.

Ryder olhou ao redor, viu que Diaraque já tinha se instalado na caminha que Hope comprara para ele e, entre as patas, segurava o hambúrguer de borracha com apito que Hope lhe dera.

– Podemos ir embora se quiser continuar a pesquisa.

– Acho melhor você ficar e me dizer o porquê dessa conversa.

– Não tem nenhum porquê. Só estou tentando evitar essa... uma situação.

– Entendo.

O que havia com certas mulheres?, perguntou-se Ryder. Aquelas que, como a mãe, eram capazes de usar o silêncio de forma tão eficaz quanto um policial veterano interrogando um suspeito.

– É que encontrei uma velha amiga no jogo. Só isso.

– Ah! – Hope falou num tom casual, absolutamente agradável. – E como foi o jogo?

– Bom. Os Suns ganharam por quatro a três. Liam pegou uma bola arremessada para fora.

– Foi mesmo? – Hope sorriu e bateu palmas. – Ele deve estar empolgadíssimo.

– É, e ele guardou a bola.

– Que bom que os meninos passaram uma noite com vocês três.

Olhando para Ryder, mais uma vez Hope deixou o silêncio dominar.

– Eu a conheço desde o colégio.

Hope se limitou a inclinar um pouco a cabeça, sem dizer nada. Ryder prosseguiu:

– Olhe... Droga! Nós transamos algumas vezes. Nada sério. Nossa! Qual é o seu problema? – perguntou Ryder ao ver que Hope se mantinha em silêncio.

– Não tenho problema nenhum. Só estou esperando você terminar.

– Ótimo. Encontrei com ela e pronto. Ela propôs que a gente se encontrasse. Queria conhecer a pousada e, sabe, disse que talvez pudéssemos reservar um quarto.

– Ah! – fez Hope e cruzou as mãos. – Deve ter sido bem estranho já que, agora, você está dormindo com a gerente.

Ryder franziu a testa e seus olhos assumiram um tom de verde fulminante.

– *Estranho* é uma palavra idiota. Foi muito esquisito. Tive que lhe dizer que estava saindo com alguém porque não queria criar um clima esquisito.

– Ela ficou zangada?

– Não. Ela não é desse tipo. Somos amigos.

Compreensiva, Hope assentiu.

– É ótimo, é até mesmo recomendável você ficar amigo de alguém com quem já transou. Isso diz muito a seu respeito.

– Mas não é esse o caso.

Algo na calma de Hope, naquelas respostas *sensatas*, o deixava irritado.

– A questão é fazer tudo às claras. Não estou dormindo com mais ninguém e você também não está dormindo com mais ninguém. Isso está claro.

– Muitíssimo claro.

– Não sou como aquele babaca com quem você se envolveu antes.

– Nem um pouco – concordou ela. – E, o que para mim é igualmente importante, não sou mais a mesma pessoa que eu era quando me envolvi com aquele babaca. Não é legal a gente ser quem é, ou até mesmo se tornar uma pessoa melhor, e poder ser quem a gente é um com o outro?

– Acho que sim.

Ryder soltou o ar e também boa parte de sua frustração.

– Você me deixa confuso – admitiu.

– Por quê?

– Você não faz perguntas.

– Fiz várias. Senão, não ia saber que arranjou essa cicatriz na bunda levando um tombo do trenó quando tinha 8 anos. Ou que perdeu a virgindade na casa da árvore que o seu pai construiu para você. Graças a Deus, isso aconteceu alguns anos mais tarde. Ou então...

– Sobre nós dois – atalhou Ryder. – As mulheres sempre perguntam em que pé estamos.

– Estou curtindo o que está acontecendo entre nós, por isso não preciso saber que rumo as coisas vão tomar. Gosto de estar aqui. Estou feliz com você e isso me basta.

Aliviado, Ryder sentou na beirada da cama e se virou para fitá-la.

– Nunca conheci alguém como você. E não consigo entendê-la.

Hope levou a mão ao rosto dele.

– A recíproca é verdadeira. Adorei você ter vindo aqui esta noite para me contar tudo isso e saber que esse assunto o deixou tão chateado que você precisava me contar.

– Algumas mulheres não suportam a ideia de um cara ser amigo de outra mulher ou até mesmo de conversar com alguém com quem já transou.

– Não sou ciumenta. Talvez se eu fosse, tivesse sido menos confiante e não acabasse traída, mas o ciúme não faz parte da minha natureza. Se não posso confiar no homem com quem estou, não vou ficar com ele. Confiei em Jonathan e me enganei. Confio em você e sei que estou certa. Você não mente, o que conta muito para mim. Também não vou mentir para você e vai ficar tudo bem.

– Tenho outras amigas.

Rindo, Hope passou os braços pelo pescoço de Ryder.

– Não duvido.

E lhe deu um beijo, primeiro de leve, depois mais demorado.

– Vai ficar?

– Por que não?

– Ótimo. Deixe eu guardar isso aqui.

Ryder ficava trabalhando até mais tarde quase todos os dias, às vezes sozinho, às vezes com um dos irmãos ou com os dois. Se Hope não estivesse com hóspedes, os dois jantavam juntos ou iam a algum lugar e, em seguida, passavam a noite na casa dele.

Hope nunca deixou nada na casa dele, o que Ryder achava estranho. As mulheres vivem deixando pedaços de si mesmas para trás. Mas ela, não.

Então, pensou em comprar um frasco do gel de banho que Hope usava e deixar na casa dele. Ora, não adorava o cheiro dela? E também umas toalhas novas, já que as suas estavam meio surradas.

Não era como se fosse encher a casa de flores coloridas e velas perfumadas.

Hope tinha um estoque da cerveja de que Ryder gostava, ele teria um estoque do gel de banho dela e, é claro, do vinho preferido. Nada de mais. Ela não ia criar caso por causa disso.

Hope também não reclamava de Diaraque, e Ryder já estava até preparado para isso. Mas não. Ela comprou até uma cama e um brinquedo para o cão se sentir em casa quando ele e Ryder ficassem em seu apartamento.

Pensava muito nisso: no fato de Hope não fazer o que ele esperava que fizesse. Pensava nisso muito mais do que gostaria.

As constantes surpresas por parte de Hope o mantinham meio desequilibrado, algo de que começava a gostar.

E, é claro, adorava saber que ela não era o tipo de mulher que ficava reclamando quando Ryder estava atolado de trabalho, como agora.

Deu uma olhada no setor que seria o bar do MacT's, apreciando a distribuição geral do espaço, o brilho da madeira de lei e a simetria dos pontos de luz.

– Quando essa porcaria ficar pronta – disse enquanto trabalhava com os irmãos no acabamento do bar –, vou querer uma Pizza do Guerreiro. Desta vez, é Beckett quem paga.

– Não dá.

Beckett fez uma pausa e enxugou o suor do rosto.

– Tenho que ir para casa dar uma mãozinha a Clare. Ela fica exausta no fim do dia.

– De qualquer forma, é a vez de Ry – lembrou Owen. – Eu bem que comeria. Hoje é Avery que vai fechar a pizzaria, logo, não podia ser melhor.

– Como pode ser a minha vez?

– É assim que o rodízio funciona. Caramba! Essa porcaria é grande. E linda.

Após instalar a última parte, os três recuaram para admirar o brilho escuro e luxuoso do mogno, os detalhes dos painéis que eles haviam construído e instalado.

Ainda faltava o corrimão, o tampo e as torneiras, mas Ryder já o enxergava como um trabalho muitíssimo bem-feito.

Owen passou os dedos pelas laterais.

– Pelo andar da carruagem, esse lugar vai ficar pronto em uma semana, uma semana e meia no máximo. Valeu a pena Ryder se apaixonar pela gerente e ficar mais tempo por aqui.

– Está muito legal – concordou Beckett. – Só tem uma coisa que não me agrada nesse trabalho todo, e no fato de Ryder andar mantendo Hope tão ocupada: não conseguimos avançar tanto quanto pretendíamos na pesquisa para encontrar Billy.

– Mas tem muita coisa para examinar – observou Owen. – Estamos chegando lá. O pai de Lizzy conseguiu eliminar um monte de documentos dos registros oficiais. Há várias brechas. Meu Deus! Que tipo de pai tenta apagar qualquer vestígio da própria filha?

– O tipo do qual os filhos fogem – replicou Ryder. – Como Lizzy fez.

– Owen, você está aí? Eu vi as luzes quando...

Avery apareceu atravessando a passagem que ligava o bar ao restaurante, mas parou.

– Ah! Ah! O bar. Vocês terminaram o bar. Fizeram o meu bar! E nem me contaram.

– Se você não fosse tão bisbilhoteira ia ter uma surpresa amanhã. É quando vão chegar os tampos. Os caras da bancada vêm instalá-la de manhã.

– Está lindo. Simplesmente lindo!

Ela veio correndo e passou as mãos pela madeira.

– E a sensação também é incrível!

Então se virou, agarrou Owen e saiu dançando. Depois se virou para Beckett e para Ryder.

– Obrigada, obrigada! Tenho que ver a parte de trás.

Avery deu a volta e soltou uns gritinhos antes de voltar a dizer:

– Está tão bonito desse lado quanto do outro. Ah, adoraria que Clare e Hope vissem isso! Vou mandar uma mensagem para Hope pedindo que venha até aqui.

– Ela está com hóspedes.

– É só um minutinho. Preciso de um olhar feminino aqui. Não acredito que terminaram isso sem eu saber – prosseguiu Avery pegando o celular.

– Não foi nada fácil – admitiu Owen.

– Mas foi muito fofo. Ela respondeu que já está vindo. Isso está mesmo acontecendo. Tenho tanta coisa para fazer. Deixe eu tirar uma foto de vocês três na frente do bar.

– Eu tiro uma de você e Owen – disse Ryder.

– Primeiro os três. Foram vocês que construíram isso. Depois, Owen e eu.

Fizeram o que Avery pediu, e Owen se postou atrás do balcão como se fosse um barman.

– Mais uma – murmurou ela e tirou a foto.

– Agora você, ruivinha.

Ryder a pegou no colo e a pôs sentada em cima do bar.

– Não recoste, senão vai cair.

– Não vou, não.

Avery se inclinou para a frente, apoiando um dos cotovelos no ombro de Owen, que tinha vindo se postar ao seu lado.

– Vou postar essas fotos no Facebook agora mesmo. Quero que todo mundo veja... Owen.

Estendeu os braços e o abraçou enquanto ele a ajudava a descer.

– Meu Deus, se estiverem precisando de um quarto, tem alguns disponíveis do outro lado da rua.

Ryder se virou no exato momento em que Hope levantava a mão para bater.

– Estava mesmo vindo para cá quando Avery me mandou a mensagem – começou a falar depois que Ryder abriu a porta. – Tenho... Ah, vocês terminaram o bar!

– Não está lindo?

Avery fez um carinho na madeira como se fosse seu bichinho de estimação.

– Meu namorado e os irmãos dele fizeram isso para mim.

– É uma obra de arte. Sem dúvida. Está lindíssimo. Ficou lindo aqui. Adorei as cores, Avery, e a iluminação. O chão. Tudo. O restaurante vai ser um sucesso estrondoso.

Hope se adiantou e parou na passagem para observar a área do restaurante.

– E tem também o local da garçonete. Não tinha conseguido visualizar antes, mas...

– É verdade! Eu nem tinha reparado.

De um pulo, Avery correu até lá.

– Você fez a noite de Avery – comentou Hope, dirigindo-se a Ryder.

– Você está empolgada com outra coisa – observou ele.

– Dá para notar? Estou mesmo. Descobri algo numa carta de Catherine para uma prima. Uma carta longa, cheia de histórias de família, comentários sobre a guerra, um livro que ela tinha lido escondido do pai. E, no meio disso tudo, encontrei esse trechinho sobre Eliza.

– Alguma novidade? – perguntou Owen.

– Ela disse estar preocupada porque o pai planejava casar Eliza com o filho de um senador. E Eliza o estava confrontando. É óbvio que o pai não tolerava esse tipo de atitude. E diz também que Eliza tinha saído escondida à noite para encontrar um dos pedreiros contratados para construir uns muros na propriedade.

– Um pedreiro – disse Owen. – Alguém de outra condição social, certo? Papai não ia aprovar.

– Catherine estava com medo do que poderia acontecer caso Eliza fosse apanhada, mas a irmã não lhe dava ouvidos. Estava apaixonada, segundo disse.

– Há algum nome? Ela escreveu o nome dele? – indagou Beckett.

– Não. Pelo menos ainda não encontrei nada. Mas tem que ser Billy. Tem que ser. Ela estava apaixonada, arriscando-se a enfrentar a fúria do pai. Os dois estavam. A carta foi escrita em maio de 1862, poucos meses antes de Lizzy vir para cá. Meses antes da Batalha de Antietam. Se ao menos pudéssemos encontrar algum registro de quem trabalhou na propriedade ou descobrir os nomes dos pedreiros da região...

– Se Lizzy veio para cá é porque ele estava aqui – observou Avery. – Ou morava aqui ou se tornou soldado e foi mandado para cá. É uma boa pista, Hope.

– A melhor que encontramos em semanas. Na verdade, em meses. Agora dá para ver a história se formando. Ou, pelo menos, partes dela. O pai era rígido e cruel, e as mulheres, suas filhas, deviam fazer o que ele mandasse, casar com quem o pai escolhesse. Lizzy se apaixonou por alguém que ele nunca aprovaria. E fugiu. Fugiu para encontrá-lo. Veio até aqui para esperar por Billy. E morreu esperando.

– Era uma longa viagem de Nova York até Maryland – comentou Beckett. – Ainda mais em tempos de guerra. Ela se arriscou muito.

– Por amor – replicou Hope. – Isso bastou para ela abandonar a família, o estilo de vida que levava e pôr em risco a própria segurança. Lizzy tem andado tão quieta nos últimos tempos... Será que se eu lhe contar o que descobri ela vai poder, ou querer, nos dizer mais?

– Vale a pena tentar – disse Owen.

– Vamos até lá. Agora mesmo – insistiu Avery.

– Estou com hóspedes. E tem um casal na E&D. Não acho que seja uma hora propícia. Vou tentar amanhã, depois que eles forem embora.

– Passo lá então. Onze e meia?

– Tudo bem. Acho mesmo que avançamos um pouco. Estamos mais perto de encontrá-lo. Tenho que voltar.

– Vou com você até lá.

– Está bem.

– Fique aqui – ordenou Ryder dirigindo-se a Diaraque

– Você não falou muito – observou Hope quando saíram.

– Estava pensando. É, você deve ter razão, ele é o pedreiro com quem ela se envolveu. Mas, sem um nome, ainda continuamos no escuro.

– Vamos ter um nome.

Hope não ia desistir enquanto não conseguissem.

– Tenho mais cartas, mais documentos para analisar. E Owen também. Vamos descobrir.

Virou-se para ele diante da porta da recepção.

– Tente ser mais positivo.

– Não é muito do meu feitio.

– Sei bem disso.

– Já jantou?

– Ainda não. Tinha um tempinho livre e comecei a examinar as cartas.

– Posso trazer alguma coisa para você. Os hóspedes imaginam que você come, não?

– Certo, obrigada. Uma salada seria ótimo. A Palace.

– Só isso?

– Elas são enormes.

Hope lhe deu um breve beijo.

– Obrigada. E o bar ficou lindo mesmo.

– Vai ficar melhor depois que instalarem a torneira e me servirem uma cerveja. Trago a sua lamentável definição de jantar daqui a mais ou menos uma hora.

– Estarei aqui. Ah, caso lhe interesse, vou comprar uns pães doces cremosos da confeitaria para o café da manhã.

– Também estarei aqui.

capítulo quinze

HOPE SE DESPEDIU DO último hóspede. Na noite anterior, uma tempestade muito bem-vinda chegara a Boonsboro, deixando para trás uma massa de ar quente e umidade. Ela ficou parada ali por um minuto, olhando para o estacionamento cheio de picapes. Precisava arranjar uns vinte minutos para ir até lá fazer umas fotos dos progressos da obra da academia para pôr no site.

Mas tinha outras prioridades esta manhã.

Hope entrou e voltou para a cozinha, onde encontrou Carolee limpando o balcão de granito.

– Precisamos de mantimentos – avisou Carolee. – Sei que isso está na sua lista de pendências, mas pensei que eu podia fazer isso de uma vez. Talvez Lizzy se sinta mais confortável com menos gente por aqui.

– Não sei o que seria de mim sem você.

– Apenas tente descobrir o mistério. Vou pegar a lista e comprar os mantimentos. Justine virá aqui mais tarde, então, você pode atualizar nós duas juntas. Hope, o que acha que vai acontecer no momento em que achar o Billy?

– Não sei. Se ela... não voltar mais... bem, vou sentir saudade.

– Entendo. Eu gosto de poder falar e não ter a sensação de que estou falando sozinha. E de senti-la por perto. Sabe como é, não?

– Sei, sim.

– Não vou demorar.

Carolee pegou a bolsa e guardou a lista lá dentro.

– Ah, onde estou com a cabeça? Quando começou a me falar da carta mais cedo, esqueci de lhe contar as novidades. Justine já contratou um gerente e um subgerente para a academia.

– Ela encontrou alguém? Que boa notícia. Os dois são da cidade mesmo?

– São, sim. Têm muita experiência e, segundo Justine, têm energia de sobra.

– Exatamente o que vocês esperariam de um gerente de academia.

– Justine sempre consegue encontrar a pessoa perfeita para cada função.

Carolee abraçou Hope com um dos braços.

– Vejo você daqui a algumas horas.

Sozinha, respirou fundo. Como havia decidido após pensar durante toda a manhã, foi na direção da escada. Era melhor partir do começo.

Tinha acabado de passar por seu escritório quando o telefone tocou. Quase deixou cair na secretária eletrônica, mas desistiu e foi ver o que era.

– Bom dia. Pousada BoonsBoro.

Vinte minutos depois, tentou outra vez. E Avery entrou correndo porta adentro.

– Eu me enrolei toda. Já tentou falar com ela?

– Não, também estava atrapalhada aqui. Você conhece uma tal de Myra Grimm?

– Talvez. Conheço Brent Grimm. Ele trabalha na Thompson's e é um cliente assíduo da Vesta. Acho que Myra é a irmã mais velha dele. Por quê?

– Ela quer reservar a pousada para uma comemoração discreta de seu segundo casamento. O que sei é que se divorciou de Mickey Shoebaker dezesseis anos atrás, voltou a usar o nome de solteira, mora há alguns quilômetros de distância daqui e trabalha na funerária Bast Funeral Home.

– Ainda bem que nunca tive que tratar de negócios com ela.

– Myra conheceu o futuro marido há três anos quando ele foi enterrar a esposa.

– Nossa! Nunca imaginei que um funeral pudesse ser um lugar propício para conhecer um bom partido.

– O amor sempre encontra um jeito – rebateu Hope com uma gargalhada. – Seja como for, ele a pediu em casamento, como Myra contou, e os dois querem que a celebração aconteça aqui, no mês que vem.

– Que rápidos.

– É que os dois não são tão jovens, segundo ela. Vai ser um casamento discreto à tarde, para aproximadamente vinte pessoas. Depois vão me passar os detalhes.

– Um segundo casamento discreto, celebrado à tarde – repetiu Avery, pensativa. – Eu poderia preparar uma comida simples e a confeitaria se encarregaria do bolo.

– Sugeri as duas coisas. Myra vai falar com o noivo, mas, como me disse, para ele o que ela resolver está bom.

– Que sorte a dela.

– Myra me pareceu empolgadíssima. Muito fofo. Bem...

Olhou para a escada, mas se virou ao ouvir Clare bater à porta do saguão.

– Queria estar presente, se não se importarem. Lizzy me ajudou, e pensei que talvez o fato de estarmos as três juntas possa facilitar as coisas.

– Boa ideia. Vamos lá para cima. A E&D é a suíte preferida dela, então vamos tentar lá.

– É estranho, não acham?

Avery subia atrás de Clare.

– Não um estranho assustador. É como se estivéssemos indo falar com uma amiga. Alguém que não conhecemos tão bem assim, na verdade, mas de quem gostamos.

– Estou aprendendo mais sobre ela a cada dia. Lizzy viveu uma vida bastante restrita. Não só por causa da época e da cultura, mas porque o pai era muito severo, bem linha dura. Sabem que não encontrei nenhuma carta de Eliza nas coisas da irmã? Era para ter encontrado. As pessoas escreviam cartas com frequência naquela época.

– Era o e-mail do século XIX – concordou Avery.

– As irmãs deviam se corresponder por cartas – comentou Clare. – Mas se o pai era tão rígido, pode ter destruído as que Lizzy escreveu.

– Acho que isso pode ter acontecido, sim. Há muitas mensagens subliminares nas cartas que li – prosseguiu Hope. – Catherine tinha medo dele. Imagino como deve ser horrível ter medo do próprio pai. E acho que ela fundou a escola quando se casou e ficou livre da opressão paterna, por causa das restrições que Catherine e a irmã sofreram. Catherine amava ler e descobriu o amor pela medicina durante a guerra. Queria estudar, mas isso estava fora de cogitação.

– Então ela fundou a escola para que outras meninas pudessem estudar.

Os olhos de Clare estavam marejados.

– Para que outras meninas pudessem perseguir seus sonhos.

– E Lizzy? – acrescentou Hope. – Tudo o que ela mais queria era se apaixonar, casar, ter uma casa e constituir família. Tudo que o pai também queria para ela, exceto pelo primeiro ponto, porque amor não estava em seus planos com relação às filhas.

Colocou a chave na fechadura e abriu a porta.

– Tivemos hóspedes aqui ontem à noite. O quarto ainda não foi arrumado.

– Não vamos ficar impressionadas com uma cama por fazer. Sente-se, Clare – ordenou Avery.

– Estou bem assim.

– Grávidas nunca devem desperdiçar uma oportunidade de se sentar.

– Tem razão.

Clare se instalou na poltrona de veludo roxo.

– Acha que Lizzy fica aqui na suíte mesmo quando tem hóspedes, como na noite passada?

– Depende. Às vezes percebo que ela vai lá para cima para o meu apartamento. Ou para a biblioteca, se vou encher o decanter de uísque ou reabastecer a cafeteira.

– Ela gosta de ficar com você – opinou Avery. – Conte-nos sobre a carta.

– Já contei.

– Conte de novo. Assim, quem sabe, estará contando a Lizzy também.

– Havia uma centena de cartas. Minha prima e a bibliotecária da escola fizeram um enorme esforço para encontrar as cartas escritas e recebidas por Catherine. A maioria das que as duas têm por lá e às quais tive acesso foram escritas para ela. Cartas de amigos, parentes, da preceptora que teve quando era pequena, da professora de música e assim por diante.

Da ponta da cama onde havia se sentado, Avery assentiu. Hope prosseguiu:

– Tem cartas de James Darby, o homem com quem Catherine se casou, e várias que ela escreveu para ele. São as minhas favoritas até agora. Nelas é possível acompanhar a evolução do que sentiam um pelo outro, o afeto, o humor, o respeito. Ele se apaixonou primeiro, eu acho, e me parece que seu amor por Catherine e o modo como a enxergava a ajudaram a se descobrir.

– Que sorte a dela – comentou Clare. – Casou com alguém que amava e que a amava de volta.

– Acho que os dois tiveram uma vida ótima juntos – observou Hope. – Ele não só financiou grande parte da escola que ela queria construir, mas compartilhou esse sonho com a esposa. James vinha de uma boa família, com sólida posição econômica e social, por isso o pai dela aprovou o casamento. Mas os dois se amavam. Catherine pôde viver a vida toda com o homem que amava. Não foi um casamento baseado em medo, obrigação ou conveniência.

Quando sentiu o cheiro de madressilva, Hope foi se sentar ao lado de Avery e continuou a história:

– O amor ampliou seus horizontes. Ela amava a irmã, mas era jovem, medrosa e ainda não sabia o que era estar apaixonada. Pelo que sei, guardou o segredo da irmã. Minha opinião sobre ela, lendo as cartas, é de alguém leal. Não acredito que Catherine fosse capaz de trair você. Ela escreveu para a prima Sarah Ellen. As duas tinham quase a mesma idade, e Catherine compartilhava sentimentos, pensamentos, alegrias e preocupações com a prima. Ela temia pelo que poderia acontecer a você caso seu pai soubesse que você saía escondida para encontrar o Billy. Ele era um pedreiro que trabalhava na propriedade de seu pai, não é? Você precisa nos dizer se é isso mesmo para que eu possa dar continuidade às minhas buscas.

Lizzy apareceu em frente à porta que dava para a varanda.

– Ele gravou nossas iniciais numa pedra e me mostrou. Duas iniciais dentro de um coração. Depois assentou a pedra no muro para que ficasse lá para sempre, e ninguém além de nós dois saberia disso.

– Qual era o nome dele? – perguntou Hope.

– Billy. O meu Billy. Eu estava a cavalo e passei do ponto em que me era permitido ir sozinha. Fui até a beira do córrego e ele estava lá, pescando numa tarde de domingo. Assim como eu, Billy não devia estar ali. Era uma tarde fria de março e a água do córrego se misturava à neve que derretia.

Lizzy fechou os olhos como se estivesse revivendo o momento. Então prosseguiu:

– Dava para sentir a primavera tentando se sobrepor ao inverno, embora a neve ainda se infiltrasse nas sombras. O céu tinha assumido um tom de cinza invernal, e o vento soprava gélido.

Abriu os olhos e sorriu.

– Mas ele estava lá, e por isso já não fazia frio. Eu nunca deveria ter me dirigido a Billy, nem ele a mim. Mas sabíamos, e era como se soubéssemos desde sempre. Um olhar, uma palavra e nosso coração se abriu. Como nos romances que Cathy lia para mim e que me faziam rir por causa dos relatos de amor à primeira vista.

Hope queria falar, interrompê-la. O nome, só preciso do nome dele. Mas não teve coragem.

– Nós nos encontrávamos quando eu conseguia escapar, e nos amamos pelo resto daquele mês de março tão frio, durante a florida primavera e pelo exuberante verão.

Lizzy estendeu a mão na direção de Hope.

– Você sabe. As três sabem o que é sentir algo tão forte por alguém. Ele trabalhava com as mãos, não com madeira, como os homens que vocês amam, mas com pedra. Só isso já bastava para que não fosse digno aos olhos do meu pai. Nós sabíamos disso.

– Seu pai descobriu? – perguntou Hope.

– Ele nunca teria acreditado ou suspeitado que eu pudesse desafiá-lo dessa forma. Meu pai escolheu um marido para mim e eu recusei, apesar de nunca ter me oposto a nada. No início, foi como se eu não tivesse dito nada. Ele levou adiante os planos para o casamento. Continuei me opondo, mas, na verdade, eu não tinha escolha. E a guerra...

Lizzy se virou para Clare antes de continuar:

– Você entende o que a guerra faz com aqueles que vão lutar e com os que ficam para trás, esperando e temendo. Ele disse que precisava lutar, que tinha que ir, era uma questão de honra. Implorei que não fosse, mas não consegui demovê-lo. Iríamos embora juntos, nos casaríamos e eu ficaria com a família de Billy até ele voltar para mim.

– De onde era a família dele? – interrompeu-a Avery.

– Daqui?

Os dedos de Lizzy se moviam pela gola do vestido, enquanto ela olhava ao redor.

– Por perto? Está se apagando. O rosto dele é nítido, a voz e o toque também. As mãos ásperas. Ásperas e fortes. Ryder.

– É – murmurou Hope. – Mãos fortes e ásperas. Lizzy, você fugiu com Billy?

– Não pude. Naquela mesma noite meu pai assinou o meu contrato de casamento. Eu deveria ter ficado calada, mas gritei com ele, descontrolada. Pensei em Billy indo para a guerra e fiquei muito irritada com meu pai. Nunca me casaria se não fosse por amor. Meu pai podia me bater, me trancar, me escorraçar e nem assim eu faria o que ele queria. Então meu pai me trancou no meu quarto. E me bateu.

Como se a lembrança fosse ainda muito vívida, Lizzy pôs as mãos no rosto. Depois continuou:

– Minha mãe foi dormir e ele me bateu outra vez e me arrastou até o meu quarto, trancando-me lá dentro. Não pude sair, não tive como escapar. Ele me manteve trancada três dias e três noites só a pão e água. Então fiz o que devia ter feito antes. Disse que ia obedecer-lhe. Pedi que me perdoasse. Menti e menti, e fiquei esperando uma oportunidade. Deixei aquela casa e minha família, minha irmã, a quem eu tanto amava, no meio da noite, levando o que consegui carregar. Peguei o trem para a Filadélfia. Estava com tanto medo, tão empolgada... Ia encontrar Billy. Viajei numa carruagem. O calor... Aquele verão estava escaldante. Fiquei doente. Escrevi... para a mãe dele. Eu acho. Está se apagando. Escrevi e vim para cá. Billy estava aqui.

– Billy veio aqui? – perguntou Hope.

– Por perto. Ele estava vindo. Eu podia ouvir os canhões, mas estava tão doente... Billy estava vindo. Tinha prometido. Estou esperando.

– Eliza, preciso saber o nome dele. O nome completo.

Hope se levantou.

– Ele se chamava William.

– Não. Era Billy, mas, na verdade, se chamava Joseph William. Ia construir uma casa para nós dois com as próprias mãos. Seu Ryder vai construir uma casa para vocês?

– Ele já tem casa. Eliza...

– E um cachorro. Nós teríamos cachorros. Deixei meus cachorros, minha casa e minha família. Mas teríamos um cachorro, uma casa e uma família. Acho que estava grávida.

– Ai, meu Deus – murmurou Avery.

– Eu acho... nós mulheres sabemos, não é? – Lizzy perguntou a Clare.

– Acho que sim.

– Eu nunca contei a ele. Só desconfiei quando vim para cá. Depois veio o calor, a doença e tudo começa a se apagar. Faz muito tempo.

Estendeu a mão e dava para ver através dela.

– Está tudo se apagando.

– Ah, não... – começou Hope, mas Lizzy se desvaneceu como sua mão.

– Grávida, sozinha e doente, enquanto o homem que ela amava ia para a guerra.

Avery se levantou, agachou-se diante da poltrona de Clare e apoiou o queixo na mão da amiga.

– Não foi assim comigo. Nunca estive sozinha. Tinha minha família que me amava. Mas entendo o medo que Lizzy deve ter sentido e, caramba, que coragem. Deixar tudo para trás levando só o que conseguia carregar, vir para um lugar desconhecido e se dar conta de que estava grávida.

– E depois ficar de cama, doente, à beira da morte, ouvindo os tiros de canhão. Billy lutou na Batalha de Antietam – disse Hope. – Tenho certeza. Estava aqui perto e era soldado.

– A família dele também estava por perto – observou Avery. – E não estamos procurando um William, mas um Joseph William. Quem sabe Williams? Será que o chamariam de Billy?

– Não sei, mas ter um possível nome composto ou um nome e sobrenome vai ajudar.

– Quanto mais Lizzy falava, ou tentava falar, menos estava *aqui*. Foi ficando cada vez menos nítida à medida que falava conosco – comentou Clare.

– Isso já aconteceu antes – concordou Hope. – Acho que tem algo a ver com energia. Como saber? Posso começar a pesquisar sobre atividades paranormais, aparições e coisas do gênero, mas isso ia me fazer perder o tempo que podia ser usado para encontrar Billy. Essa é a prioridade.

– Vou contar a Owen para que ele investigue também. Mas ela falou conosco.

Avery estendeu a mão para ajudar Clare a se levantar e procurou a mão de Hope.

– Falou com nós três. Não deve ter tido ninguém, nesse tempo todo, para quem pudesse contar sua história. Tudo o que ela queria era o Billy, uma casa, uma família e um maldito cachorro. Queria que o pai dela aparecesse também. Não sei se é possível bater num fantasma, mas eu gostaria de tentar.

– Aqui é a casa de Lizzy agora. – Hope suspirou. – E nós somos a família dela.

– Beckett a fez despertar. Acredito mesmo nisso – disse Avery para Clare. – Alguma coisa nele a fez surgir. Talvez ele se pareça com Billy. Talvez os três pareçam, Owen e Ryder também. Lizzy confia neles, gosta deles. Tem um tipo de conexão aí, e talvez seja mais profunda do que apenas o fato de os três terem reconstruído o prédio.

– É – disse Hope, franzindo o cenho. – Tem razão. Tem alguma coisa... – interrompeu-se quando ouviu o barulho da porta se abrindo lá embaixo e algumas vozes. – É o pessoal da limpeza.

– Preciso voltar para a loja.

Clare se levantou com algum esforço.

– Devíamos anotar tudo isso. Podem deixar comigo. Talvez, se anotarmos tudo, possamos enxergar algo que tenha escapado enquanto falávamos.

– Vou começar a procurar por Joseph William, ou Williams, assim que der.

Hope se encaminhou para o andar de baixo.

– Devíamos fazer uma reunião: nós seis e Justine, caso ela queira participar.

– Estou livre amanhã à noite. Pode chamar uma babá?

– Eu cuido disso – Clare assegurou a Hope. – Podemos nos encontrar aqui? Talvez esse seja o empurrão de que estamos precisando.

Elas se detiveram no saguão para conversar com a equipe de limpeza. Quando o telefone tocou, Hope se despediu das amigas.

Cheia de planos rodando em sua cabeça para a reunião, Hope resolveu enfrentar o calor e ir lá fora arrancar as ervas daninhas. Pensava melhor quando ocupava as mãos com algum trabalho.

Tinham feito progressos com certeza. O impulso as levaria para o caminho certo.

E depois?, perguntou-se. No momento em que encontrassem Billy e descobrissem onde ele viveu, como morreu e quando, o que tudo isso representaria para Lizzy?

Ela nunca teve uma oportunidade, pensou Hope, uma verdadeira oportunidade. E justo no momento em que achou que sua vida ia começar, ela acabou. Ainda assim, seu espírito permaneceu fiel, compassivo, cheio de bom humor e afeição.

E de amor, pensou ainda. O amor resplandecia nela.

Os dois teriam tido uma boa vida juntos, conjecturou. A casa de pedra, a família e os cachorros. Por mais jovem que fosse, por mais trágico, Lizzy sabia o que queria e perseguiu o próprio sonho com unhas e dentes.

E você, o que quer?, perguntou-se Hope.

Suas mãos pararam de se mexer com a surpresa daquela pergunta. Tinha o que queria, não tinha? Um trabalho de que gostava, bons amigos, uma família com a qual podia contar para o que quer que precisasse. E um homem de que gostava e com quem se dava bem.

Era suficiente, como dissera a Ryder. Era mais do que suficiente.

No entanto, alguma coisa a incomodava, havia algo dentro dela querendo se expandir.

Não estrague tudo, ordenou a si mesma. Não comece a criar expectativas. Aceite as coisas como elas vierem e seja feliz *agora*.

Deu um passo para trás quando Carolee chegou e foi até o carro encontrá-la.

– Estou cheia de coisas! – anunciou Carolee.

– Estou aqui para ajudá-la.

– Ela também – falou Carolee apontando para Justine, que tinha acabado de estacionar. – Veio atrás de mim pelo menos nos dois últimos quilômetros. Bem na hora! – gritou Carolee para a irmã. – Pegue uma sacola e leve lá para dentro.

Justine, usando uma sandália com tiras de arco-íris e uns óculos escuros rosa-chiclete, mostrou o muque.

– Eu sou forte. Deus do céu, que calor é esse?

– Achei que a tempestade da noite passada fosse refrescar o dia.

Carolee puxou de dentro do carro um pacote de papel higiênico.

– Não tivemos essa sorte.

– Derrubou um galho tão grande e tão largo quanto Willy B. Ficou caído no meio da entrada de carros lá de casa. Tive que usar a motosserra.

– Você usou uma motosserra! – exclamou Hope, boquiaberta.

– Querida, sei usar motosserra, triturador de madeira e o que quer que ponham nas minhas mãos. Se eu tiver que usar. Um dos meninos podia ter ido, mas não quis pedir que deixassem o trabalho para uma coisa que eu mesma podia fazer.

– Eu sei usar o cortador de grama – brincou Carolee enquanto as três levavam as compras para dentro. – Mas moro na cidade há décadas, e Justine, no campo. Lembra que mamãe achou que Tommy ia levar você para outro país quando comprou as terras aqui em Boonsboro?

– Mamãe achava que eu ia me tornar uma caipira. Tommy adorava implicar com ela dizendo que ia montar um alambique.

– Ela não gostava dele? – indagou Hope.

– Ah, ela o amava. Era louca por ele. Só não gostava da ideia de Tommy me levar para um local ermo, que era como via qualquer lugar que ficasse a uns cinco quilômetros da cidade. Meu pai cresceu numa fazenda não muito longe daqui e sempre foi doido para se mudar para a civilização. Os dois foram feitos um para o outro.

– Todo mundo tem seu lugar – disse Carolee.

– E o meu é no meio do mato. Tenho sorte de meus filhos pensarem o mesmo. Assim, posso tê-los por perto.

– Não, sente-se – falou Hope no instante em que Justine se virou para sair outra vez. – Posso trazer o restante. Pegue uma bebida gelada e depois, quando tivermos trazido tudo, conto as novidades sobre Lizzy.

– Farei isso. Vou ficar vendo minha irmã guardar as coisas.

– Você sempre quis mandar em mim.

– Porque você sempre precisou.

Achando graça, Hope deixou as duas e foi lá para fora pegar as últimas compras no carro de Carolee.

Enquanto fazia isso, um BMW Roadster vermelho entrou no estacionamento. Não reconheceu o carro, que era novo, mas sabia quem era a mulher atrás do volante.

Cerrou a mandíbula e contraiu os ombros. Não se deu ao trabalho de dar um sorriso falso para Sheridan Massey Wickham quando ela saltou, ostentando um maravilhoso Louboutin de salto agulha.

O cabelo de Sheridan formava cachos tão perfeitos e sedosos que Hope teve a certeza de que ela havia parado na estrada para retocá-lo junto com a maquiagem. Estava com um vestido de estampa aquarelada, de grife, supôs Hope, brincos pendentes de platina e uma reluzente aliança que teria chamado a atenção de qualquer um.

Que sorte a minha, pensou Hope, justo agora que estou suada, com uma roupa de jardinagem e não retoco o brilho labial desde cedo.

Simplesmente perfeito.

– Sheridan. – Foi tudo que disse.

Sheridan tirou os óculos escuros e os jogou dentro da bolsa de couro cor-de-rosa.

– Vou avisar uma única vez: fique longe de Jonathan.

Hope reconhecia a fúria quando a via, mas não conseguia entender o motivo.

– Não estou vendo Jonathan em lugar nenhum das redondezas.

– Vai mentir na minha cara agora? Sei que ele esteve aqui, não adianta negar. Sei que esteve com você. Sei muito bem o que está pretendendo fazer.

– Não pretendo mentir na sua cara nem pelas suas costas, não tenho motivo para isso. Pode considerar seu aviso desnecessário dado. Agora, vou continuar meu trabalho. Faça uma boa viagem de volta.

– Escute aqui, sua *vadia*!

Sheridan a agarrou pelo braço, apertando bem.

– Sei que Jonathan esteve aqui. Ele parou para abastecer aqui perto. Eu vi o recibo. Não sou idiota.

É, pensou Hope, gente ciumenta mexe em tudo: recibos, e-mails, bolsos. Que triste viver assim.

– Você devia conversar com Jonathan sobre isso. Mas posso dizer que ele veio aqui uma vez, no início do verão para dizer que o pai queria me fazer uma oferta para eu voltar a trabalhar no Wickham.

– Você é uma mentirosa e uma vadia.

– Não sou nem uma coisa nem outra.

Com um safanão, Hope soltou o braço.

– Se o pai dele quisesse você de volta, eu saberia. E você não teria perdido essa oportunidade.

– Você obviamente está enganada sobre as duas coisas.

Ainda mais furiosa, Sheridan gritou:

– Você não vai continuar com os joguinhos que fazia antes. Eu sou a esposa dele agora. Sou a esposa dele, e você não é *nada*.

Hope se conteve para não esfregar o braço dolorido. Sheridan tinha fincado as unhas quando a segurou.

– Nunca fiz joguinho nenhum.

– Você dormiu com Jonathan para conseguir virar gerente e tentou fazer o mesmo para se casar com ele. E sei que está tentando fazer isso de novo. Acha que eu não sei quem ele vai encontrar quando diz que tem uma viagem de negócios ou uma reunião que vai acabar mais tarde?

Hope talvez tivesse ficado com pena se também não estivesse morrendo de raiva. Então usou todo o autocontrole que tinha para não gritar também.

– Sheridan, ponha isto na sua cabeça: não tenho o menor interesse em Jonathan. Se acha que vou desperdiçar meu tempo ou fazer sexo com ele depois de tudo o que Jonathan fez comigo, você é uma *perfeita* idiota.

– Sua vadia mentirosa!

A bofetada que Sheridan lhe deu no rosto a deixou atônita e foi tão forte que Hope chegou a dar um passo para trás.

– Diga a verdade! Quero a verdade agora mesmo ou...

– Acho melhor você se afastar.

Ryder empurrou Sheridan.

– E vá para bem longe daqui.

– Tire as mãos de cima de mim ou eu chamo a polícia.

– Faça isso. Na verdade, eu mesmo posso chamar.

– Ryder...

– Vá lá para dentro, Hope.

– É, isso, fuja mesmo.

Sheridan agitou o belo cabelo e deu um sorriso de desdém.

– O mesmo que fez quando Jonathan disse que havia terminado com você.

– Não vou a lugar nenhum, mas sugiro que você vá.

– É, eu vou. Vou agora falar com seu chefe. É melhor já começar a procurar outro lugar para ir porque, quando eu contar do que é capaz, você será demitida.

– Por que não me diz agora? – sugeriu Justine, aproximando-se. – Esta pousada é minha. Hope é a gerente. Mas faça isso direito ou vou pedir a meu filho que vá agora mesmo chamar a polícia para tirá-la da minha propriedade.

– Ela só está usando você, como faz com todo mundo. Jonathan me contou que Hope ligou para ele, implorando para que viesse aqui conversar com ela e suplicando para que a aceitassem de volta.

– Menina, se está com um problema assim tendo tão pouco tempo de casada, a situação é grave. Mas pode ter certeza: vir até aqui atrás de Hope não vai resolver nada.

– Só vi Jonathan uma vez depois que saí de Washington – falou Hope. – Nunca liguei para ele. Nunca dormi com ele. Não estou interessada nele, Sheridan. E agora eu me pergunto por que você está.

Quando Sheridan tentou partir para cima dela, Ryder se interpôs no caminho.

– Ponha as mãos nela mais uma vez e prometo que vai se arrepender de ter feito isso.

Sheridan estreitou os olhos.

– Então é isso. Está fazendo a mesma coisa, Hope? Dormindo com o filho da chefe? Como você é patética.

– Senhora, tem uma dezena de homens ali que viram você dar um tapa em Hope. Todos eles estariam dispostos a testemunhar caso ela resolva prestar queixa da agressão.

– Eu...

– Cale-se, Hope – ordenou Ryder, dirigindo-se em seguida a Sheridan. – Entre no carro e vá para longe daqui. E nunca mais volte. Se eu souber que voltou, e numa cidade pequena essas notícias se espalham rápido, farei com que seja presa. Aposto que os Wickhams vão adorar ter seu nome estampado nas páginas do *Washington Post*.

– Ela só está usando vocês.

Mas agora havia lágrimas nos olhos de Sheridan, e sua voz estava trêmula.

– Está usando vocês e tentando arruinar meu casamento. Você é que vai lamentar quando for trocado por outro homem que seja um partido melhor.

– Sheridan? – Justine falava com uma surpreendente gentileza. – Você está fazendo um papel ridículo agora. Vá para casa.

– Eu vou. É impossível tentar argumentar com um bando de caipiras, de qualquer forma.

Justine deu um sorriso de orelha a orelha quando Sheridan entrou no carro.

– Irráááá! – berrou.

Quando o BMW arrancou, ela passou o braço nos ombros de Hope.

– Ah, querida, não deixe essa aí aborrecer você.

– Desculpe, me desculpe.

Ryder se virou, quis se assegurar de que o carro tinha ido embora, e viu lágrimas rolarem pelo rosto de Hope.

– Pare de chorar. Agora.

– Desculpe.

– Você não tem que se desculpar por nada. Vamos lá para dentro – propôs Justine. – Vamos pôr um pouco de gelo no seu rosto. Ela deu um tapa e tanto em você, não foi?

– Desculpe – repetiu Hope, que não conseguia dizer mais nada. – Tenho que...

Desvencilhou-se do abraço, correu até a porta, passando por uma Carolee atônita, e subiu direto para o seu apartamento.

– Ryder, vá atrás dela.

– Não. Nem pensar.

Justine se voltou para ele com os olhos faiscantes e as mãos na cintura.

– Vá atrás dela agora. Que diabos há de errado com você?

– Ela está chorando. Não sei o que fazer. Você sabe. Vá você. Vamos, mãe, vá lá.

– Minha nossa, é inacreditável!

Justine cerrou o punho e bateu no peito dele.

– Que tipo de homem eu criei que não é capaz de consolar sua mulher quando ela está chorando?

– O meu tipo. Por favor. Vou falar com Hope quando ela tiver parado de chorar. Você sabe o que dizer e o que fazer.

Justine soltou um suspiro furioso.

– Está bem. Faça o que sempre faz e vá comprar umas flores para ela.

Após dar outro soco nele, dessa vez mais forte, Justine se virou e foi lá para dentro.

Fazendo cara de dor, Ryder esfregou o peito e pegou o celular para ligar para a floricultura.

capítulo dezesseis

JUSTINE CHEGOU A PENSAR em pegar a cópia da chave do apartamento da gerente, mas achou que a privacidade de Hope já tinha sido bastante comprometida para um único dia.

Resolveu então subir ao terceiro andar, remoendo ideias sombrias a respeito de mulheres idiotas que culpam outras pessoas pelo péssimo casamento que têm e de homens que não conseguiam ser suficientemente homens para lidar com lágrimas.

Ergueu a mão para bater à porta, que se abriu na mesma hora e de mansinho.

Hope se levantou de um pulo do sofá em que estava chorando.

– Não fui eu que abri – explicou-se Justine com um gesto largo. – Tem alguém cuidando de você.

– Só preciso de uns minutos para me acalmar.

– Você precisa é de um ombro amigo, isso sim. E, se não fosse tão cedo, de uns três dedos de uísque puro. Mas podemos ficar com o ombro amigo e com o chá que vou fazer... Daqui a pouco.

Justine aproximou-se, abraçou Hope e a puxou contra si.

– Meu Deus, meu Deus! – conseguiu dizer Hope, desamparada diante do apoio incondicional. – Foi horrível.

Procurando confortá-la, Justine a embalou com ligeiros movimentos para um lado e para outro.

– Bom, numa escala de um a dez, um sendo um corte com papel e dez, digamos, decepar sua mão com um facão, diria que ficamos apenas no três. Mas já é bem ruim.

– Estou tão...

– Não venha me pedir desculpas pelo mau comportamento de outra pessoa.

Embora sua voz soasse séria e decidida, Justine passou a mão nas costas de Hope com carinho.

– Não fiquei com Jonathan por causa da minha carreira. E Ryder... Por favor, nem pense nisso.

– Vamos ter uma conversinha para eu lhe explicar por que isso que está me dizendo é desnecessário. Querida...

Justine contraiu os lábios ao observar mais de perto o vergão vermelho na face de Hope.

– Antes, deixe-me pegar um pouco de gelo.

– Está tudo bem.

Instintivamente, Hope levou a mão ao machucado que ainda latejava.

– Estou bem.

– Pegou bem na maçã do rosto. As suas são lindas, mas também são um alvo fácil. Agora, sente-se.

Justine entrou na pequena cozinha e espiou dentro do congelador.

– Não tem ervilhas congeladas. Eu sempre mantinha um saquinho na geladeira quando os meninos moravam comigo. E ainda tenho. Deus sabe que eles continuam dando topadas aqui e ali.

Encontrou alguns sacos com fechos herméticos e encheu um deles de gelo.

– Isso serve. Fique segurando em cima do machucado por alguns minutos – mandou, entregando a Hope a bolsa de gelo improvisada. – Onde é mesmo que eu estava?

– Justine...

– Ah, já sei. Você e aquele Jonathan "Babacham".

Apesar de tudo, Hope deu uma risadinha.

– Toda mulher tem direito de errar. Eu mesma não fugi à regra quando tinha 16 anos e fiquei louca por Mike Truman. Ele me traiu com uma líder de torcida de seios grandes. Já se divorciou duas vezes e, pelo visto, está a caminho da terceira. Para você ver.

As duas sabiam que Justine estava tagarelando para dar a Hope tempo de se acalmar.

– E o que aconteceu com a líder de torcida?

– Engordou. Sei que é maldade debochar disso, mas toda mulher tem direito de ser mesquinha uma vez ou outra.

Hope não pôde conter um suspiro, parte chateada, parte divertida.

– Ah, Justine...

– Querida, você só depositou sua confiança e suas emoções nas mãos erradas e ele não a respeitou. Pelo visto, também não está respeitando a esposa, mas isso não é problema seu. Aquela idiota, com sapatos incríveis e um olhar desesperado, está querendo incluir você nessa história para poder culpá-la pelo fato óbvio de que o marido dela é um babaca que não vale nada.

– Eu sei, eu sei. Mas, Justine, isso tudo é uma terrível confusão.

– Dela, não sua. Podia ter lhe contado que ele veio até aqui para lhe propor que fosse sua amante.

– Não ia adiantar nada. Sheridan não acreditaria.

– Ah, parte dela acreditaria, sim. Parte dela já sabe em que pé estão as coisas.

Enquanto falava, Justine se levantou e pegou uns lenços de papel. Quando voltou a se sentar, secou o rosto de Hope com as próprias mãos.

– Ela ficou furiosa, constrangida. Por isso resolveu constranger você. É isso que eu lamento. Quanto a Ryder, por que eu acharia que você está com ele para obter algum tipo de vantagem em sua carreira? Você já é a gerente, e não pretendo ter uma rede de pousadas. Além do mais, Deus sabe que Ryder tem os seus defeitos, mas é um bom homem. É bonito de se ver e espero que saiba o que fazer e como fazer as coisas, bom... na cama.

– Ah, meu Deus!

– Isso pode deixá-la sem graça, mas, querida, se você e Ry não estivessem se dando tão bem na cama a essa altura do relacionamento, seria uma pena. Independentemente de tudo isso, você tem integridade e orgulho. Se não tivesse, estaria com aquele babaca inútil sempre que ele escapasse daquela imbecil e usaria o sexo como alavanca para tirar dele o que quisesse.

– Por que os dois não me esquecem? Eu os deixei em paz.

– Você vai ser a pedra no sapato dessa mulher enquanto os dois estiverem juntos. O que, na minha opinião, não vai durar mais do que um ano ou dois, no máximo. E vai ser uma pedra no sapato dele para sempre. Você foi embora – ponderou Justine. – Ele nunca vai entender isso, nunca vai compreender que a culpa é toda dele. Acho que nenhum dos dois virá até aqui importuná-la outra vez. Mas, se isso acontecer, quero ficar sabendo. Quero que você me conte. E não abro mão disso.

– Está bem.

– Agora deixe-me ver como está isso aí.

Tirou a bolsa de gelo e observou o rosto de Hope.

– Sabia que ia funcionar.

– Está tudo bem. De verdade. Foi apenas um grande choque. E eu fiquei só parada ali. Você teria revidado.

– Ah, querida, eu teria acabado com ela. Mas eu sou eu. Você é diferente. Agora vou preparar aquele chá.

– Obrigada.

– Está incluído no pacote.

De volta à cozinha, Justine pôs a chaleira no fogo e saiu procurando onde Hope guardava os chás. Escolheu jasmim, seu favorito.

– Agora eu é que vou pedir desculpas.

– Você?

Hope enxugou algumas lágrimas que ainda insistiam em aparecer.

– Por quê?

– Pelo meu filho. Ele é que devia ter subido até aqui para lhe oferecer o ombro amigo, ouvir você, dizer algumas coisas e preparar um chá.

Um sorriso surgiu no rosto de Hope como um alívio muito bem-vindo.

– Ele teria odiado.

– E daí? As mulheres veem os homens deixar a tampa do vaso levantada ou sem noção depois de beber várias cervejas. E nós lidamos com isso. Ryder foge das lágrimas, sempre fez isso. Os outros dois encaram essa situação razoavelmente bem, mas Ryder, não. Se você cortar o dedo, ele vai estar ali para cuidar de você. Mas basta começar a chorar para ele sumir.

– Não acho que isso seja um problema.

– Já eu gosto de homens que lidam bem com lágrimas, desde que a mulher não saia chorando por qualquer bobagem. Não vou lhe perguntar se quer um conselho. Sei que diria que sim, embora, na verdade, ninguém queira receber conselhos. Portanto, vou dá-lo: faça com que Ryder a ouça. Os sentimentos precisam ser expressados, Hope. Nem sempre eles são compreendidos como a gente gosta de presumir que sejam.

Despejou a água fervente na xícara onde já havia posto o saquinho de chá. Então prosseguiu:

– Ryder é um bom sujeito, como eu já disse. Um homem esperto. Inteligente, trabalhador e sincero, quer você goste ou não. Se não for para dizer a verdade, ele fica calado. Tem um lado doce que nem sempre demonstra, e outro, rabugento, que demonstra mais do que deveria.

Levou o chá para Hope e inclinou a cabeça.

– E ele nunca levou nenhuma mulher a sério na vida. Ele as respeita, aproveita a companhia delas, mas sempre fez questão de manter os pés no chão. Com você, ele está escorregando, caso não tenha percebido.

– Não, eu não... Acha mesmo?

– Acho. Ele vai lhe mandar flores e torcer para a tempestade já ter acalmado na hora em que aparecer por aqui.

Inclinando-se, Justine deu um beijo na cabeça de Hope.

– Não deixe ele fugir da situação. Agora, tome o seu chá e descanse um pouco.

– Obrigada. Muito obrigada, Justine.

– E tudo isso num dia de trabalho. Vou ver o que os meus meninos estão fazendo. Se precisar, me ligue.

– Pode deixar.

Assim que Justine se virou para a porta, ela se abriu. Justine deu um risinho meio atônito.

– É difícil a gente se acostumar com isso. Bom, pelo visto, ela vai lhe fazer companhia por enquanto.

Enquanto a mãe estava lá em cima com Hope, Ryder tentava controlar a própria raiva. Quanto mais tentava, mais furioso ficava.

Alguns operários o cercaram, atropelando-se uns aos outros, fazendo muito barulho e muitas perguntas, intrometendo-se em seu caminho, e Ryder já estava de saco cheio dessa história. De saco cheio de precisar saber das respostas, de tomar decisões, de chegar ao final de todo santo dia coberto de suor e de poeira.

O próximo desgraçado que chegasse perto dele ia...

– Ei, Ry, preciso que você...

Ele se virou para um Beckett inteiramente desavisado.

– Vá se foder!

– Se tem algo incomodando você é melhor se controlar. Tenho...

– Não estou nem aí para o que você tem. Eu disse "Vá se foder". Estou ocupado.

Vários operários trataram de tomar uma distância cautelosa.

– Eu também, então deixe de ser grosso!

Beckett estreitou os olhos e fuzilou o irmão.

– Se partir para cima de mim, irmão, eu parto para cima de você também, mas, pelo menos, não atrapalho o andamento da obra.

Virou-se e gritou:

– Hora do almoço. Agora. Para todo mundo!

– Quem comanda a equipe sou eu. Eu é que digo quando eles devem parar.

– Quer público para esta cena? Por mim, tudo bem.

Ryder rangeu os dentes.

– Almoço. Agora. Saiam todos! Se tiver algum problema lá no MacT's – falou, então –, resolva sozinho. Já estou atolado até o pescoço.

– Pode estar atolado até onde for. Estou me lixando. Saia daqui. Vá para casa, porra! Vá descontar sua raiva num saco de pancadas ou onde quiser.

– Não aceito ordens suas.

– E eu não aceito as suas grosserias. Se tem algum problema no trabalho, ou se brigou com Hope, Ry, trate de engolir a raiva. Gritar comigo na frente do pessoal só vai servir para fazer você parecer um babaca.

– Não tenho nenhum problema aqui e não briguei com Hope, cacete! Largue do meu pé!

Beckett foi até o cooler e levantou a tampa. Pegou uma garrafa de água e a jogou para o irmão.

– Esfrie a cabeça – disse, quando o irmão agarrou a garrafa a poucos centímetros do rosto.

Ryder pensou até em atirá-la de volta, mas acabou abrindo a tampa e tomando uns goles.

– A filha da mãe daquela loura imbecil veio até aqui para provocar Hope. Ela lhe deu um tapa na cara.

– Como é? Quem? Hope deu um tapa numa loura?

– O contrário.

Ryder esfregou a nuca com a garrafa gelada. Pensou se não estaria saindo vapor de sua pele.

– Que diabos está acontecendo?

Owen entrou, ainda usando o cinto de ferramentas.

– Dois operários apareceram no MacT's dizendo que tinha uma briga feia no estacionamento e que vocês dois iam sair no tapa aqui dentro.

– É o que está vendo?

Owen observou os irmãos.

– Parece que é o que gostariam de fazer. Que diabos está acontecendo?

– Ry estava começando a me contar. Uma loura deu uma bofetada em Hope.

– Meu Deus! Uma hóspede bateu nela?

– Não era uma hóspede.

Só então Ryder percebeu que estava aumentando a confusão.

– Era a esposa de Wickham, uma loura desgraçada. Saí para falar com o vendedor da tinta para a fachada e vi Hope conversando com a perua loura perto do carro de Carolee. A situação parecia tensa, bem dramática. Porque a loura estava aos berros. Não tentei saber o que estava acontecendo e, quando dei por mim, a mulher deu uma bofetada em Hope. Deu para ouvir o barulho do outro lado do estacionamento.

– Pelo amor de Deus – murmurou Beckett.

– Na hora em que cheguei perto, parecia que a loura ia lhe dar outro tapa. Gritava dizendo um monte de merda: que Hope estava transando com aquele babaca, que ela dormia com ele para ser gerente e várias outras mentiras do gênero.

– Pelo visto, o babaca e a loura desgraçada se merecem – opinou Owen.

– Verdade, mas ela não parava de avançar para cima de Hope, ameaçando ir falar com o proprietário para dizer que ela estava transando com Wickham para voltar para Washington. Foi aí que mamãe se meteu na história.

– Mamãe estava lá?

Pela primeira vez, Beckett sorriu, mostrando todos os dentes.

– Não ouvi nenhuma sirene de ambulância.

– Ela deve ter chegado no meio da confusão. Não a vi, mas ela disse para a loura ir embora naquele instante e rápido. E não foi só isso. Ameaçaram até chamar a polícia.

– Mamãe falou que ia chamar a polícia? – indagou Owen.

– A loura é que falou. E eu retruquei que nós é que íamos fazer isso. De qualquer forma, ela acabou indo embora. Foi uma confusão dos diabos.

Ryder tomou mais um pouco de água.

– Ela foi embora.

– Tudo bem. – Beckett tirou o boné e passou as mãos pelo cabelo. – Foi dureza, a coisa foi feia, mas acabou.

– Ela fez Hope chorar.

– Porra!

Beckett se recostou numa das paredes. A coisa era pior do que ele imaginava.

– Acho que vamos ter que fazer uma pequena viagem e ter uma conversinha com o tal do Wickham.

– E, depois, eu pago a fiança para tirar os dois da cadeia, não é? – indagou Owen. – Quebrar a cara do Wickham não vai ajudar Hope em nada. Ela não vai se sentir melhor com isso.

– Mas nós vamos – retrucou Beckett, e Owen foi forçado a admitir que era verdade.

– É, nós vamos. Merda. Eu dirijo.

– Eu vou cuidar disso – rebateu Ryder.

Mas sabia muito bem que os irmãos iam tentar segurar a onda de seu temperamento explosivo.

– Não se esqueça que alguém vai ter que pagar a sua fiança – lembrou Owen.

– Não vou acabar com ninguém. Eu acho. Tive uma ideia melhor. Preciso ir. Vocês dois se encarregam do trabalho pelo resto do dia. E cuidam do meu cachorro.

– O que pretende fazer? – indagou Beckett.

– Não vou esmurrar a cara do Wickham. Os meus alvos serão a carteira e o orgulho dele. Acho que essa é a única língua que aquele desgraçado entende.

– Se precisar de reforços, é só chamar – disse Owen vendo Ryder tirar o cinto de ferramentas.

– Não vou precisar, não.

A viagem até a capital lhe deu tempo para pensar. Na verdade, não podia se permitir perder tanto tempo assim, mas não via outra alternativa. Em algum ponto entre o momento em que sua raiva começou a aumentar e o momento em que começou a diminuir, Ryder percebeu aonde aquilo tudo podia – e provavelmente ia – chegar. A loura, furiosa e decidida, iria atrás de Wickham para falar de Hope. Arrastando-a para aquela história outra vez. Com toda a certeza, também teria muito que contar no salão onde fazia cabelo e unhas e na porcaria do country club.

Atirando toda a merda possível sobre o nome e a reputação de Hope.

Mas isso não ia acontecer mesmo.

Aquela mentirada toda podia convencer Wickham de que Hope talvez estivesse mais disposta a aceitar sua proposta, já que ela estava mesmo sendo acusada disso. Ele ia acabar metendo na cabeça que devia fazer mais uma viagem a Boonsboro, ou ligar para ela, ou mandar vários e-mails e envolvê-la de novo naquela confusão.

Isso também não ia acontecer.

Podia apenas dar um ultimato a Wickham, mas isso seria encher muito a bola do filho da mãe. Ele e a louca da mulher dele haviam humilhado Hope e fizeram isso na casa dela.

Era hora de provarem do próprio veneno.

Quando chegou à cidade, seguiu as indicações do GPS e esbravejou contra o trânsito, as ruas de mão única, as rotatórias e a barbeiragem dos outros motoristas.

Detestava ir até ali. Evitava a capital como uma praga. Só prédios, ruas, gente, desvios por causa de obras, tudo misturado de um jeito que, para ele, não fazia o menor sentido.

Mal podia esperar para ir embora.

Mas compromisso é compromisso, disse consigo mesmo quando enfim conseguiu estacionar. O calor e a umidade ricocheteavam na calçada e o atingiam em cheio enquanto Ryder se dirigia à entrada imaculada do Wickham. Era de uma elegância colonial, com torrentes de flores da estação, janelas que refletiam a luz do sol e um porteiro com um uniforme de um cinza muito digno debruado de vermelho.

A dignidade era tamanha que o homem nem hesitou em abrir a porta para um sujeito usando roupas de trabalho.

O amplo saguão, com piso de mármore com veios pretos, tinha uns vasos imensos com verdadeiras florestas de flores. Lambris de carvalho escuro, lustres de cristal, sofás de veludo, tudo ali se harmonizava para declarar com todas as letras: hotel cinco estrelas. E, num reluzente balcão, havia uma mulher de preto que poderia muito bem ter uma carreira como modelo.

– Seja bem-vindo ao Wickham! Como posso ajudá-lo?

– Preciso ver o proprietário. O Sr. Wickham, pai.

– Lamento, mas o Sr. Wickham está ocupado. Gostaria de falar com o nosso gerente?

– Com Wickham. Diga-lhe que Ryder Montgomery precisa falar com ele. Não se preocupe em chamar o gerente – adiantou-se, prevendo a reação da mulher. – Nem os seguranças. Diga-lhe que estou aqui para conversar sobre as acusações a serem feitas à nora dele por agressão.

– Como disse?

– A senhora me ouviu. Se ele não se importar, volto para casa e tomo todas as providências para levar a cabo a acusação. Caso contrário, vai me receber.

Ryder se limitou a dar de ombros quando a recepcionista perdeu a compostura o suficiente para observá-lo dos pés à cabeça.

– Estou aguardando.

Recuou e olhou ao redor. Percebeu que havia um bar incrível perto do saguão. Adoraria entrar lá, não para tomar uma cerveja, já que logo, logo teria que voltar a dirigir naquele trânsito infernal, mas para ter uma ideia de como o lugar era por dentro.

Podia imaginar Hope ali dentro. Com o terninho elegante e os sapatos de salto alto. Ela combinava muito bem com o mármore e o cristal, com o brilho, a elegância e as flores tão grandes que dava até para desconfiar que haviam crescido à base de esteroides.

– Sr. Montgomery.

Ryder se virou e observou o homem de terno escuro.

– Segurança? Não é preciso me pôr para fora. Vejo o Sr. Wickham no tribunal.

– Vou levá-lo até o escritório do Sr. Wickham. E permanecer lá.

– Por mim, tudo bem.

Subiram uma escada de caracol, atravessaram um mezanino e, depois, entraram num saguão menor passando por umas portas de carvalho.

O segurança bateu em uma porta dupla.

– Entre!

– O Sr. Montgomery, senhor – falou o sujeito, então recuou e assumiu uma postura militar.

Wickham permaneceu sentado diante de uma pesada escrivaninha de carvalho entalhado que poderia muito bem pertencer a um presidente ou a um rei de um país pequeno. Tinha uma vasta cabeleira branca, olhos azuis penetrantes e a pele um pouco bronzeada.

– Não permito que ninguém ameace a minha família.

– Não?

Ryder enfiou os polegares nos bolsos da calça.

– Eu também não. Deixe-me dizer o que aconteceu. Depois, o senhor poderá dizer o que quiser e a nossa conversa estará terminada. A minha família é a proprietária da Pousada BoonsBoro. Hope Beaumont é a nossa gerente.

– Estou ciente disso.

– Ótimo, me poupa tempo com explicações. Não pretendo abordar o que houve entre Hope e o seu filho, a sua participação nessa história ou a de qualquer outra pessoa. Eu não estava aqui e isso foi no passado. A questão é o agora.

– A minha família não tem nada a ver com a sua, Sr. Montgomery. E levo muito a sério qualquer ameaça feita à esposa do meu filho.

– Ótimo. E deveria levar mesmo, porque o assunto é muito sério. Quanto ao fato de a sua família não ter nada a ver com a minha, acho que vai ter que reavaliar sua posição depois que eu lhe contar o ocorrido. Alguns meses atrás, seu filho apareceu na nossa pousada. Disse a Hope que o senhor tinha uma proposta para ela: bastante dinheiro para ela voltar. Este é o seu negócio e não posso culpá-lo por tentar. Hope é ótima no que faz. Depois, seu filho lhe fez outra oferta: Hope voltaria para ele também, que a sustentaria e faria de tudo para ela ter o que merece.

Um ligeiro rubor, de raiva ou de constrangimento, surgiu no rosto do Sr. Wickham.

– Se acha que pode entrar aqui...

– Deixe-me terminar, Sr. Wickham. Hope o mandou embora. Se a conhece, não ficará nada surpreso com isso. Hope foi embora daqui porque seu filho mentiu para ela, a traiu e a usou. E, quando soube que ele ia se casar com outra, simplesmente saiu do seu caminho. Mas, para certas pessoas, isso não basta.

– O que aconteceu, ou acontece, entre a sua funcionária e o meu filho é problema deles.

– Esse verbo no presente é descabido, e o senhor sabe muito bem disso.

Ryder conseguia enxergar isso.

– Seu filho e a louca da mulher dele transformaram essa história num problema meu. Hoje de manhã, sua nora viajou até Boonsboro para ir à nossa pousada. O carro dela é um BMW Roadster vermelho, modelo do ano. Usava um sapato de salto com sola vermelha e uma blusa sem manga que parecia que alguém tinha pintado um jardim no tecido. Se quiser, pode verificar o que ela estava vestindo de manhã. E armou uma cena na nossa propriedade. Eu mesmo testemunhei, assim como várias outras pessoas. Sua nora fez acusações e ameaças aos berros. Ela acha que Hope voltou a dormir com o seu filho, o que posso garantir que não é verdade. Mas ele com certeza está dormindo com alguém que não é a esposa. As mulheres sabem. E ela passou dos limites quando deu um tapa na cara de Hope e só parou e foi embora depois que ameaçamos chamar a polícia.

Foi como se uma tonelada tivesse desabado sobre Wickham, o que também dava para perceber pela sua voz.

– Sente-se, Sr. Montgomery.

– Não, obrigado.

– Jerald – chamou ele, acenando para o segurança que deixou a sala quase sem ser notado.

O próprio Wickham se levantou e se virou para a janela que dava para o jardim dos fundos e para o pátio do hotel.

– Não me sinto à vontade discutindo assuntos de família com o senhor. Direi apenas que não tenho motivos para não acreditar no que me disse.

– Isso também nos poupa tempo.

– Vocês chamaram a polícia? Registraram queixa?

– Ainda não.

– O que quer?

– Quero cinco minutos a sós com o seu filho e que a sua nora passe trinta dias na cadeia. Mas vou me contentar com que nenhum dos dois volte a se aproximar de Hope ou da nossa pousada. Que nenhum dos dois entre em contato com ela, seja como for ou por que motivo for. E, se ficar sabendo que os dois estão espalhando mentiras que afetem a reputação de Hope, vou fazer mil vezes pior com relação a eles, e, consequentemente a você e ao seu hotel. Cuide para que as coisas aconteçam dessa forma e estamos quites.

– O senhor tem a minha palavra.

Ele se virou, com a expressão sombria, e Ryder viu o brilho da repugnância naquele olhar.

– Nem o meu filho nem a minha nora voltarão a criar problemas para Hope, em hipótese alguma. Lamento muito que os dois já tenham feito isso.

– Tudo bem. Vou confiar na sua palavra e o senhor vai confiar na minha. Mas devo avisá-lo, Sr. Wickham, de que, se eles não cumprirem o que está me prometendo, vou lhes criar muitos problemas.

– Eu compreendo.

Ele pegou um cartão em cima da mesa e escreveu algo no verso.

– Este é o meu telefone pessoal. Entre em contato comigo caso algum dos dois descumpra o nosso combinado. Confie em mim, Sr. Montgomery, eu posso e vou criar mais problemas para eles que o senhor. E vou mesmo.

– É justo.

Ryder enfiou o cartão no bolso.

– Vou pedir a Jerald que o acompanhe.

– Não é necessário. Espero que não voltemos a nos falar.

Ryder enfrentou de novo o trânsito terrível na volta para casa e sentiu parte da tensão se dissolver quando avistou as montanhas no trajeto rumo ao norte.

Havia feito o que lhe pareceu correto. Não procurou obter uma satisfação pessoal dando uns chutes no saco de Jonathan Wickham, mas a questão ali não tinha nada a ver com satisfação pessoal.

Acreditava que Wickham ia cumprir a palavra. Sabe Deus que tipo de pressão ou de punição aquilo ia desencadear, mas Ryder imaginava que a coisa seria severa e eficaz.

Não foi só raiva e constrangimento que notou no rosto de Wickham no final da conversa que tiveram. Foi também arrependimento.

Saiu da rodovia principal e pegou a estradinha sinuosa e tão familiar que serpenteava pelas montanhas, passando por Middletown até chegar a Boonsboro.

Fez a curva na praça e viu a picape de Beckett, mas não avistou seu cachorro quando estacionou ao lado do carro do irmão.

Porém, de relance, viu Hope num daqueles vestidos leves, servindo uns drinques para alguns hóspedes no pátio.

Precisava ir conferir o que havia sido feito na academia e no MacT's durante sua ausência. E tinha que procurar Diaraque e arranjar uma cerveja bem gelada.

Mas, assim que saiu da caminhonete, Hope apareceu contornando o muro do pátio.

Ryder não viu nenhum sinal de lágrimas – graças aos céus – e não achou que Hope deixaria que os hóspedes a vissem chorando.

– Como você está?

– Estou bem. Queria falar com você. A sós.

– Tudo bem.

– Lá – disse, apontando para a academia. – Carolee está aqui.

Sem esperar pela resposta, Hope foi atravessando o estacionamento.

Certo, pensou. Ela devia estar meio chateada porque ele não foi consolá-la quando estava chorando. Talvez as flores ainda não tivessem chegado.

Ryder destrancou a porta e passou os olhos pelo interior do prédio. Tinham feito progressos na parte elétrica e hidráulica no térreo, e dava para notar que houve progresso também no trabalho de aquecimento e ventilação. Precisava ir ao andar de cima para dar uma olhada. Talvez pudessem...

– Ryder, eu gostaria muito que você prestasse atenção.

– Claro. O que foi?

– Você não devia ter ido tirar satisfação com Jonathan sem eu saber. Você não tinha o direito de assumir o controle dessa situação ou de fazer *qualquer coisa que fosse* sem falar comigo antes. O problema é *meu*. Acha que não iam me dizer o que você estava fazendo? Aonde tinha ido?

– Não pensei muito nisso. E não estava nem aí para o babaca do seu ex. Fui direto à fonte do poder. Em geral, é a melhor maneira. Falei com o pai dele.

– Você...

De início, ela empalideceu, mas, depois, seu rosto ficou corado pela fúria.

– Como pôde fazer isso? Por quê? A confusão é minha. O problema é meu.

Ryder acabara de passar três horas na estrada para ir e voltar daquele lugar que, em sua opinião, era o inferno construído pelo homem. E Hope estava furiosa com ele?

– Você é problema meu, porra! Acha mesmo que vou deixar uma loura desgraçada vir até aqui e bater em você sem fazer nada a respeito?

– Eu levei um tapa. Ela está casada com Jonathan. Eu diria que foi ela que levou a pior nisso tudo.

– Nisso, tem toda a razão. Mas ela não ia se safar dessa. Não ia se livrar numa boa depois de ter batido em você e feito você chorar. E pronto!

– Não chorei porque ela me machucou. Fui humilhada. Mais do que humilhada. Nem sei que palavra usar... E a sua mãe vendo tudo, ouvindo tudo...

– Ela aguenta.

– E a sua equipe de trabalho, todos aqueles operários presenciaram a cena. A essa altura, a cidade inteira já sabe o que aconteceu ou já ouviu uma versão da história.

– E daí?

Nossa! Estava tão cansado, com uma baita dor de cabeça se insinuando, e Hope ali parada, criando caso por ele ter feito o que precisava fazer.

– É assim que as coisas acontecem. E foi ela que bancou a idiota, não você. E não, pelo amor de Deus, não comece a chorar outra vez.

– Não estou chorando!

Mas uma lágrima já começava a escorrer.

– E tenho todo o direito de chorar. As pessoas choram! Aprenda a lidar com isso.

– Tome.

Ryder tirou um martelo do cinto de ferramentas que havia deixado ali mais cedo.

– Dê uma martelada na minha cabeça. Com isso eu sei lidar.

– Pare. Pare!

Hope falava tanto consigo mesma quanto com ele, agarrando o cabelo com as mãos.

– Nada disso importa. Nada disso é *o verdadeiro* problema. Você decidiu por conta própria, sem me dizer absolutamente nada, ir até o Wickham contar ao pai de Jonathan toda essa história *sórdida*.

– Isso mesmo. Falei com ele e está tudo resolvido.

– Falou com ele, mas não comigo. Não podia passar cinco minutos falando comigo, mas passou quase quatro horas viajando e falando com Baxter Wickham. Não espero que enxugue minhas lágrimas, Ryder, nem que me console, mas espero, sim, que converse comigo e leve em consideração os meus pensamentos, os meus sentimentos e as minhas necessidades. E, enquanto não fizer isso, não tenho mais nada para falar com você.

– Espere um minuto! – exclamou Ryder ao vê-la andando a passos rápidos em direção à porta.

Hope olhou para trás e disse:

– Eu esperei quatro horas. Agora é a sua vez de esperar. E obrigada pelas flores.

E foi embora, deixando-o atônito e, mais uma vez, furioso.

capítulo dezessete

FICAR SUBINDO E DESCENDO a escada portátil para retirar, lavar e reinstalar todos os filtros dos dutos de ventilação da pousada impedia, na maior parte do tempo, que a mente de Hope vagasse em direção a Ryder. Quando terminou a tarefa que parecia interminável, ela mergulhou na papelada que precisava ver.

Era óbvio que tinham cometido um erro achando que poderiam manter um relacionamento com muita paixão e quase nenhuma característica em comum.

Não pensavam da mesma forma. Havia uma profunda divergência entre a maneira como lidavam com as coisas.

Hope não podia se envolver com alguém que não respeitava seus sentimentos, suas necessidades e suas capacidades.

Era melhor mesmo se afastarem antes que ficassem tão envolvidos a ponto de isso se tornar impossível.

O trabalho mantinha Hope ocupada e, em boa parte, a fazia se sentir realizada. E, se terminasse todos os itens da lista de tarefas, poderia reservar um tempo para pesquisar sobre Lizzy e Billy à noite. Como vinha fazendo havia duas noites, já que Ryder continuava afastado.

Isso era um verdadeiro feito, já que ele vinha trabalhar todos os dias tão perto dali.

Saiu do escritório para receber a entrega das flores para os quartos que haviam sido reservados para aquele dia e subiu satisfeita carregando os arranjos para os devidos lugares. Descendo outra vez, deparou com Avery na porta do saguão.

– Eu bati antes – explicou, enfiando a chave no bolso.

– Eu estava lá na cobertura. A suíte foi reservada para hoje à noite.

– Que chique! Está livre agora? Tem um minuto?

– Tenho vários, se precisar. É algo relacionado ao MacT's?

– Não. Continuamos com a inauguração prevista para a quinta-feira daqui a duas semanas. Ou então vamos fazer a nossa festa particular nesse dia e a inauguração oficial na sexta.

Avery passou a mão pela barriga.

– Fico até meio enjoada quando digo isso, mas não de forma negativa. Agora, a grande notícia do dia: acho que, finalmente, encontrei meu vestido de noiva.

– Onde? Quando?

– Na internet. Hoje de manhã, quando estava bisbilhotando antes de vir para cá.

– Na internet? Mas...

– Eu sei, eu sei, mas com as coisas andando tão rápido no novo restaurante, a Vesta com muito movimento, Clare já começando a andar feito uma pata-choca, não conte para ela que eu disse isso!, e você presa aqui, não dá para sair visitando várias lojas. E, bom, eu estava só bisbilhotando, tentando ter uma ideia do estilo que me agradaria, algo que eu achasse que poderia funcionar... e lá estava ele.

Hope ergueu uma das mãos. Fazia muitas compras pela internet, ainda mais para a pousada, e admitia que era bastante conveniente. Mas tudo tem limite.

– Você encomendou o vestido de noiva pela internet?

– Ainda não. Acha que sou maluca? Não encomendaria sequer um biscoitinho para o casamento, se eu quisesse um, sem mostrar antes a você e a Clare. Acabei de passar na livraria para mostrar a ela.

Fez um gesto com o iPad que trazia consigo.

– Agora quero mostrar para você. Não dava para mandar o link porque eu queria ver qual seria a reação de vocês. Seja *sincera*.

– Tudo bem. Vamos lá.

– Salvei ele no iPad.

– Vamos nos sentar.

– Pode falar a verdade se não gostar – pediu Avery enquanto se dirigiam para a cozinha.

– O que Clare achou?

– Nada disso. Você tem que ver sem nenhum prejulgamento. – Avery se sentou, respirou fundo e abriu a imagem na telinha.

Em silêncio, Hope analisou o vestido por um bom tempo, com todo o cuidado.

– Bom, ele é lindo!

– Lindo não é o melhor adjetivo para se referir a um vestido de noiva. Os olhos chegam a sangrar diante da beleza ao vermos vários vestidos na internet. Foram as linhas e os detalhes que me atraíram para este aqui. Sou baixinha, então não posso usar um daqueles enormes vestidos de princesa, o que é triste. Mas tenho braços e ombros bem bonitos, então posso usar um tomara que caia. E o bordado no corpete ajuda com o fato de eu não ter muito busto.

– Você tem um busto lindo.

– Ah, obrigada. Mas não é grande. E acho que esse é um estilo mais imperial, o que pode me fazer parecer mais alta. E tem esses detalhes, essas contas...

Avery aumentou o zoom para mostrar o bordado da saia.

– É em pequena escala.

– Como você.

– Isso! A saia tem um pouco de volume e de movimento, mas não é armada. – Soltou um rápido suspiro. – Adoraria um assim. Se não se pode usar um vestido armado no dia do casamento, quando vai poder? Já me fiz essa pergunta e concluí que, no meu caso, a resposta é: nunca. E tenho a pele muito clara para usar vestido branco, então o marfim vai cair muito bem. Não vou querer o véu. Prefiro uma espécie de tiara com brilho. Vai ser o meu toque de princesa. Quero alguma coisa que lembre as princesas.

– Vai parecer uma com esse vestido – afirmou Hope pegando o tablet para virar, revirar, ampliar e diminuir a imagem para ter uma ideia melhor. – Uma princesa de contos de fadas. Tem razão em preferir o movimento à saia armada, a cintura alta, os detalhes menores e mais delicados. Acho que vai ficar maravilhosa.

– Tem um "mas" escondido aí.

– É só que, encomendando assim, você não pode experimentar, compará-lo com outros e sentir o tecido.

– Posso experimentar quando ele chegar. E sentir o tecido. Se não for o que eu quero, devolvo.

Hope pensou na emoção, na empolgação única de se ver cercada por vestidos incríveis, de seda, de tule, dos matizes sutis do branco.

E se deu conta de que essa emoção era muito mais dela do que de Avery.

– Verdade.

– Experimento com você e Clare. E Justine. Se não der certo, ainda tem bastante tempo para procurar outro.

Após uma última observação detalhada, do vestido e da amiga, Hope lhe devolveu o tablet.

– Adorei.

– Adoro a foto. Quero ver se vou adorar quando estiver vestida com ele.

– Então é melhor encomendar.

– Ótimo, porque deixei ele reservado no carrinho, com todos os dados já preenchidos. Só preciso... – Avery teclou, moveu a tela, engoliu em seco e clicou sobre a palavra "comprar". – Ah, meu Deus! Acabei de comprar um vestido de noiva, Hope!

Rindo e com os olhos marejados, Hope se inclinou para a frente e abraçou a amiga.

– E qual a sensação?

– Assustadora e boa. E é empolgante comprar alguma coisa que não seja para cozinhar, congelar ou marinar. Foi só com isso que andei gastando dinheiro nesses últimos tempos.

– Quero que me avise assim que ele chegar.

– Prometo. Acho que ainda é um pouco cedo para rastrear o envio.

Avery deu um risinho e abriu de novo a imagem do vestido só para ficar olhando.

– Mas é o que vou fazer de hora em hora até ele chegar.

– Sapatos. Você precisa de sapatos absolutamente fabulosos.

– Quero sapatos com salto meia pata – declarou Avery. – Algo sexy e lindíssimo. Posso trocar por saltos mais baixos quando for dançar, mas quero me sentir alta. Com brilho, eu acho, feito a tiara. Assim vou ter brilho na cabeça e nos pés.

– Ótima ideia.

Hope estreitou os olhos.

– Você salvou alguns sites também.

– Na verdade, salvei três pares.

– Vamos ver – disse Hope, dando um toque no tablet.

Passaram os dez minutos seguintes falando de escarpins, sandálias de tiras e *peep-toes*. Hope vetou os escarpins, lindos, porém muito refinados, e, seguindo seu conselho, Avery encomendou os outros dois pares para poder compará-los quando experimentasse o vestido.

– Sabia que podia contar com você para ter as melhores dicas sobre sapatos.

Avery passou os dedos pelo vestido uma última vez e pôs o tablet de lado.

– E então? Como estão as coisas entre você e Ry? Já está tudo bem?

– Aparentemente, não há nada entre mim e Ryder. Não falo com ele desde anteontem.

– Meu Deus! Se tivesse que escolher qual de vocês dois é o mais teimoso, acho que daria empate.

– Não estou sendo teimosa. Se ele quiser falar comigo, sabe onde me encontrar.

– E se você quiser falar com ele também sabe onde encontrá-lo.

Revirando os olhos, Avery fez um gesto na direção da porta.

– Nem quer saber o que Ryder disse ao pai de Jonathan e vice-versa?

– Isso não tem a menor importância. – Mesmo que a deixasse enlouquecida. – Além do mais, você sabe. A essa altura, ele já contou para Owen.

Avery soltou o ar por entre os dentes.

– Então, em vez de conversar com Ryder para se inteirar, você prefere saber o que ele contou a Owen e Owen contou para mim?

– Prefiro.

– E não é teimosa – acrescentou Avery.

– Vai me dizer que acha que Ryder tinha o direito de ir até lá procurar Baxter Wickham sem eu saber?

Soltando o ar, dessa vez com mais força, Avery se levantou e pegou um refrigerante na geladeira. Isso ia demorar mais do que ela havia planejado e podia deixá-la com sede.

– Você foi criada com uma mãe e uma irmã, mas também com um irmão e um pai. Já eu? Éramos praticamente só o meu pai e eu, além da ligação com a família Montgomery e seus três garotos. Tenho mais percepção da cabeça masculina com relação a certas coisas.

– Por exemplo...

– Acho que Ry fez o que seus instintos lhe disseram para fazer. Ou o instinto secundário, porque o primário teria sido caçar Jonathan onde quer que estivesse e acabar com ele. Gosto desse primeiro instinto, mas você não teria gostado. O segundo foi mais civilizado.

– Civilizado?!

Diante do tom chocado de Hope, Avery deu de ombros e abriu as mãos espalmadas.

– Desculpe, mas é a minha opinião. Ryder foi dirigindo até Washington e saiba que ele detesta fazer isso. Para Ryder, a autoestrada 270 é o sétimo círculo do inferno. Além disso, deve ter ficado muito irritado por perder metade de um dia de trabalho. Mas ele fez isso porque não ia permitir que alguém aprontasse com você daquela forma e saísse impune.

– Mas...

– Nem sempre as relações são racionais e equilibradas, Hope. Elas são humanas. E você está se relacionando com uma pessoa que é muito mais propensa a agir do que falar sobre determinado assunto: discutir, debater, pesar as opções. É mais difícil para você, que é do segundo tipo. Você não está errada. Nem ele. Estão só lidando com temperamentos diferentes.

Perceber que a melhor amiga estava do outro lado daquela linha, ou, pelo menos, tinha um pé lá e outro cá, era difícil de aceitar. Mas a honestidade era mais importante do que qualquer apoio moral.

Na maioria das vezes.

– Esse é o problema, não é? Somos muito diferentes.

– Assim como Owen e eu. Na verdade, ele é mais parecido com você, e eu, com Ryder. Mas não me apaixonei por Ryder. Não vou me casar com Ryder usando o vestido que acabei de comprar. Sou bagunceira, impulsiva e tenho o pavio mais curto do que boa parte das pessoas. Mas Owen não tenta me mudar.

– Não estou tentando fazer Ryder mudar. Não é isso que quero – emendou quando percebeu que Avery tinha erguido um pouco as sobrancelhas. – O problema é meu, Avery.

– Besteira. Eu me apeguei à imagem da minha mãe com essa mesma lógica limitada. E eu estava errada.

– E acha que estou errada agora.

– Acho que você e Ryder precisam ter uma conversa em vez de ficarem emburrados. E também acho que está errada, sim.

Mesmo sem saber por quê, Hope riu.

– Gosto de pensar nisso como uma forma de carinho. Bom, que se dane! Conte o que Ryder disse a Baxter Wickham e o que ele disse a Ryder.

– Não.

Avery se levantou e fez que não com a cabeça.

– Pergunte a Ryder.

Um desentendimento podia ser algo difícil de aceitar, mas a discórdia era ainda pior.

– Avery!

– Não. E vou embora antes que acabe cedendo. Amo você e é por isso que não vou ajudá-la a fugir de algo que, como nós duas sabemos, você precisa encarar. Talvez as coisas não deem certo entre você e Ryder, mas um deve ao outro a satisfação de algumas palavras.

Atônita, Hope ficou só olhando enquanto a amiga pegava o iPad, seguia para a porta, abria o trinco e ia embora.

– Bom... Que se dane! – repetiu Hope.

Agora *precisava* saber o que os dois tinham dito um ao outro, ou ficaria maluca. E talvez Avery tivesse razão. Pelo menos em parte. Mesmo assim, não podia simplesmente ir até onde Ryder estava e perguntar. E não podia – não ia – pedir desculpas por ter sentimentos e opinião próprios.

Podia refletir sobre o estado atual das coisas e considerar várias soluções. Mas não ia ceder assim tão fácil.

E não estava sendo teimosa nem fazendo birra.

– E se estivesse? – murmurou.

Inquieta e chateada, pegou o saco de lixo da cozinha para levá-lo ao depósito. Ao chegar do lado de fora, arrancou umas ervas daninhas e cortou as rosas. E, sim, olhou na direção da academia para ver o que estava acontecendo por lá.

Não viu Ryder, o que era bom, disse consigo mesma. Ela pensaria na melhor maneira de sair do impasse em que se encontravam.

Ao voltar, dirigiu-se à porta do saguão, que se encontrava trancada. Hope *sabia* que a deixara entreaberta, pois ia voltar logo. Dando de ombros, pegou a própria chave guardada no bolso e enfiou-a na fechadura, mas ela não virava.

– Pare com isso – murmurou. – Deixe eu entrar.

A maçaneta não se movia.

Nem aquela nem a da outra porta ou da que dava acesso ao segundo andar.

– Pelo amor de Deus! Isso é ridículo.

Hope saiu correndo escada abaixo outra vez. Tudo bem, bastava pegar a cópia de Avery. E, se ela também não funcionasse, ligaria para Carolee pedindo-lhe que viesse mais cedo.

Com a cabeça fervendo, saiu andando pela calçada que ladeava o prédio e estacou a poucos centímetros de Ryder, que vinha em sua direção.

Ele a fitou por longo tempo.

– Algum problema?

– Não. Ou melhor, sim. Droga! Ela me trancou do lado de fora.

– Carolee?

– Não, não foi Carolee. Minha chave não abre nenhuma das portas aqui de trás.

Ryder se limitou a estender a mão e, após pegar a chave, dirigiu-se à primeira das portas.

Enfiou a chave e virou-a na fechadura.

– Abriu agora.

– Estou vendo.

– O que fez para deixá-la irritada?

– Não fiz nada.

Com um gesto brusco, pegou a chave de volta e foi entrando.

A lareira se acendeu ruidosamente. Todas as lâmpadas começaram a piscar. De onde estava, Hope ouviu a porta da geladeira bater repetidas vezes.

– Parece que ela está com raiva.

Ryder tirou Hope da frente. Assim que ele entrou, tudo o que estava acontecendo parou.

– Isso começou agora?

– Foi. Nesse minuto. Não sei por que está irritada. Passei umas cinco horas pesquisando nas duas últimas noites.

– Já está mais calma agora.

Bastou ele se virar para a porta e tudo recomeçou. Ryder pegou o controle remoto e apagou o fogo da lareira.

– Pare com isso!

A resposta foi um estalido bem audível no trinco da porta.

– Talvez ela esteja aborrecida porque você não aparece aqui há uns dias – sugeriu Hope.

Ryder depositou o controle no lugar.

– Fiquei com a impressão de que a gerente não me queria por perto.

– Você se enganou. Não gostei de ver você fazer algo que me envolvia sem falar comigo.

– Não gostei de ver você levar um tapa.

Ele encolheu os ombros.

– Não se pode gostar de tudo.

– Não estou errada em querer que você tivesse falado comigo.

– Não estou errado em querer defender você.

Hope já ia rebater, mas percebeu que não podia. E não queria.

– Diga-me que não estou errada em querer que você converse comigo e eu lhe digo que não está errado em querer me defender.

– Tudo bem. Você começa.

O riso de Hope apareceu acompanhado do breve sorriso malicioso de Ryder.

– Tudo bem. Você não está errado.

– Nem você. Tudo resolvido?

– Não. Ainda não. Preciso saber se vai levar meus sentimentos em consideração.

O rosto de Ryder voltou a expressar frustração.

– Não fiz nada além disso, Hope. Pensei na sua mágoa e no seu constrangimento. Não ia deixar isso passar em branco.

– Se tivesse vindo falar comigo antes...

– Você não ia me dissuadir. Nossa briga teria acontecido antes, mas, mesmo assim, eu teria ido até lá e dito o que precisava dizer.

– Eu não ia tentar dissuadi-lo. Certo, teria tentado, sim – admitiu. – No começo. E depois teria ido com você.

Ryder estacou e franziu o cenho.

– Você teria ido até lá?

– Teria. Na verdade, antes de saber que você tinha ido, eu já havia me acalmado o bastante para pensar no assunto. Ia escrever uma carta para Baxter Wickham. Uma carta bem detalhada. Pois percebi que não podia nem devia deixar isso passar em branco.

– Pessoalmente, acho melhor. Mas nem cogitei a ideia de você querer ir. Você estava chorando.

– Já tinha parado. Precisava chorar. Depois, parei e comecei a pensar. Precisava dizer muita coisa e pretendia escrever tudo. Claro que teria feito mil rascunhos e levado alguns dias para melhorar o tom e a escrita.

– Aposto que sim.

– Mas, se tivesse me falado, eu teria entendido que não havia como dissuadi-lo e teria ido até lá. Teria dito tudo pessoalmente.

– Certo.

Os ombros de Ryder relaxaram um pouco quando ele assentiu com a cabeça.

– Tudo bem. Posso dizer que lamento ter deixado você fora disso.

– E eu lamento não ter dado o devido valor ao fato de você ter me defendido como fez.

– Ótimo. Agora terminou?

– Não.

– Caramba!

– Vou pegar uma bebida gelada e você vai me contar o que conversou com Baxter. Ponha-se no meu lugar. É claro que também adoraria saber.

– Quer que eu faça o relatório completo?

– Com toda a certeza.

– Droga!

Detalhes, pensou Ryder. Mulheres sempre querem detalhes.

– Certo, mas, se eu contar tudo, vou querer sexo de reconciliação.

Hope foi pegar um refrigerante para ele na geladeira.

– Combinado – respondeu e sorriu.

Podia dispor de algum tempo, calculou Ryder, deixando-se cair num banquinho. Era bom não ficar em pé por cinco minutos. Era bom olhar para ela assim de perto, sentir seu perfume, ouvir sua voz. Podia muito bem lhe contar o trato que fizera com Wickham. Hope não precisava saber que os dois se esbarraram ali fora porque ele tinha largado o que fazia com a intenção de retomar do ponto em que os dois tinham parado e resolver aquela história toda.

Apenas porque já estava cansado de lhe dar um tempo para esfriar a cabeça e de manter a distância enquanto Hope fazia isso. Cansado de pensar nela o tempo todo, a ponto de perder o sono.

Nunca perdera o sono por causa de uma mulher.

E já estava cansado de tentar descobrir que diabos Hope esperava que ele fizesse, já que o sempre infalível recurso de mandar flores não havia funcionado.

Ficou devendo um favor a Lizzy. Afinal, ela é que tinha elaborado um esquema para ele estar agora bem onde queria estar. Melhor ainda, pensou, estava sentado com um refrigerante gelado na mão e Hope ao seu lado, esperando. Olhando para ele.

E havia a perspectiva de sexo de reconciliação depois.

– E então? – perguntou ela, enfim.

– Estou pensando. Quanto tempo acha que vai levar até a loura enfrentar o babaca com quem se casou e atirar você na cara dele?

– Não a conheço tão bem. É provável que não demore muito – admitiu Hope.

– E, já que Jonathan é um babaca sem-vergonha, quanto tempo acha que ele vai levar para distorcer a história toda e dizer que foi você que o procurou, dando em cima dele ou algo do gênero?

– Não vai demorar nada.

– Foi o que pensei. Você ainda tem contatos por lá, gente do ramo ou gente que gosta de viajar, de se hospedar em lugares legais, especiais.

– Tenho, sim. O que pensou foi que, para se proteger de alguém que não está nem aí e para proteger o próprio orgulho, eles podem tentar manchar a minha reputação. Sair espalhando mentiras e boatos sobre "a descarada da Hope que dormia com o filho do patrão para garantir o emprego e, agora, está repetindo a dose".

– O que não é nada bom para os negócios.

– Então, a sua preocupação eram os negócios.

– É um dos fatores envolvidos.

Talvez um detalhe mínimo no quadro geral da situação, mas era um fator.

– O mais importante é que nenhum dos dois merece uma chance de se sair bem dessa história. Quebrar a cara dele? Owen sempre teve medo de prisões por agressão e julgamentos.

– É um dos fatores envolvidos – imitou Hope de forma seca.

– Na minha opinião, porém, em geral vale a pena, a não ser quando a gente pensa que machucados e ossos quebrados acabam sarando. E algumas pessoas ainda ficam com pena do sujeito que foi esmurrado, por mais que ele tenha merecido isso. Então, preferi a ideia de lucros mais duradouros. Acabar com a babaquice do babaca. E tem mais: basta olhar para ele e para a figura com quem se casou para perceber que a motivação deles é o dinheiro, a ostentação, o status. Mas é preciso ter dinheiro e oportunidades tanto para a ostentação quanto para o status. O velho Wickham continua no comando, logo ele é a fonte do poder. Ele poderia cortar o dinheiro, ou os canais que levam a ele, e pôr fim às oportunidades.

Eram as mesmas conclusões a que Hope tinha chegado, mas admitia, um tanto envergonhada agora, que nunca imaginou que Ryder fizesse o mesmo.

– Você pensou em tudo isso?

– É uma longa viagem enfrentando um trânsito infernal. Dá tempo suficiente para pensar. Enfim, o hotel é bem bonito.

– Verdade.

– Consegui imaginar você lá.

– É?

– Todo aquele brilho combina com você.

– Combinava. No passado.

Ryder a observou em silêncio por um instante.

– Acho que faz ideia de como me senti deslocado ali, saindo direto do canteiro de obras. Eles foram educados, tenho que admitir, e provavelmente teriam me colocado para fora com toda a educação se eu não tivesse sugerido queixa por agressão no caso de Wickham não me receber.

– Agressão?

– Ela bateu em você.

– Foi, mas...

– Isso é agressão, porra! Se eu tivesse dado um soco naquele babaca pode apostar que a polícia e alguns advogados teriam aparecido. Talvez a gente não resolva as coisas por aqui chamando a polícia e os advogados quando acontece um tapa ou um soco, mas acho que é isso que aquela gente faz. Owen tinha toda a razão.

– Você pensou mesmo em muita coisa no trânsito infernal.

– Era isso ou comprar um revólver e dar um tiro em alguém. Ele mandou o segurança me levar até o escritório dele.

– Jerald?

– É. Foi assim que Wickham o chamou. Quando comecei a contar o ocorrido, ele mandou que Jerald saísse da sala. Imaginei que a coisa fosse demorar. Que fosse haver um monte de manobras, de contramanobras, defensiva, ofensiva. Mas, na verdade, não aconteceu nada disso.

– O que disse a ele, Ryder?

– Que Jonathan apareceu aqui sem ser convidado, de forma inesperada e indesejada, alegando que o pai tinha uma proposta para você voltar a trabalhar lá. E que também fez a própria proposta, caso você voltasse a ter um caso com ele. Mas que você não estava interessada. Wickham não ficou nada feliz ao ouvir isso. Foi nessa hora que percebi que ele se sente um pouco culpado em relação a você. Um certo remorso. Mas foi quando cheguei ao segundo ato, contando que a loura tinha vindo aqui, que ele mandou o segurança sair da sala – lembrou-se Ryder.

– Imagino – comentou Hope.

– Ele entendeu tudo e chegamos a um acordo.

– Que acordo?

– Wickham garante que os dois a deixem em paz e isso inclui os eventuais boatos que poderiam espalhar. Então, estamos quites. Se algum deles aparecer por aqui e abordar você, seja como for, vai ter que pagar pelo que fez. Foi isso.

– Foi isso?

– Sim. Ele me deu um cartão com seu número pessoal. Pediu que eu entrasse em contato se um dos dois não mantivesse o trato.

– Espere aí!

Espantada, Hope ergueu uma das mãos.

– Baxter Wickham lhe deu o número pessoal?

– Deu. Qual é o problema? Ele não é Deus. É apenas um sujeito. Um sujeito constrangido e furioso que tem um filho babaca. Agora, está tudo resolvido, como já disse.

Ryder tomou um bom gole do refrigerante. *Nossa*! Parecia até que tinha falado por uma hora sem parar.

– Você é que é boa em se comunicar, em se expressar. Talvez devesse ter se comunicado com ele, se expressado, falado quando o babaca veio aqui. O velho me pareceu um cara bem sensato.

Sensato não era a palavra mais comum para descrever Baxter Wickham, pensou Hope. Poderoso, reservado, ocasionalmente belicoso combinavam mais com ele.

– Ele foi meu chefe por um bom tempo. E eu acreditava que viria a ser meu sogro. Mas você tem razão. Eu devia ter ido falar com ele. Acho que ainda guardava mágoa e raiva com relação à família. Mais que isso: algum tipo de laço.

– Talvez. E talvez ele tivesse desconsiderado a proposta do filho. Você era livre para dizer sim ou não. Mas a história da nora? Não. Aquele canalha frouxo pode não conseguir manter a esposa na linha, mas Wickham consegue.

– As coisas não deviam ter chegado a esse ponto. E essa história nunca devia ter criado problemas entre nós. Lamento muito que isso tenha acontecido.

– O sexo de reconciliação vai restabelecer o equilíbrio.

Quando ela riu, Ryder não pensou duas vezes: esticou o braço e acariciou o rosto de Hope de tal forma que o riso dela cessou.

– Senti falta de você – confessou ele.

Emocionada, ela segurou o pulso de Ryder.

– Eu também.

Ele se levantou e, num movimento rápido mas delicado, a tirou da banqueta e a envolveu nos braços. Hope esperava urgência e avidez, um prelúdio para o sexo de reconciliação. Em vez disso, o beijo flutuou por todos os seus sentidos, de um jeito doce e quase onírico. Reluziu no seu coração e penetrou nele antes mesmo que ela pudesse entender o que estava acontecendo, que pudesse se preparar para isso.

Mesmo depois que Ryder se afastou, a sensação permaneceu ali, ressoando como uma pulsação dentro de Hope.

Ele passou o polegar pelo rosto dela com todo o cuidado. Pele grossa, toque suave.

– Vou comprar comida e volto mais tarde.

– Tudo bem. Estou...

– Com hóspedes. Eu sei. Sou bem informado. Vou esperar.

Os olhos verdes e inquisidores se detiveram nos dela por mais um instante.

– Vamos esperar – emendou ele. – Diaraque também sentiu sua falta.

Foi embora deixando-a abalada e com a cabeça a mil.

Era isso que ela achava que sentia por Jonathan? Fora burra, burra por confundir satisfação e hábito – e o que acabou se revelando uma afeição e uma lealdade idiotas – com essa emoção avassaladora, corrosiva, estonteante.

Teve que se sentar, esperar até recuperar o fôlego, até os joelhos pararem de tremer. Não havia entendido. *Nunca* entendera que o amor provocava uma reação física tão impressionante. Sentia-se febril, atordoada e, quando fechou os olhos, não pôde deixar de admitir que também estava assustada.

Hope tinha um *plano*. E se apaixonar não era parte dele.

– Adequar – ordenou a si mesma e apoiou o rosto no granito frio. – Adequar.

Certas pessoas nunca sentiram o que ela sentia naquele momento. E, nesse instante, Hope não sabia se devia ter inveja ou pena delas. Mas precisava encarar a realidade. Tinha se apaixonado por Ryder Montgomery.

Só faltava descobrir que diabos ia fazer em relação a isso.

– Era isso que você sentia?

Hope ficou onde estava, sentindo o perfume de madressilva, lutando para recuperar o equilíbrio.

– Não é de espantar que tenha ficado esperando. O que mais poderia fazer? Ele também a amava. Você sabia disso. Não precisava fazer suposições, se preocupar nem duvidar. Se ficou esperando, se pôde fazer isso, ele também poderia. Vou encontrá-lo.

Billy.

Hope percebeu a alegria que ressoava naquele nome, a *vida* que havia nele.

Ryder.

– É.

Com um suspiro profundo, ela se levantou e se sentou outra vez.

– É isso que parece. Como se eu tivesse vindo para cá, para isso, desde aquele primeiro instante. Atordoada, ardente, sobrecarregada, ofuscada, amedrontada. Assim como agora. Não devia ser assim, mas é. Pensando bem, não devia ser assim para você também. Deve ser coisa de família.

Billy. Ryder.

– Aposto que Billy tinha o mesmo temperamento presunçoso. Isso não devia ser tão atraente. A gente acaba perdendo o chão. Agora eu entendo. Pouco importa quem fosse o seu pai, qual fosse a sua condição social. Billy a amava. Ele a via como você é, e isso era tudo o que importava. Às vezes eu fico me perguntando como esse tipo de coisa funciona. Alguém tão forte e confiante vê você, olha para você e você passa a ser a única coisa que importa.

Soltou mais um suspiro e se pôs de pé.

– Não consigo pensar nisso agora. Não dá para fazer isso. Tenho que terminar minha lista de tarefas e preparar uns muffins antes que os hóspedes cheguem.

A porta do armário em que Hope guardava os utensílios de confeitaria se abriu de repente e se fechou com força.

– Não precisa ficar chateada comigo. Billy a amava, você entende. Queria se casar com você. Ryder não...

Recuou instintivamente no momento em que a porta voltou a bater. Pôde ouvir de forma clara os dois nomes.

Billy. Ryder.

– Tudo bem, Eliza. Já chega. Se eu disser que adoraria que Ryder sentisse por mim o que Billy sentia por você, vai ficar satisfeita? Mas Billy e Ryder não são...

Hope estacou de súbito e esticou a mão na direção da bancada quando tudo se esclareceu.

– Ah, meu Deus, então é isso? Era tão simples assim? Billy Ryder? Joseph William Ryder. É isso? Esse era o nome dele?

As luzes se acenderam num brilho forte, pulsando como um coração.

– Billy Ryder. O seu e, aparentemente, meu também. Um antepassado dele? Será possível? Assim como você é para mim... Espere.

Pegou o telefone da cozinha e ligou para o celular de Ryder.

– Fala.

Ignorou a reação irritada. Ele detestava ser interrompido no trabalho, mas azar o dele.

– "Ryder" é sobrenome, não é?

– Hã? Nossa! E daí?

Hope quase gritava para se fazer ouvir apesar da barulheira do outro lado.

– É o nome de solteira da sua mãe? O sobrenome da família dela?

– É, por quê?

– Billy. Era o sobrenome dele também. Ele se chamava Joseph William Ryder.

– Desgraçado!

– Reconhece esse nome? Ele lhe parece familiar?

– Por que seria? Ele morreu uns 200 anos antes de eu nascer. Pergunte à minha mãe. Pergunte a Carolee. Ligue para Owen. Qualquer um deles vai saber muito mais que eu.

– Tudo bem. Obrigada.

– Parabéns.

– Ainda não o encontrei. Mas, é verdade, isso merece uma comemoração. Falo com você mais tarde.

Desligou antes de Ryder e, de imediato, ligou para Carolee. Não ia dar tempo de preparar os muffins, decidiu. Ia comprar alguma coisa na confeitaria.

Queria passar qualquer minuto de que dispusesse procurando por Joseph William Ryder.

capítulo dezoito

Levou algum tempo até que as agendas fossem reajustadas e todos pudessem se reunir na mesma hora, no mesmo local. A pedido de Justine, encontraram-se na casa dela. Em sua opinião, ali todo mundo poderia falar e especular livremente.

E, tendo todos que importavam para ela debaixo do mesmo teto, bem que poderiam acabar fazendo uma festa.

Como conhecia os filhos, botou uns bifes para marinar, escolheu umas espigas de milho em sua banquinha favorita de beira de estrada e colheu pimentas e tomates frescos da horta.

– Não precisa se esforçar tanto – disse Willy B.

Sentado diante da bancada, ele debulhava umas vagens, contribuição trazida de seu pequeno quintal. O afetuoso pug estava enroscado debaixo da sua banqueta.

– É bom fazer um pouco de esforço. Esse verão passou voando e quase não conseguimos reunir todo mundo como agora. Além do que isso ajuda a acalmar a mente.

Ela salpicou um pouco de páprica numa travessa de ovos recheados, um dos pratos favoritos de Owen.

– Quando penso em tudo isso, Willy B., na minha insistência em comprar aquela pousada, seguindo um impulso do coração... Agora aparece essa ligação. Billy Ryder. O tempo todo. – Ela suspirou. – Nunca perguntei sobre a minha família, ou, pelo menos, não muito. Nunca me dei ao trabalho de descobrir o que quer que fosse.

– Estava vivendo a sua vida, Justine. Tinha Tommy e os meninos. E também Carolee.

– Eu sei, e foi isso que sempre contou para mim. Mesmo assim, fui resolver comprar logo esses prédios antigos. Tem alguma coisa aí. Seja como for, Carolee não sabe muito mais do que eu a respeito disso. Papai também não. Quando descobrirmos o que quer que seja, vou tentar me dedicar a conhecer mais os que vieram antes de mim. Você já fez isso. Eu me lembro.

– Andei interessado em descobrir.

Ele largou os legumes e coçou a barba ruiva.

– De que local da Escócia eles vieram, como chegaram até aqui... Os que chegaram. E achei que Avery devia saber. Talvez pensasse que, como ela não tinha muita coisa por parte da família materna, deveria conhecer o máximo possível do meu lado.

– Você é o melhor pai do mundo. Ninguém conseguiria superá-lo.

– Bom, tive a melhor das filhas para criar.

Ele sorriu, se remexeu na banqueta e pigarreou.

– Justine, você não quer se casar ou coisa do gênero, quer?

– Por que, Willy B. MacTavish?

Ela piscou. A pergunta podia ter sido meio estranha, mas Justine sabia como acertar as coisas.

– Esse foi o pedido de casamento mais romântico que alguém já fez na vida.

– Ah, essa não, Justine.

Ela riu, um riso divertido e afetuoso.

– Por que perguntou?

– Não sei ao certo. Acho que foi toda essa conversa sobre família e essa história de o seu filho se casar com a minha filha. Você fica aqui sozinha. E não me olhe desse jeito. Sei que pode cuidar muito bem de si mesma e de tudo que for preciso. Mas já faz um bom tempo que nós... Você sabe.

– Gostei do "você sabe". Você é o homem mais doce que conheço e, se quisesse ou precisasse me casar, não pensaria em mais ninguém. Mas estamos bem dessa forma, não é mesmo, Willy B.?

A resposta dele foi pegar a mão dela.

– Você é tudo para mim, Justine. Só queria que soubesse.

– Eu sei e sou grata pelo seu pedido. Quem sabe em algum momento do caminho eu não peça a sua mão?

– Ah, pare com isso, Justine.

Ele enrubesceu fazendo-a rir de novo e vir até a bancada para lhe dar um abraço apertado.

– Eu te amo muito, Willy B.

Afastou-se um pouco para colar os lábios aos dele.

E Ryder entrou, com Diaraque vindo logo atrás.

– Caramba!

Manteve-se o mais longe possível, indo direto até a geladeira para pegar uma cerveja.

– Caramba! – repetiu, abrindo a garrafa.

Tyrone se levantou de um salto e estremeceu um pouco quando Diaraque se aproximou para cheirá-lo.

– Não, Tyrone. Diaraque não vai machucar você.

Mas Willy B. desceu da banqueta, se agachou para acalmar o bichinho e fez um carinho nas orelhas de Diaraque

– Onde está Hope? – perguntou Justine.

– Tinha umas coisas para fazer. Daqui a pouco está chegando.

Com um gesto muito rápido – um cara precisa de agilidade na cozinha da mãe –, Ryder pegou um ovo recheado.

– Aquela gente lá da cidade lhe criou mais algum problema?

– Não, e acredito que não vá acontecer de novo. É um capítulo encerrado.

– Ótimo. Leve esses cachorros lá para fora agora mesmo. Tyrone se dá bem com Finch e Att. Logo, logo vai se entender com Diaraque também.

Ryder obedeceu, cutucando o pug ainda relutante com a ponta da bota.

– Beckett e sua turma acabaram de chegar. Os cachorros também vieram.

– Bom, talvez eu deva...

– Deixe esse pug ter contato com os outros cães, Willy B.! – exclamou Justine. – Senão vai acabar criando um bichinho neurótico.

– Mas todos são maiores que ele.

– E você é maior do que qualquer um. Nem por isso sai por aí machucando os outros.

Justine abriu um armário, pegou três revólveres de bolhas de sabão que já tinha enchido e levou-os para os meninos.

Segundos depois, Clare apareceu com uma tigela.

– O que trouxe aí? – perguntou Ryder indo ajudá-la. – Salada de batata? Você é a minha cunhada favorita.

– Sou a única, mas não por muito tempo. Avery e Owen estão vindo logo atrás de nós – lembrou-o, e foi dar um beijo em Willy B.

– Sente-se aqui. Nada de ficar em pé – falou Willy B.

– Vou sentar, sim, e acabar de debulhar essas vagens.

– Está bem, então. Vou sair e...

Clare ergueu as sobrancelhas ao ver Willy B. ir apressado em direção à porta.

– Ele está preocupadíssimo achando que os outros cachorros vão traumatizar o ratinho de olhos esbugalhados dele.

– Claro que não vão, e Tyrone é uma fofura.

– Parece até um cachorro de Marte.

– É, talvez pareça mesmo.

Ficou ali ocupada com as vagens enquanto os meninos gritavam e os cachorros latiam. Uma risada masculina se fez ouvir.

– Vá lá para fora. Sabe que está louco para fazer isso. Estou bem aqui. Vai ser uma pequena pausa para recobrar a sanidade.

– Se você diz...

Ele estava mesmo querendo sair, ainda mais porque tinha deixado a velha pistola que esguichava água separada no galpão para uma ocasião como aquela.

Quando Hope chegou, deparou com uma verdadeira guerra. Crianças, cachorros, adultos, todos encharcados, enfrentando-se com uma variedade de armas de esguicho.

Observou os combatentes, tomando suas precauções. Era provável que pudesse confiar nos meninos: eles com certeza não mirariam na sua direção. Quanto aos cachorros, bastava evitá-los, mas sabia muito bem que os adultos não conseguiriam resistir a um novo alvo.

Saiu do carro com todo o cuidado e usou o próprio veículo como escudo para chegar à porta dos fundos.

E viu o brilho nos olhos de Ryder, quase encobertos pelo cabelo que pingava.

– Eu trouxe tortas. Se me molhar, elas também vão ficar molhadas. É melhor pensar nisso.

Ryder baixou a arma.

– Que droga...

E, vulnerável, foi atingido nas costas pelo guerreiro mais novo.

– Peguei você em cheio! – gritou Murphy e saiu correndo aos berros, histérico e encantado quando Ryder resolveu persegui-lo.

Hope se aproveitou do momento de distração e, protegendo as tortas de cereja, foi direto para a casa.

– Eles estão todos ensopados – declarou e, nesse instante, avistou Avery, com uma taça de vinho na mão, usando uma camisa masculina que lhe batia nos joelhos. – Isso foi uma baixa de guerra?

– Também acertei eles, mas acabaram se juntando contra mim. Não dá para confiar nos homens.

– Agora todos já chegaram.

Justine deu um abraço em Hope.

– Por que não acende a grelha, Willy B.?

– Bom...

Com o pug encolhido no colo, ele lançou um olhar hesitante para a porta.

– Tudo bem, vou cuidar disso. Sirva-se de uma bebida, Hope.

Dizendo isso, Justine saiu da casa. Curiosa, Hope foi atrás dela e olhou para fora. E viu Justine ligar a mangueira do jardim.

Disparou sem piedade e sem aviso e só se ouviram os gritos "Mãe!", "Vó!".

– Hora de fazer uma trégua. Todos vocês vão se limpar e vestir roupas secas. A comida vai estar pronta em mais ou menos meia hora.

As vestimentas podiam estar tendendo para a excentricidade, mas a comida estava perfeita. Falaram sobre o restaurante, já que Avery fazia agora a contagem regressiva. Falaram sobre obras, sobre a cidade, sobre bebês e sobre casamento.

Os pratos ficaram vazios. As crianças e os cachorros voltaram para o quintal, dessa vez, limitados a bolas e bolhas de sabão por decreto feminino.

– Bom – Justine se recostou –, quanto a mim, vou lhes dizer o que sei. Existe uma velha Bíblia familiar.

Deu uns tapinhas na mão da irmã.

– Carolee conseguiu localizá-la com o nosso tio Henry, irmão do nosso pai. O tio Hank. Quando vovô faleceu, o tio Hank e a esposa guardaram tudo. Tem gente que é assim. Sabe Deus por que ele queria todas aquelas coisas, mas encheu o caminhão de mudança duas vezes. E a Bíblia estava no meio daquilo tudo. Ela cobre um bom espaço de tempo, logo, se Billy for da família, está incluído ali. Tudo que temos a fazer é recuperá-la.

– Ele disse que pode nos emprestar – acrescentou Carolee. – Quando conseguir encontrá-la. Pelo que diz, está arquivada, o que provavelmente significa que o livro está enfurnado em algum lugar no meio de várias pilhas.

– Tio Hank não tem pressa nenhuma em desencavá-la – prosseguiu Justine –, mas falei com a minha prima, filha dele. Sempre nos demos bem, e ela vai dar uma força para ele fazer isso logo. Nesse meio-tempo, posso adiantar que tio Hank não se lembra de nenhum Joseph William Ryder, e meu pai também não. Mas papai acha que ouviu algumas histórias do meu avô sobre uns tios que teriam lutado na Guerra Civil, e um desses tios, acha ele, morreu na Batalha de Antietam. Mas não posso jurar que seja verdade. Pode ser que o meu pai se lembre de algo assim só porque fiz perguntas a respeito.

– É um começo – disse Hope. Um começo tão lento que chegava a ser frustrante. – Não consegui encontrar nenhum Joseph William Ryder na lista dos que foram enterrados no Cemitério Nacional.

– Não encontrei nada até agora – observou Owen –, mas ainda tenho muitas coisas para pesquisar.

– Segundo papai, havia uma velha baioneta da Guerra Civil e vários outros itens, como projéteis, um quepe e até mesmo umas balas de canhão – acrescentou Carolee. – O que não sabemos é se eram objetos de família ou apenas objetos que encontraram trabalhando na terra. Tem muita coisa antiga enterrada por aí.

– Eu mal me lembro da fazenda – comentou Justine. – Ela foi vendida antes de vocês nascerem, meninos. Hoje, há casas construídas no local e o Serviço de Parques comprou parte dela. Mas papai disse, na verdade, afirmou com toda a certeza, que ali havia um pequeno cemitério familiar.

– Na fazenda? – indagou Hope, muito interessada.

– Às vezes, as pessoas enterravam os familiares no campo e não em igrejas ou cemitérios. Segundo papai, ele ficava no fim de uma velha alameda de terra, protegido por algumas árvores. Talvez ainda esteja lá.

– Posso descobrir – falou Owen. – Se foram exumados, é preciso toda uma documentação para remover sepulturas.

– Na velha fazenda Ryder.

Ryder ficou olhando a própria cerveja com as sobrancelhas franzidas.

– Tem um lago. Bem pequeno – emendou.

– Papai disse que tinha um lugar onde nadavam. Como sabe disso?

– Namorei uma garota que morava numa das casas que ficam naquele local. Há um pequeno cemitério, bem velho. Cercado por um muro baixo de pedra e com uma placa. No estilo do Serviço de Parques. Não prestei muita atenção. Estava mais interessado em fazer com que ela tirasse a roupa e entrasse no lago.

– Por que não disse isso antes? – perguntou a mãe.

– Eu não costumo falar para você das garotas que estou tentando ver nuas.

Sorriu para Justine.

– Eu devia ter uns 16 anos, mãe! Foi a primeira garota com quem saí depois que tirei a carteira de motorista. Como é mesmo que ela se chamava? Angela... Bowers, Boson ou coisa parecida. Não consegui fazer com que ela tirasse a roupa, portanto, o namoro não durou muito. E nem tinha me lembrado disso até agora. Eu me lembro de ter pensado "Merda, alguns desses aí são meus parentes" e, depois, voltei à esperança de ficarmos nus.

– O raio de alcance da atenção de um cara de 16 anos é bem curto – comentou Beckett. – A não ser quando se trata de garotas nuas.

– Então, ele ainda está lá – concluiu Justine. – Devíamos ter imaginado. É até um desrespeito não termos pensado nisso, Carolee.

– Papai só queria se livrar da fazenda – comentou Carolee. – Queria distância de tudo que se referisse ao trabalho agrícola. E ele e vovô se desentenderam por causa disso durante um bom tempo. Não é de espantar que não soubéssemos nada sobre isso.

– Mas agora sabemos – afirmou Owen. – Vamos até lá dar uma olhada.

– Tudo bem.

Justine se levantou.

– Só temos que juntar as crianças e os cachorros.

– O quê?! – exclamou Owen piscando os olhos. – Está querendo ir lá agora?

– Por que não?

– O sol vai se pôr logo, logo e...

– Então não devíamos perder tempo.

– Se esperarmos até amanhã, posso ir lá, olhar tudo e lhes dizer...

– Por que está gastando saliva? – perguntou Ryder.

Depois de muito corre-corre, de uma pausa para discussão, de muita empolgação por parte dos meninos com relação ao que prometia ser uma aventura e tanto, formaram uma fila de vários carros e caminhonetes. Uma das discussões envolveu os cachorros, e acabaram deixando Ben e Yoda com Att e Finch, reduzindo a quantidade de bichos.

Hope se viu no banco do carona da picape de Ryder com Diaraque deitado entre os dois.

– Ir amanhã teria sido mais sensato – comentou ela.

– Sensatez é algo que não tem nada a ver com tudo isso.

– Verdade. Estou adorando a ideia de irmos hoje à noite. O cemitério pode não estar mais lá ou as lápides terem sido danificadas. Talvez nunca tenha havido uma.

– Ótimo. Continue com o pensamento positivo.

– Só estou considerando a possibilidade.

– Mas existe a possibilidade de você encontrar o que procura.

– Acho que estou um pouco nervosa com a perspectiva de não encontrarmos alguma coisa e também com a de encontrarmos.

Ryder tirou uma das mãos do volante e segurou a dela, num gesto surpreendente que deixou o coração de Hope aos pulos.

– Pare com isso e relaxe.

Como a ordem abrupta foi bem mais direta do que Hope estava acostumada, foi exatamente isso que ela fez.

– Tudo isso era a fazenda – explicou Ryder quando pegaram uma estrada sinuosa bordeada de casas espaçosas, gramados em declive e árvores frondosas.

– Devia ser lindo. Tudo coberto por campos e colinas.

– As pessoas têm que morar em algum lugar. E elas não ficam empilhadas nessa região, o que já é alguma coisa. Fizemos umas obras aqui na época do boom imobiliário. Tinha gente ampliando casas, gente reformando.

Hope se inclinou para a frente.

– Essa é...

– Isso mesmo. A velha casa da fazenda Ryder. O incorporador foi esperto o bastante para não demoli-la e até investir um dinheiro nela. Aposto que ganhou uma boa grana com isso.

– É linda. Com essas pedras, o trabalho em madeira. E é grande. Os jardins e as árvores são bem bonitos. Devem ter acrescentado essa varanda envidraçada, mas ficou bom. É um belo lugar.

Virou-se para fitá-lo quando passaram adiante, depois voltou a olhar para a frente.

– Você já entrou nessa casa?

– Trabalhamos nela há uns três anos. Remodelando a cozinha, os dois banheiros e acrescentando um quarto extra em cima da garagem. E também fizemos a varanda de que você gostou.

– E qual foi a sensação?

– Na época? Como um trabalho qualquer. Um bom trabalho. Agora?

Ryder encolheu os ombros.

– Acho que entendi o que mamãe quis dizer. Talvez devêssemos ter dado mais atenção a essa parte de nós. Ter tido mais respeito por tudo isso. Meu avô tinha verdadeiro pavor da fazenda e, é claro, não se dava bem com o próprio pai. Então, nunca pensei muito sobre essa história.

Saiu da estrada mais uma vez, entrando por uma estreita alameda de cascalho.

– Isso é propriedade particular?

– Talvez. Deve ser do Serviço de Parques. Vamos lidar com isso se precisarmos.

– Houve combates aqui? Entre os homens e os rapazes do Sul e do Norte?

– Por toda parte – confirmou Ryder. – Está vendo aquilo ali?

Hope viu o lago que ele havia mencionado, com as águas escuras e profundas sob a luz que esmaecia. Os juncos se amontoavam nas bordas com os topos de um marrom aveludado, e samambaias com folhas bem vivas por causa do verão formavam um tapete verdejante.

Além do lago, antes de as árvores se tornarem mais densas, havia um muro baixo de pedra. Do tipo que Billy Ryder podia ter construído, pensou ela. Cercadas pelo muro, despontavam umas lápides. Hope contou dezesseis delas, danificadas pelo tempo e pelos anos, algumas parecendo brotar do chão duro.

– Parece solitário aqui. Triste e isolado.

– Não acho que a morte seja uma festa.

Ryder parou o carro e saiu, com o cachorro em seu encalço. Como Hope ficou ali sentada, ele deu a volta e abriu a porta do lado dela enquanto o resto do comboio familiar ia estacionando também.

– Ele pode ou não estar aqui. Seja como for, nós estamos.

Hope assentiu e desceu da picape.

Parecia menos solitário com a presença de outras pessoas, com o som de suas vozes. E também com os meninos correndo e os cachorros farejando tudo. Mesmo assim, Hope se sentia abalada o bastante para pegar a mão de Ryder e ficou grata quando seus dedos se entrelaçaram.

Não eram só dezesseis, percebeu Hope ao chegar mais perto. Algumas das lápides mal passavam de uma pedra caída no chão.

Nem todas tinham nomes ou, se algum dia tiveram, o tempo os havia apagado. Mas leu o que pôde. Mary Margaret Ryder. Daniel Edward Ryder. E havia uma bem menor indicando o túmulo de Susan, só Susan, que morreu em 1853, na tenra idade de 2 meses.

Alguém aparava a grama no local, notou ela, impedindo que crescesse de forma desordenada. Mesmo assim, tudo ali dava a impressão de terra selvagem. Para compensar o bebê, Hope encontrou a sepultura de Catherine Foster Ryder, que viveu de 1781 a 1874.

– Noventa e três anos – murmurou Justine ao seu lado. – Uma vida longa e boa. Adoraria saber quem foi ela em relação a mim.

– Você vai conseguir a Bíblia e, então, vai ficar sabendo.

– Por que eles não ficaram na pousada como Lizzy? – perguntou Murphy. – Por que tiveram que ficar aqui?

– Acho que Lizzy é especial.

Justine o pegou no colo e colou o rosto no ombro do menino quando Hope se virou.

Achava que Ryder estava ao seu lado, mas agora via que ele tinha se afastado, seguindo para a direita, e se encontrava parado perto de um trio de lápides.

Aproximou-se dele e percebeu que seu coração começava a bater mais forte.

– Ele é o do meio.

– O quê?

– A mão de Hope tremia quando voltou a segurar a de Ryder.

– Foi o último a nascer, o segundo a morrer. Eram irmãos.

– Como... Não estou conseguindo distinguir os nomes.

– Está escurecendo – explicou Ryder no instante em que Hope se ajoelhou para olhar mais de perto.

– Meu Deus! Billy Ryder. Não puseram o nome oficial na lápide. Só Billy. 14 de março de 1843 a 17 de setembro de 1862.

– E Joshua, que morreu mais cedo nesse mesmo ano. E Charlie, vinte e dois anos depois. Três irmãos.

– É Billy.

De início, era só o que lhe ocorria. Ali. Tinham conseguido encontrá-lo.

– Será que ela está aqui? – perguntou Hope e olhou para cima. – Como poderia estar aqui?

– Não é ela.

Compreendendo a pergunta, ele apontou.

– Madressilvas. Estão próximas ao muro atrás dos túmulos.

Ryder se virou e olhou para a mãe. Quando se olharam, ele não precisou chamá-la nem dizer nada. Viu que os olhos da mãe estavam marejados no momento em que ela veio andando em sua direção.

– Você o encontrou.

– O entalhe está bem estragado pelo tempo, mas dá para ler o nome. Ele morreu no mesmo ano que Lizzy. No mesmo mês, no mesmo dia.

Owen parou junto da mãe, passou o braço pela cintura dela e continuou segurando a mão de Avery. Depois, foi a vez de Beckett com Clare e os meninos milagrosamente quietos. E Willy B., dando uns tapinhas nas costas de Carolee ao ver que ela estava chorando.

A luz do sol se dissolveu no crepúsculo e o ar se encheu do cheiro forte de madressilvas.

Hope acompanhou com o dedo o traçado daquele nome e, depois, o levou ao coração.

– Da próxima vez, vamos trazer flores.

Justine apoiou a cabeça no braço de Owen, tocou o de Beckett e também o de Ryder.

– É hora de nos lembrarmos dos nossos antepassados. Estamos aqui porque eles existiram, então precisamos nos lembrar deles.

Num impulso, Ryder tirou o canivete do bolso e cortou alguns ramos de madressilva. Pôs as flores no chão.

– Já é alguma coisa.

Tocada pelo gesto simples, Hope se levantou e segurou o rosto de Ryder com as mãos.

– É perfeito – disse e o beijou.

– Está esfriando. Você vai pegar um resfriado – falou Beckett dirigindo-se a Clare. – Vou andando. Passo para pegar os cachorros e levo Clare e os meninos para casa.

– Precisamos contar a ela.

Clare olhou para Hope.

– Sinto que todos devíamos estar lá quando você contar a Lizzy.

– Isso pode esperar até amanhã. Você fica pálida quando está cansada.

Beckett passou o dedo pelo rosto da esposa.

– E está pálida. Isso pode esperar até amanhã.

– Talvez seja melhor mesmo – observou Avery, erguendo as mãos. – Podemos pensar num jeito de contar a Lizzy. Dizer que nós o encontramos, que ele está aqui. Mas o que isso significa? Parece até maldade lhe dizer que Billy está enterrado aqui, a quilômetros do lugar onde ela está.

– Amanhã de manhã – concordou Justine. – Lá pelas nove, digamos. É, vai ser uma interrupção no seu dia de trabalho – disse a Ryder antes que ele pudesse falar o que quer que fosse. – Mas é antes de Clare e de Avery abrirem as lojas, e antes de Hope e Carolee terem algum hóspede na porta.

– Às nove está ótimo.

– Você vem, Willy B.?

Ela se virou para o homenzarrão com o cachorrinho no colo.

– Pode nos encontrar?

– Se é o que quer, Justine, estarei lá.

– Obrigada. Queria saber qual dessas aqui é a mãe deles. Viu morrerem dois dos seus filhos, e talvez até o terceiro. É uma crueldade.

A voz de Justine soou rouca e ela respirou fundo para mantê-la sob controle.

– Quero saber como se chamava e me lembrar dela.

– Está escurecendo.

Willy B. deu uns tapinhas no braço dela e lhe fez um carinho.

– Deixe que eu levo você para casa, Justine.

– Tudo bem. Vamos todos para casa.

Mas Ryder continuou ali, mesmo depois de os outros começarem a se afastar. Só deixou as três lápides no instante em que Hope tocou seu braço.

– Você está bem?

– Estou. Não sei. É estranho.

– O fato de serem três irmãos assim como você, Owen e Beckett?

– Não sei – repetiu ele. – Acho que a ficha está caindo. Ele é parente da minha mãe, é da nossa família. Ela é sua parente. Tenho o nome dele, ou melhor, o meu nome é o sobrenome dele. E...

Balançou a cabeça como se quisesse afastar aquela *sensação*.

– Vamos andando.

– O quê? E o quê? – insistiu Hope, com Ryder arrastando-a para irem embora.

– Nada. Só acho estranho, como já disse.

Ryder não lhe contou que, assim que ultrapassaram o muro de pedras, ele soubera onde encontrar Billy. Soubera que rumo tomar, o que ia achar.

Estou imaginando coisas, pensou ao voltarem para a caminhonete. Foi só o clima do cemitério ao anoitecer.

Mas sabia e ainda sentia algo, como um arrepio. Ao se afastarem, seu olhar procurou o retrovisor. Ryder lançou outro olhar demorado para o muro de pedra, as lápides e a profusão de madressilvas.

Depois, voltou a olhar para a estrada à frente.

capítulo dezenove

E LE CONHECIA ESSA TERRA, *o relevo, a amplidão dos campos, as duras rochas que se acumulavam. Conhecia os muros de pedra que continham o gado que pastava na relva verde. Suas mãos haviam ajudado a construir alguns deles, com a supervisão paciente do tio a guiá-lo.*

Embora tivesse viajado para longe desta terra, do relevo, sempre planejara voltar e construir uma casa às margens do riacho que corre sobre as rochas e resfria suas águas sob a sombra dos bosques.

Ele amava esta terra como nenhuma outra que seus pés já houvessem pisado.

Mas hoje, nesta manhã de setembro, tudo aqui era uma paisagem infernal. Hoje, o suor dele molhava o uniforme e o chão onde pisava. O suor, não o sangue. Ainda não.

Hoje, ele lutava e estava vivo como em qualquer outro daqueles dias desde que seu impulso o levara a se alistar. E hoje, desejava do fundo do coração, do fundo da alma, ter arrancado aquele impulso do peito para esmagá-lo debaixo das botas.

Pensou que encontraria glória, empolgação e até mesmo aventura. Em vez disso, encontrou desespero, terror, tristeza e perguntas para as quais não tinha resposta.

O céu, que amanhecera azul e lindo, havia se transformado numa névoa suja sob o efeito da espessa fumaça dos canhões. Pequenos projéteis cantavam ao longo de sua jornada cruel que terminava com um punhado de terra voando pelos ares e carne destruída.

Ah, que insulto ao corpo e à alma era a guerra!

O som dos gritos dos homens agredia seus ouvidos e suas entranhas a ponto de ele quase não ouvir mais nada; de ficar surdo até para o estrondo do canhão, o rangido infindável dos projéteis, o traçado devastador de seu metal.

Ficou deitado ali por um instante, lutando para recuperar o fôlego que parecia se esvair. O sangue que havia no uniforme era do amigo que fizera durante a marcha, George, o aprendiz de ferreiro, um sujeito brincalhão com cabelo da cor da palha de milho e uns olhos tão azuis e tão felizes quanto o verão.

Agora, a palha de milho estava vermelha, e os olhos se destacavam num rosto desfeito.

Conhecia essa terra, pensou Billy outra vez enquanto seus ouvidos e seu coração pulsavam como os tambores da batalha. A estradinha tranquila que serpenteava por ali dividia as fazendas dos Piper, amigos de seus pais, e dos Roulette.

Perguntava-se onde os Piper estariam, agora que essa fronteira sinuosa entranhada na terra ondulante tinha se transformado numa linha de sangue e de morte.

Os rebeldes das colinas haviam se infiltrado naquela estrada sombria e se valiam de seu esconderijo para disparar rajadas mortíferas, ateando fogo às tropas que avançavam como um fósforo aceso atirado num arbusto seco. Na primeira ofensiva, o projétil de um mosquete dilacerou metade do rosto de George e levou consigo sabe-se lá quantos mais.

A artilharia trovejava, sacudindo o solo.

Parecia que ele estava deitado ali havia horas, olhando para o céu azul através da fumaça, ouvindo gritos, gemidos e o incessante e interminável estrondo de pistolas e de canhões que enchia o mundo todo ao seu redor.

Na verdade, foram apenas poucos minutos. Poucos minutos para respirar, para entender que o amigo morrera e que, por muito pouco, ele continuava vivo.

Enfiou a mão trêmula na parte interna do uniforme e, com todo o cuidado, tirou dali a fotografia. Eliza. Lizzy. A sua Lizzy com o cabelo da cor dos raios de sol e um sorriso que havia derretido seu coração. Ela o amava, apesar de tudo. Ela estava à sua espera e, quando esse inferno terminasse, os dois iam se casar. Construiria uma casa para ela, não muito longe de onde estava agora. Mas a casa teria uma vida de amor e alegria, com o riso dos filhos que eles teriam.

Quando esse inferno terminasse, voltaria para ela. Tinha recebido uma carta. Apenas uma. Enviada às escondidas para a sua mãe e passada às suas mãos. Leu ali o desespero que ela sentiu ao se ver trancada em casa na noite em que haviam planejado fugir e a fé inabalável que depositava na certeza de que voltariam a se encontrar.

Só na noite anterior escreveu para ela, escolhendo com cuidado as palavras enquanto se via inquieto no acampamento. Tinha que descobrir um jeito de lhe mandar a carta. Homem nenhum podia sobreviver no inferno se não acreditasse no paraíso.

E teria o próprio paraíso com Eliza. Um paraíso eterno.

Ouviu ordens dadas aos berros para que retomassem suas posições e recomeçassem a avançar pela maldita estrada sombria. Fechou os olhos, levou aos lábios a imagem de Eliza e voltou a guardá-la com todo o cuidado. Ela estava protegida, prometeu a si mesmo. Protegida junto ao seu coração.

Ficou de pé. Respirou fundo. Cumpriria seu dever para com o país, confiaria em Deus e depois voltaria para Lizzy.

Recomeçou a atirar. Os disparos mortais voavam de ambas as partes.

Ele permanecia vivo enquanto corpos despedaçados cobriam o campo outrora tão tranquilo. As horas passavam como anos e, às vezes, como minutos. A manhã se fazia tarde. Pelo sol, sabia que viveria para mais um dia. Nunca hesitou quanto ao seu dever, alinhando-se junto a outros que juraram servir.

Seguiu em frente, pulando cercas, atravessando um pomar de macieiras com frutos espalhados pelo chão e abelhas meio tontas zumbindo ao redor. E, na encosta, baixou os olhos na direção dos homens aglomerados na velha estrada. O solo elevado enfim se abria numa grande fenda. Ele ficou parado à beira da estrada, olhando para baixo, horrorizado.

Quantos mortos! Parecia impossível, parecia obsceno. Jaziam empilhados como toras de lenha e, mesmo assim, os sobreviventes continuavam disparando, determinados a defender o solo ensanguentado.

Para quê? Perguntava-se uma parte de seu cérebro imersa em sofrimento, mas ouviu a ordem para atirar e obedeceu. Pensou em George, e obedeceu. Tirando o filho de alguma outra mãe, o amor de alguma mulher.

Tirando uma vida que, como ele, só queria voltar para casa.

E pensou em Lizzy, ali juntinho do seu coração. Lizzy, que o amava apesar de tudo. Que estava à sua espera.

Pensou na mãe chorando pelo seu irmão Joshua, que morrera na Batalha de Shiloh.

Não podia mais atirar; não podia mais fazer com que outro coração parasse de bater, com que outra mãe tivesse que chorar. Isso era uma carnificina, pensou. Centenas de mortos e centenas de outros que ainda iriam morrer. Fazendeiros, pedreiros, ferreiros, comerciantes. Por que não se rendiam? Por que tinham que seguir lutando e morrendo naquela terra arrasada, cercados pelos irmãos mortos?

Isso era glória? Era dever? Essa era a resposta? Exausto, com o coração partido, enojado pelas tantas mortes ali embaixo, Billy baixou a arma.

Não sentiu quando a primeira bala o atingiu, nem a segunda. Só sentiu um frio terrível e repentino e se viu mais uma vez caído no chão, olhando para o céu.

Achou que nuvens haviam encoberto o sol. Tudo ficou cinzento e desbotado. E todo aquele barulho, todo o inferno foi desaparecendo numa quietude quase pacífica.

Tinha acabado? Finalmente tinha acabado?

Enfiou a mão por dentro do uniforme procurando Lizzy e pegou a foto. Então ficou olhando, vendo o sangue espalhado pelo lindo rosto.

Foi nesse instante que soube.

Ele soube.

De súbito, a dor se fez sentir. O sangue jorrava de seus ferimentos. Gritou contra isso; gritou outra vez num sofrimento muito grande para ser suportado.

Nunca construiria para Lizzy a linda casinha de pedra junto ao canto das águas do riacho, com as madressilvas crescendo por toda parte como ele lhe prometera. Os dois nunca encheriam a casa com amor e com filhos.

Tinha cumprido seu dever e perdido a vida. Tentou beijar o rosto dela uma última vez, mas a fotografia escapou dos dedos entorpecidos.

Aceitou a própria morte. Havia feito um juramento. Mas também fizera um juramento para Lizzy. Não podia aceitar que nunca mais voltaria a vê-la ou tocá-la.

Murmurou o nome dela enquanto o fôlego e o sangue se esvaíam de seu corpo.

Pensou – e foi o seu último pensamento – ouvir Lizzy chamando o seu nome. Pensou tê-la visto. Ter visto o rosto pálido, úmido de suor, com os olhos vidrados como se ela estivesse com febre. Lizzy disse o nome dele. Billy disse o dela.

Joseph William Ryder, conhecido como Billy por todos que o amavam, morreu à margem da estrada, acima daquele solo sombrio que passou a ser conhecido como Trilha Sangrenta.

Ryder acordou sentindo frio, com a garganta tão seca que chegava a arder e o coração disparado. Ao lado da cama, Diaraque procurou sua mão com o focinho e soltou um ganido nervoso.

– Está tudo bem – murmurou ele. – Estou legal.

Na verdade, porém, não sabia como diabos se sentia.

Todo mundo tem sonhos, disse consigo mesmo. Bons, ruins, estranhos, eróticos.

E ele havia sonhado com Billy Ryder. Tinham acabado de encontrar o túmulo de Billy. Não era tão esquisito assim sonhar com ele, com a morte na Batalha de Antietam.

Um soldado que morreu no dia 17 de setembro de 1862? As chances de alguém morrer no campo de batalha no dia mais sangrento daquela guerra eram bem grandes.

Estava com Billy Ryder na cabeça. Só isso.

E tudo isso era besteira. Deixe de ser idiota, ordenou a si mesmo.

Sentira algo na visita ao cemitério e, agora, experimentava a mesma sensação. Algo estranho, algo que não conseguia entender.

É claro que dormir não havia ajudado em nada. Deu uma olhada no relógio e viu que nem eram cinco horas ainda. Sabia que não ia mais dormir e, de qualquer forma, não tinha certeza se gostaria de correr esse risco.

O tal sonho, real como a vida, e como a morte, havia mexido com ele.

Ficara de pé naquele campo de batalha. Caminhara pela estrada sombria da Trilha Sangrenta. E, embora se considerasse um sujeito prático, com os pés no chão, fora capaz de sentir a força do lugar, o seu poder. Já havia lido vários livros sobre a Batalha de Antietam. Afinal, era onde morava. Tinha estudado aquele episódio na escola e levado amigos e parentes para conhecer o local.

Mas, até essa noite, nunca o imaginara – não, corrigiu-se: nunca o *sentira* de um jeito tão real.

Os cheiros, os sons. A fumaça espessa, o sangue fresco, a carne queimada, o furioso ribombar da artilharia que enchia o ar, suplantando os gritos dos homens prestes a morrer.

Se fosse de ficar imaginando coisas, diria que viveu aquilo tudo e morreu ali dentro do sonho.

Como Billy Ryder.

Esqueça isso, disse consigo mesmo. Ao seu lado, Hope se remexeu e o calor do corpo dela veio ao encontro daquele frio que Ryder não conseguia evitar. Pensou em se virar, deitar-se sobre Hope e afogar aquelas ideias naquele corpo esbelto e macio.

Lembrou-se da hora e achou que seria muita injustiça acordá-la ainda de madrugada, mesmo sabendo que podia fazer com que valesse a pena.

Preferiu então sair da cama. Dirigiu-se às portas envidraçadas, abriu-as e saiu para a varanda do quarto.

Talvez apenas precisasse de um pouco de ar.

Gostava da calma daquela hora e do jeito como um pedacinho de lua, que ainda não tinha desaparecido com a noite, surgia por entre as árvores. Por um breve instante, desejou ter bebido água antes de ir até ali, mas acabou ficando só parado, curtindo aquela paz.

Todo o trabalho, o estresse, as frustrações das obras valiam a pena quando se podia desfrutar momentos como esse. Momentos de extrema calma e serenidade antes que a noite desse lugar ao dia. Logo, a leste, o sol mancharia o céu de vermelho, os pássaros acordariam ruidosos e o ciclo recomeçaria.

Gostava daquele ciclo, pensou, baixando a mão, num gesto distraído, para acariciar a cabeça de Diaraque, que viera se encostar em sua perna. Tinha o que desejava. Um bom trabalho, uma boa casa, uma família que não apenas estava ao seu lado, mas o compreendia e, se fosse para ser sentimental, o amava.

Não podia pedir nada melhor. Então, perguntou-se, por que sentia que alguma coisa não se encaixava? De que havia algo pendente, só um pouco deslocado, e de que bastava que Ryder movesse aquilo um pouquinho que fosse para que tudo ficasse onde deveria estar?

– O que houve?

Virou-se e viu Hope. Alguma coisa queria se mover, se deslocar e ficar onde deveria estar.

– Ryder?

Hope surgiu na varanda amarrando o robe curtinho que ele preferia que ela não tivesse vestido.

– Nada. Só acordei.

– Ainda é cedo. Mesmo para você.

Hope se aproximou e pôs as mãos no parapeito, assim como ele fizera.

– Como é tranquilo aqui. A calma e a escuridão do campo. No meio da agitação da vida, a gente pode até esquecer que existem momentos e lugares tão serenos.

Já que estava pensando quase a mesma coisa, Ryder baixou os olhos para ela. Como era possível existir alguém assim tão perfeito? Isso o deixava atordoado.

Hope abriu um sorriso, e aquele olhar, ainda embaçado pelo sono, o atingiu bem no âmago.

– Que tal eu fazer um café? Poderíamos ficar sentados aqui, tomar a nossa primeira xícara do dia e ver o sol nascer.

– Tenho uma ideia melhor.

Ele a desejava, muito e quase sempre, mas para que resistir a isso? Não na cama, percebeu, onde havia sonhado com morte sangrenta e perdas amargas.

Então, pegou Hope pela mão e a conduziu em direção à escada.

– O que está fazendo? Não pode ficar andando assim por aí, Ryder! Você está nu.

– Ah, é.

Com um gesto rápido e preciso, ele arrancou o robe que Hope usava e o atirou para uma das cadeiras da varanda.

– Você também.

Apesar dos protestos de Hope, Ryder a levou escada abaixo.

– A escuridão do campo, a calma do campo, a privacidade do campo. Está preocupada com o quê? Não tem ninguém aqui por perto para vê-la. Bom, tem Diaraque, mas ele já a viu nua antes. Eu também – acrescentou Ryder.

– Não vou ficar andando por aqui sem roupa.

– Eu não estava planejando andar muito.

Ao dizer isso, ele a deitou na grama fria e úmida de orvalho.

– Ah, e isso é uma loucura quase tão grande quanto andar nua por aí. Podemos...

Ryder se debruçou sobre Hope e a fez se calar com um beijo ardente.

– Quero tocá-la ao nascer do sol. Quero olhar para você, estar em você quando o dia chegar. Só quero você – disse ele e beijou-a outra vez.

E assim, com palavras que tocaram o coração de Hope, Ryder a seduziu. Com mãos ágeis e habilidosas, ele despertou seu desejo. Ela se entregou, excitada por ser desejada, grata por desejar. Abriu-se por inteiro naquela relva à medida que as últimas estrelas se apagavam como a chama de uma vela, enquanto a lua sumia com o despontar de uma terra cheia de sombras, enquanto os primeiros brilhos vermelho-dourados surgiam em meio aos bosques ainda mergulhados na noite.

Ryder tomou o que ela lhe oferecia, e lhe deu o que tinha. Com Hope, pôs fim à noite e começou o dia. Os sonhos de morte e desespero se dissolveram. Dentro dele, alguma coisa se remexeu um pouco. Houve um estalido e tudo se encaixou.

Ali estava a esperança. Ali estava Hope. E ela era perfeita.

Quando sentiu que ela havia gozado, os pássaros acordaram cantando. E o céu desabrochou em mais um amanhecer.

Hope esperava hóspedes, que chegariam às 15h, e a família, que vinha bem mais cedo. Pegou o carro, voltou para a pousada e aproveitou o tempo livre para fazer a verificação de rotina de todos os quartos.

Precisava se manter ocupada, pensou, senão acabaria cedendo à tentação de expressar os pensamentos em voz alta. De falar com Eliza.

Na suíte Nick & Nora, Hope checou as lâmpadas, o controle da TV, os folhetos que ficavam na gaveta, voltou a encher o aromatizador de ambiente e só então saiu dali para repetir os procedimentos na Jane & Rochester.

No início da tarde, chegariam flores frescas.

Foi passando de suíte em suíte, trocando lâmpadas quando necessário e ajustando a temperatura dos cômodos.

De volta à cozinha, encheu uma tigela com frutas, preparou cookies e uma jarra de chá gelado.

No escritório, respondeu a e-mails e retornou mensagens do celular, ocupando-se para não ver o tempo passar.

Hoje contaria a Lizzy que tinham encontrado Billy. Não fazia ideia do que poderia acontecer. Mas queria fazer isso.

Assim como queria saber o que havia por trás daquele olhar que percebeu no rosto de Ryder na escuridão que precede o amanhecer. Ele andava muito quieto, quieto demais até para os próprios padrões, desde a descoberta do túmulo de Billy Ryder.

E havia certa urgência e serenidade na forma como fizeram amor. Deviam ter rido, pensava Hope agora. Duas pessoas transando no gramado, em companhia de um cachorro, devia ter sido uma cena engraçada, divertida. Mas a atitude de Ryder foi marcada pela intensidade, pela concentração.

E Hope? Bom, ela se deixou levar, arrastada pelo desejo intenso e concentrado.

Queria saber o que se passava na cabeça dele. Achava que tinha começado a entender, mas e agora? Não sabia, e Ryder não diria nada.

Lembrou-se das palavras de Avery. A gente não ama tentando mudar o outro. Era verdade: uma verdade nua e crua. Então, esperaria até que Ryder estivesse disposto a lhe contar o que significava aquela expressão em seus olhos.

Ouviu Carolee chegar e chamar por ela. Hope terminou suas tarefas, acrescentou alguns itens à lista, riscou o que já tinha feito e, depois, foi para a cozinha.

– Comprei uns pães doces cremosos na confeitaria aqui ao lado.

Carolee sorriu de um jeito um pouco encabulado.

– Só queria fazer alguma coisa.

– Entendo muito bem.

– Depois fiquei achando que comprar pãezinhos não era o melhor a fazer.

– Eles sempre são bem-vindos.

Hope passou o braço pelos ombros de Carolee.

– Acha que as coisas vão mudar? Sei que é uma atitude egoísta, mas não queria que nada mudasse. Adoro tudo nesse lugar, inclusive Lizzy. Sei, ou pelo menos parte de mim sabe, que o que estamos fazendo é importante. E, em geral, coisas importantes trazem mudanças.

– Gostaria de saber o que vai acontecer.

– Acho que logo vamos descobrir. Deixei a porta do saguão destrancada – avisou ela quando a ouviu se abrindo. – Achei que seria mais fácil para todos.

Clare e Avery chegaram juntas.

– Pão doce! – exclamou Avery. – Acabei de dizer a Clare que devíamos passar na confeitaria e comprar algo. Vocês foram mais rápidas.

– Comida é sempre reconfortante.

Clare passou a mão na barriga com um gesto delicado.

– Preparei ovos com queijo para Beckett e para os meninos hoje de manhã. Eu precisava fazer alguma coisa. Beckett saiu cedo para tentar trabalhar um pouco.

– Owen também.

– Então, foram os três – observou Hope. – Aí estão Justine e Willy B. Bem na hora.

– Nervosa? – Clare segurou a mão de Hope.

– Sim. Fizemos o que ela queria. Agora, vamos lhe contar o que descobrimos. Eu devia estar empolgada, mas...

– É triste – comentou Avery. – Claro que não esperávamos encontrá-lo vivo e bem, morando em Las Vegas, mas é triste.

– Pão doce – falou Justine. – Também fiz uns bolinhos. – E botou a bandeja na ilha. – Acordei muito inquieta; assar isso aqui me ajudou um pouco.

– Não vamos ficar com fome – decretou Avery. – Podemos entrar em coma por excesso de açúcar, mas vou correr o risco.

– Tem chá gelado, mas vou fazer café.

– Eu faço.

Carolee deu um tapinha no braço de Hope.

– Pode deixar que eu cuido disso.

Os três irmãos chegaram juntos, usando as roupas de trabalho e as botas pesadas. Hope sentiu o cheiro de madeira, verniz e tinta. Por algum motivo, isso a deixou um pouco mais relaxada.

– Então... – começou Owen.

– Tenho algo a dizer – interrompeu Ryder. – A ela, acho. A todos. Uma coisa que anda martelando na minha cabeça – acrescentou, fixando o olhar em Hope.

– Tudo bem – assentiu Hope.

– Sonhei com ele esta noite. Com Billy Ryder. E não venham com gozação para cima de mim – alertou, dirigindo-se aos irmãos.

– Ninguém vai fazer nenhuma gozação – replicou Beckett.

Ryder pensou que talvez ele próprio fizesse uma gozação caso a situação fosse inversa. E ficou grato pela atitude contida do irmão.

– Foi muito vívido. Como se eu estivesse lá.

– Onde? – indagou Justine.

– Na Batalha de Antietam. No dia 17 de setembro de 1862. A gente lê sobre o que aconteceu, vê filmes, mas... Não sei como alguém pôde vivenciar aquilo, sobreviver depois de ter passado por aquela experiência. Ele estava entre as tropas de vanguarda da União na Trilha Sangrenta. Ainda era de manhã e já havia ocorrido baixas. O sujeito com quem ele fez amizade, George, um aprendiz de ferreiro, teve a cabeça estraçalhada bem ao seu lado. Billy estava coberto de sangue e atordoado, provavelmente em choque. Sabia onde estava. Quer dizer, no sentido literal. Conhecia os Piper, conhecia a região, conhecia a estrada sombreada que dividia as fazendas.

Carolee se aproximou e lhe deu uma caneca de café.

– Obrigado.

Ryder baixou os olhos, mas não bebeu. Não por enquanto.

– Eu podia ouvir o que ele estava pensando. Não como se estivesse lendo a mente dele. Era mais como se...

– Estivesse dentro dele? – sugeriu a mãe.

– É, acho que é isso. Ele começou a pensar nela. Eliza. Ela lhe escreveu uma carta, já que não pôde sair de casa na noite em que tinham planejado fugir juntos. Conseguiu mandar a tal carta para a mãe dele. Billy a recebeu e escreveu uma resposta, mas não tinha condições de lhe enviar a carta. Acho que não sabia para onde mandá-la. Escrevera uma carta à noite, na véspera da batalha.

– Ele a amava – disse Clare com brandura.

– E carregava uma foto dela – prosseguiu Ryder. – Ele a pegou, ficou olhando para ela, pensando em como iria encontrá-la quando tudo aquilo terminasse. Pensando que se casariam, que ele construiria uma casa para os dois e que teriam filhos. Ela o mudaria. Faria com que conseguisse se abrir, era o que pensava. Bom, no sonho e na cabeça de Billy, parecia que ele estava ali deitado havia muito tempo, consciente do sangue do amigo e pensando em ficar vivo para poder ter essa vida com Lizzy... Céus, Clare, não chore!

– É triste, e estou grávida. Não consigo evitar.

– Conte o resto – pediu Hope.

Ninguém mais sentia o cheiro de madressilva? Ninguém mais percebia que Lizzy precisava ouvir o resto da história?

– Receberam uma nova ordem para tentar avançar. Quem conhece essa fase da batalha sabe que as forças confederadas invadiram a tal estradinha enquanto a União tentava romper as linhas. E ambos os lados sofreram sérias perdas.

Não era fácil descrever aquilo, ali, na cozinha ensolarada, com uma mulher grávida chorando baixinho, mas Ryder continuou:

– No começo da tarde, embora ambos os lados tivessem trazido reforços, o que se viu foi uma carnificina geral. Alguém fez uma besteira, mandando que parte das linhas confederadas recuasse, o que deu à União a brecha de que precisava. Billy fazia parte desse grupo que avançou, já que os confederados estavam reduzidos a algumas centenas e a União ocupava a parte mais elevada do terreno. Você sabe o que aconteceu, mãe: sopa no mel. Eles os atacaram até formar uma pilha de corpos. Billy não pôde fazer isso. Atirou e matou pensando no amigo, em seu dever. Porém, chegou a um ponto em que não dava mais para continuar. Pensou em Lizzy, na própria mãe, no irmão morto, no sangue e nas vidas perdidas, e não pôde mais. Só queria que tudo acabasse. Queria Eliza e a vida que poderiam vir a ter. E, quando baixou a arma, levou um tiro.

– Ele morreu ali – murmurou Hope.

– Caiu no local em que estava. Podia ver o céu. E pensou em Lizzy. Continuou pensando nela e pegou mais uma vez o retrato. Foi então que soube que tudo tinha terminado para ele. Viu o sangue e enfim sentiu a dor. Pensou nela até o fim e achou que a estava vendo em sua cabeça. Lizzy o chamava. Doente, assustada, clamando por ele. Billy pronunciou o nome dela... e foi tudo.

Ryder olhou para o café nas mãos e só então tomou vários goles da bebida.

– Meu Deus!

– Ele é parte de você.

Justine passou os braços ao redor do filho, dando-lhe um abraço apertado.

– De todos nós – concluiu ela. – Precisava que alguém contasse a história dele, que alguém contasse a Lizzy o que aconteceu. Isso parte o meu coração.

– Pare com isso – pediu Ryder.

Ele limpou uma lágrima do rosto da mãe.

– Já é difícil o bastante, ainda mais com todo mundo chorando.

– Chega de lágrimas – disse alguém.

Era Eliza Ford, parada ao lado de Hope, sorrindo.

– Meu Deus do céu! – exclamou Willy B, e, com Tyrone no colo, deixou-se cair na banqueta ao lado de Clare. – Desculpe.

– Vocês o encontraram.

Ryder pediu a Deus que ela tivesse escolhido outra pessoa para fitar com aqueles olhos. Mas se dirigiu a ela:

– Ele está enterrado a poucos quilômetros da cidade, num local que foi a fazenda da família até tempos atrás. Billy está perto dos irmãos.

– Ele amava muito os irmãos e foi quando ficou sabendo da morte de Joshua que começou a falar em se alistar. Mas não, não é no túmulo. Não é lá que vão encontrar o que importa de verdade.

Lizzy levou a mão ao coração.

– É no seu espírito. Ele pensou em mim. Obrigada por terem encontrado esse pensamento, esse espírito. Billy pensou em mim como eu pensei nele na hora em que fomos separados. Eu queria uma casinha de pedra, uma família e aquele dia a dia. Mais do que tudo, porém, eu queria o meu Billy. Queria o seu amor e queria lhe dar o meu em troca. E isso eu tenho. E eu sinto. Já faz muito tempo que senti isso.

Eliza ergueu a mão e a virou antes de prosseguir:

– Não desaparece mais. Vocês o encontraram. Agora ele pode me encontrar. Vocês são a família dele.

Voltou-se para Hope.

– Você é minha família. E nunca vou esquecer esse presente. Só preciso esperar que ele chegue.

– Havia madressilvas perto do túmulo – disse Hope.

– As minhas flores favoritas. Ele me prometeu que haveria muitas delas perto da nossa casinha. Morreu como soldado, mas não tinha nascido assim. Morreu pensando nos outros. Pensando em mim. O meu Billy. O amor, o amor mais verdadeiro nunca desaparece. Preciso esperar, ficar atenta.

– Lizzy – chamou Beckett, chegando mais perto.

– Você foi o primeiro a falar comigo, a se mostrar amigável. Vocês, todos vocês, me ajudaram a voltar a existir, me deram um lar outra vez. E me deram amor outra vez. Billy virá ao meu encontro.

– O amor pode fazer milagres – comentou Justine quando a imagem de Lizzy se desvaneceu. – Vou acreditar que ela está certa.

– Ela está feliz.

Com os olhos cheios de água, Avery se inclinou para Owen.

– O que importa mesmo é que ela está feliz.

Depois, deu um risinho para o pai, que continuava sentado, imóvel. Com as patas no peito de Willy B., Tyrone lambia seu rosto.

– O que houve, pai? Parece até que viu um fantasma!

– Meu Deus do céu! – repetiu Willy B. e estendeu a mão para pegar um pão doce cremoso.

Com uma gargalhada em meio às lágrimas, Clare se debruçou para abraçá-lo, abraçando também o adorável pug.

Quando todos se foram para retomar o trabalho, resolver o que tinham que resolver, viver o dia a dia, Ryder levou Hope até a pousada.

– Não é que eu não tenha querido contar para você...

– Eu sei. Sei muito bem – assegurou ela. – Você passou por uma experiência estranha e difícil. Acho que deve ter sido como tomar parte na guerra.

– É... E quem disser que a guerra é um inferno, não sabe de nada. É muito pior.

– Você precisava processar isso, dar um tempo. Contar para mim não significa me dizer tudo que lhe passa pela cabeça.

– Tudo bem. Talvez a gente possa estabelecer algumas diretrizes.

– Talvez.

– Tenho que voltar ao trabalho. Vai querer uma daquelas saladas de que tanto gosta hoje à noite?

– Seria ótimo.

– Vejo você mais tarde.

Hope ficou parada no pátio olhando Ryder e Diaraque se afastarem e, sorrindo consigo mesma, entrou para continuar o serviço.

capítulo vinte

A PEDIDO DE JUSTINE, HOPE reservou a pousada para a noite de amigos e familiares do Bar e Restaurante MacTavish. Nos dez últimos dias de um abafado mês de agosto, Avery e a equipe, além de todos que ela conseguiu recrutar, embalaram e carregaram coisas, esfregaram e poliram o novo espaço. Algumas vezes, quando fazia a ronda noturna pela pousada, Hope via as luzes do outro lado da rua e sabia que Avery e Owen ainda não tinham encerrado as atividades. Às vezes via a caminhonete de Willy B. estacionada ali altas horas da noite ou se espantava quando Ryder e Diaraque apareciam em seu apartamento bem depois de Hope já ter ido para cama. Nessas ocasiões ele costumava dizer:

– Meu Deus, a ruivinha não cansa nunca!

Hope ajudava quando podia, pendurando quadros ou esfregando azulejos e, assim como aconteceu com a pousada, acompanhou a transformação de um espaço abandonado e sem uso em algo cheio de vida, empolgante e interessante.

Passou a maior parte do dia do evento fazendo o que mais gostava, ou seja, dando os toques finais, enquanto Avery aperfeiçoava as receitas, comprava ingredientes frescos e fazia uma última reunião com a equipe.

– Vai ser bom, não é?

Fazendo um intervalo, Avery trouxe uma garrafa de água para Hope e tomou avidamente a própria garrafa.

– Avery, vai ser incrível!

– É, vai ser bom.

Assentindo, Avery girou e viu toda a área do bar.

– Ficou bem legal.

– A palavra certa é *perfeito*.

As luzes davam ao local um aspecto que transitava do contemporâneo ao clássico, com formas originais e tons de bronze escuro. Luminárias pendiam do teto sobre a grande bancada de granito do bar, construído em mogno. Bancos altos e baixos, além de sofás de couro, convidavam as pessoas a se sentarem em um ambiente repleto de originalidade e texturas. Do revestimento de madeira de demolição até os ladrilhos em estilo retrô, passando pelas paredes em ouro envelhecido com detalhes em verde com tom de sálvia, Avery havia criado um espaço que Hope imaginava cheio de gente e diversão.

– Era isso mesmo que eu queria. Os fabulosos Montgomerys conseguiram mais uma vez.

Avery se apoiou no vão da porta e sorriu ao ver o banheiro que Hope havia arrumado, dando os próprios retoques, pondo vasos de flores na prateleira acima da pia de cobre e polindo a moldura do espelho.

– Até os lavabos estão perfeitos.

Deu um passo atrás no instante em que ouviu a porta do restaurante se abrir.

– Desculpem, não consegui chegar antes.

– Não precisa pedir desculpa – disse a Clare enquanto se dirigia até ela. – Já percebeu quão grávida você está?

Clare passou a mão na barriga arredondada.

– Gravidíssima.

Deixou as mãos apoiadas ali ao mesmo tempo que olhava ao redor.

– Parece que não estão precisando de mim. Está tudo incrível, Avery.

O piso de madeira escura reluzia. As luzes cintilavam.

– Nem parece o mesmo lugar. E, meu Deus, tem algo com um cheiro maravilhoso – acrescentou Clare.

– Estou preparando uma sopa. Está com fome?

– Sempre.

– Venha, vamos até a cozinha para você provar.

– Já vou. Primeiro quero dar uma olhada em tudo por aqui.

Clare caminhou até a lateral do bar e passou um braço pela cintura de Hope.

– Uau, vejam só todas essas torneiras de chope!

– Bom, é um bar – observou Avery. – Poderia lhe oferecer uma cerveja, mas acho que os gêmeos não vão gostar muito.

– Talvez gostem. O médico me deixou beber uma taça de vinho hoje à noite, saboreando cada gole, para comemorar a inauguração. Onde está todo mundo? – indagou Clare.

– A equipe deve estar de volta em... – Avery olhou para o relógio de pulso. – Ai, caramba, em cerca de uma hora. Não sabia que já era tão tarde. Aliás, sempre parece tarde.

– Está tudo pronto.

Hope pegou a mão de Avery para que as três ficassem juntas.

– Você vai até a pousada descansar um pouco e tomar um bom banho de espuma.

– Não tenho tempo para um banho de espuma.

– Tem, sim, porque está tudo pronto.

– Clare precisa da sopa!

– Então vou servir para ela, dou uma olhadinha para ver se está tudo certo e tranco o restaurante. Pode ir agora, assim você terá tempo de descansar, tomar seu banho, se vestir e voltar maravilhosa como a proprietária do mais novo e fabuloso restaurante de Boonsboro.

– Restaurante e bar!

– Isso – assentiu Hope com uma risada. – Vá, Avery, aproveite. Essa será a última hora livre que vai ter até que as portas se fechem hoje à noite.

– Está bem. Vou me embelezar na incrível banheira de cobre da T&O. Ai, Deus, talvez eu devesse dar uma passadinha na Vesta antes para me certificar de que...

– Não. Vá embora. Agora!

Hope a empurrou até a porta, abriu-a e pôs a amiga para fora.

– Tchau!

Rindo, Clare se sentou num dos bancos do bar.

– Na verdade, não estou querendo tomar sopa. Só queria fazer com que ela relaxasse um pouco.

– Tem certeza? Tomei um pouco mais cedo. Está deliciosa. É de pimentão vermelho defumado e tomate.

– Meu Deus. Bom, já que insiste... Só meia tigela para eu provar.

– Insisto, sim. Fique sentada aí – acrescentou Hope no momento em que Clare começou a se levantar. – Vou lá buscar.

Apreciando a cozinha reluzente de Avery, Hope despejou a sopa na tigela e desligou o fogão. Quando voltou, Clare continuava sentada diante do bar, virada para o salão.

– Obrigada. Estava aqui pensando: parece que estamos de novo no colégio. Avery e eu éramos capitãs, líderes de torcida. Nós nos dávamos bem, mas não éramos tão próximas. Só nos aproximamos mais quando voltei para casa, depois da morte de Clint. Ela me ajudou muito a montar a livraria e a fazer a transição dessa volta para casa. Sem Avery, eu nunca teria conhecido você. E cá estamos nós.

Clare experimentou a sopa e fechou os olhos.

– Está maravilhosa!

– Sem Avery eu também não teria conhecido você e não seria a gerente da pousada.

– Nem teria se apaixonado por Ryder.

Clare sorriu ao ver a amiga ficar muda.

– É evidente, pelo menos para alguém que está com os hormônios à flor da pele como eu.

– Achei que fôssemos aproveitar o tempo juntos e depois terminaríamos tudo de forma amigável. Ficar apaixonada não fazia parte do plano.

– Mas isso está fazendo um bem enorme para você.

– É, eu me sinto bem.

– Não disse nada a ele?

– Isso definitivamente não está nos meus planos. Estamos bem assim, Clare – insistiu Hope. – Ryder se importa comigo. Não espero nada além disso.

– Mas deveria.

– É bom estar com alguém que se importa com você. Sem fazer suposições, você simplesmente sabe – especificou ela. – Estar com alguém que, mesmo quando não queremos ou quando achamos que não precisamos, vai nos apoiar. Alguém que nos manda flores e compra uma varinha mágica de brinquedo. Não preciso saber o que vai acontecer no futuro.

– Mas, se saísse procurando, o que esperaria encontrar?

– A possibilidade de uma vida em comum. Acho que eu quero o mesmo que Eliza. Amor, uma casa, construir uma família com o homem que amo. E, é claro, quero meu emprego, um corpo sarado e uma coleção de sapatos fabulosa.

– Você já tem as três últimas coisas, então, vou direcionar minha magia hormonal para que você consiga as três primeiras. Venha, passe a mão nos bebês mágicos.

Com uma gargalhada, Hope obedeceu, acariciando com todo o cuidado a barriga de Clare.

– Eles estão chutando.

– Estão sempre chutando ou se mexendo bem no alto da minha bexiga. Fico com um pouco de medo só de pensar em como os dois serão ativos quando estiverem do lado de fora e com mais espaço disponível.

– Quer mais sopa?

– Não fique me tentando. Tirei o resto do dia de folga para ajudá-las aqui e não estão precisando de ajuda nenhuma. Minha mãe está com os meninos, e ela e papai vão trazê-los mais tarde; como bem observou Harry, eles são amigos e familiares também. Depois vão dormir na casa dos meus pais. Então, estou meio sem saber o que fazer.

– Você está hospedada no Eve e Roarke. Vá fazer o mesmo que Avery. Tome um bom banho de espuma.

– Sabe qual foi a última vez que consegui tomar um banho de banheira sozinha? Sem ter que ficar atenta ao menor sinal de briga?

– Não.

– Nem eu.

– Então tome um agora e deixe o celular à mão. Você pode mandar uma mensagem de socorro caso você e os bebês mágicos não consigam sair da banheira sozinhos.

– Aí está uma atitude ao mesmo tempo cruel e cuidadosa. Vamos lá, vou ajudá-la a olhar tudo e trancar esse lugar.

Hope não tinha tempo para se permitir tomar um bom banho de espuma, mas resolveu fazê-lo assim mesmo. Ryder disse a ela que escolhesse uma suíte para aquela noite, então Hope optou pela Elizabeth e Darcy. Por uma questão de afeto, supôs, e porque achou que Lizzy ia gostar da companhia.

– É a grande noite de Avery.

Aconchegada no robe da pousada após o banho, Hope se maquiava de forma meticulosa.

– Vai ser sensacional. O maior acontecimento da cidade desde a inauguração da pousada, pelo menos na minha opinião. Está tudo fantástico, e, nesta noite, só os amigos e familiares estarão presentes. É uma espécie de batismo e teste ao mesmo tempo.

Deu uma olhada no estojo de sombras que havia escolhido e acrescentou:

– Brinquedinhos femininos. São divertidos. Vou fazer uma sombra esfumada esta noite, um pouco de brilho para acompanhar o vestido vermelho de tirar o fôlego e os sapatos incríveis.

Convenceu-se de que deviam existir poucas mulheres vivas, ou não, que não gostassem de maquiagem. Na sua opinião, elas estavam desperdiçando uma das maiores vantagens de ser mulher.

– Hoje Clare me fez pensar em como tenho sorte por ter este lugar, minhas amigas, por ter Ryder e todos os Montgomerys. Por ter você.

Avaliou-se num espelho de aumento e depois deu um passo atrás para uma visão geral.

– Nada mau, hein?

Foi se vestir no quarto com calma, aproveitando cada etapa da preparação para uma grande noite.

Sentou-se para afivelar a sandália prateada de salto alto e se levantou para checar o conjunto no espelho outra vez quando Ryder entrou, encardido do trabalho e com uma cerveja na mão.

Ele parou de súbito, ainda mais porque Hope o deixara boquiaberto. O vestido, um modelo vermelho justinho e sexy, realçava suas curvas, tinha um decote pronunciado e ficava acima dos joelhos. Suas longas pernas terminavam no brilho de tiras prateadas brilhantes com uns rebites pontudos. Havia mais brilho em volta de seu pescoço e pendendo das suas orelhas. Hope parecia resplandecer e vibrar sob a luz da luminária Tiffany.

– Está linda – elogiou Ryder.

Hope arqueou as sobrancelhas, girou devagar e lançou um olhar sedutor para ele por sobre os ombros.

– Só linda?

– Nada disso, você está de arrasar quarteirão!

– Vou entender isso como um elogio.

Passou as mãos no vestido na altura dos quadris para desamassá-lo.

– Teve um dia difícil?

– Hum. Tive uns empecilhos.

– Mas conseguiu avançar?

Precisava lembrar a si mesmo de que Hope queria detalhes, então ficou tentando trazê-los à memória enquanto ela borrifava aquele perfume que o deixava louco.

– Terminamos a parte da estrutura hoje de manhã e começamos a trabalhar no isolamento, no trabalho em pedra da parte externa.

– Então avançou.

– Por que já está vestida?

– Vou mais cedo para poder ajudar.

– Não vou de terno – falou Ryder, como uma espécie de aviso, talvez até uma ameaça.

– Por que iria?

– Willy B. vai de terno. Com colete e gravata. Eu, não.

– Tudo bem. Como já estou pronta, vou até lá ver o que posso fazer.

– Queria pôr minhas mãos em você. Eu faria um belo estrago.

– Pode fazer isso mais tarde.

Hope se aproximou, inclinou-se, mas não o bastante a ponto de se sujar com as roupas de Ryder, e o beijou.

– Vejo você lá quando já estiver vestido com algo que não seja um terno com colete e gravata.

– Está bem.

Ryder a viu, pensou, mesmo depois de Hope já ter fechado a porta. Ela resplandecia e vibrava e estava mais bonita do que qualquer outra pessoa tinha o direito de ser.

A música emanava do jukebox, o chope saía das torneiras e as vozes preenchiam o espaço que estivera vazio por tanto tempo. A família e os amigos estavam reunidos e misturados, sentados e falando sem parar enquanto saboreavam os aperitivos. E erguiam taças para brindar o MacT's.

Avery ia da cozinha para o espaço onde as comidas eram servidas e para o bar, depois voltava. Uma ruiva rodopiante de vestido verde curto com um anel de máquina de chicletes pendurado no colar que levava no pescoço.

Até que Hope enfim conseguiu pará-la para lhe dar um forte abraço.

– Está muito bom – disse Avery. – Não está muito bom? Tivemos alguns probleminhas.

– Está fenomenal, e não deu para notar nenhum problema.

– Estamos resolvendo. Velas nas mesas, música, comida gostosa. Bons amigos.

– Você acertou, Avery, bem na mosca. Assim como fez com a Vesta. Pode contar com casa cheia dia após dia, noite após noite.

– Todas as mesas já estão reservadas para o jantar de amanhã e de depois de amanhã. Você reparou que as pessoas param para olhar aqui dentro pelas janelas?

– Reparei.

– Olhe, Clare e Beckett estão dançando, e meu pai está conversando com Owen e Ryder no bar. É o meu bar, sabia?

– É, sim. E é um lindo bar.

– E aquele é o meu namorado sentado em um dos bancos do meu bar. Ele é tão fofo. Acho que vou me casar com ele e viveremos felizes para sempre.

– Garanto que sim. Estou tão feliz por você, Avery! Tão orgulhosa da minha amiga!

– Todo mundo que importa para mim está bem aqui neste lugar. No *meu* bar. Não podia ser melhor. Vá, sente-se e tome um drinque. Preciso checar algumas coisas.

Não é má ideia, pensou Hope, encaminhando-se na direção do bar e de Ryder. Ele se levantou do banco e fez sinal para que ela se sentasse, recebendo um sorriso perplexo.

– Sente-se. Suas panturrilhas devem estar doendo bastante.

– Minhas panturrilhas são de aço, mas obrigada – agradeceu Hope, se sentando.

– Dê a ela um pouco desse champanhe que vocês têm aí – pediu Ryder ao atendente do bar. – Você está combinando com champanhe esta noite.

– Obrigada. Você também está muito bem.

– Não como Willy B.

Trajando um terno escuro de três peças e uma gravata de poá, Willy B. ficou ruborizado.

– Ora...

– Onde está Avery? – indagou Owen.

– Foi checar algo.

– Avery precisa se sentar por uns cinco minutos, queira ela ou não. Vou me encarregar disso.

No instante em que Owen se afastou, Willy B. sorriu olhando para a cerveja.

– Ele ama mesmo a minha menina.

Então suspirou e olhou o bar à sua volta.

– Vejam só o que ela fez. Minha menininha. O que todos vocês fizeram – corrigiu-se e bateu a taça na de Ryder.

– Avery está por trás disso tudo.

– Vou lá dizer como estou orgulhoso dela.

– De novo – comentou Ryder no momento em que Willy B. se afastou. – E nem está bêbado, só muito feliz.

– Tudo o que ele precisa fazer é atravessar a rua e ir dormir quando estiver com vontade, então ele pode ficar um pouco bêbado se quiser. Esta é uma grande noite para Avery. Para Boonsboro. Para todos nós.

– É – disse Ryder e olhou bem dentro dos olhos de Hope. – Uma grande noite.

Ficaram lá até meia-noite, depois foram para a pousada e ficaram até uma hora da manhã comentando os acontecimentos daquela noite. Na hora que subiu a escada pela última vez naquele dia, Hope sentiu que as panturrilhas de aço começavam a lhe proporcionar algumas lágrimas de dor.

Pensou em outra vantagem de ser mulher. Tirar os saltos, despir o vestido de tirar o fôlego, remover cada camada de maquiagem e se deitar na cama cheia de travesseiros ao lado de um homem sexy e muito bonito.

Ao entrar na E&D com Ryder, avistou a garrafa de champanhe.

– Como eu disse, você está combinando com champanhe esta noite. Podemos nos sentar lá na varanda para beber um pouco – sugeriu Ryder.

Tiraria as sandálias, o vestido e as camadas de maquiagem um pouco mais tarde, pensou Hope.

– É uma boa ideia.

Saiu com ele, sentou-se num banco de madeira e ficou esperando que Ryder se juntasse a ela. Em vez disso, Ryder entregou uma taça a Hope, foi até o parapeito e se debruçou ali.

Sem chance de ir lá se juntar a ele, pensou Hope. Estava acabada por causa dos saltos.

– Sei que isso já foi dito muitas vezes, de muitas formas, mas foi uma festa fabulosa.

– Foi. Avery fez um bom trabalho – Ryder limitou-se a dizer e se virou.

Ele tinha pensado nisso. E, depois de pensar bastante e por muito tempo, tomou uma decisão. Mas agora, olhando para Hope, resplandecente e vibrante daquele jeito, com uma taça elegante de um champanhe fino nas mãos, perguntou-se se não havia perdido a cabeça.

Uma beldade, uma garota da cidade. Claro, ela estava ali, era a Hope, mas essas coisas eram parte dela. Como o perfume, os olhos sedutores, a sandália que havia custado mais que uma serra elétrica decente.

– Odeio ópera. Eu me recuso a ouvir ópera.

Não sabia por que tinha falado isso. O assunto lhe viera à cabeça.

– Tudo bem. Também não gosto de ópera.

– Gosta, sim.

– Não, não gosto.

– Mas tem aquele negócio para ópera.

Por cima da taça de champanhe, Hope olhou para Ryder, perplexa.

– Que negócio?

– Aquele... Sei lá, binóculo todo chique.

– O binóculo de ópera.

Ela riu.

– Certo, tem razão, mas eles não são usados só para ópera. Também são úteis para espiar operários sexy em dias quentes de verão quando eles tiram a camisa.

– Ah, é? – indagou Ryder, esboçando um sorriso.

– É. E para o balé e...

O sorriso se dissipou.

– Também não vou a nenhuma peça de balé.

– Azar o seu.

– Nem a filmes de arte, estrangeiros, nem nada, nada *mesmo*, com legendas.

Hope inclinou a cabeça e perguntou:

– E quando foi que eu sugeri que assistíssemos a um filme de arte?

– Só estou mencionando, para o caso de acontecer. Também não vou ver filmes de mulherzinha – acrescentou com determinação, agitando uma das mãos no ar. – Não tem a menor chance.

Hope inclinou a cabeça para o outro lado, pensativa.

– Eu gosto de uma boa comédia romântica. Estou disposta a negociar uma comédia romântica por dois filmes de ação.

– Talvez. Se tiver nudez parcial.

Caramba, Ryder a fazia rir. Ele a fazia tremer. Hope respirou fundo, devagar.

– Odeio futebol americano.

O rosto de Ryder se contraiu como se estivesse com uma dor lancinante.

– Ah, não!

– No entanto, não faço qualquer objeção ao fato de um homem passar a tarde de domingo assistindo ao futebol numa televisão enorme ou no estádio, contanto que ele não pinte a cara como essas pessoas malucas.

– Você já viu a minha cara pintada alguma vez?

– Só estou mencionando, para o caso de acontecer – repetiu ela. – Não me sentiria obrigada a arrastá-lo para o balé, o que você não gostaria, e você não se sentiria obrigado a me arrastar para assistir a uma partida de futebol. Eu gosto de basquete.

Intrigado, Ryder deu um passo para trás, pegou a taça de champanhe que havia servido para si mesmo e nem imaginava que quereria.

– Ah, é?

– Sim. Gosto da velocidade, dos uniformes e do drama. Também não faço qualquer objeção séria ao beisebol. Mas me recuso a dar uma opinião até ver uma partida no estádio.

– Das ligas menores ou maiores?

– Acho que deveria testar as duas antes de chegar a uma conclusão ou tomar qualquer atitude a esse respeito.

– Tudo bem, é justo. Não quero nenhum outro travesseiro na cama a não ser os que usamos para apoiar a cabeça.

Hope fez que não e tomou um golinho do champanhe, perguntando-se se isso acalmaria seu coração acelerado.

– Não. Nem pensar. Você pode tirar de noite e voltar a pôr de manhã. Só leva alguns minutinhos e dão um ar estiloso e acolhedor ao quarto. Quanto a isso, sou inflexível.

Ryder se sentou no banco e esticou as pernas. Após pensar um pouco, decidiu que não valia a pena discutir por isso, os travesseiros não eram um problema tão grande.

– Não quero ir fazer compras com você, carregar bolsas e responder se determinado vestido a deixou com a bunda grande.

– Juro pelo que é mais sagrado que você é a última pessoa que eu gostaria de ter ao meu lado em eventuais compras. E minha bunda não vai parecer grande demais em vestido nenhum. Pode escrever isso, que fique bem gravado na sua memória.

– Feito.

Hope deixou escapar um suspiro inaudível. Não, o champanhe não acalmou seu coração acelerado, mas tudo bem, gostava daquela ansiedade.

– O que estamos fazendo, Ryder?

– Você sabe o que estamos fazendo.

– Gostaria que fosse dito, se não se importa.

– Eu devia ter imaginado.

Ryder se levantou de novo e voltou a se apoiar no parapeito.

– Desde o primeiro minuto. Você entrou, subiu a escada e foi como se eu tivesse sido atingido por um raio. Não gostei disso.

– Sério?

– É, sério. Mantive distância de você.

– Para não dizer outra coisa – murmurou ela.

– Mantive distância do meu jeito. Depois você quis fazer sexo.

– Ah, Ryder.

Ela riu, assentindo.

– Bom, é verdade.

– Então, resolvi abrir uma exceção. Era para ser só sexo, não é verdade?

– Sim.

– Tudo bem se gostássemos um do outro. É melhor quando isso acontece. E até era bom que nos conhecêssemos um pouco. Mas quanto mais eu conhecia você, mais deixava de ser só sexo. Também não gostei nem um pouco disso.

– Tem sido bem difícil para você.

– Viu esse tom convencido? Por que ele me atrai tanto? Você me atrai, Hope. Sinto isso na garganta, no estômago, na virilha, no coração.

Hope perdeu o fôlego. Que doideira! Que maravilha!

– Você disse coração.

– Continuei achando que é só pela aparência, porque você é tão bonita que deixa qualquer homem de joelhos a seus pés. Mas isso é só um complemento. Um belo complemento, mas não tem a ver com a sua aparência. É o seu jeito. Tudo se movia em círculos, procurando se encaixar no lugar, até que fez um clique. Pronto. Você. Nua na grama ao amanhecer. Foi isso.

– Para mim foi antes – Hope conseguiu dizer –, mas não muito antes.

– Então, vou lhe dizer uma coisa.

Ryder serviu-se de mais uma taça.

– Já disse para minha mãe e Carolee. Para minha avó e, em ocasiões em que estava bêbado o suficiente, falei também a meus irmãos. Mas nunca a uma mulher. Não é certo dizer se não se está totalmente seguro ou só para amenizar uma situação.

– Espere.

Hope deixou a taça de lado, levantou-se e foi até ele. A seu lado, com a avenida principal ao fundo e olhando nos olhos dele, falou:

– Pode me dizer agora.

– Amo você. E não vejo problema em admitir isso.

O coração de Hope pulava de alegria. Ela riu e pôs as mãos no rosto de Ryder.

– Amo você. E também não vejo problema em admitir isso.

– Não sou de fazer poesia.

– Não, Ryder, você não faz poesia. Mas me apoia. Você me diz a verdade. E me faz rir, me faz querer. Deixa eu ser quem eu sou. E se apaixonou por mim mesmo sem querer.

Ryder a segurou pela cintura.

– Não vou parar.

– É, não pare.

Hope se inclinou na direção dele, deixou-se inundar por aquela sensação maravilhosa e permitiu que o coração disparasse de vez.

– Sou tão feliz por amar você... Tão feliz por ter você, assim do jeito que você é. Estou tão feliz que tenha me dito tudo isso esta noite, uma noite passada entre amigos e familiares, quando tudo girava em torno disso.

– Eu ficava incomodado por você ser tão perfeita.

– Ah, Ryder...

– Eu estava errado.

Ele se afastou um pouquinho para vê-la.

– Você é perfeita para mim. Então...

Ryder enfiou a mão no bolso e tirou uma caixinha, já abrindo-a. Hope olhou para o diamante e depois para Ryder.

– Você...

Não sabia que palavras usar em meio à surpresa e à alegria que sentia.

– Comprou uma aliança para mim?

– É claro que comprei – respondeu Ryder, e um lampejo de aborrecimento perpassou seu rosto. – Quem você pensa que eu sou?

– Quem eu penso que você é?

Hope tentava recuperar o fôlego, mas não conseguia. Olhou para baixo, para o anel, que reluzia como uma estrela sob as luzes da varanda.

– Exatamente quem você é.

– Eu amo você, então, temos que nos casar.

Hope estendeu a mão, indicando o dedo anular.

– Certo – acrescentou Ryder.

Ele pegou o anel e colocou no dedo de Hope.

– Serviu – disse Hope baixinho. – Como sabia o tamanho?

– Medi por outro anel seu.

– Tenho muita sorte por me casar com um homem tão prendado.

– Quando estiver casada, vai se mudar daqui. Minha mulher não vai morar numa pousada.

– Ah.

Mais detalhes, pensou ela. Era boa em detalhes e ajustes. Então, envolveu-o em seus braços.

– Aposto que Carolee ficará feliz em ir para o apartamento da gerente e em trocar de turno comigo. Vamos descobrir.

– Mais tarde – decidiu ele.

– Mais tarde – concordou ela e se perdeu nele. – Que lindo! É tudo tão lindo!

Hope apoiou a cabeça no ombro de Ryder e começou a suspirar. E, em seguida, perdeu o fôlego.

– Ryder. Meu Deus, olhe isso, Ryder. Ali.

Apontou para o outro canto da varanda.

Os dois estavam juntos em meio às sombras, fundidos num abraço. Ele usava roupas simples de trabalhador, não um uniforme rasgado e ensanguentado. Billy segurava Lizzy pelas costas, assim como Ryder costumava fazer com Hope.

– Ele a encontrou. Billy a encontrou. Eles se encontraram. Estão juntos agora.

– Não vai chorar, né?

– Choro quando preciso chorar. Pode ir se acostumando. Depois desse tempo todo, de toda essa espera, lá estão eles. Você se parece um pouco com ele. Com o Billy da Lizzy.

– Talvez. Não sei.

– Eu sei. Acho que você mostrou a ele o caminho. Não sei bem como. Mas não importa.

Por um instante os olhos de Hope encontraram os de Lizzy. De ambas as partes, o que se via era alegria.

– Todo mundo está exatamente onde deveria estar.

Epílogo

NUMA NOITE EXUBERANTE DE primavera, Avery virava e revirava no dedo o anel de máquina de chicletes enquanto Clare e Hope abotoavam seu vestido de noiva.

– Não estou nervosa.

– É claro que não – concordou Hope.

– Tudo bem. Estou um pouco, sim. Mas só porque quero ficar linda.

– E está, acredite. Vire-se e dê uma olhada – ordenou Clare.

No quarto da cobertura, Avery se virou para o espelho de corpo inteiro.

– Ah, estou *mesmo*. Estou linda.

– Maravilhosa, isso sim – emendou Hope. – Você está maravilhosa, Avery. O vestido é deslumbrante. Não devia ter duvidado da sua compra pela internet.

– É perfeito.

Encantada com a própria imagem, Avery deu uma voltinha para que a saia com brilhos acompanhasse o movimento.

– Essa sou eu.

– Está reluzindo como uma chama – garantiu Clare e ajeitou o cabelo brilhante da amiga.

– Champanhe! Depressa! Antes que eu comece a chorar e estrague a maquiagem que deu tanto trabalho para Hope.

– Às noivas e às madrinhas – disse Hope, servindo a bebida. – E até mesmo à mais nova mamãe.

– Os gêmeos aguentam. Luke e Logan são fortes.

– Olhe só para nós. A esposa, a noiva e a futura noiva.

Avery ergueu a taça brindando a todas.

– A sua vez vai ser em setembro – falou, dirigindo-se a Hope.

– Mal posso esperar. O que é uma loucura, já que ainda tem muita coisa a ser feita. Mas hoje é o seu dia e garanto que tudo está perfeito.

– Não podia ser de outro jeito. Estou me casando com o meu namorado e, ao meu lado, tenho as minhas duas melhores amigas, o meu pai, a mulher que foi a minha mãe desde que eu era criança e os meus irmãos. E o casamento vai ser no lugar mais lindo que conheço.

– Vou mandar uma mensagem para o fotógrafo, dizendo para ele subir. Temos um horário a cumprir – lembrou Hope.

Hope tinha verificado tudo. As flores, a comida, os arranjos das mesas. As velas e as toalhas. Passou algum tempo ajudando Beckett a deixar os gêmeos bochechudos e os seus três irmãos com a mãe de Clare e com Carolee. E ajeitou a gravata de Ryder, aproveitando o pretexto para acariciar o pescoço dele.

– Por que não nos casamos logo de uma vez? – perguntou ele. – Estamos todos arrumados e tem um padre que deve chegar logo.

– Setembro!

Ela lhe deu um beijo demorado.

– Vai valer a pena.

Na hora prevista, foi cuidar de Willy B.

– Graças a Deus! – exclamou Justine dando uns tapinhas no rosto do companheiro. – Ele está nervoso como se fosse a própria noiva.

– É a minha filhinha.

– Eu sei, querido. Agora vá buscá-la.

Hope ficou junto com eles. Arranjou uns lenços de papel quando os olhos de Willy B. se encheram de lágrimas e deu um último retoque à maquiagem de Avery.

– O que está resmungando aí? – perguntou a Clare.

– Estou rezando. Pedindo para não ouvir os bebês chorarem porque, senão, o leite vai começar a escorrer.

– Ah, meu Deus! Devia ter pensado em arranjar uns tampões de ouvido.

Mas, rindo, pegou a mão de Clare e ambas se dirigiram às pressas para a porta.

Avery queria uma entrada triunfal, portanto, desceu a escada que dava para o pátio onde estavam os convidados e onde Owen a esperava junto com os irmãos.

Todos tão lindos, pensou Hope. Tudo tão perfeito. Em poucos meses, ela estaria descendo essa mesma escada para ir ao encontro de Ryder.

Olhou para o outro lado do estacionamento, por cima da tenda branca, e viu a academia da pousada BoonsBoro se erguer toda bonita com as paredes de um azul-claro debruadas de prateado.

Estava feliz por ter a academia ali, mas lamentava um pouco o fato de não ter mais Ryder bem nos fundos da pousada todos os dias.

Perguntava-se o que Justine inventaria agora e adorava a ideia de poder estar ali para ver os planos serem postos em prática.

Então apertou a mão de Clare.

– Olhe.

Lizzy e Billy estavam na varanda que dava para o dossel de flores.

– Os dois continuam aqui – comentou Clare baixinho. – Isso sempre me surpreende.

– São felizes aqui. Pelo menos agora. É o lar deles.

E o dela também, pensou Hope. A sua cidade, a sua casa, o seu lar. O lugar onde ia construir uma vida com o homem que amava.

Olhou para trás, mandou um beijo para a noiva e desceu a escada em direção àquele futuro promissor.

CONHEÇA OUTROS TÍTULOS DA AUTORA

Um novo amanhã

A tradicional pousada da cidade de Boonsboro já viveu tempos de guerra e paz, teve diversos donos e até sofreu com rumores de assombrações. Agora ela está sendo totalmente reformada, sob direção dos Montgomerys, que correm para realizar a grande reinauguração dentro do prazo.

Beckett, o arquiteto da família, é um charmoso conquistador que passa a maior parte do tempo falando sobre obras, comendo pizza e bebendo cerveja com seus irmãos Ryder e Owen. Atarefado com a pousada, ultimamente nem tem desfrutado de uma vida social decente, mas pretende mudar logo isso para atrair a mulher por quem é apaixonado desde a adolescência.

Depois de perder o marido na guerra e retornar para Boonsboro, Clare Brewster leva uma vida tranquila cuidando de sua livraria e dos três filhos. Velha amiga de Beckett, ela volta a se reaproximar dele ao ajudar nos preparativos da pousada.

Em meio a essa apaixonante reconstrução, rodeados de amigos, Beckett e Clare passam a se conhecer melhor e começam a vislumbrar um futuro novo e promissor juntos.

Neste primeiro livro da trilogia *A Pousada*, Nora Roberts apresenta o romântico Beckett Montgomery, que, ao buscar realizar o sonho de sua família, acaba deparando com um amor que pensava estar esquecido.

O eterno namorado

Tudo o que acontece na vida de Owen Montgomery é meticulosamente organizado em uma planilha ou lista de tarefas. No trabalho não é diferente, e é graças a sua obsessão por ordem que a Pousada Boonsboro está prestes a ser inaugurada – dentro do cronograma.

A única coisa que Owen jamais previu foi o efeito que Avery MacTavish teria sobre ele. A proprietária da pizzaria em frente à pousada sempre foi amiga da família e agora, enquanto vê em primeira mão a fantástica reforma pela qual o lugar está passando, também observa a mudança gradativa de seus sentimentos por Owen.

Os dois foram namorados de infância, e desde então tinham estado bem distantes dos pensamentos um do outro. O desejo que começa a surgir entre eles, porém, não tem nada de inocente e é impossível de ignorar.

Enquanto Owen e Avery decidem se render à paixão e levar seu relacionamento a um nível mais sério, a inauguração da pousada se aproxima e dá a toda a cidade um motivo para comemorar. Mas quando os traumas do passado de Avery batem à porta e a impedem de se entregar, Owen sabe que seu trabalho está longe de terminar. Agora ele precisa convencê-la a baixar a guarda e perceber que aquele que foi seu primeiro amor pode também ser seu eterno namorado.

Álbum de casamento

Quando crianças, as amigas Parker, Emma, Laurel e Mac adoravam fazer casamentos de mentirinha no jardim. E elas pensavam em todos os detalhes. Depois de anos dessa brincadeira, não é de surpreender que tenham fundado a Votos, uma empresa de organização de casamentos bem-sucedida.

Mas, apesar de planejar e tornar real o dia perfeito para tantos casais, nenhuma delas teve no amor a mesma sorte que tem nos negócios. Até agora.

Com várias capas de revistas de noivas no currículo, a fotógrafa Mac é especialista em captar os momentos de pura felicidade, mesmo que nunca os tenha experimentado em sua vida.

Por causa da separação dos pais e de seu difícil relacionamento com eles, Mac não leva muita fé no amor. Por isso não entende o frio na barriga que sente ao reencontrar Carter Maguire, um colega de escola com o qual nunca falara direito.

Carter definitivamente não é o seu tipo. Professor de inglês apaixonado pelo que faz, ele cita Shakespeare e usa paletó de tweed. Por causa de uma antiga quedinha por Mac, fica atrapalhado na frente dela, sem saber bem como agir e o que falar. E mesmo assim ela não consegue resistir ao seu charme.

Agora Carter está disposto a ganhar o coração de Mac e convencê-la de que ela é capaz de criar suas próprias lembranças felizes.

Primeiro livro da série Quarteto de Noivas, *Álbum de casamento* conta uma linda história de amor, amizade e família – e daqueles momentos imprevisíveis que transformam uma imagem bonita numa verdadeira obra de arte.

Mar de rosas

Emma Grant é a decoradora da Votos, empresa de organização de casamentos que fundou com suas três melhores amigas de infância – Mac, Parker e Laurel. Ela passa os dias cercada de flores, imersa em seu aroma, criando e montando arranjos e buquês.

Criada em uma família tradicional e muito unida, Emma cresceu ouvindo a história de amor dos pais. Não é de espantar que tenha se tornado uma romântica inveterada, cultivando um sonho desde menina: dançar no jardim, sob a luz do luar, com seu verdadeiro amor.

Os pais de Jack se separaram quando ele era garoto, e isso lhe causou um trauma muito profundo. Ele se tornou um homem bonito e popular entre as mulheres, porém incapaz de assumir um compromisso.

Quando Emma e suas três amigas fundaram a Votos, foi Jack, o melhor amigo do irmão de Parker, quem cuidou de toda a reforma para transformar a propriedade no melhor espaço para casamentos do estado.

Os seis são praticamente uma família. E justamente por isso Emma e Jack nunca revelaram a atração que sentiam um pelo outro.

Mas há coisas que não podem ficar escondidas para sempre.

Mar de rosas é uma história ardente, sexy e divertida sobre as vantagens e os desafios que surgem quando uma grande amizade vira paixão.

Em *Mar de rosas*, segundo livro da série Quarteto de Noivas, o amor floresce junto com os primeiros botões da primavera. Este romance vai fazer você ter vontade de dançar num jardim, sob a luz do luar.

Bem-casados

Parker, Mac, Emma e Laurel, amigas de infância, ganham a vida realizando o sonho de inúmeros casais apaixonados. As quatro são proprietárias da Votos, uma empresa de organização de casamentos.

Após ter trilhado um caminho muito duro para conseguir ser alguém na vida, Laurel McBane se tornou a criadora dos bolos e quitutes mais lindos e saborosos do estado. Ela preza sua independência acima de tudo e não aceita que ninguém interfira em suas decisões. Talvez por isso, apesar do sucesso profissional, ainda não tenha se entregado ao amor.

Apaixonada desde sempre por Delaney Brown, irmão de Parker, ela nunca teve coragem de revelar seus sentimentos. Afinal, sabe que é como uma irmã para ele.

Advogado da Votos, Del se sente responsável por cuidar não só dos assuntos burocráticos da empresa, mas também do bem-estar das quatro sócias. Porém, sua postura paternalista e superprotetora começa a gerar desentendimentos entre ele e Laurel.

Mas essas diferenças de opinião também fazem ferver uma química que vinha cozinhando em fogo brando havia muito tempo, acendendo uma faísca que eles não sabem se conseguirão – ou se querem – conter.

Agora Laurel e Del precisarão conciliar suas convicções e personalidades para que o orgulho não fale mais alto que a paixão.

Bem-casados, terceiro livro da série Quarteto de Noivas, é uma linda história sobre a doçura do amor. Quando terminar de lê-lo, você terá certeza de que os sonhos podem se realizar das formas mais inesperadas.

Felizes para sempre

Parker Brown sabe que subir ao altar é um dos momentos mais extraordinários na vida de um casal. Por isso ela administra a Votos – a bem-sucedida empresa de organização de casamentos que fundou com suas três melhores amigas – com pulso firme e muita dedicação.

Seu dia de trabalho começa cedo – às vezes de madrugada, quando alguma noiva ansiosa lhe telefona aos prantos. Mas ela não se importa. Cada vez que ajuda uma mulher a escolher o vestido perfeito para o grande dia ou vê o sorriso nervoso e feliz de um noivo no altar, ela sente que está dando sua contribuição para uma história igual à de seus pais.

Porém a rica, linda e inteligente Parker também quer ser feliz no amor. Só que, em vez do intelectual sensível que sempre esteve em seus planos, parece que o destino lhe reservou uma surpresa.

Malcolm Kavanaugh é um mecânico de automóveis e ex-dublê de filmes de ação. Amigo do irmão de Parker, ele não tem vergonha de elogiar as belas pernas da moça e, com suas mãos ásperas, faz com que a empresária certinha e controladora simplesmente perca o chão.

Agora eles vão descobrir que, mesmo com suas diferenças, podem completar um ao outro. E quem disse que o príncipe encantado não pode chegar numa Harley-Davidson?

Em *Felizes para sempre*, último livro da série Quarteto de Noivas, você vai descobrir que o amor não avisa que está a caminho e, quando chega, vira seu mundo de cabeça para baixo.

Bruxa da noite

De uma das autoras mais queridas do mundo chega uma trilogia sobre a terra a que nos conectamos, a família que guardamos no coração e as pessoas que desejamos amar...

Com pais indiferentes, Iona Sheehan cresceu ansiando por carinho e aceitação. Com a avó materna, descobriu onde encontrar as duas coisas: numa terra de florestas exuberantes, lagos deslumbrantes e lendas centenárias – a Irlanda.

Mais precisamente no Condado de Mayo, onde o sangue e a magia de seus ancestrais atravessam gerações – e onde seu destino a espera.

Iona chega à Irlanda sem nada além das orientações da avó, um otimismo sem fim e um talento inato para lidar com cavalos. Perto do encantador castelo onde ficará hospedada por uma semana, encontra a casa de seus primos Branna e Connor O'Dwyer, que a recebem de braços abertos em sua vida e em seu lar.

Quando arruma emprego nos estábulos locais, Iona conhece o dono do lugar, Boyle McGrath. Uma mistura de caubói, pirata e cavaleiro tribal, ele reúne três de suas maiores fantasias num único pacote.

Iona logo percebe que ali pode construir seu lar e ter a vida que sempre quis, mesmo que isso implique se apaixonar perdidamente pelo chefe. Mas as coisas não são tão perfeitas quanto parecem. Um antigo demônio que há muitos séculos ronda a família de Iona precisa ser derrotado.

Agora parentes e amigos vão brigar uns com os outros – e uns pelos outros – para manter viva a chama da esperança e do amor.

Feitiço da sombra

Com as lendas e tradições da Irlanda correndo em seu sangue, Connor O'Dwyer se orgulha de chamar o Condado de Mayo de seu lar. É lá que Branna, sua irmã, mora e trabalha e onde Iona, sua prima, encontrou o verdadeiro amor. Foi nessa terra que seus parentes e amigos formaram um círculo de proteção que nunca poderá ser rompido...

Até que um beijo põe em risco a segurança de todos.

Depois de um breve encontro com a morte, Connor e a melhor amiga de sua irmã se entregam um ao outro. Muitas mulheres passaram pela cama de Connor, mas nenhuma havia descoberto o caminho para seu coração. Meara tem olhos escuros, pele morena – herança do lado cigano de sua família – e corpo de deusa.

Os rumos dela e os de Connor se cruzam diariamente. Ele leva turistas em caminhadas para observar falcões. Ela os guia em cavalgadas pelo campo. Eles se dão bem desde a infância e, depois do tórrido encontro, o rapaz tem esperança de que esse relacionamento evolua.

Para frustração dele, no entanto, Meara se contenta apenas com o prazer do momento, temendo se perder – e perder a amizade dele.

Essa mudança em sua relação pode abalar o círculo e permitir que uma perigosa ameaça ressurja aos poucos, como uma névoa. Para detê-la, Connor precisará novamente da família e dos amigos para despertar a força e a fúria que correm em seu sangue. Quem sabe pela última vez.

Magia do sangue

Há muitos anos, Branna O'Dwyer entregou seu amor a Finbar Burke. No entanto, o romance durou pouco. Uma maldição ligada ao sangue de suas famílias os proibiu de ficar juntos.

Branna tentou preencher esse vazio com amigos e familiares, mas sabe que, sem Fin, sua vida nunca estará completa. Ele, por sua vez, passou os últimos doze anos viajando pelo mundo, focado exclusivamente no trabalho.

Atormentados pela forte atração que nem a distância pôde aplacar, nenhum dos dois acha que um dia se entregará de novo ao amor.

Entretanto, em meio às sombras que ameaçam destruir tudo o que eles consideram mais precioso, esse relacionamento sem futuro pode ser também a última esperança que lhes resta.

CONHEÇA OUTROS TÍTULOS DA EDITORA ARQUEIRO

Queda de gigantes, *Inverno do mundo* e *Eternidade por um fio*, de Ken Follett

Não conte a ninguém, *Desaparecido para sempre*, *Confie em mim*, *Cilada*, *Jogada mortal*, *Fique comigo*, *Seis anos depois* e *Que falta você me faz*, de Harlan Coben

A cabana e *A travessia*, de William P. Young

A farsa, *A vingança* e *A traição*, de Christopher Reich

Água para elefantes, de Sara Gruen

Inferno, *O símbolo perdido*, *O código Da Vinci*, *Anjos e demônios*, *Ponto de impacto* e *Fortaleza digital*, de Dan Brown

O milagre, *Uma carta de amor*, *Uma longa jornada*, *O melhor de mim*, *O guardião*, *Uma curva na estrada*, *O casamento*, *À primeira vista* e *O resgate*, de Nicholas Sparks

Julieta, de Anne Fortier

O guardião de memórias, de Kim Edwards

O guia do mochileiro das galáxias; *O restaurante no fim do universo*; *A vida, o universo e tudo mais*; *Até mais, e obrigado pelos peixes!*, *Praticamente inofensiva*, *O salmão da dúvida* e *Agência de Investigações Holísticas Dirk Gently*, de Douglas Adams

O nome do vento, *O temor do sábio* e *A música do silêncio*, de Patrick Rothfuss

A passagem e *Os Doze*, de Justin Cronin

A revolta de Atlas e *A nascente*, de Ayn Rand

A conspiração franciscana, de John Sack

INFORMAÇÕES SOBRE A ARQUEIRO

Para saber mais sobre os títulos e autores
da EDITORA ARQUEIRO,
visite o site www.editoraarqueiro.com.br
e curta as nossas redes sociais.
Além de informações sobre os próximos lançamentos,
você terá acesso a conteúdos exclusivos e poderá participar
de promoções e sorteios.

www.editoraarqueiro.com.br

facebook.com/editora.arqueiro

twitter.com/editoraarqueiro

instagram.com/editoraarqueiro

skoob.com.br/editoraarqueiro

Se quiser receber informações por e-mail,
basta se cadastrar diretamente no nosso site
ou enviar uma mensagem para
atendimento@editoraarqueiro.com.br

Editora Arqueiro
Rua Funchal, 538 – conjuntos 52 e 54 – Vila Olímpia
04551-060 – São Paulo – SP
Tel.: (11) 3868-4492 – Fax: (11) 3862-5818
E-mail: atendimento@editoraarqueiro.com.br